AF199596

1925

-Liebe verändert-

Lisa Pfeifer

TEIL 3

Für alle,

die durch schwere Zeiten gehen.

Ein Regenbogen kann nur nach Regen erscheinen.

Alles wird gut.

Impressum:

© 2020 Lisa Pfeifer

Bergisch Gladbacher Straße 829, 51069 Köln

Umschlaggestaltung: Lisa Schmermer

Medien: Fotolia

Herstellung und Verlag: BoD – Books on Demand, Norderstedt

ISBN: 9783751938075

Alle Personen und Namen sind frei erfunden. Ähnlichkeit mit lebenden Personen sind zufällig und nicht beabsichtigt.

Bibliografische Information der Deutschen Nationalbibliothek: Die Deutsche Nationalbibliothek verzeichnet diese Publikation in der Deutschen Nationalbibliografie; detaillierte bibliografische Daten sind im Internet über dnb.dnb.de abrufbar.

SOUNDTRACK

Falling – Harry Styles
Sorry – Justin Bieber
Shallow – Lady Gaga
Amnesia – 5 Seconds of Summer
I Was Born To Love You – Freddie Mercury
Lights Up – Harry Styles
Forever – Alex Goot
This Is Me – The Greatest Showman

Über die Autorin:

Lisa begann schon im Alter von 15 Jahren mit dem kreativen Schreiben. Mit 20 veröffentlichte sie erste Werke auf Wattpad und wagte mit ihrem Debütroman 2018 „Not My Circus Not My Monkeys" den Schritt in die Öffentlichkeit. Von der 1925 Reihe erschienen bisher:

1925 – Liebe wächst – Januar 2020

1925 – Liebe kämpft – April 2020

Mit 1925 – Liebe verändert, findet diese Reihe nun ihren Abschluss.

1925

-Liebe verändert-

1. KAPITEL

Mein Kopf schaltet einfach ab.

Ich blende alles aus.

Ich bekomme nichts mehr mit, außer dem Schmerz in Rachen und Kiefer.

Als der Kerl fertig ist, stößt er mich so heftig von sich, dass ich kraftlos nach hinten gegen die Kabinenwand kippe.

Die Tür schlägt zu und das Licht geht aus.

Alles dreht sich und meine Sinne verschwimmen zu einem wilden Durcheinander. Immer wieder fallen mir die Augen zu.

Sperma läuft mir den Rachen hinunter.

Als ich zu mir komme, liege ich auf dem schmutzigen Fliesenboden, mein Atem geht schwer, als wäre ich gerannt, und ich kann nicht fassen, was mir gerade passiert ist.

Mir ist schlecht.

Der Geschmack im Mund ist ekelhaft und bei jedem Atemzug muss ich würgen. Vorsichtig und zitternd ziehe ich mich auf die Knie und übergebe mich in die Toilette, dann rutsche ich zurück auf den Boden und mache mich ganz klein. Ich will nicht nach draußen, wo alle feiern und glücklich sind und gleichzeitig will ich auch nicht mehr hier auf diesem schmutzigen Fußboden liegen bleiben. Hier stinkt es und der Gedanke an das eben Erlebte treibt mir die Tränen in die Augen.

Wenn ich mich nur energischer gewehrt hätte!

Ich hätte ihn beißen und treten können, dann hätte er mit Sicherheit von mir abgelassen.

Abwesend starre ich auf das Graffiti an der Wand gegenüber und fahre mir mit der Hand über den Kopf, dort wo er meine Haare gepackt hat. Ein Schluchzen kommt mir über die Lippen.

Wie kann man sich nur so erbärmlich fühlen? Mein Innerstes krampft sich schon wieder zusammen und ein saurer Geschmack wandert mir die Speiseröhre hoch. In Erwartung, mich nochmal übergeben zu müssen, beuge ich mich erneut über die Kloschüssel und würge.

In dem Moment geht die Tür auf und das Licht an.

Schwere Schritte nähern sich der Toilettenkabine und ich versuche, schnell mein Schluchzen zu unterdrücken. Wenn der Kerl zurückkommt, was macht er dann?

Um mich selbst zu schützen, ziehe ich die Beine an die Brust und mache mich so klein wie nur möglich. Meine Kabinentür schwingt auf, ich zucke zusammen und wage vorsichtig einen Blick in die Richtung.

»Hey, ist alles in Ordnung bei dir?« Eine fremde Stimme klingt besorgt und jemand kniet sich neben mich. Vorsichtig streicht mir eine große Hand die Haare aus dem Gesicht und dreht meinen Kopf in seine Richtung.

»Lass mich ...« Keuchend versuche ich, mich von ihm loszumachen. Der Mann ist groß, breitschultrig und das Tattoo auf seinem kahlen Kopf trägt nicht zur Beruhigung bei. Er sieht brutal aus.

Und ich bin allein mit ihm.

Was, wenn er auch noch…

Mein Atem geht schnell und der ganze Körper bebt unter meinem heftigen Herzschlag, der die Panik in mir nur noch schlimmer macht.

»Was ist mit dir passiert? Kannst du mich hören?«, fragt der Mann besorgt und sieht mir prüfend in die Augen. »Wie heißt du?«

»Henry...«, flüstere ich unsicher und versuche erneut, von ihm wegzurutschen, stoße aber gegen die Wand. Der Mann hebt mein Kinn an und mustert Hals und Gesicht.

»Hat man dir was eingeflößt? Wer war das?«, fragt er ruhig und sieht mir in die Augen. Sie sind hellgrau und im Gegensatz zum Rest seiner Optik, fasse ich sofort Vertrauen in sie.

Er will mir nichts tun, er will mir helfen.

»Ich weiß es nicht ...«, antworte ich und mein Atem geht noch immer so hektisch, dass ich kaum einen klaren Satz herausbringe.

»Hat man dich vergewal-«

»-nicht aussprechen!«

Ich will das Wort Vergewaltigung nicht hören.

»Du musst erstmal hier raus, dann sehen wir weiter.« Der Mann greift mich vorsichtig am Arm und zieht mich auf die Beine. Alles dreht sich und ich sacke sofort wieder in die Knie. Er fängt mich auf, wirft sich meinen Arm über die Schulter und bringt mich hinaus in den Vorraum. Dort steht ein Waschbecken und ich schwanke so schnell darauf zu, wie es mir momentan möglich ist.

Das Wasser schafft es zwar, den Spermageschmack aus meinem Mund zu spülen, doch das Gefühl tief in mir, wird auch dadurch nicht besser. Es hat sich

3

in mein Innerstes eingebrannt. Ich spucke das Wasser zurück ins Waschbecken und hebe den Kopf. In dem fleckigen, gesprungenen Spiegel kann ich mein Gesicht nur verzerrt sehen, doch es wirkt vollkommen ausdruckslos. Fast schon neutral und gerade deswegen noch besorgniserregender.

»Komm mit, ich bringe dich raus, dann suchen wir deine Freunde. Du musst in ein Krankenhaus und zur Polizei, und zwar schnell«, sagt er und wir betreten gemeinsam den lärmenden Hauptraum des Clubs. Dort feiern alle nach wie vor das neue Jahr.

Meine Augen huschen hinüber zum Loungebereich und ich sehe Lucas, der vorn an der Glasbrüstung steht und mich ansieht. Es muss ein Zufall gewesen sein, dass er genau in dem Moment hergesehen hat.

Er ist sofort alarmiert.

»Musst du zur Lounge?«, fragt der Mann, der meinen Blick in diese Richtung bemerkt hat und ich nicke langsam. Wir schieben uns durch die Tanzenden hindurch und steigen dann die Stufen hinauf. Meine Beine sind noch immer kraftlos und der Mann zieht mich mit sich. Immer wieder bleibe ich mit der Schuhspitze an einer Stufe hängen.

»Henry!«, ruft Lucas und stürzt mir gemeinsam mit Nick entgegen. Der Mann übergibt mich den beiden, die mich sofort in ihre Mitte nehmen.

»Henry, was ist passiert?«, fragt Lucas alarmiert und setzt mich vorsichtig auf einen freien Platz.

Ich kann es ihm nicht sagen.

Und ihm in die Augen sehen kann ich erst recht nicht. Was wird er von mir denken, wenn er es erfährt? Sicherlich wird er mich für schwach halten, oder angewidert davon sein. Vielleicht kann er mich auch nicht mehr küssen, wenn er weiß, dass mich jemand zum Oralsex gezwungen hat. Ich gebe ihm keine Antwort, sondern weiche seinem Blick aus.

4

»Ich hab ihn zusammengekauert auf der Toilette gefunden. Er hat mir nicht genau gesagt, was war, ich vermute allerdings, dass sich jemand an ihm vergangen hat.« Nicks Kopf schnellt zu mir herum und Lucas sieht mich sofort fassungslos an.

»Henry, was ist passiert?«, fragt er nochmal, legt eine Hand an meine Wange und zwingt mich nun, ihn anzusehen. Meine Arme verschränken sich vor meinem Körper und ich weiche unmerklich vor ihm zurück.

»Henry, wir wollen dir alle helfen ... du musst es uns sagen«, bittet Nick und kniet sich neben Lucas vor mich auf den Boden. Der Mann, der mich hergebracht hat, tritt ebenfalls näher heran, beugt sich zu den beiden herunter.

»Er lag in einer Toilettenkabine auf dem Fußboden. Als ich ihn endlich auf den Beinen hatte, hat er sich mehrfach den Mund ausgespült und ich glaube auch, dass er sich übergeben musste.« Lucas und Nick schließen, ihren Gesichtern nach, sofort auf das Richtige und sehen mich erschrocken und mitleidig an.

»Wir müssen zur Polizei, du musst den Kerl anzeigen«, sagt Lucas bestimmt und greift nach meiner Hand. Mein erster Instinkt ist, sie zurückzuziehen, doch ich will ihn auf keinen Fall verletzen, als lasse ich meine Hand in seiner, auch, wenn sie wehtut, weil der Kerl darauf getreten ist. »Henry, du zitterst«, haucht er und streicht mit dem Daumen über meinen Handrücken.

Natürlich zittere ich, was denkt er denn?

Ich würde gerne mal wissen, wie er reagieren würde, wenn ihm das passiert wäre. Zu meinem Schock kommt jetzt eine tiefe Wut hinzu und ich beiße mir auf die Lippe, um nichts Böses zu sagen. Obwohl sich im Kopf noch immer alles dreht und das Geschehene zu einer einzigen Masse vermischt, ist mir durchaus klar, dass ich Lucas nicht beschimpfen darf, denn er kann nichts dafür. Er will mir nur helfen und meint alles nur gut!

»Gut, ich verabschiede mich dann mal«, sagt der Mann laut und richtet sich wieder auf. »Mach´s gut, Henry und alles Gute.« Er klopft mir kurz auf die Schulter.

»Danke, dass Sie mir geholfen haben.«

»Das war doch selbstverständlich«, sagt er, drückt Nick noch eine Visitenkarte in die Hand und geht dann aus der Lounge hinunter. Ich sehe ihm nach, als er in der Menge verschwindet, und habe sofort ein schlechtes Gewissen: Ich hätte mich deutlicher bei ihm bedanken müssen.

»Henry, komm steh auf, wir müssen gehen. Wir sollten zur Polizei und du musst dich von einem Arzt untersuchen lassen, nicht, dass der Typ dich auch noch mit etwas angesteckt hat«, sagt Lucas entschlossen und steht auf.

Natürlich komme ich mit, denn ich weiß, dass ich es bereuen würde, wenn ich mich jetzt einer Untersuchung verweigere. Trotzdem kriege ich nur wenig mit und erlebe alles wie in einem Dunstschleier: Polizisten, die mich befragen und die Anzeige aufnehmen. Ärzte, die einen Abstrich machen, mir Blut abnehmen, die Kratzer im Gesicht reinigen, meine Hände röntgen und verbinden. Sie sind zum Glück nur geprellt. All das geschieht unter den mitleidigen Blicken von Lucas und Nick. Es ist furchtbar und ich bin gottfroh, als sie mich nach Hause bringen und ich endlich in mein Bett kann.

Ich kann kaum schlafen.

Sobald ich die Augen schließe, ist der Kerl wieder da und ich spüre seine Hände an meinem Hals und in den Haaren. Immer wieder wache ich auf, weil ich aufrecht im Bett sitze und schweißgebadet bin.

Lucas und Nick sind die ganze Nacht über in der Wohnung, doch sie halten sich im Wohnzimmer auf. Ab und zu sind leise Gespräche zu hören. Meine Kehle ist staubtrocken als ich, gegen sieben Uhr am Morgen, erneut wach werde. Müde stehe ich auf und öffne die Schlafzimmertür.

Nick liegt auf dem Sofa und ist eingeschlafen, Lucas sitzt in meinem Sessel und liest am Handy. Als er mich hört, hebt er den Blick und schluckt kaum merklich.

Wir sehen uns an und ich wünsche mir, er würde gehen.

Ich kann ihm nicht lange in die Augen sehen, weil ich das Mitleid darin nicht ertragen kann. Es gibt mir das Gefühl schwach und klein zu sein und das ist das Letzte, was ich momentan gebrauchen kann.

»Henry«, haucht er, legt das Handy zur Seite und steht vorsichtig auf. Er vermeidet hastige Bewegungen, will mir keine Angst machen und tatsächlich spüre ich, dass sich mein Körper anspannt, als er auf mich zu kommt.

»Henry, hör zu, es tut mir leid ... ich hätte mitgehen müssen ...«, sagt er leise und bleibt eine Armlänge entfernt von mir stehen.

Wenn er mich doch nur umarmen würde, dann wäre vielleicht alles wieder gut.

»Du kannst nichts dafür, dass...«, bringe ich heraus und mir versagt die Stimme. Stattdessen greife ich mir an den Hals an die Stelle, an der sich die Hand des Mannes um meine Kehle geschlossen hat.

»Aber es hätte verhindert werden können, wenn du nicht allein gewesen wärst«, beharrt Lucas und wagt nun doch einen Schritt nach vorn. Kurzerhand schließt er mich in die Arme und drückt mich an sich.

Ich weiß, dass er helfen und trösten will, doch zu meinem Leidwesen fühlt sich die Umarmung nicht angenehm an. Nicht so wie sonst.

Panik steigt in mir hoch und ich mache mich schnell von ihm los. Natürlich verletzt ihn das, das sehe ich in seinem enttäuschten Blick, doch ich kann es jetzt nicht ändern. Mein ganzer Körper ist auf Abwehr geschaltet und die scheint sich auch gegen meinen geliebten Lucas zu richten.

»Ich muss was trinken«, nuschle ich. Ohne ihn anzusehen, verschwinde ich kurz in die Küche und gehe dann zurück ins Schlafzimmer.

Lucas steht noch immer mitten im Raum und sieht mich an, als hätte ich ihm eine Ohrfeige verpasst. Alles in mir schreit danach, mich zu entschuldigen, ihn in den Arm zu nehmen und ihm zu sagen, dass es mir leidtut, doch ich gehe einfach an ihm vorbei und schließe die Tür hinter mir.

Kaum ist sie ins Schloss gefallen, steigen mir Tränen in die Augen, weil ich ihn abgewiesen habe. Zu allem Überfluss kann ich ihn im Wohnzimmer schniefen hören und mir zerspringt fast das Herz.

Ich will Lucas zeigen, dass ich dankbar bin und dass er keinerlei Schuld an allem trägt! Aber ich kann nicht.

»Lucas, was ist?«, höre ich Nick leise fragen und drücke das Ohr gegen die Tür.

»Ich darf ihn nicht mal umarmen«, piepst Lucas mit erstickter Stimme und Nick gibt einen mitfühlenden Laut von sich. Mit einem schlechten Gefühl in der Magengegend gehe ich zurück ins Bett, ziehe mir die Decke über den Kopf und rolle mich zusammen. In mir staut sich alles und das Gefühlsdurcheinander ist unglaublich schmerzhaft.

Die Scham über das, was mir passiert ist.

Die Wut auf mich selbst, weil ich es zugelassen habe.

Ein schlechtes Gewissen, weil ich Lucas verletzt habe.

Angst davor, wie es nun weitergeht.

Ekel vor meinem eigenen Körper.

Vorsichtig fasse ich mir an den Hals, an die Stellen, die *er* berührt hat, streiche über die Kratzer in meinem Gesicht, die leicht verkrustet sind. Am liebsten würde ich die Haut an den Stellen abziehen. Seine DNA ist bestimmt noch da und ich will keine Spuren mehr von ihm am Körper haben. Meine Mundwinkel sind eingerissen, der Kiefer tut weh, weil er so brutal zugestoßen hat, und meine Hände sind geprellt. Totalschaden. So komme ich mir vor.

Eiskalt läuft es mir den Rücken hinunter, weil das Gefühl noch immer so präsent ist, dass ich es glaubhaft abrufen kann. Ich bräuchte eine Löschen-Taste, damit wäre es ganz einfach. Automatisch kommt mir der Gedanke an KO-Tropfen und fast wünsche ich mir, ich hätte welche verabreicht bekommen. Dann wüsste ich wenigstens nicht, was passiert ist, und hätte nicht mit den Folgen zu kämpfen. Ich könnte Lucas noch berühren und mein Kopf würde sich lediglich fragen, was los war.

Obwohl einen dann die Ungewissheit wahnsinnig machen würde.

Allerdings muss ich zugeben, dass mir das momentan vielleicht lieber wäre, als zu wissen, was genau passiert ist. So bliebe mir wenigstens die Scham erspart.

Mein Kopf dröhnt und der Nacken spannt unangenehm. Es fühlt sich an wie Kopfschmerzen und ich ertaste eine Beule am Hinterkopf – mit Sicherheit kommt die von der Kabinenwand. Leise klopft es an der Zimmertür und Nick fragt: »Henry? Können wir reinkommen?«

Ja, ich will, dass er reinkommt. Ich will, dass meine Freunde mich in den Arm nehmen und ich mich entschuldigen kann, doch mir kommt kein Laut über die Lippen.

»Lass ihn, ich glaube, er will alleine sein«, sagt Lucas dumpf und die Schritte der beiden entfernen sich wieder.

Lucas bleibt in den nächsten zwei Tagen bei mir, allerdings sehen wir uns wenig. Ich bringe es nicht über mich, mit ihm zu sprechen, weil ich nicht weiß, was ich sagen soll.

Das Geschehene hängt zwischen uns, wie ein Damoklesschwert und ich kann einfach keinen Anfang machen, obwohl er sich wirklich Mühe gibt, mir etwas kocht, Tee macht und Gespräche anfangen will. Doch es ist, als ob zwischen uns das Vertrauen zerbrochen ist und wir nicht zueinanderfinden. Dabei will ich unbedingt, dass es wieder so ist, wie früher.

Dabei bezweifle ich, dass das jemals wieder so sein wird.

Am dritten Januar bleibt Lucas bis Nachmittag, dann klopft er irgendwann an meine Schlafzimmertür.

»Ja?«, frage ich und er kommt ins Zimmer, schließt vorsichtig die Tür hinter sich.

»Ich mache mich jetzt auf den Weg nach Hause. Ich muss duschen und hab seit drei Tagen dieselben Klamotten an. Wirst du morgen ans Set fahren?« Er setzt sich zu mir aufs Bett. Vorsichtig streckt er eine Hand aus und streicht mir übers Bein.

Wie komisch es ist, dass er mich berührt.

»Stimmt, ich muss morgen drehen«, sage ich leise. Das hatte ich total vergessen und mir ist überhaupt nicht danach.

»Willst du dich krankmelden?«, fragt Lucas vorsichtig und ich schüttle den Kopf. »Dann denken alle, ich hätte zu viel getrunken, das geht auf keinen Fall.« Mein Freund sieht mich an. »Aber dein Fall ist etwas vollkommen anderes, du hast jeden Grund, morgen abzusagen.«

Doch das geht nicht und ich schüttle rigoros den Kopf: »Nein, das kommt gar nicht in Frage. Wenn ich nicht da bin, dann müssen die alles umschmeißen und ich will auch nicht, dass alle Mitleid mit mir haben.« Lucas nickt.

»Na gut, wie du meinst. Vielleicht hilft es ja und lenkt dich ein bisschen ab ... das musst du letztendlich selbst entscheiden.«

»Ja, ich werde zumindest versuchen, zu drehen.« Auf dem Handy schlage ich den Drehplan nach und scrolle zum morgigen Tag vor, um zu sehen, was ansteht.

Es sind drei Szenen, in denen Evelyn Tommy durch Westminster verfolgt und ihm beim Klauen zusieht und eine, in der sie Mack und Tommy ihre Hilfe anbietet. Geht eigentlich, das müsste zu schaffen sein und vielleicht hat Lucas ja recht und es lenkt mich tatsächlich ab.

»Es ist nicht so viel, das kriege ich schon hin«, sage ich und hebe den Blick. Lucas mustert mich und ich ziehe fragend die Augenbrauen hoch. »Was?«, frage ich leise und er senkt den Blick.

»Es tut mir leid, Henry und ich weiß nicht genau, wie ich damit umgehen soll. Aber du musst ehrlich zu mir sein. Ich kann nicht in dein Innerstes sehen. Du musst mir sagen, was ich tun soll, damit du dich wohlfühlst, und hab bitte keine Angst, mich zu verletzen. Versprichst du mir das?«

Der Kloß, der sich in meinem Hals gebildet hat, geht nicht weg, auch nicht, nachdem ich mehrmals schlucke. Meine Fassade bröckelt langsam und ich blinzele rasch. Zaghaft streckt Lucas eine Hand aus und streicht mir über die Wange. Ich zucke zusammen, bleibe aber in seiner Nähe und mein Freund scheint aufzuatmen.

»Ich weiß selbst nicht, was man tun kann ... es tut mir so leid. Danke, dass du für mich da bist ... keine Ahnung, was ich ohne dich machen würde«, gebe ich zu und greife vorsichtig nach seiner Hand.

Sie fühlt sich vertraut und doch so fremd an.

Und ich habe unfassbar große Angst, Lucas durch mein Verhalten zu verlieren.

2. KAPITEL

Den nächsten Drehtag erlebe ich als eine Achterbahn der Gefühle.

Sobald die Kamera läuft, gelingt es mir, alles auszublenden und zu spielen.

Wir drehen im Freien und ich genieße es, an der frischen Luft zu sein.

Noch am Morgen habe ich Laurens Angebot genutzt und einen Bodyguard angerufen, der mit ans Set kommt.

In der Drehpause kommt Isobel zu mir in den Trailer. Zum ersten Mal, seit ich sie kenne, wirkt sie zurückhaltend und in Gedanken.

»Darf ich reinkommen?«, fragt sie vorsichtig und bleibt mit der Hand auf der Klinke stehen. Ich nicke knapp und sie zieht dir Tür hinter sich zu. »Kann ich dir irgendwie helfen?«, fragt sie mit belegter Stimme und als ich nicht antworte, hakt sie nach: »Stimmt es, was in der Zeitung steht?«

»Was steht denn in der Zeitung?« Ich wage es kaum, diese Frage zu stellen.

Ob das alles schon Kreise gezogen hat?

Unsicher sieht sie mich an und zieht das Handy aus der Hosentasche.

»Ich hab da heute Morgen etwas in der Zeitung gelesen und wollte es erst nicht glauben, vor allem, weil der Dreh nicht abgesagt wurde. Aber als ich dich dann gesehen habe, hab ich gedacht, da könnte etwas Wahres dran sein. Hier steht, dass du jemanden wegen eines sexuellen Übergriffes angezeigt hast.« Sie hält mir das Handy hin und ich lese nur die Überschrift.

>>Wurde Henry Seales vergewaltigt? Anzeige gegen Unbekannt läuft<<

Ich hebe den Blick und wie es scheint, war er so aussagekräftig, dass Isobel mich fassungslos anstarrt.

»Um Himmels Willen ...«, haucht sie und hält sich eine Hand vor den Mund.

»Ja.« Mehr kann ich dazu gar nicht sagen und will es ehrlich gesagt auch nicht. Sie bläst die Backen auf, dann beißt sie sich auf die Unterlippe und umarmt mich kurzerhand.

»Henry, wenn du Hilfe brauchst, dann kannst du gerne zu mir kommen. Egal, was es ist. Ja?« Ich nicke, aber die Umarmung kann ich nicht erwidern, sondern stehe stocksteif da. Vielleicht, weil ich niemals von ihr erwartet hätte, dass sie mich umarmt, jedoch hauptsächlich, weil ich es gar nicht so recht mitbekomme. Meine Kollegin bemerkt das und lässt mich sofort los. »Gut, ich geh dann mal wieder raus.« Die Tür schlägt hinter ihr zu und ich sitze wieder allein in meinem Wohnwagen.

Es ist schon in der Zeitung.

Die Presse hat es mitbekommen und abgedruckt.

Jeder in der ganzen Stadt weiß, was mir passiert ist. Das erklärt, wieso mich alle heute den Tag über so seltsam angesehen haben. Nate hat mir sogar extra viel Kakao auf den Kaffeeschaum gemacht. Als ob das ein wenig helfen würde.

Jeder, dem ich begegnet bin, hat mich freundlich gegrüßt, auch die Kollegen, mit denen ich ansonsten gar nichts zu tun habe. Und Louise und Sam haben mich heute Morgen angesehen, als wäre jemand gestorben. So richtig wahrgenommen habe ich das alles überhaupt nicht, doch jetzt, wo ich weiß, dass die Presse über meinen Fall berichtet hat, ist das Verhalten der Kollegen klar.

Ich hatte mir irgendwie gedacht, ich könnte behaupten, ich hätte einen schlechten Tag. Jetzt komme ich mir jedoch vor, als ob mir jemand ein Schild umgehängt hat, auf dem in dicken Buchstaben zu lesen ist, was an Silvester war. So verbringe ich die Mittagspause allein in meinem Wohnwagen, lasse niemanden zu mir und esse nur ein wenig Joghurt, um Lucas zu beruhigen.

»Mr Seales, soll ich Sie noch bis nach Hause begleiten?«, fragt der Bodyguard einige Zeit später, als wir nach Drehschluss im Wagen sitzen und zurückfahren.

»Ja, das wäre mir recht«, antworte ich langsam und denke an meinen Hauseingang, den man vermutlich vor lauter Journalisten gar nicht mehr sehen wird. Denn schließlich hat nur Cardener eine Verfügung. Die anderen Reporter können mir auflauern, wenn sie das wollen.

Natürlich könnte ich mich auch zu Lucas bringen lassen, doch ich bin mir ziemlich sicher, dass man auch dort auf mich warten wird. Zumal ich mich in den letzten Tagen gegenüber Lucas nicht sonderlich zugänglich gezeigt habe, da will ich nicht bei ihm Schutz suchen, das fühlt sich momentan nicht richtig an.

Der Wagen biegt in die Straße ein und schon von weitem kann ich einige Leute auf dem Bürgersteig sehen, die sich dem Auto zuwenden. Ich senke den Blick und schon drücken sich die Ersten an die Scheiben, halten ihre Kameras im Anschlag und versuchen ein Bild von mir zu machen. Sehr dankbar darüber, dass die Fenster getönt sind, wende ich den Kopf ab und verberge das Gesicht in den Händen.

Was wollen sie sehen? Wollen sie, dass ich glücklich aussehe und sie anlächele? Oder wollen sie sich davon überzeugen, ob das, was geschrieben wurde, auch wirklich stimmt, indem sie in meine Körperhaltung das Passende hinein interpretieren? Wollen sie sehen, wie scheiße es mir geht, nur um sich dann das Maul über mich zerreißen zu können?

Der Wagen hält an und mein Bodyguard steigt zuerst aus.

Sofort wird er mir Fragen bombardiert, die er jedoch locker abschmettert, indem er sich recht grob an den Reportern vorbei schiebt. Als er vor meiner Tür steht, stoße ich sie auf und er legt sofort den Arm schützend um meine Schultern.

Die Blitze der Kameras sind so hell, dass ich überhaupt nicht sehen kann, wohin ich gehe. Ich senke den Kopf und lasse mich von dem Sicherheitsmann zur Tür schieben. Alle rufen durcheinander, stellen Fragen, die ich nicht verstehen will, und ab und zu rempelt mich jemand an, wenn er von einem Kollegen gestoßen wird. Keine Ahnung, wie viele Leute hier sind. Ich kann sie nicht schätzen, aber von der Lautstärke her sind es sicherlich 20 Reporter. Außerdem glaube ich, auch einige Fans zu hören, die mir alles Gute und viel Kraft wünschen, doch ihre Rufe gehen in dem Gebrüll der Fragen fast unter.

Der Weg zur Haustür war noch nie so schwer.

Erst im Haus kann ich kurz durchatmen, doch das Getöse vor der Tür ist noch immer deutlich zu hören. Eine Tür im Erdgeschoss geht auf und eine Nachbarin streckt den Kopf neugierig heraus.

»Was ist denn hier los? Sind die wegen Ihnen hier? Die stehen seit heute Morgen vor der Tür, ich konnte kaum meine Einkäufe reinbringen«, sagt sie und mustert mich interessiert.

»Tut mir leid. Die sind leider alle meinetwegen hier. Ich hoffe, es ist bald wieder vorbei. Entschuldigen Sie die Unannehmlichkeiten«, antworte ich so neutral wie möglich, ringe mir ein Lächeln ab und steige die Treppe hinauf in meine Wohnung.

»Kann ich Sie jetzt alleine lassen?«, fragt der Personenschützer, als ich vor meiner Wohnungstür stehe und mit zitternden Händen den Schlüssel aus der Tasche fische. Mehrmals rutscht er mir durch die Finger. Das Adrenalin pumpt mir durch die Adern und als ich den Schlüsselbund endlich in der Hand habe, finde ich den richtigen Schlüssel nicht sofort. Hab ich den jetzt auch noch verloren? Das darf jetzt nicht sein, ich bin sowieso schon fix und fertig und dann passiert auch noch sowas?

»Mr Seales?«, fragt der Bodyguard nochmals und in dem Moment öffnet sich die Tür.

Meine Mum steht da und ich starre sie an, wie einen Geist.

»Gut, ich geh dann mal«, murmelt der Bodyguard und macht sich davon. Meine Mutter sieht mich an und ich kann nicht anders, als den Gefühlen sofort nachzugeben. Der Schlüssel fällt mir aus der Hand und Tränen laufen mir über die Wangen.

»Oh, Henry...«, schluchzt sie, schließt mich in die Arme und drückt mich fest an sich. Umständlich zieht sie mich in die Wohnung, bis zum Sofa und wir lassen uns darauf sinken.

Es tut so gut, sie zu sehen. Ihr kann ich mich anvertrauen und mich fallen lassen. Auch sie weint, streicht mir unablässig über den Kopf, wiegt mich hin und her und obwohl alles aus mir herauszubrechen scheint und ich mich so klein fühle, wie schon lange nicht mehr, tut es unglaublich gut.

Wie lange wir auf der Couch sitzen, weiß ich nicht, doch irgendwann sind meine Lippen spröde, die Schultern verspannt von den vielen Schluchzern und meine Nase läuft.

Vorsichtig löse ich mich von ihr und sehe sie an. Sie sieht genauso aus, wie ich mich fühle, und streichelt mir übers tränennasse Gesicht.

»Kann ich dir irgendwie helfen?«, fragt sie leise und ich zucke die Schultern.

»Ich weiß nicht, wie ... alle wissen es jetzt und diese Hetze geht sicherlich noch weiter. Hast du gesehen, was vor der Tür los ist? Ich halte das nicht aus.«

»Wie geht Lucas damit um?«, fragt sie vorsichtig.

»Er will mir helfen, glaube ich, aber er weiß natürlich auch nicht wie, und ich kann ihm nicht sagen, was er tun soll. Alles, was er macht, fühlt sich nicht 100% richtig an. Ich kann ihn momentan nicht einmal mehr umarmen.« Wieder fange ich an zu weinen. »Das tut mir so leid, weil er mir ja nur helfen will, und ich blocke alles ab ... «

»Das ist verständlich. Jemand hat auf ziemlich brutale Weise in deine Privatsphäre eingegriffen, da ist es nur klar, dass du dich erstmal in alle Richtungen schützen willst und dazu gehört leider in dem Fall auch Lucas.« Ja, vermutlich liegt sie damit vollkommen richtig. Hoffentlich sieht das Lucas genauso und ist mir nicht böse.

»Henry, Lucas und Lauren sind auch hier. Sie sitzen in der Küche. Darf ich sie dazu holen? Sie wollen dir helfen und vielleicht finden wir ja gemeinsam einen Anfang«, sagt meine Mum vorsichtig und ich nicke, bevor ich mir wirklich Gedanke darüber gemacht habe. Sie lässt mich los, steht auf und geht zur Küchentür. Nach einem zaghaften Klopfen öffnet sich diese und Lucas kommt heraus.

Mein Herz zieht sich bei seinem Anblick schmerzhaft zusammen und ich sehe ihm in die Augen. Er scheint nicht gut geschlafen zu haben und kommt ganz langsam auf mich zu, wie jemand, der sich einem streunenden Hund nähert. Hat er Angst, dass ich die Flucht ergreife? Ich bleibe sitzen, bis er bei mir angekommen ist. Ohne den Blickkontakt zu unterbrechen, greift er nach meiner Hand und kreuzt unsere Finger miteinander.

»Baby. Ich liebe dich und ich verurteile dich nicht. Du bekommst alle Zeit, die du brauchst, und ich werde mein Bestes tun, um dir zu helfen, das alles zu verarbeiten. Bitte hab keine Angst, dass du mich durch etwas verletzt. Niemand kann sich vorstellen, wie du dich fühlst. Ich will es versuchen. Aber dafür musst du mit mir reden und dich mir anvertrauen. Verstehst du?« Seine Stimme zittert kaum merklich und ich ahne, dass er ebenfalls den Tränen nahe ist. »Es tut so weh, dich so zu sehen«, fügt er leise hinzu und streicht mir über die Wange.

»Ich fühl mich so schmutzig ...«, gestehe ich und kneife die Lippen zusammen. »Es ist, als ob er mich infiziert hätte. Infiziert mit einem Virus, der giftig ist und den ich nicht an dich weitergeben will ... er hat mich zum- «

»Ich weiß, was er getan hat. Der Arzt hat dich ja im Krankenhaus untersucht.«

Oh, das hatte ich vergessen. Das alles ist wie in einer großen Blase passiert.

Aber gut, dass Lucas weiß, wie der Kerl sich an mir vergangen hat.

»Und genau deswegen hab ich Angst, dich zu küssen.« Lucas schüttelt den Kopf, umfasst mein Gesicht mit den Händen und küsst mich liebevoll auf den Mund.

Was genau passiert, als seine Lippen meine berühren weiß ich nicht, doch es fühlt sich an, als ob er ein Gegengift ist, dass diesen Virus überstrahlt.

Vielleicht betäubt es ja kurz.

Sein Kuss wirkt Wunder und beruhigt mich auf eine magische Art und Weise. Er ist zurückhaltend und ganz vorsichtig und als er sich wieder von mir löst, bringe ich ein kurzes, aber ehrliches Lächeln zustande. Das Erste seit Tagen und es fühlt sich fremd in meinem Gesicht an. Fast so, als hätte ich es verlernt.

»Ich liebe dich«, haucht Lucas und schließt mich fest in die Arme.

Lauren, die jetzt neben meiner Mum auf dem Sofa sitzt, sieht richtig gerührt aus. »Henry, wir haben uns etwas überlegt«, sagt sie vorsichtig und der sonst so geschäftige Tonfall, den sie normalerweise anschlägt, ist nicht so prägnant. »Wenn du dich nicht dazu imstande fühlst zu drehen, dann werde ich für dich bei der Produktion eine Pause beantragen, damit du dir eine kleine Auszeit gönnen kannst. Wir lassen dich krankschreiben. Außerdem würde ich auch gerne eine Presseerklärung herausgeben und an die Menschlichkeit der Reporter appellieren, damit man dich in der nächsten Zeit in Ruhe lässt. Du musst dich erholen und das ist unter den Umständen nicht möglich.« Sie nickt knapp zum Fenster hin, wo man immer noch die Reporter auf der Straße hören kann.

»Ich will keine Pause haben«, sage ich müde und seufze. »Ich habe noch sieben Drehtage und das Meiste ist ohne Text. Ich will nicht, dass sich meinetwegen alles verschiebt. Da hängen mindestens 80 Arbeitsplätze und Lebensplanungen dran. Wenn ich jetzt pausiere, bringe ich viele vielleicht in Schwierigkeiten, weil sie Folgejobs nicht machen können. Das will ich nicht.«

»Das ist sehr selbstlos von dir, Henry und ich bin sicher, dass jeder am Set Verständnis für dich hätte. Aber wie du meinst. Solltest du es dir anders überlegen, dann sage es mir auf jeden Fall.« Sie steht auf. »Ich werde mich gleich auf den Weg ins Büro machen und eine Presseerklärung verfassen. Immerhin ist schon rausgekommen, dass du jemanden wegen sexuellen Übergriffes angezeigt hast. Wenn sie die Bestätigung von mir bekommen, dann hoffe ich, dass sie sich ein wenig zurückhalten.« Ich nicke langsam.

Wenn Lauren das jetzt bestätigt, dann ist es zu 100% sicher und alle werden es wissen.

Auf der einen Seite will ich das nicht, denn es soll nicht jeder über mich Bescheid wissen. Auf der anderen Seite wäre es aber gut, wenn es endlich sicher ist, damit sich niemand mehr an meine Fersen heftet, um die Wahrheit herauszufinden. »Willst du das Statement noch lesen oder vertraust du mir und ich kann es ohne Kontrolle rausschicken?«, fragt sie und greift nach ihrem Mantel.

»Nein, das ist okay«, sage ich leise und lächele sie kurz an. Lauren verabschiedet sich, dann sind Mum, Lucas und ich allein. Obwohl wir uns gerade geküsst haben, hält Lucas weiterhin eine gewisse Distanz ein, wofür ich ihm dankbar bin, denn ich weiß nicht genau, wie viel Nähe ich zulassen kann.

»Soll ich uns was zu essen machen?«, fragt meine Mum zaghaft und steht auf.

»Oh ja, ich habe richtig großen Hunger«, sagt Lucas und lächelt sie an.

»Was ist mit dir Henry?«, fragt er an mich gewandt vorsichtig. Ich zucke nur mit den Schultern.

»Ich hab eigentlich keinen Hunger«, sage ich und fange Lucas' besorgten Blick auf, »aber ich kann's ja mal versuchen.«

Dass meine Mum hergekommen ist, um mich zu unterstützen, bedeutet mir unglaublich viel und ich bin auch stolz auf mich, Lucas' Kuss zugelassen zu haben. Allerdings ist mir das für heute genug, denn obwohl mir das alles sehr geholfen hat, fühle ich mich noch immer so, als hätte ich meinen Freund betrogen. Das schlechte Gewissen ist nach wie vor präsent. Lucas spürt das und hält die Distanz ein, doch ich glaube, zu sehen, dass er optimistischer ist, jetzt, nachdem er mich endlich wieder küssen durfte.

Vielleicht geht es ja jetzt wieder etwas bergauf.

Meine Mum will einige Tage hier bleiben und mich aufpäppeln. Es tut wirklich gut und obwohl ich in den Nächten schlecht schlafe, ständig wach werde, weil ich Albträume habe, werden wenigstens die Tage besser.

Zumindest ein bisschen.

Die Klatschpresse fragt sich in den nächsten Tagen, was Lucas bei mir zu suchen hatte, weil man ihn natürlich dabei gesehen hat, wie er mein Haus zusammen mit Lauren betreten hatte. Sie gab zum Glück das Statement ab, dass Lucas gekommen sei, um mich als Freund zu unterstützen. So konnte sie die Gerüchte ein wenig abdämpfen.

Ihre Pressemitteilung ist eingeschlagen, wie eine Bombe und hat eine nationale Diskussion darüber entfacht, dass auch Männer Opfer sexueller Übergriffe werden können. Ich finde es gut, wundere mich aber, wieso man sich erst jetzt damit wieder beschäftigt. Was ist mit den ganzen Opfern, die das vor mir durchmachen mussten? Egal, ob Mann oder Frau.

Mein E-Mail Postfach quillt über vor Anfragen für Interviews oder Fernsehauftritte in Talkshows.

Natürlich bin ich dazu nicht bereit und Lauren muss einige Mails schreiben, um die Anfragen abzublocken.

Vor meinem Haus wird es tagsüber ein wenig ruhiger, zumindest kann ich mit meiner Mum gemeinsam das Gebäude verlassen, ohne angerempelt zu werden. Trotzdem stehen Reporter an der Straße und sitzen in den Autos. Die Fans haben sich ein wenig zurückgezogen. Sie haben mehr Respekt vor meinem Privatleben, zumindest dann, wenn sie mich als Person treffen. Online ist das was anderes, aber darum kümmere ich mich momentan sowieso nicht.

Ob ich das aushalten würde, kann ich nicht sagen.

Mum schleift mich in die Parks von London, lenkt mich ab, so gut sie kann, und wir machen ausgedehnte Spaziergänge an der frischen Luft.

Glücklicherweise wählt sie dafür immer Orte, die nicht so voll sind, sodass ich mich nicht konstant unter Beobachtung fühle. Da sie mir den Rücken freihält, schaffe ich es auch, meinen Dreh halbwegs konzentriert weiterführen zu können.

Das Team weiß mittlerweile Bescheid und sie nehmen Rücksicht. Zumindest insofern, dass sich alle so normal wie möglich verhalten. Das schafft eine gewisse Stabilität und ich denke nicht so viel nach.

Heute muss ich mich zum ersten Mal, seit dem Übergriff wieder der Öffentlichkeit stellen, denn wir drehen an einer Londoner U-Bahn Station. Sie wurde nicht gesperrt und so müssen wir uns in den laufenden Betrieb eingliedern und zwischen Pendlern und Touristen arbeiten.

Das ist nicht einfach. Zwar steht die Kamera sehr weit entfernt, zieht also nicht so viel Aufmerksamkeit auf sich, wie sonst, doch Jamie und ich werden trotzdem erkannt und angesprochen. Und das, obwohl wir unsere Kostüme tragen. Meist möchte man ein Autogramm von Jamie, denn er ist weitaus bekannter, als ich es bin, doch auch ich werde um Fotos gebeten. Ashton ist schon ganz genervt, weil sich durch die ganzen Pausen unser Drehtag immer weiter nach hinten verschiebt, sodass man sich schließlich doch dazu entscheidet, einen kleinen Bereich abzusperren.

Die Blocker, Männer, die die Wege in den Drehbereich freihalten, damit keine unerwünschte Person durchs Bild läuft, positionieren sich an allen Seiten und bitten die Pendler freundlich, einen Umweg zu nehmen.

Ab da geht es besser.

Jamie und ich sitzen in der geplanten Szene vor dem Eingang der Bahnstation auf dem kalten Asphalt. Elianna hat uns eine Isomatte zu kleinen Sitzkissen zerschnitten, damit wir nicht direkt auf dem Boden sitzen müssen. Vor uns stehen leere Coffee-to-go Becher, in die Mitch einige Münzen geworfen hat.

»Fühlt sich komisch an, das alles aus dieser Perspektive zu sehen, oder?«, fragt mich mein Kollege und ich lasse den Blick über die Passanten schweifen, die mit neugierigen Blicken an uns vorbei hasten.

Die Kamera ist recht weit weg auf der anderen Straßenseite aufgebaut. Dadurch haben wir das Gefühl, in einem Straßentheater zu sein und nicht beim Film. Zwei Passanten, die von Komparsen dargestellt werden, werfen uns eine Münze in den Becher und wir nicken ihnen kurz zu. Text haben wir keine, denn in der Szene werden wir nur von Isobel beobachtet. Es ist ein kleiner Schnipsel, den wir hier drehen.

In der Pause zwischen den Takes ziehe ich mich wieder auf die Beine, um nicht länger, als nötig auf dem kalten Boden sitzen zu müssen. Dabei lasse ich den Blick über die vorbeigehenden Passanten schweifen, die stehengeblieben sind und das Filmteam beobachten. Einige deuten mit dem Finger auf mich und zwei Teenager machen eine anzügliche Bewegung mit der Hand. Sofort zieht sich in mir alles wieder zusammen und mein Mund ist trocken.

»Henry, ist alles gut? Du guckst so komisch«, fragt Jamie besorgt.

»Ich glaube, ich brauche mal ´ne Pause…«, murmele ich und wende mich ab, um den Blicken ausweichen zu können.

»Ich hab die Presseerklärung heute gesehen«, sagt Jamie leise und sein Blick ist ernst. »Ich weiß, du willst kein Mitleid haben, aber ich wollte dir nur nochmal sagen, dass es mir wirklich leidtut. Immerhin war ich auch vor Ort und hätte ein wenig mehr auf dich achten sollen.«

»Du bist nicht mein Babysitter, Jamie. Es ist nicht deine Schuld. Niemand hat Schuld, außer diesem widerlichen Kerl, der beschlossen hat, mich zu…« Ich beende den Satz nicht, lasse ihn einfach zwischen uns in der Luft hängen.

»Trotzdem«, sagt Jamie stur und legt mir den Arm um die Schulter. »Wie geht Lucas damit um?« Ich starre ihn an.

»Wie kommst du darauf?« Er lächelt. »Ach komm, ich hab euch doch an Silvester gesehen. Ich wart zwar sehr unauffällig für Fremde, aber wenn man dich ein bisschen kennt, dann sieht man genau, was los ist.«

Jamie weiß es also. Wie soll ich das finden?

»Schau mich nicht so an, ich halte dicht.« Er lächelt und ich erwidere es kurz.

»Schwuchtel!«, schreit jemand aus der Menge und er erstarrt. Langsam und vielsagend dreht er sich in die Richtung um, aus der der Ruf kam, und seine Augen huschen über die Passanten.

»Wer auch immer das war ... ich würde ihm gerne eine reinhauen, dafür, dass sie so auf dir rumhacken.«

Er ist ein toller Kollege und ich freue mich, dass er mich in Schutz nimmt. Doch egal, wie sehr ich es gerne verbergen würde, der Kommentar und die Geste der jungen Männer, hat mir wehgetan und ich bekomme ein Bild davon, was viele Leute jetzt von mir denken.

Für viele bin ich vermutlich nur eine bemitleidenswerte Person, die er nicht anders verdient hat. Wer lässt sich schon auf andere Männer ein.

Um Zeitungen sollte ich einen großen Bogen machen.

3. KAPITEL

Bis zum Nachmittag gelingt es mir, die Schlagzeilen nicht zu lesen, doch gegen 17 Uhr wird die Abendzeitung ausgegeben. Der Kurierdienst stellt direkt vor meiner Nase einen Packen zusammengebundener Zeitungen ab. Wegsehen ist unmöglich und so lese ich, was auf der Frontseite steht:

>>Vergewaltigung in der Silvesternacht. Henry Seales erstattet Anzeige gegen Unbekannt!<<

»Henry, du solltest das nicht lesen«, sagt Isobel, die neben mir steht und meinem Blick gefolgt ist. »Wirklich, lass es. Das wird dich nur weiter belasten. Komm, wir gehen nochmal den Text durch.« Motivierend zieht sie ihre Drehbuchseite aus der Jackentasche, doch ich gehe nicht darauf ein. Lucas´ Name ist mir ins Auge gesprungen und ich muss wissen, inwiefern man ihn da jetzt wieder mit reingebracht hat. Kurzerhand bücke ich mich und ziehe die erste Zeitung aus dem Stapel.

Isobel seufzt.

Der Titel hat was mit dem Brexit zu tun, doch unten links ist die Meldung über die Anzeige abgedruckt. Sie verweist auf einen Artikel auf Seite drei und ich blättere rasch dorthin.

>>Henry Seales erstattet Anzeige gegen Unbekannt wegen Vergewaltigung!
Der Schauspieler Henry Seales (24) hat noch in der Silvesternacht Anzeige gegen einen unbekannten Mann erstattet. Quellen zufolge soll der Unbekannte den Schauspieler auf der Toilette eines Londoner Clubs zum Oralsex gezwungen haben. Seales selbst weigerte sich bislang, zu der Sache Stellung zu nehmen, doch seine äußerliche Verfassung in den letzten Tagen lässt darauf schließen, dass dieser Vorfall ohne Zweifel stattgefunden hat. Nun bestätigte die Managerin des Schauspielers die Gerüchte und bittet um Diskretion. »Mr Seales ist etwas sehr Belastendes widerfahren und ich möchte alle darum bitten, sich in der nächsten Zeit zurückzunehmen. Einen solchen Vorfall kann man nicht so einfach verarbeiten und Henry wird Zeit brauchen, von der ich hoffe, dass sie ihm gegeben wird« Wie es aussieht, hat auch die ständige Überwachung durch Reporter dem jungen Mann zugesetzt, der sich nun einen Bodyguard geleistet hat. Auch Lucas Thomas, dem eine Affäre mit Henry Seales nachgesagt wird, äußerte sich heute mit einem kurzen Statement. »Henry ist ein guter Freund von mir und es tut mir sehr leid, dass niemand sein Privatleben respektiert. Es geht ihm nicht gut und ich möchte jeden bitten, sich ein wenig zurückzunehmen.« Da sollte man sich nun die Frage stellen, ob man wirklich alles vom Leben einer anderen Person wissen muss. Vielleicht ist Lucas ja wirklich nur ein guter Freund von Henry und das ist das, was er nun in der Situation am meisten braucht: Freunde, auf die er sich verlassen kann.<<

Lucas hat ein Statement gegeben? Das hat er mir gar nicht gesagt. Verwundert lese ich nochmal seine Aussage durch.

Wieso weiß ich davon nichts?

Wie soll ich davon wissen? Ich hab seit gestern nichts mehr von ihm gehört.

Das mag jetzt schlimm klingen, aber ich kann mich gerade nicht auf Lucas konzentrieren. Obwohl er mir mit seinem Kuss gezeigt hat, dass er nach wie vor zu mir steht und mich liebt, bin ich so mit mir selbst beschäftigt, dass es mir sogar zu viel ist, ihm eine Nachricht zu schicken.

Daher ist es nicht verwunderlich, dass er mir nicht gesagt hat, dass er ein Statement abgeben möchte. Ich muss ihm unbedingt sagen, wie dankbar ich ihm dafür bin. Obwohl er meinte, dass ich ein guter Freund bin und es sicherlich auch Leute gäbe, die jetzt wegen dieser Formulierung beleidigt wären, bin ich froh, dass er es so und nicht anders ausgedrückt hat.

Isobel hat den Artikel mitgelesen und lächelt mich nun optimistisch an.

»Das klingt doch gar nicht so schlecht, was geschrieben wurde. Vor allem könnte das jetzt zur Folge haben, dass man dich ein wenig in Ruhe lässt.«

Ich zucke nur mit den Schultern. Keine Ahnung, ob sich Stan Cardener und die Kollegen der Presse von diesem Artikel beeindrucken und dazu bringen lassen, etwas weniger hartnäckig zu sein. Schön wäre es auf jeden Fall.

Weil ich in den letzten beiden Bildern für heute nicht eingeplant bin, habe ich früher Drehschluss und gehe wenig später allein ins Mobil, um mich umzuziehen. Die Wagen von Kostüm und Maske stehen einen Block weiter und ich werde von Ashton und dem Bodyguard dorthin begleitet.

Er verhält sich diskret, als einige Passanten mich ansprechen und nach einem Autogramm fragen, ist aber wachsam und behält die Leute im Auge, bis ich alle Autogrammwünsche erfüllt habe.

»Ich schicke dann gleich den Fahrer zu dir, brauchst du sonst noch was, Henry?«, fragt Ashton freundlich und lächelt mir zu, als ich den Kopf schüttle. »Gut, dann wünsche ich dir ein schönes Wochenende.« Ihm ist deutlich anzusehen, dass er es seltsam findet, das zu sagen, doch ich bin froh darüber, dass er mich so neutral und normal wie nur möglich behandelt.

Mit kalten Händen ziehe ich mich im Wohnwagen um, als mein Handy summt und eine Nachricht von Lucas anzeigt:

>>ich habe ein Statement zu deiner Verteidigung abgegeben. Falls du es zufällig gesehen hast. Dabei habe ich dich als guten Freund betitelt. Ich hoffe, das ist für dich okay. Soll ich heute Abend vorbeikommen? XX<<

Soll er vorbeikommen? Unsicher wiege ich das Handy in der Hand und starre auf die Nachricht. Es könnte guttun, ihn zu sehen, in seiner Nähe zu sein und mich abzulenken. Aber was, wenn ich das nicht kann?

Bisher konnte ich bei Lucas entspannen, mich fallenlassen. Aber jetzt, wo jemand so brutal in meine Intimsphäre eingedrungen ist, fühle ich mich schnell in die Enge getrieben. Ich will allein sein, weshalb ich ihm erstmal keine Antwort gebe, sondern beschließe, im Auto nochmal darüber nachzudenken.

Der Fahrer bringt mich direkt nach Hause und zum ersten Mal seit langer Zeit, steht niemand da und wartet auf mich. Fast komm ich mir vor, wie ein normaler Angestellter, der nach einem ganz gewöhnlichen Tag nach Hause kommt. Der Artikel scheint gewirkt zu haben und ich bin froh über den Respekt, den man mir entgegenbringt.

Mal sehen, wie lange der anhält.

Mum hat gekocht, das rieche ich schon, als ich die Haustür hinter mir schließe, denn der Duft hat sich durch das ganze Treppenhaus verteilt. Ich weiß, dass sie das nicht nur gemacht hat, um mir eine Freude zu bereiten. Bei Müttern steckt da doch ab und zu mehr dahinter – zumindest bei meiner. In Gesellschaft isst es sich leichter und vielleicht hofft sie, dass ich so etwas mehr herunter bekomme.

Als ich die Wohnungstür aufschließe, fällt mein Blick zuerst auf Lucas´ ausgetretene Turnschuhe, die – wie immer – mitten im Flur liegen.

Er ist also da.

Er hat mir die Entscheidung abgenommen.

Das löst ein seltsam unangenehmes Gefühl der Verpflichtung in mir aus, dass ich ihm gegenüber so noch nie empfunden habe. Es erschreckt mich, dass ich mich gar nicht freue, sondern eher das Gefühl habe, er würde mich davon abhalten, den Abend zu genießen.

Was ist nur los mit dir, Henry?!

Enttäuscht über meinen eigenen Gedanken, schüttle ich den Kopf, ziehe die Jacke aus und hänge sie an die Garderobe. Lucas´ Stimme ist aus der Küche zu hören, er lacht und redet mit Mum.

Als ich den Raum betrete, heben beide die Köpfe und sehen mich an.

»Henry, ich hab dich gar nicht gehört«, sagt Mum und lächelt.

»Wie geht's dir?«, fragt Lucas vorsichtig, kommt auf mich zu und nimmt mich in den Arm. Nachdem ich ihm einen kurzen Kuss auf den Kopf gegeben habe, schiebe ich ihn sanft aber bestimmt von mir und gehe zu meiner Mutter, um auch sie zu begrüßen.

»Hast du Hunger? Ich hab heute extra im Bioladen eingekauft und Lucas hat schon den Tisch gedeckt, schau, er hat sogar die Servietten gefaltet.«

Tatsächlich stehen sauber gefaltete Papierfächer auf den Tellern und ich muss lächeln. Sie machen sich so viel Arbeit und wollen, dass ich mich wohlfühle. Dabei lenkt das alles nur davon ab, was passiert ist und leider macht es das Ganze auch nicht besser. Wenn man jedes Problem der Welt mit einem schönen Essen lösen könnte, dann hätten wir keine Kriege.

Und ich wäre jetzt wieder genau wie früher.

Doch das bin ich leider nicht und so sehr ich auch versuche, über diese ganze Sache hinwegzutäuschen – es klappt nicht. Ich fühle mich nicht mehr wohl in meiner Haut. Und Lucas und Mum können daran momentan nichts ändern. Egal, wie sehr sie sich anstrengen. Obwohl es in der Küche warm ist, fröstele ich und hole mir aus dem Schlafzimmer einen Pullover und ziehe ihn über.

Das Abendessen ist sehr lecker, jedoch eine ausgesprochen krampfige Angelegenheit. Dass Lucas und Mum auf den Artikel zu sprechen kommen wollen, ist vollkommen klar, doch sie finden keinen lockeren Einstieg in das Thema. Stattdessen erzählt Lucas mir, dass er nächste Woche ein Casting für eine kleine TV-Rolle hat und Mum beschwert sich darüber, dass in London alles so hektisch ist.

»Nicht mal in Ruhe das Gemüse wiegen konnte ich«, sagt sie und deutet mit der Gabel auf den Brokkoli auf ihrem Teller.

»Naja, London ist eben sehr schnelllebig«, meint Lucas. »Die Leute interessieren sich nie lange für etwas und haben es immer eilig. Apropos, hast du mitbekommen, dass heute keine Fotografen vor dem Haus standen?«

Prima, er hat die Kurve gerade noch so gekriegt.

»Ja, ist mir aufgefallen«, antworte ich knapp, weil ich nicht genau weiß, was ich noch dazu sagen soll.

»Hast du zufällig mitbekommen, was Lauren als Statement veröffentlicht hat? Es war heute in der Abendzeitung.« Er tastet sich vorsichtig an das Thema heran, das spüre ich und ich bin froh darüber, dass er nicht sofort mit der Tür

30

ins Haus fällt.

»Ja, ich habs gesehen. Jetzt wissen alle Bescheid und du hast dich auch zu Wort gemeldet. Danke, Lucas.« Mir gelingt ein kurzes Lächeln und mein Freund erwidert es liebevoll.

»Gerne. Nachdem die Meute heute vor *meiner* Tür stand, hatte ich irgendwie das Bedürfnis, mich zu äußern. Ich hoffe, du bist nicht böse, dass ich dich als guten Freund bezeichnet habe.«

»Nein nein, das ist gut so. Wirklich toll, dass du was gesagt hast. Danke.«

Meine Güte, so schleppend habe ich mich ja noch nie mit Lucas unterhalten. Ich klinge, als würde ich einen schlechten Text aufsagen.

»Achja und die Bilder am Bahnhof sorgen immer noch für Verwirrung. Die Leute wissen nicht mehr so genau, ob du wirklich bei mir warst und streiten sich in den Kommentaren«, erzählt Lucas zufrieden und scrollt sich durchs Handy – vermutlich, um den entsprechenden Post wieder zu finden. Ich könnte jetzt den Arm um seine Schulter legen und ebenfalls aufs Display schauen, doch alles, was ich tue, ist mit der Gabel gegen den Brokkoli zu tippen. Zwei Stück habe ich gegessen und jetzt ist mir so schlecht, dass ich mich am liebsten übergeben würde.

»Jungs, wollt ihr noch was? Sonst räume ich das alles schon mal in den Kühlschrank. Henry, du kannst dir das morgen ja nochmal warmmachen«, schlägt meine Mum vor und trägt die Teller weg.

»Ja, kann ich machen«, antworte ich dumpf und trinke einen Schluck Wasser, um meinen trockenen Hals zu befeuchten.

Lucas lächelt mich an und streichelt mir dann liebevoll über den Kopf. Eine nette Geste, doch er erwischt den Bereich meiner Kopfhaut, an dem sich die Faust des Mannes geballt hat, und ich zucke zurück. Verletzt sieht Lucas mich an und zieht die Hand so schnell weg, als hätte er sich verbrannt.

»T-tut mir leid, ich wollte das nicht«, sagt er rasch und senkt den Blick.

»Ich auch nicht ... sorry, aber das war ... dort hat mich ...« Unsicher will ich es erklären, doch die richtigen Worte wollen mir nicht einfallen. Mein Kopf ist wie leergefegt. »Seine Hand war genau an der Stelle ...«, hauche ich und streiche mir fahrig über die Haare.

»Sorry Henry, das wusste ich nicht.« In den blauen Augen meines Freundes sehe ich, dass es ihm wirklich leidtut und als er schluckt, bildet sich in meinem Hals ein Knoten.

Ich behandle ihn, als ob er schuld an allem wäre, das ist nicht gerecht.

Mum, die für solche Situationen ein extra Radar zu haben scheint, stellt den Teller beiseite und kommt zu uns. Seufzend setzt sie sich und sieht vom einen zum anderen.

»Ich weiß, dass ihr in einer unheimlich schweren Situation steckt, aber ihr dürft jetzt nicht anfangen, euch voreinander zu verstecken. Ihr seid in einer Beziehung und da ist es normal, dass es Höhen und Tiefen gibt. Zugegeben habt ihr gerade ein heftiges Tief, aber ihr liebt euch nach wie vor, also versucht auch, es einander zu zeigen. Henry, Lucas kann sich dir gegenüber nur entsprechend verhalten, wenn er weiß, was in dir vorgeht. Du musst dich ihm anvertrauen. Und Lucas, du darfst Henry nicht wie einen Aussätzigen behandeln. Das tun andere Leute schon. Was er jetzt braucht, ist jemand, dessen Verhalten er einschätzen und auf den er sich verlassen kann. Habt ihr das verstanden?« Ihre Worte haben mir die Tränen in die Augen getrieben und auch Lucas schnieft mit gesenktem Kopf.

»Es tut mir so leid und ich will Henry so gerne helfen, aber ich weiß nicht wie. Ich habe das Gefühl, dass er sich total von mir zurückzieht«, schluchzt er und sieht meine Mum aus geröteten Augen an. Bei dem Anblick zerreißt es mir fast das Herz und ich lege einen Arm um seine Schulter.

Zu dritt sitzen wir in der Küche, halten einander fest und versuchen, uns wieder zu beruhigen. Auch Mum weint und drückt uns beide fest an sich.

»Ich wünsche euch nur das Beste und ich bin sicher, dass ihr das schafft«, sagt sie leise und küsst erst mich und dann Lucas auf den Kopf. Man bin ich froh, dass ich sie habe und dass sie gerade hier ist, um mich zu unterstützen.

»Ich hab dich lieb, Mum«, sage ich leise und umarme sie fest.

»Danke«, nuschelt auch Lucas und drückt sie ebenfalls.

Morgen will sie wieder abreisen und beim Gedanken daran fühle ich mich ganz klein und verwundbar. Momentan brauche ich sie weitaus viel mehr, als sonst. Aber sie hat recht damit, dass sie sagt, dass wir damit klarkommen müssen. Denn das müssen wir, wenn unsere Beziehung das alles durchstehen soll.

Lucas verabschiedet sich gegen 9:00 Uhr. Ich bringe ihn bis zur Tür und er umarmt mich vorsichtig. Er wagt es nicht, mich fester anzufassen, weshalb ich mich dazu überwinde und ihn an mich drücke.

»Ich liebe dich, Henry. Wir schaffen das«, wispert er in mein Ohr, gibt mir einen kurzen, aber liebevollen Kuss auf die Lippen und löst sich dann von mir.

»Sehen wir uns am Wochenende?«, fragt er vorsichtig und ich zucke mit den Schultern: »Ich weiß noch nicht genau. Gesellschaft würde mir sicherlich guttun.«

»Melde dich einfach, ja?«, fragt Lucas und ich nicke. »Gut, dann geh ich mal.« Lucas dreht sich auf dem Absatz um und geht die Treppe hinunter. Er verzichtet darauf, das Licht anzuschalten, und geht durchs dunkle Treppenhaus. Seine Schritte sind dumpf auf den Stufen und sein mehrfaches Schniefen höre ich bis zu mir in die Etage. Es geht ihm alles näher, als er sich und uns eingestehen will. Ich stehe im Türrahmen, eine Hand auf der Klinke und kann sie einfach nicht schließen. Wenn ich das täte, dann würde ich ihn damit abweisen, weil ich genau weiß, dass er gerade unten im Hausflur steht und den Tränen erneut nachgegeben hat.

Vielleicht ist er ja sogar auf der Treppe sitzen geblieben und wartet darauf, dass ich runterkomme, ihn in den Arm nehme und ihm sage, dass alles nicht so schlimm ist und wir es sicherlich hinbekommen.

Doch mein Körper bewegt sich keinen Millimeter.

Stattdessen stehe ich da, höre zu, wie mein Freund leidet, und komme nicht runter, um ihn zu trösten. Es ist nicht, dass ich es nicht wollte, zu gerne würde ich ihn in den Arm nehmen. Doch etwas in mir sperrt sich dagegen, weil ich gerade nicht stark genug für uns beide bin.

Ich bin ja momentan nicht einmal mehr stark genug für mich allein, wie soll ich es dann auch für Lucas sein?

4. KAPITEL

Mum fährt am nächsten Morgen sehr früh zurück nach Twemlow Green. Ich bringe sie bis zum Bahnhof, bleibe aber im Taxi sitzen.

»Komm gut nach Hause. Danke, dass du hier warst.«

»Pass auf dich auf, Schatz«, sagt sie und drückt mich fest an sich, dann steigt sie aus. Das Taxi bleibt stehen und ich sehe Mum nach, bis sie im Getümmel des Bahnhofes verschwunden ist. Erst, als ich sie nicht mehr sehen kann, sage ich: »Sie können zurückfahren.« Der Fahrer startet den Wagen und fädelt sich in den Londoner Verkehr ein.

Am späten Vormittag bin ich wieder zurück in der Wohnung und als ich dort das Handy einschalte, das ich hab liegen lassen, ist eine Nachricht von Lucas auf dem Display.

>>Jetzt steht Cardener vor meinem Haus ...<<

Scheiße, jetzt ist Lucas auch im Visier des Reporters. Noch während ich auf die Nachricht blicke, vibriert das Handy erneut, doch dieses Mal ist es eine Nachricht von Aaron. Neugierig, was mein Kollege wohl von mir möchte, öffne ich die Nachricht.

>>Hey, ich hab gelesen, was dir passiert ist. Ich weiß nicht, ob dir das etwas nützt, aber solltest du jemanden zum Reden brauchen, dann kannst du dich immer bei mir melden. Gruß Aaron<<

Wie lieb von ihm. Vielleicht ist das tatsächlich eine gute Idee, denn immerhin kennen wir uns schon eine ganze Weile und sind locker miteinander befreundet. Zwar zählt Aaron nicht zu meinem engsten Freundeskreis, doch manchmal kann man mit jemandem, der einem nicht ganz so nahe steht, viel besser reden.

Kurzerhand schreibe ich ihm zurück und nehme das Angebot dankend an. Er antwortet mir sofort, dass er heute Zeit hätte und ich gerne vorbeikommen kann, wenn ich das möchte. Nachdem ich seinen Vorschlag angenommen habe, ziehe ich mich wieder an, um mich auf den Weg zu ihm zu machen.

Obwohl heute Samstag ist, ist in der U-Bahn nicht allzu viel los. Zumindest für Londoner Verhältnisse. Weil ich mich nur mit gesenktem Kopf und mit Mütze getarnt durch den Tunnel der Tube bewege, hält mich keiner auf. Die meisten Londoner, denen ich begegne, sind auf den Weg zum Lunch und haben es eilig, um aus ihrer knappen Mittagspause so viel wie möglich herauszuholen.

In der Bahn mustern mich einige Leute verstohlen, doch niemand spricht mich an.

Vielleicht hat der Artikel ja wirklich etwas gebracht. Wenn sich nun stattdessen alle auf Lucas stürzen, ist das allerdings auch nicht wirklich gut, denn das macht es für uns beide nicht leichter, uns zu sehen. Dabei hatte ich mir gewünscht, es würde ein wenig abflauen.

Hoffentlich gehen die Hass-Kommentare bei Twitter nicht wieder los. Ich möchte nicht, dass Lucas nochmal so attackiert wird. Er hat meinetwegen schon so viel zurückgesteckt und ertragen müssen, wenn das jetzt wieder losgeht ...

In meinem Bauch ziept es erneut unangenehm und ich schließe kurz die Augen. Das alles scheint mir nicht nur auf den Appetit, sondern auch auf den Magen zu schlagen und das leichte Schaukeln der Tube trägt nicht dazu bei, dass ich mich besser fühle.

»Entschuldigungen Sie?« Ich hebe den Kopf und blicke einer Dame ins Gesicht. Sie ist schick zurechtgemacht, ihre Haare sauber frisiert und es ist sofort zu erkennen, dass sie der höheren Gesellschaftsschicht angehört. Cool, dass sie trotzdem U-Bahn fährt. »Darf ich Ihnen etwas sagen?«, fragt sie und ihre Augen hinter der großen, modischen Brille, mustern mich besorgt. »Sie sollten dringend zu einem Arzt. Sie sehen ganz und gar nicht gesund aus.« Das habe ich nicht erwartet und glotze sie dementsprechend an. »Sehen Sie doch mal in die Spiegelung des Fensters. Das kann nicht gesund sein.« Ihrem Ratschlag folgend, wende ich mich zum Fenster.

Meine Augen sind trüb, die Wangen eingefallen und die Haut sieht fahl und blass aus. Oder ist das nur das Licht? Wie aufs Stichwort zieht es plötzlich in meinem Inneren und ich lege mir rasch die Hand auf den Bauch.

Was soll das denn jetzt?

Mein Magen krampft sich zusammen und ich versuche, so ruhig wie möglich zu atmen. Vielleicht geht das unangenehme Gefühl so wieder weg.

»Soll ich einen Arzt rufen?«, fragt die Frau besorgt und streckt die Hand aus.

»Nein, das ist schon okay ... ich bin unterwegs zu einem Freund. Ich kümmere mich selbst darum. Vielen Dank.«

Die Dame behält mich die restliche Fahrt über im Auge und als sie aussteigt, schenkt sie mir ein freundliches Lächeln, das ich erwidern kann, doch kaum ist sie weg, ist der Focus wieder auf meinem Körper.

Mein Magen fühlt sich an, als hätte ich einen Stein gegessen.

Mir ist kotzübel.

Sobald ich wieder an der frischen Luft bin, wird es sicherlich besser, sage ich mir und beeile ich mich, in Hampsted, hinaus ins Freie zu kommen.

Tatsächlich hilft die kühle Luft und als ich endlich bei Aaron ankomme, kann ich schon wieder halbwegs gerade stehen. Die Schmerzen sind fast vorbei. Vielleicht habe ich heute beim Frühstück mit meiner Mum einfach das Falsche gegessen. Nicht jedes Zwicken muss gleich das Schlimmste bedeuten, denke ich mir und drücke auf die Klingel. Von drinnen ist Kindergeschrei zu hören und wenig später öffnet Aaron mir die Tür.

»Hey Henry, schön, dass du da bist, komm rein«, sagt er gut gelaunt und macht einen Schritt beiseite, damit ich in den Flur treten kann.

Das Haus, das er und seine Frau bewohnen, ist großzügig geschnitten, hell, freundlich und offen. Mein Kollege führt mich in eine Wohnküche und scheucht im Vorbeigehen seine beiden Töchter auf, die neugierig hinter einer Tür gelauert haben.

»Wer bist du?«, fragt die Jüngere der beiden und sieht mich aus großen Kulleraugen an.

»Ich bin Henry, ein Freund deines Dads. Und wer bist du?« Ich gehe in die Hocke, um mit ihr auf einer Augenhöhe zu sein, und halte ihr meine Hand hin.

»Na los, du musst sie schon schütteln, wenn Henry dir das so anbietet, das haben Mummy und Daddy dir doch so beigebracht«, lacht Aaron und die

Kleine ergreift vorsichtig meine Hand. Sie ist winzig, im Vergleich zu meiner.

»Ich bin Romy«, sagt sie und kichert, als ich ihr langsam die Hand schüttle.

»Und ich bin Wylda. Ich bin schon acht«, sagt nun die Größere der beiden, schiebt ihre Schwester recht unsanft beiseite und schüttelt meine Hand ebenfalls. »Wieso kommst du Daddy besuchen? Willst du mit uns was spielen? Wir haben ein Puppenhaus zu Weihnachten bekommen«, erzählt sie strahlend, doch Aaron funkt dazwischen: »Henry schaut sich das Puppenhaus später sicherlich noch an. Aber vorher müssen wir noch etwas miteinander besprechen. Was haltet ihr davon, wenn ihr schon mal eure Zimmer aufräumt? Henry soll ja keinen Schock bekommen.«

»Okay, Daddy!«, ruft Wylda und zerrt die kleine Romy hinter sich her die Treppe hinauf.

»Komm mit in die Küche«, sagt Aaron und ich folge ihm.

»Ist deine Frau nicht zuhause?«, frage ich neugierig, denn ich habe sie noch gar nicht kennengelernt.

»Nein, sie arbeitet gerade an einem neuen Film und ich hüte solange Haus und Kinder. Willst du einen Tee?« Ich nicke und mein Kollege macht sich am Wasserkocher zu schaffen.

Die Küche ist sehr einladend und gemütlich, überall hängen Bilder und Fotos herum und ich sehe mir sie eine ganze Weile an, bis Aaron mir eine Tasse Tee hinstellt und mir gegenüber Platz nimmt.

»So«, sagt er und wendet sich mir zu. »Wie geht's dir?«

Er sieht mir direkt in die Augen. Ein Startschuss für mich. Ich lege los und erzähle ihm alles - von Anfang an.

Scheiß auf den Vertrag mit Lauren.

Zuerst ist Aaron irritiert, als ich ihm sage, dass Lucas und ich zusammen sind, hat er doch immer gedacht, ich wäre hetero. Doch er nimmt es mit Freude auf, da er Lucas am Set als netten und freundlichen Kollegen kennengelernt hat. Ich erzähle ihm von Lucas´ Dreh im Ausland, verschweige allerdings, welchen Film er gemacht hat und berichte von der Hetzjagd, die Stan Cardener auf mich gestartet hat.

Aaron unterbricht mich nur, um ab und zu eine Frage zu stellen, wenn ihm etwas nicht ganz klar ist, ansonsten lässt er mich ausreden.

Mein Tee ist schon fast leer, als ich bei der Silvesternacht ankomme, und meine Stimme wird stockender. Über das zu sprechen, was passiert ist, fällt mir unglaublich schwer und die Scham ist so stark, dass ich mehrfach kurz davor bin, einfach aufzustehen.

Was wird er von mir denken, wenn er erfährt, was passiert ist?

Wird er angewidert sein? Mich wie ein rohes Ei behandeln?

»Du musst dich nicht hetzen«, sagt Aaron ganz langsam und schenkt mir Tee nach, dann sieht er mich aufrichtig interessiert an.

Mein Atem geht bebend. Mit dem Zeigefinger fahre ich über den Rand der Tasse, dann nehme ich noch einen Schluck und spreche weiter.

Aaron ist fassungslos, als ich geendet habe. Er sieht mich an und in seinen Augen lese ich so viel Mitgefühl, dass ich glaube, dem Blick nicht standhalten zu können.

»Henry ... das tut mir alles so leid«, sagt er leise und schluckt. »Das belastet euch natürlich. Oh man, wenn ich nur wüsste, wie ich helfen kann. Nach allem was passiert ist, habt ihr es wirklich verdient, glücklich zu werden.«

Darauf kann ich nichts sagen, denn wenn ich ehrlich bin, dann weiß ich momentan nicht, wie es mit uns weitergehen soll.

Wie soll ich mit Lucas zusammen sein, wenn ich es gerade nicht einmal wirklich genießen kann, ihn zu küssen.

Und das Bedürfnis, ihn zu sehen, habe ich auch nicht. Tränen steigen mir in die Augen und meine Sicht verschwimmt. In Neuseeland war alles so friedlich. Wir waren zusammen, konnten die Zweisamkeit genießen und uns wie ein ganz normales Paar verhalten.

Und jetzt?

Ich verliere Lucas, da bin ich sicher. Und ich weiß auch genau, dass es allein meine Schuld sein wird, wenn das zwischen uns ein Ende finden sollte.

Das tut so weh.

In mir dreht sich alles und mein Magen spielt wieder verrückt, sodass ich mir rasch die Hand auf den Bauch drücke. Aaron steht auf und kommt um den Tisch herum zu mir.

»Was ist los? Hast du Schmerzen?«

»Mir tut der Magen weh. Schon seit Tagen. Aber das ist nur wegen dem ganzen Stress, den ich habe ... glaube ich«, keuche ich und Aaron zieht mich kurzerhand auf die Beine.

»Du bleibst jetzt hier. Gib mir dein Handy, ich werde deine Anrufe entgegennehmen und du kannst in der Zwischenzeit ein wenig schlafen. Was du brauchst, sind mal ein paar Stunden, ohne Ablenkung. Komm mit, wir haben ein wunderbares Gästezimmer.«

Ohne auf eine Antwort von mir zu warten, umarmt er mich kurz fest und hält mir auffordernd die Hand hin.

»Du hast Recht, ich brauche wirklich eine Auszeit.« Bedeutungsschwer lege ich ihm mein Smartphone in die Hand und er steckt es lächelnd ein.

»Komm mit, ich zeig dir das Zimmer. Du kannst solange bleiben, wie du möchtest«, sagt Aaron, der jetzt mehr ist, als ein Freund.

Er ist ein Verbündeter.

Wir steigen die Treppe hinauf in den ersten Stock. Dort öffnet er die Tür zu einem großen Schlafzimmer. Die Fenster waren geöffnet und die kalte Winterluft hat den Raum für sich eingenommen.

»Oh, hier ist es aber frisch.« Er schließt die Fenster und dreht die Heizung auf, dann wendet er sich mir zu. »Fühl´ dich wie zuhause. Wenn du was brauchst – ich bin unten.« Bevor ich es schaffe, mich zu bedanken, hat Aaron mir zugelächelt und das Zimmer verlassen.

Hier drin ist es ein bisschen, wie in einem Hotel. Der Boden ist mit weichem, dickem Teppich ausgelegt, das Bett frisch bezogen und faltenfrei. Alle Deko Elemente stehen genau an der richtigen Stelle und sogar ein zusammengefalteter Bademantel liegt auf dem Bett bereit. Ich hänge ihn über einen Stuhl, ziehe mich bis auf T-Shirt und Boxershorts aus und krabbele sofort ins Bett. Die Rollläden kann man automatisch schließen und so sperre ich die Wintersonne aus.

Mit der Dunkelheit kommt ein wenig Ruhe ins Zimmer, doch mein Inneres arbeitet noch immer. Wie schön wäre es, einen Aus-Knopf zu haben. Einfach auf Pause drücken zu können und sich erholen.

Oder alles zurückspulen, löschen und neu überspielen.

Wenn ich das nur könnte.

Seufzend drehe ich mich auf die Seite. Mein Bauch tut immer noch weh, doch der Knoten in meinem Inneren scheint sich ein wenig gelockert zu haben.

Nun, da ich mich zumindest Aaron anvertrauen konnte, habe ich das Gefühl, nicht mehr jedem Menschen etwas vorzuspielen. Er ist der Einzige, der momentan mein Innerstes *komplett* kennt.

Eigentlich sollte Lucas diese Person sein.

Aber ich kann ihm nicht alles erzählen. Er würde sich mit Sicherheit vor mir ekeln, wenn ich ihm die Sache auf der Toilette genauer erklären würde. Wer will schon jemanden küssen, der den Schwanz eines anderen im Hals hatte?

Er würde vielleicht immer daran denken, wenn er mich küsst und das nimmt einem dann wirklich die Lust auf den Partner.

Das möchte ich auf keinen Fall. Er soll kein abstoßendes Bild von mir haben. Daher kann ich ihm die Details nicht anvertrauen, obwohl sie mich belasten und ich auch weiß, dass er sie eigentlich wissen muss, um richtig auf mich eingehen zu können. Verdammt, ich liebe ihn so sehr und ich will nicht, dass alles, was wir haben, verpufft. Ich will nicht, dass diese Silvesternacht meine Beziehung kaputt macht.

Immerhin liebe ich ihn! Wir haben so lange gebraucht, um zusammen zu finden, und ich möchte Lucas in meinem Leben nicht missen. Die lockere Art, die er sich noch immer bewahrt hat, ist wundervoll und genau das, was ich brauche.

Und doch scheine ich es auf eine kranke Art und Weise zuzulassen, dass wir uns entfremden. So ganz nachvollziehen kann ich mich selbst nicht.

Wenn ich nur *nie* diesen Film gedreht hätte!

1925 hat mein Leben in alle Richtungen verändert. Zum Positiven und Negativen.

Ich bin Lucas begegnet und habe angefangen, mein bisheriges Verhalten zu überdenken, wollte aus dem Käfig, den ich mir selbst geschaffen habe, ausbrechen. Ohne Lucas hätte ich nach wie vor auf die Hetero-Karte gesetzt und alles dafür getan, bloß nicht für schwul gehalten zu werden. 1925 hat eine Menge Aufmerksamkeit auf mich gelenkt. Etwas, das ich immer wollte. Allerdings hätte ich mir doch gewünscht, wenn diese sich lediglich auf meinen Beruf beschränkt hätte. Ohne die Presse hätte mir der Typ im Club vielleicht auch nichts beweisen wollen ...

Aber nein, ich musste den Film ja unbedingt machen, weil ich nicht in Schubladen gesteckt werden und andere Facetten von mir zeigen wollte. Und dann taucht da dieser unglaublich liebenswerte, süße, junge Schauspieler auf, der mir den Kopf verdreht, und aus mir einen Menschen macht, der sich selbst nicht mehr erkennt.

Einen Menschen, der eine gewisse Zeit lang sogar mit dem Gedanken gespielt hat, endlich zu sich selbst stehen zu wollen.

Immerhin habe ich in Neuseeland ja einen kleinen Vorgeschmack darauf bekommen, wie es wohl wäre, öffentlich mit Lucas zusammensein zu können. Missen will ich es nicht mehr. Die Zeit war toll und so unbeschwert.

Aber das war am anderen Ende der Welt!

Jetzt bin ich wieder in London und die Auswirkungen von 1925 sind deutlich spürbar.

Wenn das alles nicht gewesen wäre, dann hätte ich Tatiana vermutlich noch immer als Alibifreundin und niemand wäre auch nur auf den *Gedanken* gekommen, ich könnte auf Männer stehen. Und so wäre ich niemals an Silvester in diesem Club gewesen und hätte auch nie diesen Kerl getroffen.

Man hätte mich nicht vergewaltigt und ich läge jetzt nicht hier.

Simple Sache.

Aber es ist nun mal alles so gekommen.

Vielleicht ist es besser, wenn ich die Beziehung zu Lucas erstmal auf Eis lege. Er wird mit mir in dem aktuellen Zustand sowieso nicht glücklich und meinetwegen musste er schon echt viel über sich ergehen lassen. Er muss sich verstecken, Häme bei Twitter einstecken, miese Artikel über sich lesen und er tut das alles nur für mich. Ich verdiene ihn überhaupt nicht und habe kein Recht auf ihn und sein Leben.

Der Gedanke tut richtig weh und ich kralle mich ins Kissen, sodass die Federn darin zerdrückt werden.

Lucas verlassen?

Bei Lucas bleiben?

Es dreht sich alles in meinem Kopf und ich weiß nicht, was ich denken soll. Alles vermischt sich miteinander.

Vor meinem geistigen Auge sehe ich ein Leben, wie es ohne ihn sein würde und eines, wie es mit ihm wäre. Beides hat seine guten und schlechten Seiten und ich kann mich ehrlich nicht dazu entscheiden, was ich im Augenblick lieber hätte.

Die Augen werden irgendwann schwer und das Bett scheint sich langsam zu drehen, als ich sie schließe. Der Schlaf ergreift von mir Besitz und zieht mich unablässig tiefer in die Dunkelheit. Dort kann ich Ruhe finden und wenn ich Glück habe, träume ich nicht einmal, sodass mein Körper und Geist sich endlich erholen können.

Ich atme tief ein, versuche die Luft bis in den letzten Zentimeter meiner Lunge fließen zu lassen. Das entspannt und die Ruhe im Zimmer trägt ihr Übriges dazu bei, dass ich tatsächlich einschlafe.

Der Schlaf ist traumlos.

Kein Lucas taucht darin auf.

Lediglich kleine Fetzen, bringt mein Gehirn zustande.

Zum ersten Mal seit der Nacht auf den 1. Januar schlafe ich ruhig und schrecke nicht schweißgebadet hoch.

Es war eine gute Idee von Aaron, mich hierzubehalten, und ich bleibe das ganze Wochenende bei ihm. Er sorgt für mich, zwingt mich jedoch nicht dazu, gemeinsam mit seiner Familie zu essen oder mich mit ihnen zu beschäftigen. Er weiß, dass ich das gerade einfach nicht kann und so sieht er nur alle paar Stunden mal nach mir, erkundigt sich danach, ob alles okay ist und lässt mich dann wieder allein.

5. KAPITEL

Bei Lucas melde ich mich erst am Montag, als ich im Auto sitze und zum Set gefahren werde. Es ist bereits Nachmittag, denn die heutige Szene spielt nachts und wir fangen erst spät an zu drehen.

Lucas ist ziemlich angepisst, dass ich mich erst jetzt bei ihm melde und obwohl er sich alle Mühe gibt, locker zu klingen, höre ich deutlich, dass er stinksauer ist.

»Weißt du, was ich mir für Sorgen gemacht habe? Zweimal am Tag war ich in deiner Wohnung, aber du warst nicht da. Ich hab gedacht, du hast dir was angetan und auf meine Nachrichten und Anrufe hast du auch nicht geantwortet. Wenn ich heute nichts von dir gehört hätte, dann wäre ich zur Polizei gegangen, Henry!«

»Es tut mir leid, aber ich brauchte Zeit für mich.«

»Das ist nicht das Problem!«, braust Lucas auf und seufzt. »Das Problem ist lediglich, dass ich nicht wusste, wo du bist und dich nicht erreichen konnte. Ich wusste nicht, ob du wieder auf den Kerl gestoßen bist und der dir etwas angetan hat ... oder Reporter übergriffig wurden oder sonst was. Wie *kannst* du mir das antun? Ich bin dein *Freund*!«

»Ja, das weiß ich. Sorry, ich hätte dich benachrichtigen sollen«, sage ich betreten und Lucas gibt einen zustimmenden Laut von sich.

»Darf ich wenigstens erfahren, *wo* du gewesen bist?« Natürlich darf er das und ich erzähle ihm, dass ich bei Aaron war und mich dort ausgeruht habe.

»Aaron? Welcher Aaron?«

»Der Aaron, der einen Drehtag mit uns zusammen hatte, als wir im Theatersaal gedreht haben, weißt du nicht mehr?«

»Ach der«, sagt Lucas abschätzig.

»Was hast du gegen ihn?«

»Ich weiß nicht, er war nicht so mein Fall. Naja. Solange *du* dich bei ihm wohlfühlst, ist ja alles okay.« Da schwingt etwas in seiner Stimme mit, das mich aufhorchen lässt.

»Lucas, bist du eifersüchtig?« Fast finde ich es lächerlich, das auszusprechen, doch es klingt deutlich danach.

»Ich? Eifersüchtig? Wieso das denn? Es ist ja nur so, dass man meinen sollte, du könntest bei deinem Freund zur Ruhe kommen und dich entspannen. Dass du dafür lieber zu einem Kollegen fährst, ist einfach verletzend. Das ist alles.«

»Lucas, das hat nichts mit dir zu tun.«

Hat es doch! Irgendwie ...

»Hat es nicht? Es klingt aber so. Aber gut, wenn es nichts mit mir zu tun hat, dann hast du sicherlich nichts dagegen, wenn ich heute Abend zu dir komme und auf dich warte, bis du Drehschluss hast.« Er klingt locker, ich weiß allerdings, dass es eine Tarnung ist und er versucht, mich dazu zu bekommen, ihm abzusagen. Doch ich tue es nicht und er verspricht, wach zu bleiben, bis ich nach Hause komme.

»Henry?«, sagt er, kurz bevor wir das Telefonat beenden.

»Hm, was denn?«

»Ich liebe dich. Sorry, dass ich eben so aufbrausend war, aber ich hab mir Sorgen gemacht.«

»Ich dich auch. Bis heute Abend.«

Als ich auflege, bin ich froh, nicht abgesagt zu haben. Ich weiß ja selbst, dass ich mich momentan nicht richtig verhalte und mit Sicherheit tut es gut, Lucas wieder zu sehen. Auch, wenn es am Anfang etwas komisch sein wird. Aber irgendwie muss ich ja anfangen.

Am heutigen Tag steht eine Szene auf dem Plan, auf die ich mich vor wenigen Wochen noch gefreut hätte. Seit dem Vorfall an Silvester habe ich jedoch Angst davor. Wir drehen heute in einem Park. Die Szene spielt im Dunkeln und zeigt, wie Tommy versucht, einen Dealer zu bestehlen. Natürlich geht das schief und der Dealer greift ihn an. Er ritzt Tommy ein T in die Wange, das ihn als Thief – Dieb - kennzeichnet. Im Drehbuch ist diese Stelle recht brutal beschrieben, mit einer Rangelei und viel Körperkontakt.

Ich habe keine Ahnung, ob und wie ich mit Körperkontakt und Gewalt umgehen werde, auch wenn ich weiß, dass es nur gespielt ist.

Mein Kollege, Ali Zafar, den ich am Nachmittag kennenlerne, ist ein drahtiger Kerl, der etwas größer ist als ich, und mich freundlich begrüßt. Das könnte es etwas leichter machen.

Das Set ist in einem kleinen Park aufgebaut. Dort ist es zwar nicht sonderlich schön, aber es passt zur Thematik. Die Wege sind ausgetreten und das Gebüsch wächst wild. Im Gegensatz zu manch anderen Parks hier in der Stadt ist dieser hier richtig schmuddelig. Eine einzige Lampe wurde aufgestellt, um das Licht der Straßenlaterne zu imitieren. Die echte Laterne ist kaputt.

Ich lasse den Blick über den schlammigen Boden schweifen. Weggeworfene Nadeln, Alureste und Spritzbesteck liegen herum. Das ist kein Park, sondern eine Drogenhöhle.

»Ist das schon hier gewesen?«, frage ich unsicher und mustere eine schmale Spritze mit abgebrochener Nadel.

»Nein, das ist von mir«, sagt Mitch gut gelaunt und taucht aus einem Gebüsch auf. Er hat einen Plastiksack in der einen und eine lange Greifzange in der anderen Hand.

»Also ist das kein echtes Spitzbesteck?«, fragt Ali nach und Mitch schüttelt den Kopf: »Nein, ich bin gerade dabei das echte Zeug einzusammeln, damit ihr auf keinen Fall irgendwo hineinfallt.«

Während Mitch weiter das Set reinigt, besprechen und proben wir unsere Szene. Der Kampf zwischen dem Dealer und Tommy ist eine recht langwierige Sache, denn die Rangelei muss genau geplant und einstudiert werden. Alex erkundigt sich mehrmals bei mir, ob das für mich okay ist. Sie weiß natürlich ebenfalls von Silvester und will sichergehen, dass ich mich wohlfühle. Wahrheitsgemäß gebe ich zurück, dass ich nicht sicher bin, aber mein Bestes geben würde. Wir proben die Szene jedoch, ohne viel Körperkontakt und sind irgendwann soweit und fangen an zu drehen.

Die Fluchtszene haben wir schnell geschafft. Den Kampf zwischen Tommy und dem Dealer drehen wir ewig. Es ist eine komplexe Sache, weil alles passen muss. Das Timing der Kamerafahrt, die Schärfe an der richtigen Stelle, die Positionen von Ali und mir und natürlich auch unser Spiel. Alles muss genau im richtigen Moment perfekt sein und das dauert seine Zeit. Die Szene ist anstrengend für uns beide. Mehrfach muss ich abbrechen, weil mir alles zu viel wird und nachdem wir sieben Takes umsonst gedreht haben, schlägt Elianna vor, ein Double zu benutzen.

Adam, einer der Beleuchter, der in etwa dieselbe Statur hat, wie ich, wird in meine Klamotten gesteckt und so kann man alle Szenen, in denen Tommy festgehalten und zu Boden gedrückt wird, drehen.

Im Schnitt wird es später hoffentlich kaum auffallen, da man Adams Kopf nicht zeigt, und ich bin ihm sehr dankbar dafür, dass er für mich einspringt.

In einer Umbaupause sitze ich in eine Decke gewickelt auf einem Klappstuhl und halte mich an meiner Teetasse fest, die mir die Finger wärmt.

»Henry, wir bauen noch zehn Minuten um. Ich hab dir hier noch eine Decke für die Beine«, sagt Elianna und legt mir eine dicke Decke auf den Schoß. Mein Kostüm besteht zwar aus einer langen Hose, doch die hat so viele Löcher und Risse, dass es trotzdem verdammt kalt ist.

»Danke. Auch für deinen Vorschlag mit dem Double«, sage ich leise und lächle sie dankbar an.

»Das ist doch kein Problem. Wenn du dich nicht in der Lage fühlst, auf Kontakt zu gehen, ist ein Double doch die simpelste Lösung. Und wir hatten ja ein Ersatzkostüm für dich.« Elianna bleibt neben mir stehen und sieht mich mit besorgtem Blick an. »Wie geht es dir denn?«

»Was meinst du?«, frage ich gespielt ahnungslos und sehe sie an.

»Ach Henry, jeder hier, weiß, was dir passiert ist. Und wenn ich dich so ansehe, dann mach ich mir Sorgen.« Ich hebe den Blick und sehe sie an. Sie lächelt, aber ihr Blick ist traurig.

»Ich geb mein Bestes, damit klar zu kommen«, sage ich leise und zucke mit den Schultern. Was soll ich dazu jetzt auch groß sagen?

»Und wie geht Lucas damit um?«, fragt sie leise.

Lucas? Woher weiß sie davon? Kurz wird mir ganz heiß, doch dann erinnere ich mich daran, dass ich sie ja eingeweiht hatte.

»Er versucht, mich zu verstehen ... aber mir fällt es gerade einfach schwer, Nähe zuzulassen, weil mich alles immer an diesen Abend erinnert. Es ist momentan alles nicht so einfach. Allein diese Szene hier heute zu drehen ...« Ich breche ab. Elianna nickt verstehend und legt mir kurz tröstend die Hand auf die Schulter.

Nach der Umbaupause drehen wir die Rangelei zwischen Tommy und dem Dealer, mit mir im Bild. Zu wissen, dass man mich gleich anfassen wird und ich wehrlos auf dem Boden liegen soll, ist beängstigend. Doch ich wollte ja keine Drehpause haben, als muss ich mich jetzt irgendwie sammeln und das durchziehen.

Wenigstens wurden die besonders heftigen Einstellungen schon mit Adam abgedreht und jetzt kommen nur noch Nahaufnahmen von meinem Gesicht, oder Szenen, in denen ich allein auf dem Erdboden liege.

Ali ist tatsächlich ziemlich furchteinflößend, wenn er spielt, auch wenn er es nur vor der Kamera tut. Er spielt mich an, damit ich passend reagieren kann, und es fällt mir nicht schwer, die Angst zu fühlen, die Tommy hat. Ali packt den Kragen meines Hoodies und dreht den Stoff zusammen.

Es ist alles gut, das ist nur gespielt!

Als er das Messer aus der Tasche zieht und an meinem Gesicht ansetzt, wird die Szene kurz unterbrochen, damit Louise mir die kleine Schnittwunde schminken kann.

Ich bleibe ganz still auf dem Boden liegen, atme ruhig weiter und bin Ali dankbar, dass er nicht allzu fest zupackt. Louise setzt einen Tropfen an die passende Stelle auf meiner Wange und huscht wieder davon.

»Maske ist drehfertig!«, sagt sie laut.

Es ist 23:30 Uhr, als wir endlich in der letzten Einstellung sind, und ich bin wirklich froh, dass es gleich vorbei ist. Den ganzen Abend fühle ich mich, als stünde ich kurz vor einer Panikattacke und ich weiß, dass ein kleiner Reiz ausreichen kann, um meine Selbstbeherrschung zu zerschlagen.

»Und bitte!«, sagt Alex, nachdem die Klappe geschlagen wurde.

Schwer atmend liege ich zwischen altem Laub und Spritzbesteck auf dem Boden. Die Kamera steht mir direkt gegenüber und zeichnet auf, wie ich mir keuchend das Blut von der Wange wische und mich dann zitternd aufrappele. Das Zittern muss ich nicht einmal spielen.

Mit strauchelnden Schritten stolpere ich den schmalen Weg durch den Park zum Ausgang und erst, als ich dort um die Ecke gebogen bin, ist diese Szene beendet.

Viermal drehen wir das Ganze, dann ruft Ashton den Drehschluss aus und mir fällt ein Stein vom Herzen. Ich habe es geschafft – irgendwie.

Sofort ist Elianna da und wickelt mich wieder in eine Decke.

Ich hab gar nicht gemerkt, dass mir kalt ist. Das ist mir im Spiel vollkommen entgangen. Manchmal verschwimmen Spiel und Realität so, dass man es nur noch schwer voneinander unterscheiden kann. Im Spiel hat das Zittern gut gepasst.

Gemeinsam mit Louise gehen wir zurück zur Basis, die sich um die Ecke befindet. Um diese Uhrzeit ist in der Stadt nur wenig los und wir huschen schnell über die Straße auf die andere Seite, wo das Licht aus dem Mobil einladend auf den Asphalt fällt.

»Willst du dich erst abschminken? Sonst versaust du vielleicht deine Privatklamotten«, schlägt Louise vor, als wir vor dem Maskenmobil stehen. Ich nicke und folge ihr nach drinnen.

Das Make-up ist beeindruckend brutal, als ich mich endlich im Spiegel sehen kann. Obwohl es lediglich ein bisschen Blut ist, das an meiner Wange klebt, hat es sich doch so gut verteilt, dass ich aussehe, als wäre ich in eine heftige Prügelei geraten.

»Wow, das tut ja schon beim Hinsehen weh«, stelle ich fest und beuge mich etwas vor, um mein Gesicht ein wenig genauer im Spiegel zu betrachten.

»Ja, gewusst wie,« grinst Louise und schraubt eine Flasche mit Abschminklotion auf. »Wenn du mal für ordentlich Schlagzeilen sorgen willst, sag Bescheid, dann mach ich dir das nochmal und du kannst so auf die Straße gehen.«

»Lieber nicht, ich hab schon genug Schlagzeilen am Hals.« Sie nickt verstehend und wischt das Blut von meiner Wange.

»Wenn du Hilfe, oder jemanden zum Reden brauchst, dann kannst du es einfach sagen, ja?«, sagte sie leise und ernst. Ich nicke, nehme das Angebot allerdings nicht an. Zwar finde ich es wirklich nett, dass mir alle am Set ihre Hilfe anbieten, doch ich weiß momentan selbst nicht so genau, was ich eigentlich brauche.

Wie kann ich dann Hilfe von anderen erwarten?

»Danke, ich werde drauf zurückkommen«, antworte ich deswegen leise. Louise geht nicht weiter darauf ein, worüber ich sehr froh bin, doch ich weiß es zu schätzen, dass sie mir helfen möchte.

Der Fahrer bringt mich zurück nach Canonbury. In meiner Straße ist es still. *Zum Glück.*

Ungesehen husche ich die Treppe zur Haustür hinauf und atme erleichtert aus, als ich im Flur stehe. Hier bin ich wenigstens sicher.

Erst, als ich nach Betreten meiner Wohnung wieder über Lucas´ Schuhe stolpere, fällt mir ein, dass er ja herkommen wollte.

Ob er schon im Bett liegt? Ich schiebe seine Turnschuhe beiseite, stelle meine Stiefel daneben und ziehe die Jacke aus.

»Lucas?« In der Wohnung ist es dunkel und ich gehe direkt ins Schlafzimmer. Mein Bett ist leer. Wo ist er?

»Henry? Oh man, jetzt bin ich doch wirklich auf dem Sofa eingeschlafen, dabei wollte ich wachbleiben, bis zu kommst.« Mit einem Klicken geht die Leselampe an, ich fahre herum und sehe Lucas, der auf der Couch sitzt, sich die Augen reibt und gähnt. Seine Haare sind vollkommen durcheinander und er blinzelt verschlafen.

»Willst du nicht ins Bett?«, frage ich vorsichtig und bleibe unschlüssig mitten im Wohnzimmer stehen.

»Darf ich denn mitkommen? Also ich meine; willst du mich bei dir haben?« Er weiß noch, dass ich seine Umarmung beim letzten Mal panisch unterbrochen habe und ist unsicher, ob ich denn diese jetzt Nähe zulassen kann.

Ob ich so viel schon zulassen kann, weiß ich selbst nicht genau.

»Ja, ich will dich bei mir haben«, sage ich leise, um mir selbst einen kleinen Schubs zu geben. Lucas schlägt lächelnd die flauschige Decke zurück und ich sehe, dass er nur in Boxershorts und einem T-Shirt geschlafen hat. Das Shirt ist eines von meinen und ich bin gerührt davon, dass er es angezogen hat.

»Henry? Ist alles okay?«, fragt er, steht auf und kommt auf mich zu. Vorsichtig nimmt er mich in die Arme und ich erwiderte die Geste, lege sogar das Kinn auf seiner Schulter ab.

»Ich bin froh, dass du hier bist und es tut mir wirklich leid, dass ich dir am Wochenende nicht gesagt habe, wohin ich gehe. Das war nicht okay.«

»Ja, das war nicht okay. Weißt du, was ich mir für Sorgen gemacht habe? Ich war schon kurz davor, Lauren und die Polizei zu rufen, weil ich dich nicht erreichen konnte. Mir tut es aber leid, dass ich dich am Telefon so angefahren habe.« Mein Freund drückt mich noch fester an sich und obwohl ich genau weiß, dass diese Geste liebevoll gemeint ist, bekomme ich sofort Panik und winde mich hektisch aus seinem Griff. Hastig und schwer atmend mache ich einen Schritt zurück und starre ihn an, wie ein verschrecktes Reh. Er erwidert meinen Blick und ich kann dabei zusehen, wie sich seine Augen mit Tränen füllen.

»Ich darf dich nicht einmal mehr richtig umarmen?«, haucht er ungläubig und sieht mich fassungslos an. Er kann nicht nachvollziehen, was in mir vorgeht, weil ich es ihm nicht genau gesagt habe.

Aber *wie* soll ich es ihm sagen, wenn ich selbst doch nicht weiß, was los ist? Ich komme mir fast so vor, als hätte man mein Innerstes ausgetauscht. Auf meiner Festplatte läuft ein neues Betriebssystem, das ich nicht kenne. Ich komme mit mir selbst nicht klar und in diesem Moment wundere ich mich, dass ich die Kampfszene heute überhaupt geschafft habe.

»Doch, du darfst mich umarmen«, sage ich leise zu Lucas und versuche, mich irgendwie zu erklären – Worte zu finden, die er versteht. »Aber du hast mich gedrückt und ...«

»Der Typ hat alles kaputt gemacht, was zwischen uns war.« Wütend kneift Lucas die Lippen zusammen, atmet scharf durch die Nase, als müsste er sich davon abhalten, nicht laut zu schreien. »Wie soll das denn je wieder gut werden zwischen uns, wenn schon das kleinste bisschen Körperkontakt ausreicht, damit du flüchtest?« Seine Stimme wird mit jedem Wort lauter.

Wieso macht er mir Vorwürfe?

Es ist gerade mal *eine* Woche her, seit das passiert ist.

Glaubt er, ich hab das so schnell bewältigt? Was denkt er denn, wer ich bin?

Superman vielleicht?

»Lucas, ich kann nichts dafür. Wirklich, ich hab einfach kurz Panik gekriegt«, versuche ich mich zu erklären, in der Hoffnung, auf Verständnis zu stoßen. Doch Lucas sieht mich nur hilflos an.

»Aber ich bin dein Freund. Wieso reagierst du bei *mir* so? Ich würde dir doch nie etwas tun und das weißt du.« Energisch wischt er sich die Tränen der Enttäuschung weg und weicht meinem Blick aus.

Ich hab ihm wehgetan. Wieso muss ich ihm immer weh tun? Ich liebe ihn doch.

»Lucas, ich kann das nicht beeinflussen. Ich weiß noch nicht, wie ich damit umgehen soll. Es passiert einfach so und dann habe ich das Gefühl keine Luft mehr zu bekommen und brauche sofort Platz. Ich muss dann alleine sein.«

Das ist eine saudumme Erklärung, aber anders kriege ich es nicht ausformuliert.

»Und wie soll das nun deiner Meinung nach weitergehen?«, fragt Lucas und lässt sich wieder aufs Sofa sinken. »Du musst eine Therapie machen und das Geschehene aufarbeiten. Wenn es so bleibt, wie es momentan ist, dann haben wir bald keine Beziehung mehr. Zumindest kann ich kein Teil einer Beziehung sein, in der ich meinen Partner nicht einmal umarmen darf.«

6. KAPITEL

Traurig lasse ich den Kopf hängen.

»Bitte sag sowas nicht, Lucas.« Meine Stimme zittert und wieder bekomme ich dieses ungute Gefühl im Magen. Ein stechender, brennender Schmerz.

Ich kneife die Augen kurz zusammen, versuche das Gefühl zu ignorieren und sehe Lucas an, der das Gesicht in den Händen verborgen hat. Er weint und seine Schultern zucken. Ich will zu ihm, ihn in den Arm nehmen und fest an mich drücken, aber ich kann nicht. Etwas in mir blockiert sich so heftig gegen eine Berührung, dass ich mir vorkomme, als hätte man mich am Fußboden festgetackert. »Lucas, es tut mir leid«, sage ich und drücke mir die geballte Faust gegen den Magen, um den Schmerz zu betäuben.

»Mir auch. Ich hab die ganze Zeit versucht, dich zu erreichen, ich wollte mit dir etwas unternehmen, dich ablenken, vielleicht einen Ausflug oder sowas machen. Ich hatte mir richtig viele Ideen rausgesucht und du gehst einfach nicht ran, wenn ich anrufe. Ich wollte doch nur, dass es dir besser geht«, antwortet Lucas mit erstickter Stimme und steht wieder auf. Mit einer schnellen Bewegung schlüpft er in seine Hose, dann zieht er sich mein T-Shirt über den Kopf und sammelt seinen Pulli vom Boden auf. Alarmiert sehe ich ihn an. »Was machst du da?«

»Wonach sieht es denn aus? Ich ziehe mich an und fahre nach Hause. Oder glaubst, du ich schlafe hier, wenn wir uns nicht einmal normal berühren können? Sorry Henry, aber das kann ich einfach nicht.«

Was? Lucas will gehen?

»Nein, bitte bleib. Ich verstehe, dass du enttäuscht bist und ich werde versuchen, mein Bestes zu geben ... wirklich. Aber du musst mir Zeit geben. Bitte. Es ist doch nicht so lange her ... ich ... bin keine Maschine ...« Doch er zieht sich nur weiter an, geht an mir vorbei in den Flur und schlüpft in seine Schuhe.

»Henry, du redest nicht mit mir, ich kann dich kaum anfassen. Auch, wenn ich weiß, dass es furchtbar ist, was dir passiert ist, wünsche ich mir, dass du dich mir anvertraust. Nur so kann ich auf dich eingehen. Aber du lässt mich nicht.« Er klingt zittrig und so, als würde er jeden Augenblick erneut in Tränen ausbrechen, doch er reißt sich zusammen, schlüpft stattdessen in seine Jacke und wirft sich den Rucksack über die Schulter.

Ich habe noch nicht ganz verstanden, was er mir damit sagen will.

Verlässt er mich jetzt ganz?

Oder nur heute Abend?

Sehen wir uns wieder oder will er eine Pause?

Bitte keine Pause, das halte ich nicht aus, ich brauche ihn, auch wenn ich das gerade nicht zeigen kann!

»Was heißt das Lucas?«, wage ich, zu fragen, und eine unglaubliche Angst macht sich in mir breit. Noch nie habe ich so Angst vor einer Antwort gehabt, wie jetzt gerade.

»Das weiß ich selbst nicht so genau. Aber so kann ich nicht weitermachen.«

»Also machst du Schluss?«

Er zuckt nur mit den Schultern. Für mich ist das ein klares Ja und mir bleibt vor Schreck beinahe die Luft weg. Hilflos mache ich einen Schritt auf ihn zu.

»Ich liebe dich, Lucas ... bitte ...«

»Ich liebe dich auch Henry. Aber manchmal reicht das nicht. Vor allem nicht dann, wenn es nur eine Seite zeigt.«

Die Tür fällt hinter ihm ins Schloss und ich breche zusammen.

Meine Knie treffen auf den harten Fußboden und ich kippe einfach zur Seite.

Mir ist schlecht, ich fühle mich so leer und mein Herz brennt vor Schmerzen und so liege ich im Flur, wie ein kleines Kind und kann nicht glauben, dass Lucas wirklich gegangen ist.

Das kann einfach nicht sein.

Wenn ich ihm nachlaufe, erwische ich ihn vielleicht noch. Dann werde ich ihm sagen, was los ist und dann wird alles wieder gut.

Ungelenk komme ich wieder auf die Beine und einen Moment dreht sich alles. Mein Kreislauf will nicht so, wie ich und taumelnd pralle ich gegen die Tür. Geistesgegenwärtig nehme ich meinen Hausschlüssel, ziehe die Tür auf und stolperte, ja falle beinahe, die Treppe hinunter.

»Lucas ... warte ...«, wimmere ich leise vor mich hin und erreiche endlich die Haustür.

Draußen schlägt mir die Kälte entgegen und weil ich keine Jacke anhabe, überzieht mich sofort eine Gänsehaut am ganzen Körper. Wenn Lucas ein Taxi nehmen will, ist er mit Sicherheit nach rechts gegangen, um zur Hauptstraße zu kommen.

Noch immer habe ich eigentlich keine Kraft und fordere von meinem Körper die letzten Reserven, während ich die Straße entlang renne.

»Henry? Was ist passiert?«, ruft jemand und ich erkenne einen Fotografen, der am Ende der Straße gelauert hat. Die Kamera hat er im Anschlag, doch anstatt ein Foto zu machen, hält er beim Anblick meines Gesichts inne. »Brauchen Sie Hilfe?«, fragt er und ich dränge mich an ihm vorbei. Kurz bevor ich jedoch die Ecke erreiche, geben meine Knie nach.

Der Aufprall ist hart und schmerzhaft, doch mir kommt nur ein Ächzen über die Lippen. Mühsam versuche ich, mich aufzurichten, doch es dreht sich alles und ich komme nicht mehr hoch.

»Henry! Scheiße ... soll ich einen Krankenwagen rufen?« Blinzelnd öffne ich die Augen und sehe nur ein Paar ausgetretene Vans, die neben mir stehen.

Lucas ist zurückgekommen!

Mein Herz macht einen Hopser, doch als eine andere, mir bekannte, Stimme sagt: »Ist schon gut, Douglas, ich bin mit dem Wagen hier. Ich bringe ihn in ein Krankenhaus«, erkenne ich Stan Cardener und versuche nun doch, mich mit aller Kraft aufzurappeln. Auf keinen Fall will ich von *dem* Kerl in ein Krankenhaus gebracht werden.

Wieder dreht sich alles und ich muss meinen Versuch abbrechen.

»Douglas, helfen Sie mir, ihn ins Auto zu packen.«

Bevor ich wieder in der Dunkelheit versinke, spüre ich, dass man mich hochhebt und mich vorsichtig auf die Rückbank eines Autos legt.

Ich will nur zu Lucas. Ich muss ihm sagen, wie sehr es mir leidtut und dass ich nicht will, dass er mich verlässt. Stattdessen liege ich im Auto des Reporters, der mir seit Wochen auflauert und das Leben schwer macht.

Als ich wieder zu mir komme, liege ich in einem Krankenhausbett.

Das Laken ist steif und fest, als ich darüberstreiche und ich spüre einen Verband an meiner linken Hand. Blinzelnd öffne ich die Augen und bin froh, dass das Licht im Zimmer gedimmt ist. Mein Kopf brummt, ich fühle mich benommen und weiß nicht so genau, wieso ich eigentlich hier bin. Die Tür geht auf und Stan Cardener betritt das Zimmer. Er hat einen Kaffeebecher in der Hand und sieht müde aus.

»Was willst du hier?«, gifte ich den Mann an und folge ihm mit den Augen, als er durch den Raum geht und sich, wie selbstverständlich, auf einen Stuhl setzt.

»Ich wollte sehen, wie es dir geht. Immerhin habe ich dich hierher gebracht. Wie fühlst du dich?«, fragt er und klingt ganz normal. Nicht bissig, nicht vorwurfsvoll, nicht neugierig. Hat man sein Innerstes auch ausgetauscht?

»Das geht dich überhaupt nichts an. Ich kann hier sowieso nicht bleiben, ich muss nach Hause ...«, fahrig fingere ich an dem Pflaster herum, das die Infusion in meinem Handrücken an Ort und Stelle hält.

»Nein, ich glaube, das ist keine so gute Idee. Der Arzt will dich über Nacht zur Beobachtung hier lassen«, sagt der Reporter und sieht mich ein wenig genervt an.

»Wer bist du? Meine Mutter? Halt dich gefälligst raus aus dem, was ich mache! Du hast dich schon genug in mein Leben eingemischt und es schwerer gemacht, als es ohnehin schon war.« Meine eigenen Worte zu hören, führt mir wieder vor Augen, weshalb ich eigentlich überhaupt das Haus verlassen habe.

Lucas ist gegangen.

Er hat mich verlassen und ich bin allein.

Wieder sticht es an meinen Augenwinkeln, aber ich kann jetzt auf keinen Fall vor Cardener anfangen zu weinen. Stattdessen frage ich resigniert: »Was von dem heutigen Vorfall kommt morgen in der Zeitung?« Cardener lehnt sich auf seinem Stuhl zurück, schlägt die langen Beine übereinander und mustert mich. Ziemlich lange und forschend, wie es mir vorkommt. Dann sagt er: »Nichts.«

Bitte was?

Überrascht starre ich ihn an.

Was heute Nacht passiert ist, wäre doch die Schlagzeile, auf die er lange gewartet hat. Das verstehe ich nicht. Er hat ewig darauf gewartet und jetzt will er die Chance nicht nutzen?

»Aha, wie kommts?«, frage ich vorsichtig und mustere ihn.

Cardener legt die Hände zusammen und legt den Kopf schief, dann sagt er: »Es gibt eine gewisse Grenze und die überschreite selbst ich nicht. Dir ging es vorhin nicht gut und du brauchtest Hilfe. Deswegen werde ich nichts darüber berichten.«

Ich glaube ihm kein Wort.

Das macht keinen Sinn und passt so gar nicht zu seinem bisherigen Verhalten.

Mein Hirn versucht, eine plausible Erklärung für die Sache zu finden und obwohl mir der Kopf wirklich wehtut, kriege ich einen kleinen Gedanken zustande.

»Sie waren in meiner Straße, als ich zusammengebrochen bin. Sie hätten gar nicht dort sein dürfen ... deswegen können Sie darüber nichts schreiben, weil Sie sonst darauf aufmerksam machen würden, dass Sie gegen die Verfügung ...« In dem Moment fliegt die Zimmertür auf und Lauren platzt herein.

»Henry, was ist passiert? Geht es dir gut? Wieso bist du hier?« Sie spaziert an dem Reporter vorbei, direkt auf mich zu und bleibt vor meinem Bett stehen.

»Ich ...«, fange ich an, doch Cardener kommt mir zuvor und sagt leise: »Hallo Lauren. Schön, dich auch mal wieder zu sehen.« Meine Managerin erstarrt mitten in der Bewegung und dreht sich langsam um. Sie sieht aus, wie ein Kampfhund, der gleich zuschnappt.

»Stan ... was machst du hier?«, fragt sie bissig und sieht ihn böse an.

»Ich habe Henry hierher gefahren, nachdem er quasi neben meinem Wagen zusammengebrochen ist. Du solltest mir dankbar sein und nicht immer gleich vom Schlechtesten ausgehen. Wenn ich dich nicht angerufen hätte, wüsstest du überhaupt nicht, dass Henry hier ist.«

»Oh, das hätte ich sicherlich auch so herausgefunden. Da bedarf es nicht unbedingt deiner Hilfe, mein Lieber.« Sie wendet sich mir wieder zu und deutet mit dem Daumen auf den Mann: »Stan Cardener ist mein Ex.«

Bitte was? Lauren hatte mal etwas mit diesem Mann?

Bevor ich mir weiter Gedanken darüber machen kann, funkt Cardener dazwischen, indem er bissig sagt: »Das hat jetzt hier überhaupt nichts verloren, Lauren.« Ohne sie anzusehen, rauscht er aus dem Zimmer.

»Er ist dein Ex?«, frage ich unsicher. Ich kann nur hoffen, dass ich mich verhört habe. Lauren seufzt.

»Ja, aber ist schon Jahre her und nicht mehr der Rede wert. Er spielt diese Karte aber immer wieder gerne aus, um mich unter Druck zu setzen. Schließlich ist es keine gute Publicity für eine Managerin, wenn sie mal einen aufdringlichen Reporter als Partner hatte. Aber das ist jetzt hier nicht von Belang. Henry, was um alles in der Welt ist passiert?«, fragt Lauren nochmal und setzt sich nun auf den frei gewordenen Platz.

»Lucas und ich ... scheiße ...« Mein Magen schmerzt und ich krümme mich zusammen. Lauren deutet meine Körperhaltung falsch und streicht mir über die Schulter. Sie sieht nicht, dass ich Schmerzen habe, sondern denkt, ich würde weinen. Dabei ist mir tatsächlich gerade nicht mal mehr danach. »Wir haben uns getrennt ... glaube ich.«

»Was? Wieso das denn?« Lauren sieht mich irritiert und vollkommen überrascht an. »Henry, wieso habt ihr euch getrennt?« Mit tiefen Atemzügen gelingt es mir, die Schmerzen wegzuatmen, und ich richte mich vorsichtig wieder auf.

»Er hat mir vorgeworfen, dass wir seit der Vergewaltigung keine richtige

Beziehung mehr führen und ich mich nicht mehr gemeldet habe. Ich konnte ihn nicht mehr umarmen, ohne an den Vorfall erinnert zu werden, und das hat er nicht ausgehalten.« Wieder steigen mir die Tränen in die Augen und ich verberge mein Gesicht schnell vor Lauren. Sie legt ihre Handtasche bedächtig auf meinem Bett ab, streicht sich die roten Haare hinter die Ohren.

»Soll ich mit ihm sprechen?«

»Nein, das macht es sicherlich nicht besser«, antworte ich kopfschüttelnd.

»Na gut, wie du meinst. Und das war der Grund, weshalb du zusammengebrochen bist?« Ich nicke.

»Lucas ist aus der Wohnung gerannt, ich bin ihm gefolgt und dann hat mein Körper nicht mehr mitgemacht.« Meine Managerin hebt eine Augenbraue und mustert mich genauer. Ich trage ein schlichtes T-Shirt vom Krankenhaus und bin sicher, dass man meinen Körper gut genug erkennen kann.

»Also, wenn ich dich mir so anschaue, dann wundert mich das ehrlich gesagt nicht, Henry. Ich hab dich nun schon eine Weile nicht mehr gesehen und ich muss sagen, dass du ziemlich abgenommen hast. Da ist es doch klar, dass dein Körper keine Reserven mehr hat. Woher soll er die denn nehmen?« Ihr Blick bleibt an dem Tropf hängen. »Wie lange musst du hierbleiben?«

Ich zucke mit den Schultern, denn ich habe keine Ahnung, was der Arzt gesagt hat. Aber morgen habe ich eine wichtige Szene und da muss ich auf jeden Fall ans Set, auch wenn mir gerade überhaupt nicht danach ist. Ich kann unmöglich von der Produktion verlangen, meinetwegen den ganzen Drehplan umzuschmeißen, zumal wir ja schon im Endspurt des Films sind. Zumindest was meine Drehtage angeht. Isobel wird noch mindestens drei Wochen drehen.

»Was machen wir denn jetzt mit der Promo für 1925? Wenn du und Lucas kein Paar mehr seid, dann wird das Outing wohl nicht stattfinden, oder?«

Ich bin so müde und emotional dermaßen durch, dass ich keine Kraft dafür habe, mich darüber zu ärgern, dass Lauren gerade ernsthaft das Thema angesprochen hat.

»Ich weiß nicht, ob ich das noch will. Können wir es nicht einfach auf uns zukommen lassen? Die Promo werde ich natürlich trotzdem mit Lucas machen ... müssen ... aber es ist auch noch ein bisschen Zeit und vielleicht hat sich bis dahin ja wieder alles ein wenig beruhigt.«

Das glaubst du dir doch wohl selbst nicht, Henry!

Lauren hält es nicht lange bei mir aus. Natürlich sorgt sie sich um mich, doch ich spüre, dass sie sich unwohl fühlt, bei mir im Zimmer zu sitzen. Ihren Kunden zuhause zu besuchen und mit ihm private Dinge zu besprechen ist eine Sache, aber ihn im Krankenhaus zu besuchen und zuzusehen, wie er leidet, eine Andere. Das geht weit über das geschäftliche Verhältnis hinaus und Lauren ist das zu viel, das spüre ich genau. Als sie aufsteht, bittet sie mich noch, Bescheid zu geben, ob ich nun morgen drehen kann und will, dann verabschiedet sie sich.

Ganz allein sitze ich nun in meinem Bett und starre auf die Wand mir gegenüber. Mein linker Arm fühlt sich kalt an und ich spüre die Kochsalzlösung aus dem Tropf in meine Vene fließen. Die Wandfarbe ist ein wenig fleckig und diese Flecken scheinen sich zu bewegen, je länger ich darauf starre. Mein Kopf startet viele Gedanken, bringt jedoch keinen wirklich zu Ende.

Soll ich morgen drehen?

Bin ich in der Lage, die Szene, die ansteht zu bewältigen?

Mein Handy liegt zuhause, ich könnte niemandem Bescheid geben, dass ich morgen nicht komme.

Vielleicht sollte ich Nick anrufen, damit er mein Handy holt. Aber ich habe seine Nummer nicht im Kopf, sondern im Handy gespeichert - geht also auch nicht.

Vielleicht hat Lucas mich ja angerufen, weil er es sich doch anders überlegt hat. Und ich kann ihm nicht antworten, weil ich hier sitze.

Die Tür geht auf und ich zucke zusammen. Eine junge Krankenschwester kommt herein. Sie hat einen neuen Tropf in der Hand, geht damit um mein Bett herum, um den leeren Behälter auszutauschen.

»Wie fühlen Sie sich, Mr Seales?«, fragt sie und schraubt den Schlauch von der Kanüle los.

»Weiß nicht genau. Mein Magen tut weh«, antworte ich abwesend und lasse mich langsam in die Kissen sinken.

»Oh, dass Sie Magenschmerzen haben, ist uns neu. Nun, wir werden Sie morgen diesbezüglich untersuchen und dann sehen wir weiter. Sie bleiben auf jeden Fall heute Nacht zur Beobachtung hier.« Sie richtet sich wieder auf und stellt den Tropf ein, indem sie an dem kleinen Rädchen dreht, das die Geschwindigkeit der einzelnen Tropfen reguliert.

»Ich muss morgen Abend arbeiten. Wird das möglich sein?«, frage ich mechanisch und sehe sie an.

»Das kann nur Dr Folcard beurteilen. Der ist morgen ab sieben wieder hier in der Klinik. Bis dahin werden Sie sich gedulden müssen. Wenn Sie mich fragen, ist das allerdings keine sonderlich gute Idee. Ihr Zustand schreit nahezu nach Ruhe. Aber schlussendlich sind Sie alt genug, um das selbst zu verantworten, ob Sie nun arbeiten gehen wollen, oder nicht.« Sie wickelt den langen Schlauch des gebrauchten Tropfs um die leere Flasche und lächelt mich aufmunternd an.

»Und jetzt sollten Sie einfach schlafen, ja?« Ich nicke langsam und als sie das Zimmer verlässt, schaltet sie das Licht aus.

Augenblicklich bin ich müde und kann kaum noch meine Augen offenhalten. Sie sind schwer, wie Blei. Ich schaffe es gerade noch, mir zu überlegen, dass man vielleicht ein Beruhigungsmittel in den Tropf gemischt haben könnte, dann fallen mir die Augen zu.

Ich habe so tief geschlafen, dass ich beim Aufwachen vollkommen verwirrt bin und nicht weiß, wo ich bin und wieso es hier so nach Desinfektionsmittel riecht. Erst, nachdem ich blinzelnd meine Umgebung realisiert habe, prasselt das Geschehen von gestern wieder auf mich ein und es trifft mich noch viel härter, denn jetzt nach dem Aufwachen, kann ich mir nicht mehr einreden, dass das alles nur ein dummer Traum war.

Lucas hat mich verlassen und ich bin allein.

Bei dem Gedanken dreht sich in mir alles und ich fühle mich gehetzt.

Ich muss nochmal mit ihm reden, und zwar dringend. Das kann ich nicht einfach so stehen lassen, es geht nicht. Ich liebe Lucas und wenn er glaubt, dass ich ihn einfach so kampflos aufgebe, dann hat er sich geirrt.

Ein Blick auf die Uhr sagt mir, dass es kurz vor sieben am Morgen ist. Entschlossen, sofort zu Lucas zu fahren, schwinge ich die Beine aus dem Bett und ziehe das Pflaster von meinem Handrücken.

»Halt!« Eine wuchtige Krankenschwester steht vor mir und sieht mich tadelnd an, weil ich mir den Tropf selbst entfernen wollte. »Lassen Sie das mal lieber das Fachpersonal machen, junger Mann.« Sie stellt eine Nierenschale mit einem Wattebausch und einem Pflaster neben mir aufs Bett und macht sich an die Arbeit.

»Wann kann ich den Arzt sprechen?«, frage ich ungeduldig und sie antwortet ganz ruhig. »Dr Folcard ist gerade bei der Visite im Nachbarzimmer und wird gleich … oh, da ist er ja schon.« Ein schlanker Mann, Mitte vierzig, hat das Zimmer betreten und begrüßt mich mit einem freundlichen Lächeln. Wir schütteln uns die Hand und er stellt sich mir als der betreuende Arzt vor.

»Mr Seales«, fängt er an und blättert auf einem Klemmbrett einige Blätter um. »Sie wurden gestern Nacht nach einem Kreislaufzusammenbruch hier eingeliefert. Mit Ausnahme von leichtem Untergewicht, konnten wir bei Ihnen keinerlei Krankheiten feststellen und werden Sie deswegen heute wieder entlassen. Ich muss Sie allerdings darauf hinweisen, dass Sie sich wirklich um eine Gewichtszunahme bemühen sollten. Hat es einen besonderen Grund, weshalb dieser Zustand vorliegt? Ich weiß, Sie sind Schauspieler und da muss man schon mal für eine Rolle an Gewicht verlieren ...«

»Nein, es war nicht für eine Rolle. Ich habe nur momentan viel Stress und seit einiger Zeit auch ziemlich oft Magenschmerzen, was das Essen nicht leichter macht.« Verstehend nickt der Arzt und notiert es sich.

»Mr Seales, wenn der Stress auf den Magen schlägt, dann ist das ein wichtiges Signal unseres Körpers. Der Magen ist ein empfindliches Organ und bei zu viel Belastung kann sich leicht ein Magengeschwür bilden. Fahren Sie die Belastung ein wenig herunter, Essen Sie gesund und verzichten auf Koffein und übermäßigen Zucker, dann hat sich das schnell wieder gegeben.«

Reduzieren Sie den Stress. Das ist der Witz des Tages. Wie soll ich das denn momentan machen?

Obwohl mir eigentlich eher danach zumute ist, einmal verächtlich zu schnauben, nicke ich brav und nehme den Entlassungsschein entgegen, den mir der Arzt in die Hand drückt.

»Sie dürfen gehen. Und passen Sie auf sich auf.«

Ja, ich werde es versuchen. Aber das ist leider nicht einfach, wenn man von allen Seiten auf die Fresse kriegt.

7. KAPITEL

Keine Nachricht von Lucas.

Kein verpasster Anruf.

Nichts.

Den ganzen Tag blättere ich mich durch alle Apps, über die er Kontakt zu mir aufnehmen könnte.

Entgegen der Empfehlung des Arztes stehe ich am Abend wieder am Set. Wieder bin ich in eine Decke gewickelt und sehe teilnahmslos auf die Lichter, die sich auf der dunklen Oberfläche der Themse spiegeln. Ich habe mit niemandem gesprochen und keiner am Set weiß, was los ist.

Alle denken vermutlich, meine verschlossene Art hat mit Silvester zu tun. Obwohl ich mehrfach kurz davor bin, Elianna zu umarmen und mich bei ihr auszuheulen, lasse ich es bleiben, denn ich weiß nicht, was es mir nützen sollte, außer, dass ich mich selbst noch weiter runterziehe.

Der Tropf, den ich im Krankenhaus bekommen habe, hat genug Nährstoffe in meine Blutbahn gespült, dass ich mich zumindest körperlich in der Lage fühle, meine Szene von heute zu drehen.

Tommy fällt im Film in die Themse und wird von Evelyn und ihrer Mitbewohnerin wieder aus dem Wasser gezogen. Weil ich vor Wochen auf einen Stuntman verzichtet habe, muss ich heute selbst ins Wasser und das lenkt mich von Lucas ab. Das ist gut.

Meine Szenen bringe ich halbwegs hinter mich, aber alles ist dumpf. Unter anderen Umständen hätte mir der heutige Nachtdreh sicherlich Spaß gemacht, doch heute kann ich keine Freude empfinden. Noch immer fühlt sich alles ganz taub an und ich weiß, dass unsere Trennung noch nicht ganz zu mir durchgedrungen ist.

Ich hab Angst vor dem Moment, an dem ich es realisiere. Das wird mich heftig treffen – das weiß ich genau.

Und es wird noch schmerzhafter, als es jetzt vielleicht schon ist.

Isobel, die ich heute zum ersten Mal seit Tagen wieder sehe, ist verändert. Ständig wirft sie mir einen besorgten Blick zu, erkundigt sich aber nicht nach meinem Zustand. Ich bin froh darüber, nicht mit ihr reden zu müssen, und nehme einen weiteren Schluck Kaffee.

Die ganze Nacht über bin ich sehr nah am Wasser gebaut. Es kommt mir zugute, als wir die Rettung von Tommy drehen und Evelyn ihn aus dem Fluss zieht und mir Tränen in den Augen stehen. Elianna ist die Einzige am Set, die spürt, dass da noch mehr dahinter steckt, als nur Spiel.

Als wir am frühen Morgen Drehschluss haben und sie mir im Garderobenmobil aus dem nassen Neoprenanzug hilft, den ich unter dem Kostüm getragen habe, sagt sie: »Ihr habt euch getrennt, oder?«

»W-woher weißt du das?«, frage ich mit zitternder Stimme. Keine Ahnung, ob das von der Kälte oder dem Schrecken kommt, dass sie es angesprochen hat.

Sie zuckt die Schultern und packt ein Hosenbein des Anzugs, um daran zu ziehen.

»Es war nur so ein Gefühl. Immer, wenn ich dich heute angesehen habe, wirktest du abwesend und das war eine andere Art der Abwesenheit, als nach Silvester. Oh Henry, das kann doch nicht wahr sein ... ich hatte mich so für euch gefreut.« Mit einem Schnalzen löst sich der Anzug nun endgültig von mir und sie legt das triefende Ding schnell in einen Wäschekorb, dann erhebt sie sich und umarmt mich.

Ich stehe da wie eine Salzsäule – nur in Unterwäsche, pitschnass, und noch immer zitternd.

»Ich hab Angst nach Hause zu gehen«, gestehe ich ihr und sehe sie hilfesuchend an. »Obwohl Lucas nicht bei mir gewohnt hat, erinnert mich dort so vieles an ihn – wie soll ich da zur Ruhe kommen?«

»Du kannst bei mir schlafen, wenn du magst. Ich hab ein Gästebett, wenn dich das nicht stört ...« Elianna klingt unsicher, als sie diesen Vorschlag macht und reicht mir ein Handtuch. Ungläubig nehme ich es entgegen: »Das würdest du tun? Die Presse hat uns immerhin schon einen Flirt angedichtet. Ist das jetzt so eine gute Idee, wenn ich mitkomme?«

»Ach das ist doch egal«, sagt sie mit einer wegwerfenden Handbewegung. »Wenn jemand Hilfe braucht, dann sollte man sie bekommen und deswegen ist es für mich selbstverständlich, dass ich dir meine anbiete. Also willst du mitkommen?«

Ich komme gerne mit. Nach Hause will ich heute nicht zurück und so fahre ich zusammen mit Elianna in einen Vorort von London.

Plaistow ist etwa 40 Minuten von meinem Stadtteil Canonbury entfernt und weil sie kein Auto hat, nehmen wir die Bahn. Die Zeit nutze ich, um Elianna zu erzählen, was genau passiert ist. Wider meiner Erwartung, tut es gut, sich zu öffnen.

Nach einer fast einstündigen Fahrt kommen wir an der Haltestelle an. Hier war ich noch nie und ich muss sagen, dass es hier ein wenig gruselig ist. Die Station ist karg und der Wind pfeift uns entgegen, als wir auf den kleinen Vorplatz treten. Es ist noch dunkel, in der Ecke stehen einige Obdachlose zusammen und sehen zu uns herüber.

»Oh man, die sind hier immer, ich finde es echt unheimlich, wenn die mich so angaffen ...«, flüstert Elianna und geht ein wenig enger neben mir her. Die Männer flüstern und ich lege ihr rasch den Arm um die Schulter.

»Danke«, haucht sie, nimmt meine Hand vorsichtig und wir gehen weiter.

»Vielleicht lassen sie mich ab jetzt in Ruhe ...«, überlegt sie. Als ich meine Hand lösen will, hält sie sie weiterhin fest. »Kannst du noch so bleiben, bis wir zuhause sind? Wir kommen noch an einer Bushaltestelle und einem Park vorbei, wo ich mich auch nie sonderlich wohl fühle.«

Ich tue ihr natürlich den Gefallen, schließlich weiß ich, wie es ist, angestarrt zu werden, also lasse ich ihre Hand fest in meiner, bis wir vor einem Hochhaus ankommen. Am Eingang befinden sich mindestens 45 Briefkästen und die Haustür ist auch ohne Schlüssel zu öffnen, so marode ist sie.

»Es ist nicht sonderlich schön hier, aber etwas anderes konnte ich mir in London nicht leisten«, sagt Elianna entschuldigend, als wir in den schmuddeligen Flur treten.

London ist wirklich heftig, was die Wohnungen und die Mieten angeht, doch ich hätte nicht gedacht, dass Elianna hier lebt. Dabei kann ich nicht mal genau sagen, wieso ich das dachte, aber vielleicht habe ich mich von ihrem ordentlichen Äußeren dazu verleiten lassen, sie in eine gehobenere Gegend zu stecken.

Zu Fuß steigen wir hinauf in den fünften Stock und gehen einen langen Flur entlang. Am Ende des Flurs öffnet sie eine Wohnungstür.

In dem Einzimmerappartement ist wirklich wenig Platz, doch sie hat sich ganz gut eingerichtet und gemeinsam bauen wir das Gästebett auf. Dazu müssen wir zwar einen Tisch beiseiteschieben, doch dann passt alles. Zumindest halbwegs.

Die kleine Wohnung und das maßgeschneiderte Interieur, erinnert mich schmerzhaft an Lucas und seine kleine Hobbithöhle.

»Willst du zuerst ins Badezimmer?«, fragt Elianna und deutet auf die einzige Tür in der Wohnung. Mir fällt ein, dass ich keine Zahnbürste oder Sonstiges dabeihabe, doch meine Kollegin hat noch eine auf Vorrat und sagt mir, wo ich sie finden kann.

Nachdem ich mich vorsichtig in dem kleinen Bad bettfertig gemacht habe, gehe ich zurück ins Schlafzimmer, wo sie sich bereits umgezogen hat und sich dann an mir vorbei ins Badezimmer schiebt.

»Kann ich das Licht ausmachen?«, fragt sie und ich nicke.

»Okay, ich muss gleich über dich steigen, damit ich zu meinem Bett komme«, warnt sie mich vor. Wenig später krabbelt sie über mich und legt sich dann in ihr Bett.

»Stört es dich, wenn ich noch kurz auf mein Handy gucke?«, frage ich, weil ich sie mit dem hellen Display nicht stören will und als sie verneint, schalte ich es an.

Lucas hat mir nicht geschrieben.

Natürlich nicht. Wieso sollte er das auch tun?

»Henry, es macht keinen Sinn, wenn du jetzt immer darauf wartest, dass er sich meldet«, seufzt Elianna und sieht mich mitleidig an.

»Ich weiß, aber vielleicht tut er es ja doch. Ich will ihn nicht verlieren und wenn ich ihm nur die passenden Worte schreiben könnte, würde sich vielleicht alles wieder beruhigen. Irgendwie muss ich ihm doch zeigen, dass ich ihn liebe, auch wenn das in der letzten Zeit nicht deutlich genug rüberkam.« Sie setzt sich auf und im fahlen Licht des Handys sehe ich, dass sie kritisch dreinblickt.

»Henry, Lucas kann nicht von dir erwarten, dass du die Vergewaltigung einfach so wegsteckst. Das braucht Zeit zum Aufarbeiten und da reicht eine knappe Woche nicht aus. Dass er deswegen Schluss macht, ist vollkommen übertrieben.« Sie klingt richtig verärgert und ich bin geschmeichelt davon, dass sie mich so in Schutz nimmt.

»Aber ich liebe ihn trotzdem«, sage ich leise, wie ein bockiges Kind und senke den Blick. »Er ist der schönste Mann auf der Welt ... schau.« Ich drehe mein Handy und zeige ihr ein Bild von uns beiden. Es ist mein Lieblingsfoto, das aus Neuseeland, als wir uns vor dem Berg geküsst haben.

»Ja, Lucas ist wirklich ansehnlich, trotzdem sollte er mehr Verständnis haben.«

Wäre ich nicht so verliebt und nicht so verletzt, würde ich Elianna sicherlich zustimmen. Aber unter diesen Umständen kann ich nichts anderes tun, als weiterhin traurig das Bild anzusehen und nicht daran zu denken, dass die Trennung nun schon über 24 Stunden her ist.

Entschlossen, nicht so leicht aufgeben zu wollen, öffne ich WhatsApp und schreibe Lucas.

>>Ich liebe dich<<

6. KAPITEL

»Wolltest du Lucas eifersüchtig machen, oder was hast du dir bei diesen Bildern gedacht?«

Es ist Mittag und ich sitze bei Lauren im Büro.

Sie hat mich zu sich geholt, um mit mir die weitere Vorgehensweise zu besprechen. Zwischen uns liegt eine Zeitung aufgeschlagen auf dem Konferenztisch und meine Managerin tippt mit dem Zeigefinger mehrfach auf ein Foto, das mich und Elianna Arm in Arm auf der Straße zeigt.

»Ich weiß nicht, wer das gemacht hat, und ich habe mir gar nichts dabei gedacht. Ich wollte einfach nicht nach Hause und sie hat mich die Nacht zu sich mitgenommen«, erkläre ich langsam und müde. Ich bin es so leid, jeden meiner Schritte irgendwem erklären zu müssen.

>>Henry Seales mit hübscher junger Lady gesichtet. Ist ein Londoner Vorort das neue Liebesnest?<<

»Lucas wird das gar nicht gerne sehen«, sagt Lauren und ich schnaube.

»Lucas hat mich verlassen. Es wird ihm egal sein, wohin ich mit wem gehe, Lauren.« Mit großer Mühe klinge ich neutral und fast schon gelangweilt, doch natürlich frage ich mich, wieso ich nicht bemerkt habe, dass man uns bis nach Plaistow hinaus gefolgt ist.

»Von deinem Zusammenbruch scheint nichts durchgedrungen zu sein, da hat Cardener wohl tatsächlich sein Wort gehalten und nichts veröffentlicht. Immerhin einmal kann man sich auf ihn verlassen.« Lauren faltet die Zeitung wieder zusammen und legt sie beiseite, dann sieht sie mich interessiert an.

»Hast du dir schon überlegt, ob du dich nach wie vor outen willst oder nicht?«, fragt sie und ich zucke mit den Schultern. Nein, habe ich nicht. Ich habe in Eliannas Wohnung gelegen und Lucas eine Nachricht nach der anderen geschrieben, dass es mit leidtut und dass ich ihn vermisse.

Doch er reagiert nicht. Daher habe ich keinen Gedanken daran verschwendet, ob ich mich der Öffentlichkeit nun immer noch offenbaren will, oder nicht.

»Du siehst müde aus, trink noch einen Kaffee.« Sie schenkt mir meine dritte Tasse ein, doch ich werde nicht richtig wach. Mein Elan hat sich verabschiedet.

Als hätte ich den Willen dazu, glücklich zu sein, an Silvester in der Herrentoilette ausgekotzt.

In mir ist alles leer und ich kann nur an den Mann denken, der nicht mehr mein Partner ist und den ich doch trotzdem so sehr liebe. Er hat immer gedacht, dass ich so stark bin und mich immer bei allem auskenne. Aber in Wahrheit war ich immer unsicher und hatte Angst. Und jetzt, wo ich alleine bin, habe ich noch viel mehr Angst, denn ich habe niemanden mehr, der mir den Rücken stärkt und mich mit einer positiven Denkweise beeinflussen kann.

»Henry, ich muss wissen, was du vor hast, sonst kann ich nicht auf die Presseanfragen reagieren, die hier Tag für Tag hereinflattern«, beharrt Lauren und unterbricht meinen Gedankenstrom.

»Lauren, ich weiß nicht, was ich machen soll. Kannst du nicht einfach zu allen ´no comment´ sagen?«, brause ich auf, weil sie mich wirklich nervt. Ich nerve mich ja selbst auch.

Woher soll ich denn so schnell wissen, was ich will? Das Einzige, was ich weiß, ist, dass ich Lucas zurückhaben will und das so schnell wie möglich.

Ich fange Laurens Blick auf; sie hat ungläubig eine Augenbraue hochgezogen und scheint meinen Vorschlag für einen Witz zu halten. Deswegen geht sie überhaupt nicht darauf ein und macht einen Vorschlag: »Also wenn du magst, dann kann ich bei Tatiana nochmal anfragen, ob sie denn in einigen Wochen wieder bereitsteht.« Jetzt ist es an mir, den Blick zu erwidern.

»Auf keinen Fall. Ich werde weder eine echte, noch eine falsche Beziehung eingehen, solange ich bei Lucas nicht alles ausprobiert habe.«

»Dann werde ich also wirklich keinen Kommentar abgeben ...«, seufzt Lauren, zuckt dann die Schultern und macht sich eine Notiz. »Gut. Du kannst gerne noch hier bleiben, Henry, aber ich muss jetzt weitermachen, ich hab noch ein Meeting.« Sie kommt auf mich zu, bückt sich und gibt mir einen kurzen Kuss auf die Wange, dann stöckelt sie aus dem Raum.

Nach dem letzten Schluck Kaffee stehe ich auf und verlasse das Büro. Der Dame am Empfang nicke ich kurz zu und gehe dann hinaus ins Treppenhaus, wo ich auf den Knopf des Aufzugs drücke.

Er ist extrem langsam. Ich lege den Kopf in den Nacken und schaue der Nummer über der Tür dabei zu, wie sie immer näher an meine Etage heranrückt. Leise gleiten die Türen auf und ich mache einen Schritt nach vorn.

Hart pralle ich dabei gegen einen Mann, der aussteigen will und den Blick gesenkt hat.

»Sorry«, sagt eine raue Stimme und mir bleibt fast das Herz stehen.

»Lucas?« Er hebt den Blick und starrt mich an, wie einen Geist. Soweit ich erkennen kann, bevor er hastig wieder den Kopf senkt, hat er Augenringe und ist blass.

Eigentlich sieht er genauso aus, wie ich.

»Was machst du hier?«, frage ich vorsichtig und bleibe stehen. Der Aufzug schließt sich wieder und fährt nach unten, ohne dass ich eingestiegen bin.

»Hab ein Meeting mit Lauren«, sagt er langsam und hebt den Blick. Ich kann darin so viel Schmerz lesen, wie ich ihn empfinde, und eine gefühlte Ewigkeit stehen wir voreinander und sehen uns in die Augen.

»Ich vermisse dich ...«, sage ich leise und warte auf eine Antwort, doch es kommt nichts. Stattdessen macht er eine seltsame Bewegung mit dem Kopf, eine Mischung aus Nicken und Kopfschütteln und sagt: »Ich weiß, das hast du mir gestern geschrieben ... ich muss ...«, dann wendet er sich ab und geht mit schnellen Schritten auf die Eingangstür von Cooperations Management zu.

»Es tut mir leid, was passiert ist. Ich liebe dich. Bitte komm zurück.«

Die Worte purzeln mir regelrecht aus dem Mund und ich hatte sie eigentlich ganz anders sagen wollen, doch nun sind sie raus und Lucas bleibt stehen. Zwar dreht er sich nicht zu mir um, doch ich glaube, zu ahnen, dass er kurz die Augen geschlossen hat.

Vielleicht ist er auch kurz davor, sich zu mir umzudrehen. Vor Nervosität zerbeiße ich mir fast die Unterlippe und halte die Luft an.

Bitte dreh dich um Lucas.

Bitte dreh dich zu mir um.

Ich will dir in die Augen sehen.

Er macht einen Schritt nach vorn, dann drückt er die Tür auf und betritt das Management.

Und ich bleibe einfach vor dem Lift stehen und starre ihm nach.

Hab ich wirklich erwartet, dass er sich einfach zu mir umdreht, sagt, dass er mich auch liebt, mich küsst und alles wieder gut ist?

Ja, genau das habe ich erwartet und gehofft.

Betrübt nehme ich die Treppe nach unten. Meine Laune sinkt mit jeder Stufe, die ich hinter mich bringe und als ich unten ankomme, habe ich schon wieder Bauchschmerzen.

Lucas sitzt in diesem Gebäude und ich gehe einfach?

Was bin ich denn für ein Feigling? Wollte ich ihm nicht zeigen, dass ich ihn nicht kampflos aufgeben will? Dann ist das, was ich da gerade mache, ziemlich kontraproduktiv. Noch in der Eingangshalle drehe ich mich wieder um und starre einige Sekunden lang auf den Aufzug.

Wenn ich vorgebe, etwas vergessen zu haben, dann könnte ich einfach nochmal nach oben fahren, ins Büro spazieren und würde Lucas nochmal sehen. Immerhin bin ich Schauspieler, ich könnte mir einfach eine Szene ausdenken und die spielen, das sollte eigentlich kein Problem sein.

Doch Lucas kennt mich gut genug, um zu bemerken, dass ich ihm etwas vormache. Ihn kann ich nicht täuschen und eigentlich hab ich das auch nicht vor. Immerhin wollte ich ihn nicht mehr belügen.

Trotzdem nehme ich den Aufzug, fahre bis zu Cooperations Management hinauf, nur um dort oben wieder den Knopf nach unten zu drücken. So geht es mehrere Male und ich schinde Zeit, in der Hoffnung, Lucas nochmal zu sehen.

Doch er kommt nicht.

Zumindest nicht in der Zeit, in der ich mit dem Aufzug rauf und runter fahre.

Irgendwann sieht mich der Pförtner schief an und ich verlasse das Gebäude schnell.

Draußen regnet es und ich ziehe mir die Kapuze meiner Jacke über den Kopf, dann suche ich Schutz unter dem Vordach einer nahegelegenen Bushaltestelle, setze mich auf die Holzbank und behalte den Eingang im Auge. Vielleicht kann ich wenigstens noch einen Blick auf Lucas erhaschen, wenn er wieder rauskommt. Meine Güte, ich komme mir vor, wie ein Stalker.

»Henry? Können wir ein Foto mit dir machen?«

Diesen Platz auszusuchen, war eine dumme Idee, denn das College ist ganz in der Nähe und die Schüler nehmen von hier aus den Bus nach Hause. Ich lasse mich mehrfach knipsen und weiß, dass ich ziemlich fertig auf den Bildern aussehe, denn sie nutzen alle die Frontkamera, um ihre Selfies zu machen.

»Henry, es tut mir sehr leid, was dir passiert ist. Du sollst wissen, dass wir alle hinter dir stehen«, sagt ein Mädchen, nachdem sie ihr Foto gemacht hat, zu mir und schenkt mir ein aufmunterndes Lächeln, das ich kurz erwidere.

Dann ziehe mir meine Kapuze wieder auf und will mich davon machen, doch ein stechender Schmerz fährt mir in den Magen. Aufstehen ist nicht möglich und ich drücke mir schnell die Hand auf den Bauch.

Niemand um mich her bemerkt, was los ist. Alle sind damit beschäftigt, ihre Fotos zu checken. Jetzt, wo sie bekommen haben, was sie wollen, bin ich vollkommen uninteressant.

Der Schmerz lässt nach wenigen Atemzügen langsam nach und ich starte einen zweiten Versuch, mich zu erheben. Dieses Mal funktioniert es und ich entferne mich unauffällig von der Bushaltestelle. Das Plappern der Schüler kann ich noch lange hinter mir hören. Alle sind glücklich über ihre Selfies, die sie mit mir gemacht haben und ich?

Ich gehe langsam von dem Gebäude weg, in dem sich Lucas befindet, habe Schmerzen und weiß nicht so recht, wo ich noch hinsoll.

»Henry?« Nick öffnet mir die Tür und lächelt mich an. Er freut sich, mich zu sehen und ich lächele ihn unsicher an.

»Darf ich reinkommen?«

Nick tritt beiseite und lässt mich in die Wohnung.

»Hast du überhaupt Zeit für einen Besuch?«, frage ich unsicher und ziehe den Mantel noch nicht aus.

»Ich muss mein Programm für morgen fertig schreiben, aber du kannst trotzdem gerne da bleiben.« Er nimmt mir den Mantel ab und hängt ihn auf, dann mustert er mich und fragt: »Alles okay bei dir? Du siehst ein bisschen verkrampft aus.«

Ja, ich sehe verkrampft aus, weil ich das momentan auch bin.

Dass ich Lucas heute gesehen habe, hat mich durcheinandergebracht und die Magenschmerzen lassen es kaum zu, dass ich gerade stehen kann.

»Nein«, sage ich und folge Nick in die Küche. Er öffnet den Schrank und nimmt zwei Tassen heraus. »Lucas hat sich von mir getrennt.« Nick fallen vor Überraschung die Tassen aus der Hand und mit einer ungelenken Bewegung schafft er es, beide davor zu bewahren, auf dem Boden zu zerschellen.

»Lucas hat sich getrennt? Aus welchem Grund?« Nochmal kann und will ich das nicht aussprechen und sehe ihn nur an. In Nicks Gesicht entspannt sich etwas und er hat den Grund erkannt. »Wegen der Vergewaltigung?«, haucht er ungläubig und seine Augen werden ganz rund vor Erstaunen. »Ist der vollkommen bekloppt? Du brauchst ihn gerade *jetzt* mehr denn je, da kann er dich doch nicht allein lassen. Wie sollst du denn das alles allein bewältigen? Na warte, den werde ich mir vorknöpfen.« Entschlossen greift er nach seinem Handy. »Gib mir seine Nummer, ich rufe ihn an und mache ihm die Hölle heiß. Es wundert mich ehrlich gesagt, dass dich noch niemand in ein Krankenhaus gebracht hat, so scheiße, wie du aussiehst. Los, gib mir seine Nummer.«

Dass ich schon im Krankenhaus war, sage ich ihm nicht.

Ich weiß nicht, ob das eine so gute Idee ist. Natürlich ist es toll, wenn Nick sich so für mich einsetzen will, doch Lucas wird mit Sicherheit nicht begeistert davon sein, dass er sich da reinhängt. Aus diesem Grund schüttle ich den Kopf und verweigere ihm die Nummer. »Henry, komm schon, ich kenne Lucas doch auch. Vielleicht kann ich ihm ja ins Gewissen reden.«

»Nein, das will ich nicht. Es ist schon schwer genug, sicherlich auch für ihn ... ich hab ihn vorhin getroffen.« Resigniert lässt mein Kumpel das Handy wieder sinken und zuckt mit den Schultern.

»Gut, wenn du meinst. Wo hast du ihn getroffen?« Ich setze mich auf einen Küchenstuhl und sehe Nick dabei zu, wie er den Wasserkocher auffüllt.

»Ich war bei Lauren im Büro und weil Lucas dort ja ebenfalls unter Vertrag ist, bin ich ihm dort über den Weg gelaufen ... es hat sich so komisch angefühlt.«

»Was hast du zu ihm gesagt?«, will Nick wissen und setzt sich mir gegenüber.

»Ich hab ihm gesagt, dass ich ihn liebe ... ah ...« Mein Magen zieht wieder und ich ziehe rasch die Beine an die Brust, um mich klein zu machen.

»Was hast du?«, fragt Nick alarmiert und ist sofort neben mir. Zaghaft legt er mir die Hand auf die Schulter und sieht mich an. »Willst du dich hinlegen?« Langsam atme ich durch die Nase, doch ich kann den Bauch nicht entspannen, um locker zu werden, alles ist fest und verkrampft und ich habe unglaubliche Schmerzen. Außer einem Wimmern kriege ich keine Antwort raus.

»Henry .... bitte ... du machst mir Angst. Komm mal rüber auf die Couch ...« Vorsichtig zieht er mich auf die Beine und ich kann nur zusammengekrümmt stehen. Es fühlt sich an, als hätte man meine Haut der Brust mit dem Bauchnabel zusammengenäht. Ich bringe einen gequälten Laut heraus und sinke auf die Couch. »Kannst du dich ausstrecken?«, fragt Nick und will mir die Knie nach unten drücken, doch es geht nicht.

»Nein ... bitte lass mich einfach so liegen ...«

»Aber du hast Schmerzen, so geht das nicht.« Nick sieht mich an, wirkt ratlos und ein wenig hektisch und greift nach einer Decke, die er über mich legt. Der Wasserkocher pfeift.

»Ich mache dir einen Tee.«

Sich gerade hinsetzen zu können, scheint unmöglich. Ich fühle mich, als würde jemand mein Innerstes mit einem Messer bearbeiten. Die Arme um mich geschlungen wippe ich von rechts nach links und jammere vor mich hin.

»Bekommst du ein Kind?«, fragt Nick halb im Scherz aus der Küche, »Es hört sich nämlich genau so an, wie wenn eine Frau in den Wehen liegt.«

»Männer können keine Kinder bekommen, Nick ... ahh.« Natürlich können sie das nicht, allerdings frage ich mich, wieso ich solche Schmerzen habe. Heute Morgen war doch noch alles in bester Ordnung? Gut, in den letzten Tagen hatte ich immer wieder dieses unangenehme Ziepen im Magen, aber das war ja nur, wegen dem Stress. Das hatte auch der Arzt gesagt.

Vorsichtig drehe ich mich auf die Seite und versuche ruhig zu atmen. Das Stechen lässt etwas nach, stattdessen ist mir jetzt ziemlich warm und ich schiebe die Decke von mir.

Bekomme ich jetzt Fieber oder was?

Das kann nicht sein, ich kann jetzt nicht krank werden. Ich habe noch zwei Drehtage, dann ist »Way Out« für mich vorbei und ich bin abgedreht. *Danach* kann ich gerne krank werden, aber nicht jetzt.

Seufzend schließe ich die Augen und versuche mich, so gut es geht zu entspannen, doch dann kommt Nick aus der Küche. Er hat zwei Tassen in der Hand und einen kritischen Ausdruck im Gesicht.

»Hast du schon eine Mail von deiner Managerin?«, fragt er.

»Keine Ahnung, ich hab nicht nachgesehen. Wieso sollte ich das haben?«, frage ich und folge Nick mit den Augen.

»Weil ich gerade im Netz was gelesen habe, aber ich sag es dir erst, wenn du vorher deine Mails checkst. Hier ich hab dein Handy gleich mitgebracht.« Er hält es mir hin und ich öffne mein Postfach. Tatsächlich ist eine Mail von Lauren vor etwa einer halben Stunde eingetrudelt.

>>Henry,

die Polizei hat mir gerade mitgeteilt, dass sie das Material aus der Überwachungskamera des Clubs bzw. der Toilette ausgewertet haben. Man kann den Täter sehr gut erkennen und sie wollen sein Bild nutzen, um in der Öffentlichkeit danach zu fahnden. Außerdem erhoffen sie sich so, dass der Druck auf den Mann so groß wird, dass er sich freiwillig stellt. Dich hat man auf den Bildern unkenntlich gemacht, ich wollte aber trotzdem, dass du Bescheid weißt.

Liebe Grüße,

Lauren Cooper

Cooperations Management<<

»Gut, deinem Gesicht nach zu urteilen, hast du die Mail bekommen«, sagt Nick vorsichtig, setzt sich in einen Sessel, der mit Silber und Pink bezogen ist und aussieht, als würde er in den kitschigsten Gay Club in London gehören. »Dann kann ich ja jetzt der Fernseher anmachen, vielleicht berichten sie ja drüber. Gut wäre es auf jeden Fall.«

Während Nick durch die Kanäle zappt und nach einem Boulevardmagazin sucht, die um diese Uhrzeit häufig ausgestrahlt werden, bin ich nicht sicher, ob ich das Bild sehen will. Das Gesicht des Mannes werde ich sicherlich so schnell nicht vergessen, obwohl ich in den letzten Tagen kaum an ihn gedacht habe. Mein Hirn scheint die Begegnung zu verdrängen.

Vorsichtig richte ich mich auf, angele mir den Tee vom Kronkorkentisch und trinke einen Schluck. Das TV Programm rattert in einer unglaublichen Geschwindigkeit voran, weil Nick so schnell auf die Fernbedienung drückt, dass einem schwindelig wird.

»Oh, da ist was!«, ruft er und schaltet zwei Programme zurück. »Zumindest berichten sie gerade über die Kardashians. Vielleicht kommt danach ja was.«

Wir sehen uns das halbe Programm an und ich will schon fast sagen, dass es Unsinn ist und wir lieber umschalten sollten, als die Sprecherin das nächste Thema mit ernstem Gesichtsausdruck ankündigt: »Und nun eine nicht ganz so erfreuliche Geschichte. Wie wir alle mitbekommen haben, wurde Henry Seales an Silvester in einem Club Opfer einer Vergewaltigung. Die Polizei hat nun die Bilder der Überwachungskamera ausgewertet und veröffentlicht.« Der Bericht startet und eine Stimme erklärt nochmal, was in der Nacht zum neuen Jahr passiert ist. Sie spekuliert darüber, wie ich wohl damit umgehe, und zeigt kurze Ausschnitte aus dem Video. Es ist unscharf, doch der Mann ist gut zu sehen. Man sieht die Tür der Kabine, die sich öffnet. Der Mann tritt heraus und schließt sich dabei die Hose, während hinter ihm eine Gestalt zur Seite kippt und auf dem Boden liegenbleibt.

Man hat mich unkenntlich gemacht, doch meine Körpersprache ist trotzdem gut zu lesen. Kraftlos und zusammengekauert liege ich da und das Video wird gestoppt.

Okay ich hab mich geirrt, ich habe sein Gesicht vergessen. Doch als ich ihn nun wieder sehe, bleibt mir fast die Luft weg. Alles kommt wieder hoch. Wieder spüre ich seine Hände in meinen Haaren und an meinem Hals.

Fast glaube ich auch, den Geschmack des Spermas wieder auf der Zunge zu haben. Die Erinnerung ist so intensiv, dass ich vergesse, dass ich auf Nicks Couch liege und sicher bin. Vor meinen Augen verschwimmt alles und mir läuft das Wasser im Mund zusammen. Ich kenne meinen Körper gut genug, um zu wissen, was das bedeutet.

Rasch stelle ich die Tasse ab, schlage mir die Hand vor den Mund und verschwinde, so schnell ich kann, im Badezimmer. Keuchend beuge ich mich übers Waschbecken, doch außer, dass ich mehrfach würgen muss, sodass sich mein ganzer Körper verkrampft, passiert nichts.

Zaghaft klopft es an der Tür.

»Kann ich reinkommen?«, fragt Nick vorsichtig und als ich ein Ja herausbringe, öffnet er die Tür. »Es tut mir leid, ich hätte das nicht einschalten dürfen, das war total unsensibel von mir«, entschuldigt er sich rasch und sieht mich traurig an.

»Schon gut ...« Zitternd wische ich mir übers Gesicht und drehe mich zu ihm um. »Als ich sein Gesicht gesehen habe, kam alles wieder hoch ... ich ...« Wieder habe ich den Geschmack im Mund und würge erneut.

Wenn ich wenigstens noch Lucas bei mir hätte!

»Okay, du musst jetzt zu einem Arzt, das geht so nicht«, sagt Nick entschlossen und legt vorsichtig den Arm um meine Schulter.

»Ich bin nicht krank«, widerspreche ich, doch er lässt keine Widerrede zu und schleift mich regelrecht aus der Wohnung.

9. KAPITEL

»Er hatte eine Panikattacke und sich fast übergeben, außerdem hat er schlimme Magenschmerzen, sodass er mir fast in der Küche zusammengeklappt ist. Hören Sie nicht auf ihn, wenn er sagt, es ginge ihm gut. Das stimmt nämlich nicht«, erklärt Nick dem Arzt, als wir in einer kleinen Praxis endlich drankommen und dem Arzt gegenüber sitzen. Der Mann mustert mich durch seine Brille wachsam, dann deutet er auf eine Behandlungsliege und bittet Nick, den Raum zu verlassen, während er mich untersucht. Nick sieht mich kurz forschend an und ich nicke leicht. Das schaffe ich schon alleine, da brauche ich keinen Aufpasser.

»Machen Sie bitte den Oberkörper frei und sagen Sie mir, was für Beschwerden Sie haben«, sagt der Arzt und ich ziehe mir den Pullover über den Kopf.

»Mir ist schlecht und ich habe schon seit einiger Zeit Bauchschmerzen ... seit etwa zehn Tagen, schätze ich.« Der Mann nickt und bedeutet mir, mich hinzulegen. Er desinfiziert sich die Hände und tastet dann meinen Bauch ab.

Fremde Hände auf dem Körper zu haben, verursacht bei mir eine Gänsehaut und ich verkrampfe mich automatisch.

»Bleiben Sie ganz locker, sonst kann ich nichts ertasten«, fordert der Mann und ich nicke, sage dann aber: »Tut mir leid, aber ich wurde an Silvester ...«

»Ja ich weiß, ich hab es mitbekommen«, sagt der Mann mitfühlend. »Ich verstehe, dass es Ihnen jetzt schwerfällt, Berührung zuzulassen, aber ich muss Sie ja irgendwie untersuchen. Können Sie die Schmerzen beschreiben?« So gut es geht, versuche ich das Brennen und Stechen in meinem Inneren in Worte zu fassen, doch ich weiß nicht, ob mir das gut gelingt.

»Wie reagiert der Magen auf Lebensmittel?« Der Doktor tastet meine Lymphknoten ab und sieht sich die kleinen Flecken an, die an meinem Hals noch zu sehen sind, und mustert die Kratzer, die aber schon gut abheilen.

»Mir liegt alles recht schwer im Magen«, sage ich schulterzuckend und bin froh, als er meinen Hals wieder loslässt. »Waren Sie nach dem Übergriff im Krankenhaus?« Er sieht mich besorgt an und ich nicke rasch. »Wurde Ihnen Blut abgenommen und ein HIV-Test gemacht?«

»Ja, aber ich habe bisher keine Rückmeldung darüber bekommen, wie er ausgefallen ist.«

Den Test habe ich total vergessen! Was, wenn ich mich auch noch mit HIV angesteckt habe?

Das wäre das Schlimmste, was mir passieren könnte.

»Machen Sie sich keine Sorgen. Der Arzt informiert Sie nur, wenn ein positiver Befund gemacht wurde. Wenn Sie bis jetzt nichts gehört haben, dann können Sie davon ausgehen, dass nichts ist.« Er steht auf und setzt sich wieder hinter seinen Schreibtisch. Noch während ich meinen Pullover wieder anziehe, erklärt er mir seine Diagnose.

»Mr Seales, Sie haben eine akute Gastritis. Das ist eine Entzündung der

Magenschleimhaut, die durch übermäßige Produktion von Magensaft, Stress oder zu viel Kaffee ausgelöst werden kann. Wenn ich mir Sie so ansehe, dann würde ich mal auf Stress tippen. Arbeiten Sie momentan viel?« Ich nicke und versuche, ihm simpel die Sache mit den Reportern zu erklären.

»Das ist natürlich Stress pur. Ist es denn möglich, dass Sie sich eine Auszeit nehmen? Wenn eine Gastritis nicht abheilen kann, kann es zu einem Magengeschwür und im schlimmsten Fall zu einer Perforation der Magenwand kommen und das wäre dann ein medizinischer Notfall. Lassen Sie es bitte nicht darauf ankommen.« Das klingt wirklich nicht gut, da hat er recht und ich bin froh, dass er mir gesagt hat, was für Folgen es haben kann, wenn ich nicht auf mich achte.

»Morgen habe ich noch frei und dann am Freitag und Montag noch einen Drehtag. Meinen Sie, das kann ich noch machen?«, frage ich.

»Nun, das liegt in Ihrem eigenen Ermessen. Sie müssen selbst abschätzen, wie weit Sie gehen können. Ich verschreibe Ihnen jetzt Schmerztabletten, die Sie einnehmen *können*, wenn es zu schlimm wird, aber bitte nicht im Übermaß, denn das tut dem Magen auch nicht gut. Gönnen Sie sich die Ruhe, die Ihr Körper jetzt braucht.« Schwungvoll setzt er seine Unterschrift auf das Rezept und erhebt sich dann, um mir die Hand zu schütteln.

In der nächsten Apotheke lösen wir das Rezept ein und auf dem Rückweg kommen wir am Leicester Square vorbei. Dort gibt es ein großes Kino, in dem fast alle großen Filmpremieren Londons stattfinden.

Auch heute herrscht hier wieder großer Trubel und Reporter stehen an einer Absperrung. Noch ist kein Schauspieler zu sehen, trotzdem stehen auch eine ganze Menge Fans an den Metallgittern und Bodyguards sichern den Teppich ab.

»Da ist Nick!«, ruft jemand und einige Fotografen drehen sich zu uns um.

»Und er hat Henry dabei!« Obwohl ich mir noch schnell die Kapuze über den Kopf ziehe, hat man uns erkannt und ein kleines Grüppchen kommt auf uns zu. Fotos werden ungefragt gemacht und ein Paparazzo, der sich in der Nähe an einem Baum gelehnt hat, fragt mich doch tatsächlich, ob ich das Video der Überwachungskamera selbst gedreht hätte, um mehr Aufmerksamkeit zu bekommen.

Haben die denn alle ein Rad ab? Wieso sollte ich das denn tun? Hab ich nicht schon genug Aufmerksamkeit? Und wie respektlos wäre das gegenüber anderen Opfern, sowas zu inszenieren?

»Pass bloß auf, was du da sagst!«, sage ich laut zu dem Mann und mache einen Schritt auf ihn zu, werde von Nick allerdings weiter gezogen.

»Henry lass es, er provoziert dich mit Absicht«, sagt er möglichst beruhigend. Trotzdem bin ich stinksauer, dass man mir sowas unterstellt.

»Was sagt denn deine kleine Freundin oder Lucas dazu, dass du fremden Männern auf schmuddeligen Toiletten einen bläst? Das ist widerwärtig!« Der Paparazzo hört nicht auf und obwohl mich einige Passanten gleichzeitig ebenfalls ansprechen, kann ich ihn noch gut genug hören und seine Worte verletzen mich.

Wie heißt es so schön? Wer den Schaden hat, braucht für den Spott nicht zu sorgen.

Mit möglichst schnellen Schritten, entkommen wir dem Fotografen, bis ihm der Abstand zum roten Teppich zu groß wird und er zurückbleibt.

In mir brodelt es heftig, weil er mir solche Sachen an den Kopf geworfen hat, und ich bin kurz davor, vor Wut laut zu schreien. Als wir in einer Seitenstraße sind, machte ich mir Luft, indem ich gegen einen Mülleimer trete.

»Was fällt dem Kerl ein, solche Dinge zu sagen ...«, schimpfe ich vor mich hin und drehe mich einmal im Kreis. Wenn ich in einer besseren Verfassung wäre, würde ich nochmal zurückgehen und ihm eine Ansage machen. Doch das würde nur noch mehr Staub aufwirbeln und das will ich auch nicht. Also gehen wir gemeinsam zurück zu Nicks Wohnung, wo ich mich wieder die Treppen nach oben quäle.

»Du bleibst heute Nacht bei mir. Ich wette, vor deinem Haus stehen wieder Fotografen und du brauchst Ruhe. Ich koche uns jetzt was zu essen, damit du was im Magen hast.« Nick ist da ziemlich energisch und lässt keine Widerrede zu, verfrachtet mich in eine bequeme Jogginghose und ein einfaches Shirt.

In diesem Aufzug verbringe ich den restlichen Tag in einem Dämmerzustand auf dem Sofa und sehe Nick dabei zu, wie er seine Themen für die morgendliche Radioshow ordnet und recherchiert. Es ist ganz still in der Wohnung. Lediglich das leise Rascheln seiner Unterlagen durchbricht die Stille und ich nicke immer wieder ein. Nachdem wir gegessen haben und ich tatsächlich einen halben Teller ohne Bauchschmerzen geschafft habe, drifte ich in den Schlaf.

Meine Träume sind wirr. Lucas wird von einem Paparazzo verfolgt und flüchtet sich in die Arme von Stan Cardener. Lauren erzählt mir, dass ich im nächsten Film einen Vergewaltiger spielen soll, woraufhin ich erwidere, dass das wunderbar sei, schließlich hätte ich ja genug Erfahrung in dem Bereich. Und schließlich stehe ich auf dem roten Teppich bei der Premiere und Lucas taucht nicht auf, obwohl er mir versprochen hat, da zu sein. Stattdessen sehe ich ihn im Publikum und als ich ihn rufe, dreht er sich wortlos um und verschwindet.

Beim Versuch, ihm zu folgen, drehe ich mich auf dem Sofa so rasch hin und her, dass ich mir das Knie anstoße und aufwache. Mit klopfendem Herzen setze ich mich hin und sehe, dass mein Handydisplay leuchtet. Eine SMS ist eingegangen. Verschlafen nehme ich es in die Hand und sehe auf die Uhr, es ist gerade mal sieben.

Wer schreibt mir denn so früh?

>>Henry, dein Anblick gestern geht mir nicht mehr aus dem Kopf. Du hast wirklich schlimm ausgesehen. Ich wollte wissen, ob es dir gut geht. Lucas<<

Lucas hat mir geschrieben und ich sollte überglücklich sein, aber wieso schreibt er mir das?

Was erwartet er?

Dass ich sage, dass alles super ist?

Natürlich geht es mir *nicht* gut, immerhin hat er mich in einer Phase meines Lebens verlassen, in der ich ihn mehr als jeden anderen gebraucht hätte. Aber er war ja der Meinung, dass es schlimm ist, dass ich ihn nicht umarmen kann, und hat dann lieber den Abflug gemacht. Er selbst war sich wichtiger als ich.

Allerdings hat er mir geschrieben und das bedeutet ja, dass ich ihm sehr wohl noch etwas bedeute.

Trotzdem. Er weiß, dass es mir nicht gut gehen kann. Nicht nach dem, was passiert ist und trotzdem fragt er ganz unschuldig nach, als würde er sich nach dem Wetter erkundigen.

Ich könnte einfach schreiben, dass alles okay ist und es mir gut geht. Das würde ihn sicherlich wurmen und er würde sich fragen, wieso ich so schnell über ihn hinweg bin. Vielleicht käme er sogar vorbei, um zu checken, ob ich einen Neuen habe. Bei der Gelegenheit würde ich ihn wieder sehen. Aber so bin ich nicht. Außerdem hat er mich ja gesehen und Lucas ist nicht blind. Er erkennt, wenn es jemandem nicht gut geht.

Oder ich schreibe ihm, was ich habe, dass ich zusammengebrochen bin und die nächsten Drehtage vermutlich nur mit Medikamenten überstehen werde. Dann würde er sich Sorgen und Vorwürfe machen und vielleicht seine Entscheidung überdenken.

Vielleicht.

Was soll ich tun?

Ich könnte ihm auch gar nicht antworten und ihn einfach auf die Folter spannen. Auf der anderen Seite bin ich so glücklich, dass er mir überhaupt geschrieben hat, dass ich ihn am liebsten anrufen würde.

Verschlafen reibe ich mir die Augen und lese die SMS nochmal durch.

Mein Anblick geht ihm nicht mehr aus dem Kopf. Ja, mir seiner auch nicht. Er wirkte so müde und sonst war Lucas immer so aufgeweckt und strahlte. Noch nie habe ich ihn so gesehen, außer als er diese Twitter Attacke über sich ergehen lassen musste.

>>Du sahst auch nicht wirklich gut aus. Mir geht es scheiße, danke der Nachfrage. H<<

Ohne weiter darüber nachzudenken, schicke ich die Nachricht ab, bevor ich sie doch für nicht tauglich befinde. Sie wird sofort gelesen, das erkenne ich an den beiden blauen Häkchen, die neben der Sprechblase erscheinen. Lucas tippt eine Antwort, löscht sie jedoch wieder und ich stehe auf. Auf dem Küchentisch liegt ein Zettel von Nick, auf dem er schreibt, dass er erst gegen zehn Uhr wieder da sein wird und ich bleiben kann, wenn ich will.

Doch ich finde, dass ich seine Gastfreundschaft schon genug strapaziert habe, also räume ich mein Nachtlager, ziehe mich an und verlasse leise Nicks Wohnung.

Draußen ist es kalt, doch der Morgen ist klar.

Auf den Straßen sind nur die Pendler unterwegs und ich schlage den Weg zum Piccadilly Circus ein. Nach Hause will ich nicht und der Arzt sagte mir ja, ich solle mich entspannen. Also gehe ich die Piccadilly entlang, bis ich zum Green Park komme.

Die breiten Wege sind noch vollkommen leer und ich lasse schnell den Lärm des Verkehrs hinter mir, sodass ich bald nur noch meine eigenen Schritte hören kann. Die Bäume sind noch vollkommen kahl und ich versuche mich in Gedanken über die Schönheit einer jeden Jahreszeit zu verlieren, immerhin soll ich mich ja entspannen. Doch mein Kopf produziert nur eine Sache:

Ich vermisse Lucas! Ich will ihn zurück!

So viel zum Thema Entspannung.

Irgendwie muss ich ihm doch beweisen, dass meine körperlich abweisende Art ganz und gar nichts mit ihm zu tun hat und dass ich ihn jetzt mehr als sonst brauche.

Nur, wie soll ich das machen?

Wenn wir uns einfach nochmal treffen könnten, um normal miteinander zu sprechen. Das wäre einfach wunderbar und vielleicht fände ich auch die richtigen Worte. Eine Ente aus einem nahegelegenen Teich watschelt zu mir hin und quakt mich freundlich an.

»Du hast sicherlich keine Beziehungsprobleme«, sage ich zu ihr und sehe sie an. Sie quakt nochmal, woraufhin ein Männchen auftaucht und ihr ins Gefieder beißt.

Gut, die Enten scheinen sich auch nicht so im Klaren darüber zu sein, was zwischen ihnen ist.

Der Erpel jagt die Ente über den Rasen davon, ich sehe ihnen nach, und das Handy in meiner Jacke summt. Neugierig nehme ich es heraus und mein Herz setzt aus, als ich sehe, dass Lucas mir erneut geschrieben hat.

>>Bist du nicht zuhause? Ich stehe vor der Tür und habe geklingelt, aber es macht niemand auf. Und die Fotografen belagern mich. Deinen Schlüssel hab ich noch, ich geh jetzt einfach rein. Lucas<<

Lucas steht bei mir vor der Tür?

Ich drehe mich um und stoße beinahe mit einem Kind zusammen, das mit seinem Laufrad über den Kiesweg braust, und beeile mich dann, zur nächsten Bahnstation zu kommen.

Mittlerweile ist deutlich mehr los und ich muss wieder darauf hoffen, dass man mich nicht anspricht. Leider ist meine Kapuze in der Wärme, die im U-Bahn-Schacht herrscht, so unangenehm, dass ich sie abnehmen muss, woraufhin mich gleich vier Leute gleichzeitig ansprechen, die gemeinsam mit mir am Bahnsteig warten. Sie bitten mich um ein Foto und ein Autogramm und ich erfülle ihnen den Wunsch, denn ich weiß, dass ich dann in Ruhe gelassen werde. Trotzdem beobachte ich die Leute in meiner Umgebung aufmerksam. Nicht, dass ich meinem Vergewaltiger noch über den Weg laufe. Wer weiß, was er tun würde, weil ich ihn angezeigt habe.

In Canonbury angekommen merke ich, wie mit jedem Schritt, dem ich mich meiner Wohnung nähere, mein Herzschlag ansteigt. Ob es an den Reportern liegt, die vor dem Haus auf mich warten, oder an Lucas, der vielleicht noch da ist, weiß ich nicht. Aber es ist anstrengend – unglaublich anstrengend und mein Mund ist ganz trocken, als ich endlich in meine Straße einbiege.

»Hallo Henry, na geht es dir besser?« Stan Cardener steht an der Ecke, ganz knapp an der ihm erlaubten Grenze, und tritt mir in den Weg.

»Hallo, ja danke nochmal, dass Sie mich ins Krankenhaus gefahren haben.« Wie doof, dass ich quasi in seiner Schuld stehe, jetzt kann ich es mir nicht mehr erlauben, so patzig zu ihm zu sein. Hoffentlich sieht er das nicht als Aufforderung, den gesetzlich vorgeschriebenen Sicherheitsabstand zu ignorieren.

»Was kam denn im Krankenhaus raus? Was genau hast du?«, fragt er neugierig und im Tonfall etwas höflicher, als bisher.

»Ich habe Stress, wegen der ganzen Reporter vor meinem Haus und es würde wesentlich besser werden, wenn ihr mich alle in Ruhe lasst.«

»Ach komm schon, wir leben doch quasi voneinander. Du wärst ohne uns nichts und wir hätten ohne euch Schauspieler keinen Job.«

Da hat er Recht. Leider.

»Ja, das mag sein, aber ich kann und will mich jetzt nicht äußern. Ich fühle mich momentan nicht gut und das solltet ihr alle beherzigen.« Mehr sage ich nicht, sondern gehe an Cardener vorbei. Vor meinem Haus stehen einige Reporter, doch weniger, als ich erwartet habe.

»Hallo Henry. Lucas ist seit einer halben Stunde hier ins Haus. Haben Sie sich miteinander verabredet?«

»Nein«, gebe ich zurück und schiebe mich zwischen den Leuten hindurch zur Treppe.

»Wie geht es Ihnen jetzt, wo alle wissen, dass Sie vergewaltigt wurden und es sogar ein Video davon gibt?«

Lasst mich einfach in Ruhe!

»Wie soll es mir schon gehen? Wie würde es Ihnen gehen?«, frage ich zurück, ziehe den Schlüssel aus der Jackentasche und öffne dir Tür.

»Werden Sie den Mann vor Gericht wieder sehen?«

»Wie geht ihre Freundin damit um?! Die junge Dame ist doch Ihre Freundin, oder?«

Dass die immer noch denken, Elianna wäre meine Freundin, nur weil ein Bild aufgetaucht ist.

Ich schiebe mich durch die Fotografen, die sich gegenseitig anrempeln und versuchen, ein Foto oder eine kurze Aufnahme von mir zu bekommen. Auch, als ich den Schlüssel in der Hand halte, bombardieren sie mich weiterhin mit Fragen, doch ich ignoriere sie.

Unsicher und nervös nehme ich die Treppe hinauf in die Wohnung. Vor der Tür bleibe ich einen Moment lang stehen und bin kurz davor wieder umzudrehen, weil ich Angst habe, dass Lucas mir wieder wehtun wird. Und doch habe ich eine solche Sehnsucht nach ihm, dass ich einfach nicht anders kann, als die Tür aufzuschließen und in den schmalen Flur zu treten.

»Lucas?«

»Henry?«

Er sitzt im Wohnzimmer, genau wie beim letzten Mal, als er hier war. Allerdings hat er nicht geschlafen.

Unsicher trete ich auf ihn zu und setze mich ebenfalls aufs Sofa. Auf die vorderste Kante.

»Hallo Lucas«, sage ich leise und strecke den Arm aus, um ihm über die Hand zu streichen. Er hat kalte Finger.

»Wieso bist du hergekommen?«, frage ich ganz direkt und sehe ihn an.

»Ich hab das Video von der Überwachungskamera gesehen und dann haben wir uns ja gestern getroffen ... naja, du sahst ganz und gar nicht gut aus und ich wollte sichergehen, dass du gesund bist.« Er weicht meinem Blick aus, als er spricht.

Ich werde ihm nichts vormachen, deshalb sage ich die Wahrheit: »Ich habe eine akute Magenschleimhautentzündung. Ausgelöst durch Stress. Wenn es nicht besser wird, kann die Magenwand reißen und ich muss notoperiert werden.«

Gut, das ist jetzt vielleicht ein wenig zu dick aufgetragen, aber Lucas soll ruhig ein bisschen Angst um mich haben.

»Oh.«

Mehr sagt er nicht? Nur Oh?

»Ja«, bestätige ich und hoffe, dass sich unsere weitere Unterhaltung auf mehr Worte erweitert. Lucas hebt den Blick, sieht mich unsicher an.

»Bin ich schuld?« Langsam atme ich aus und sehe ihn direkt an. Ich will ihn nicht anlügen.

»Nicht nur. Ich hatte schon länger Magenschmerzen. Schon an Silvester ... falls du dich erinnerst. Aber ich glaube die Sache im Club und ... du ... haben das alles noch wesentlich schlimmer gemacht.« Lucas sieht betrübt aus und zieht sich unablässig den Saum seiner Ärmel über die Hände, doch sie wollen nicht halten und gleiten immer wieder zurück.

»Ja, also deswegen bin ich auch hergekommen, ich wollte nochmal mit dir reden ... ich glaub, ich hab mich falsch ausgedrückt. Ich will nicht Schluss machen ...«

Hab ich mich da gerade verhört?

Hoffnungsvoll hebe ich den Kopf und in mir flattern die Schmetterlinge wieder auf.

»Aber ... wieso hast du das dann alles gesagt?«

Die Schmetterlinge werden von seinem nächsten Satz sofort wieder schockgefrostet. »Ich hab nie gesagt, dass ich Schluss machen will, das hast du gesagt.«

»Mag sein, aber du hast es auch nicht dementiert.«

»Ich will eine Pause ...«

Klonk, die eingefrorenen Schmetterlinge fallen hart aus der Luft und landen schmerzhaft in meinen Bauchraum.

10. KAPITEL

»Ich muss selbst auch mit der Sache klarkommen, dass ... naja, was dir eben passiert ist. Wir müssen uns, glaube ich, beide erstmal neu sortieren, um wieder zusammen zu finden.«

Das ist die dümmste Idee, die ich je gehört habe.

Eine Beziehungspause?

Wofür soll das denn bitte gut sein?

Man sollte in einer Partnerschaft füreinander da sein und nicht eine Pause einlegen, wenn es mal schwierig wird. Ich kann nicht verhindern, dass ich sauer werde und Lucas mit aufgeblähten Nasenflügeln ansehe.

»Das ist ein Scherz, oder?«

Er schüttelt den Kopf. »Nein, ich glaube, es ist gut, wenn wir beide erstmal ein wenig Ruhe voreinander haben, um uns wieder zu sortieren.«

Ich starre Lucas an. Ich kann nicht glauben, was er da gerade vorgeschlagen hat. »Was willst du denn sortieren?« Dass *ich* mich sortieren muss, ist klar, immerhin habe ich Reporter am Hals, eine Vergewaltigung erlebt und bin körperlich nicht fit. Aber Lucas? Alles was er tun sollte, wäre für mich da sein und mir den Rücken zu stärken und nicht durch seine Handlung einen weiteren Belastungspunkt zu schaffen. Natürlich hat er viel für mich getan und ist Bedingungen eingegangen, die er nicht hätte eingehen müssen. Immerhin habe ich von ihm verlangt, unsere Beziehung geheim zu halten, dabei würde auch er liebend gerne öffentlich mit mir zusammen sein, anstatt immer alles dementieren zu müssen. Aber jetzt, wo mir wirklich etwas passiert ist, das tiefe Wunden geschlagen hat – gerade jetzt brauche ich ihn.

Auch, wenn ich nicht in der Lage bin, es ihm richtig zu zeigen.

»Ich würde mich einfach mit einer Pause wohler fühlen. Ich kann selbst nicht genau sagen, wieso«, nuschelt er vor sich hin und fängt wieder an, sich die Ärmel des Pullis über die Finger zu ziehen.

»Kannst du das bitte mal bleiben lassen?«, fahre ich ihn an und schlucke.

So einen Ton habe ich ihm gegenüber noch nie angeschlagen, aber ich bin gerade so verletzt durch seinen Vorschlag, dass ich nicht anders kann.

»Vielleicht sollte ich lieber gehen«, meint Lucas und steht auf.

»Ja mach das. Wenn wir eine Pause haben, dann bringt es sowieso nichts, dass du noch hier rumhängst.«

»Ja. Vermutlich nicht ... es tut mir leid Henry.« Lucas steht auf, sieht mich einmal an und dreht sich dann weg. Bis ich meine Sprache wieder gefunden habe, ist er fast schon an der Tür. Zu meinem Glück geht er langsam.

»Ist es zu viel verlangt, wenn ich dich um Unterstützung bitte?«, frage ich laut und fordere ihn jetzt regelrecht heraus.

»Ich habe momentan keine Kraft mehr dafür, Henry. Versteh das bitte.« Und mit diesen Worten zieht er die Wohnungstür hinter sich zu.

»Ich habe aber kein Verständnis!«, schreie ich ihm nach und werfe den erstbesten Gegenstand gegen die Tür – ein Buch, das aufgeklappt auf dem

Boden liegenbleibt, nachdem es abgeprallt ist.

Lucas kommt nicht zurück.

Egal, wie lange ich die Tür auch anstarre und innerlich darauf hoffe, dass sie nochmal aufgeht. Sie bleibt zu.

Erstaunlicherweise bin ich nicht viel mehr geschockt, als beim ersten Mal, obwohl ich ja im Prinzip ein wenig erleichtert sein sollte. Immerhin hat er seinen Standpunkt jetzt wenigstens deutlich gemacht und ich weiß, woran ich bin.

Allerdings ist eine Pause im Augenblick auch nicht viel besser. So oder so habe ich nichts von Lucas, denn ich kann mich nicht einmal damit trösten, dass er zurückkommt. Schließlich weiß ich nicht, wann das der Fall sein wird.

Also sitze ich einfach nur da, starre auf das Buch, das ich geworfen habe, und konzentriere mich darauf, zu atmen. Einfach atmen, dann wird alles besser, dessen bin ich mir sicher.

Doch es wird nicht wirklich besser.

Am nächsten Tag habe ich frei und verbringe ihn auf der Couch mit einer großen Kanne Tee und einer weichen Decke. Ich sehe mir Theaterstücke und Reportagen im Fernsehen an und versuche das zu tun, was der Arzt mir geraten hat: entspannen.

Es ist ein einziger Kampf gegen mich selbst.

Am Morgen danach stehe ich wieder am Set und es geht mir ganz gut. Zumindest, solange ich abgelenkt bin.

»Das ist heute dein zweitletzter Drehtag«, sagt Isobel im Laufe des Nachmittages zu mir und lächelt mich an. »Wahnsinn, wie schnell die Zeit nun doch vorbei gegangen ist, oder?« Unsicher lächle ich Isobel an, die den Kopf schief legt und mich mit ernsthaftem Mitleid im Blick ansieht. »Ich wünschte, ich könnte dir irgendwie helfen«, sagt sie und in ihren Augen erscheinen Tränen. »Es tut mir leid, was dir momentan passiert und wenn ich irgendwas tun kann, dann zögere bitte nicht, mich zu fragen.« Ich nicke, doch mir fällt nichts ein. »Gut, dann werden wir beide heute nur One Takes abliefern, damit du schnell wieder nach Hause kommst. Das schaffen wir schon«, sagt sie und legt mir kurz vorsichtig die Hand auf die Schulter.

Ganz so schnell, wie wir uns das gewünscht haben, sind wir leider nicht, denn natürlich hängt die Geschwindigkeit eines Drehtages nicht ausschließlich an zwei Schauspielern und der Tag wird trotzdem recht lang und ich komme erst spät ins Bett.

Der Samstag ist verregnet, kalt und trostlos.

Ich schlafe lange und werde erst von Nick geweckt, der an der Tür klingelt.

Wir sind nicht verabredet gewesen, aber ich freue ich mich trotzdem sehr, dass er vorbeigekommen ist.

»Guten Morgen, ich habe Frühstück und einen Freund mitgebracht«, sagt er gut gelaunt und deutet auf Aaron, der neben ihm steht und eine Tüte mit Brötchen in der Hand hält.

»Wir haben uns gedacht, dass es dir nur besser gehen kann, wenn du Gesellschaft hast, damit du bloß nicht auf dumme Gedanken kommst«, sagt mein Kollege und zwinkert mir zu.

»Dürfen wir reinkommen?«

»Natürlich. Wow, das ist wirklich nett von euch, dass ihr vorbeigekommen seid. Wo hast du deine Kinder gelassen, Aaron?«, frage ich und sehe den beiden dabei zu, wie sie ihre Schuhe ausziehen.

»Meine Frau ist mit ihnen zu ihrer Mutter gefahren. Ich dachte mir, ich könnte die freie Zeit nutzen und dich besuchen.«

»Ja, das dachte ich auch und wir haben uns vor deiner Haustür getroffen. Ich kenne Aaron ja eigentlich gar nicht«, fügt Nick hinzu und tauscht mit Aaron ein verschmitztes Lächeln. »Schön, auf welchen Wegen man neue Leute kennenlernt.«

Ich führe die beiden in die Wohnung und erkundige mich nach den Reportern vor dem Haus.

»Reporter?«, fragt Aaron und runzelt die Stirn. »Da war niemand vor der Tür.«

Oh, das sind ja mal ganz neue Töne. Was hat sie dazu bewogen, ihre Posten zu verlassen?

»Ist Stan Cardener denn noch da?«, frage ich vorsichtig.

»Wer?«, fragen die beiden gleichzeitig.

»Der Reporter, der per Gericht einen Sicherheitsabstand zu meiner Haustür und meiner Straße einhalten muss. Fast zwei Meter groß, schlank, kurzes, graues Haar, Dreitagebart und meist ist er in einer ziemlich alten Trainingsjacke unterwegs. Er ist sehr hartnäckig.«

»Nein, da war wirklich niemand. Vielleicht hat es mit diesem Artikel zu tun, der heute Morgen im Morgenblatt gedruckt war. Sie haben geschrieben, dass du momentan gar nicht gesund aussiehst und sich gefragt, was wohl mit dir los sei. Vielleicht haben die Redaktionen das gesehen und sich dazu entschieden, dich ein wenig in Ruhe zu lassen, weil sie nicht verantwortlich sein wollen, wenn dir was passiert«, überlegt Nick.

Nun, das könnte ein Grund sein.

Zumindest wäre es halbwegs plausibel. Letztendlich ist es mir aber auch egal, wieso die Kameras verschwunden sind. Es entspannt ein wenig, zu wissen, dass ich nicht mehr dauerhaft unter Beobachtung stehe.

Auch, wenn man natürlich nicht wissen kann, wie lange das so bleiben wird.

»Wie geht es dir denn Henry? Du siehst nicht sonderlich besser aus, als beim letzten Mal, als ich dich gesehen habe«, fragt Aaron ruhig und setzt sich, nachdem der Tisch gedeckt ist.

»Lucas hat mich erst verlassen und dann verkündet, eine Beziehungspause machen zu wollen, weil er dem Ganzen nicht mehr standhält.« Hinter mir scheppert es und ich fahre herum. Nick hat eine Pfanne auf den Herd fallen lassen.

»Sorry, aber ... Lucas will eine Pause? Hat der denn vollkommen den Verstand verloren?«, entrüstet er sich und schließt den Schrank, aus dem er die Pfanne genommen hat, mit dem Knie. »Also ganz ehrlich, Henry. So romantisch die Geschichte von dir und Lucas ist, aber das geht gar nicht. Was ist das denn für eine Aktion? Ein Freund sollte da sein, um einen zu schützen und zu unterstützen. Und er verlässt dich einfach, weil es *ihm* zu viel wird? Ich glaube es nicht.« Kopfschüttelnd richtet er die Pfanne auf dem Herd und schaltet ihn an.

»Naja, im Grunde kann ich nicht mehr von ihm verlangen. Er musste meinetwegen auch schon echt viel einstecken.« Ich versuche, ihn in Schutz zu nehmen, doch Aaron schüttelt den Kopf.

»Er wusste von Anfang an, worauf er sich einlässt. Du hast von Anfang an gesagt, dass du dich nur mit ihm zusammen auf der Premiere outen willst. Hätte er das nicht gewollt, dann hätte er die Beziehung nicht eingehen dürfen. Ich hatte ein positives Bild von Lucas, aber das hat sich gerade geändert. Du wurdest vergewaltigt und da geht es in erster Linie darum, dich wieder in ruhigere Bahnen zu lenken. Lucas sollte seine eigenen Bedürfnisse zurückstecken.«

Die beiden sind ja so süß.

Sie lenken mich wunderbar ab und dass sie sich so über Lucas ärgern, hilft mir

105

dabei, meine Gedanken ein wenig ruhen zu lassen. So kommt es, dass ich beim Frühstück tatsächlich zwei Stunden Lucas-freie-Zeit verbringe und mich stattdessen über alltägliche Dinge unterhalte.

Nick erzählt von zwei Musikern, die er in seiner letzten Morningshow zu Gast hatte und die ihn positiv beeindruckt haben, Aaron berichtet von einem Casting, das er in wenigen Tagen haben wird und erkundigt sich danach, ob ich denn auch schon einen Folgejob habe. Das kann ich verneinen und ich bin froh darüber. Immerhin gingen 1925 und Way Out doch ziemlich nahtlos ineinander über und ich brauche nach diesem Dreh wirklich erst mal Ruhe.

Nick und Aaron sind noch bis zum frühen Nachmittag hier, dann verabschieden sie sich wieder. Ich begleite sie noch bis hinunter in den Hausflur und staune nicht schlecht, als sie die Tür öffnen und ein Strahl gleißend hellen Sonnenlichts auf den Fliesenboden fällt.

»Oh, das Wetter scheint besser zu werden«, freut sich Nick und hält das Gesicht in die Sonne. Die Strahlen sind zwar noch viel zu schwach, um wirklich Wärme abzugeben, aber das ist egal. Die Helligkeit tut gut und stimmt positiv.

So positiv, dass ich kurzerhand beschließe, einen Spaziergang zu machen. Ich ziehe mich warm an und verlasse dann wenig später das Haus. Zum ersten Mal steht wirklich niemand davor und auch auf der gegenüberliegenden Straßenseite stehen lediglich abgeparkte Autos. Das stimmt mich ein wenig optimistisch und obwohl ich natürlich nach wie vor ständig an Lucas denken muss, habe ich nun in Gedanken einen kleinen Aufschwung erlebt, der dafür sorgt, dass ich mich nicht mehr so schlecht fühle, wie noch vor einigen Tagen.

Ich unternehme einen kleinen Ausflug nach Hampsted Heath, wo ich zum Parliament Viewpoint gehe und die frische Luft genieße.

Erst, als es wieder anfängt zu dämmern, mache ich mich auf den Rückweg.

In der Bahn treffe ich auf einige Partygänger. Alle haben sich ordentlich in Schale geworfen und ganz nüchtern sind sie auch nicht mehr. Eine Gruppe junger Mädchen in Manga-Optik sitzt in der Nähe und quasselt fröhlich durcheinander. Sie sind auf dem Weg in einen Club. Auch eine große Truppe junger Männer ist im Waggon und pöbelt wahllos Mitreisende an. Ich sehe aus dem Fenster und versuche, mich so unauffällig wie möglich zu verhalten, um bloß keine Aufmerksamkeit auf mich zu ziehen.

Je weiter wir in die Stadt kommen, desto voller wird die Bahn. Irgendwann stehen wir dicht an dicht beieinander und mit jeder Minute fühle ich mich unbehaglicher. Mir sind eindeutig zu viele Menschen hier, von denen die meisten auch zu viel Alkohol im Blut haben. Das gefällt mir gar nicht.

»Du bist doch Henry Seales, oder?«, raunt mir jemand ins Ohr und mir bleib beinahe das Herz stehen. In Erwartung den Typen von Silvester hinter mir zu entdecken, drehe ich mich nach links. Ein Mann steht dicht bei und starrt mich an.

Der Typ von Silvester ist es zum Glück nicht. Trotzdem rast mein Herz. Meine Hände sind so nass, dass sie an der Haltestange abrutschen.

In seinem Blick liegt etwas Unheimliches und ich kann den Alkohol riechen, den er getrunken hat. »Du bist ganz allein unterwegs? Das ist aber mutig, nachdem was passiert ist ...«

»Ich glaube, das ist allein meine Sache«, gebe ich zurück und richte mich auf. Die Geste soll ein wenig einschüchtern, aber ich glaube nicht, dass es genug Wirkung zeigt. Meine Kehle ist staubtrocken vor Angst. Der Mann ist mir zu nah, aber ich kann nicht ausweichen, denn hinter mir ist die Tür der Bahn. »Kannst du mich bitte in Ruhe lassen?«, frage ich leise und hoffe, dass die anderen das nicht mitbekommen. Doch natürlich haben einige schon die Köpfe in unsere Richtung gedreht.

»Ich kann leider nicht weg, hier ist es viel zu eng«, sagt der Kerl leise und ich kann seinen Atem an meinem Hals fühlen. »Hast du etwa Angst?«

Hier drin wird es immer enger und der Mann nutzt meine aufkeimende Panik regelrecht aus. Mein Herz rast und der Atem geht panisch und schnell.

»Entspann dich, ich tu dir doch nichts«, sagt er lässig. Seine Hand berührt meine Seite und ich weiche so rasch zurück, dass ich die junge Frau neben mir anrempele.

»Hey, pass doch auf!«, sagt sie laut und einige andere Fahrgäste beschweren sich ebenfalls, weil es ein Ruckeln gegeben hat.

»Jetzt stell dich doch nicht so an, ich hab doch nur Spaß gemacht.« Der Kerl versucht, sich rauszureden, doch ich bekomme es nicht wirklich mit. Hier drin halte ich es keine Sekunde länger mehr aus und dränge mich zur Tür. Dass ich dabei ziemlich grob zu den anderen Passagieren bin, ist mir in dem Moment total egal. Ich will hier raus und wenn ich den restlichen Weg zu Fuß gehen muss, nehme ich auch das in Kauf.

Die anderen Fahrgäste schimpfen und motzen mich an, als ich mich durchgezwängt habe und mehrfach auf den Türöffner drücke. Mir ist klar, dass die Tür erst aufgeht, wenn die Bahn hält, trotzdem gibt es mir das Gefühl ein bisschen Kontrolle zu haben.

»Man, entspann´ dich, davon geht dir Tür auch nicht schneller auf«, murmelt hinter mir jemand genervt und eine andere Stimme sagt: »Was hat der denn für ein Problem?« Endlich wird die Bahn langsamer und ich stürze hinaus auf den Bahnsteig. Die Leute schauen mich irritiert an, vermutlich wirke ich wie jemand, der auf der Flucht ist.

Nun, im Prinzip bin ich das ja auch.

Keine Ahnung, wo ich ausgestiegen bin. Zeit, um auf das Schild mit dem Namen der Haltestelle zu blicken, gebe ich mir nicht, stattdessen beeile ich mich die Rolltreppe zu erreichen und hinaus ins Freie zu kommen.

Was fällt dem Typen ein, es so auf mich abzusehen? Er hat doch gemerkt, dass ich Angst habe, und ist mir trotzdem nicht von der Pelle gerückt. Manchen Menschen scheint es Spaß zu machen, Macht über andere auszunutzen und ich bin in meinem aktuellen Zustand natürlich das perfekte Opfer.

Oben angekommen, biege ich nach rechts ab und beeile mich, so viel Abstand wie möglich zwischen mich und die Station zu bringen.

Die frische Luft tut gut und obwohl die Gegend hier nicht gerade zu den Vorzeigebereichen der Stadt zählt, fühle ich mich relativ wohl. Mein Puls geht noch immer rasend schnell und mir ist so warm, als hätte ich gerade Sport gemacht.

Die Shops in der Straße sind schlicht und schäbig und ich sehe viele Menschen, die mehr oder weniger motiviert ihrer Arbeit nachgehen. Ein Müllmann schiebt zwei Mülltonnen vor mir in den nächsten Hauseingang. Der hat sicherlich keine Probleme damit, dass ihm andere Leute zu nahe kommen. Vielleicht sollte ich die Schauspielerei einfach an den Nagel hängen und einen Job machen, der keine Öffentlichkeit beinhaltet. Doch diesen ewigen Alltag, den ein normaler Job eben so mit sich bringt, würde ich nicht aushalten. Immerhin bescheren mir meine unregelmäßigen Arbeitszeiten, phasenweise viel Freizeit und ich kann flexibel sein. Das will ich nicht aufgeben, zumal ein Ende des Ganzen ja auch absehbar ist.

...wenn du dich tatsächlich traust, dich zu outen.

Das würde ich nur mit Lucas gemeinsam tun und wenn er sich bis zur Premiere nicht entschieden hat, seine »Pause« zu beenden, dann wird diese Veranstaltung wie jede andere auch sein, ohne, dass es mein Leben ändern könnte. Mir bleibt nur zu hoffen, dass Lucas an meine Seite zurückkommt. Momentan sieht es nicht danach aus und das entmutigt mich.

Das Gedankenkarussell dreht sich weiter und ich gehe stur geradeaus die Straße entlang.

Bis ich tatsächlich in Canonbury ankomme, ist es Abend. Normalerweise mag ich London bei Nacht und bin immer gerne unterwegs gewesen, aber heute kann ich den Lichtern nichts abgewinnen. Die Stadt erdrückt mich und ich weiß, dass mir nur eine Auszeit helfen kann. Raus aus der Stadt, aufs Land.

Zurück nach Hause.

In Twemlow Green ist alles noch so, wie es früher war, bevor ich den Ort verlassen habe. Die Dorfbewohner kennen mich, für sie bin ich aber nur Henry und kein bekannter Schauspieler. Und meine Mum wird sich auch freuen, wenn ich wieder eine Zeitlang zuhause bin.

Vielleicht sollte ich einfach gehen.

11. KAPITEL

Als ich meine Straße erreiche, luge ich wieder vorsichtig um die Häuserecke. Hoffentlich sind noch immer keine Reporter vor Ort.

Tatsächlich kann ich niemanden sehen, der sich verdächtig verhält, und trotzdem ziehe ich mir die Mütze noch ein wenig tiefer ins Gesicht, bevor ich mit schnellen Schritten zu meiner Haustür gehe. Sicher ist sicher.

Erst, als die Tür hinter mir ins Schloss gefallen ist, bin ich beruhigt und gehe langsam die Treppe hinauf in meine Wohnung.

Dort hänge ich die Jacke auf und mein Blick fällt auf die Stiefel, die ich an Silvester getragen habe. Sie stehen unberührt auf dem Fußboden. Ich bin mir sicher, dass ich sie nie wieder anziehen kann, ohne an den Vorfall zu denken. Kurzerhand greife ich sie und stelle sie auf die Seite, dann ziehe ich den Wäschesack im Badezimmer aus der Wäschetonne, kippe ihn aus und finde schnell wonach ich suche: die schwarze Jeans und das Hemd vom Silvesterabend. Noch habe ich sie nicht gewaschen und als ich das Hemd mit spitzen Fingern aus dem Wäscheberg ziehe, glaube ich noch immer den Geruch des Clubs daran wahrnehmen zu können. Mich schaudert es und ich beeile mich, die Klamotten zu den Schuhen zu legen. Das kommt alles in die Altkleidersammlung, oder ich versteigere die Sachen und der Erlös geht an eine Einrichtung für Vergewaltigungsopfer.

Auf jeden Fall bleiben sie nicht hier.

Nachdem ich alles in eine Tüte gepackt habe, fühle ich mich schon ein wenig besser. Sicherlich ist es gut, wenn man durch die Kleidung nicht ständig an den Abend erinnert wird. Zwar war das nur ein kleiner Schritt in die richtige Richtung, aber immerhin war es ein Schritt.

Ein Schritt auf Lucas zu. Schade, dass er davon jetzt erst mal nichts mitbekommt.

Bevor ich mich ins Bett lege, packe ich meinen Koffer. Morgen werde ich nicht nochmal hierher zurückkommen, sondern direkt vom Set aus nach Hause fahren. Dann können die Reporter hier warten, bis sie Wurzeln schlagen. Ich bin dann erstmal weg.

Der letzte Drehtag ist immer etwas Besonderes: Man hat das Projekt geschafft. Wieder ein Film, der im Kasten ist und auf den man stolz sein kann. Meist hat man bei jedem Projekt etwas Neues dazu gelernt und ist um eine Erfahrung oder einen Kontakt reicher.

Zumindest ist das normalerweise so.

Ich bin einfach nur froh, dass es vorbei ist, denn Way Out wird wohl immer mit einem sehr dunklen Kapitel meines Lebens verknüpft bleiben.

»Es war schön, mit dir zu arbeiten, einen besseren Tommy hätten wir uns nicht wünschen können«, sagt Alex, als mein letzter Take beendet ist und blinzelt einige Tränchen weg, als sie mich fest drückt. »Du hast wirklich toll gearbeitet, vor allem, wenn man die Umstände bedenkt. Danke Henry, dass du ein Teil dieses Drehs warst.«

Nachdem ich mich von allen verabschiedet habe, Louise mich noch von den Extentions befreit und mir einen normalen Haarschnitt verpasst hat, packe ich meinen Koffer in das Auto des Fahrers. Er guckt ein wenig irritiert, als ich ihn bitte, mich nicht nach Hause zu fahren, bringt mich dann aber ohne große Umschweife zur Euston Station.

Zwei Stunden später, um kurz vor elf Uhr in der Nacht, rollt der Zug in Twemlow Green ein. Es tut so gut, die vertraute Umgebung zu sehen, und ich sehe mein Spiegelbild lächeln. Endlich bin ich wieder zuhause.

Zu Fuß bringe ich dir kurze Strecke vom Bahnhof zum Haus meiner Mum hinter mich, gehe an kleinen Gärten vorbei und sehe im Vorbeigehen in die Wohnzimmer der Dorfbewohner.

Auch bei meiner Mum brennt noch Licht, als ich auf den Vorhof trete und den Koffer die Treppe hinauf zur Haustür trage.

»Mum?«, rufe ich laut, nachdem ich die Tür geöffnet habe, über das Geräusch des Fernsehers hinweg und schalte das Flurlicht an.

»Henry? Oh Liebling, was machst du denn hier?« Mum kommt aus dem Wohnzimmer und umarmt mich erfreut.

»Was ist los? Du hast ja einen Koffer dabei. Willst du ein bisschen hierbleiben? Gibt es dafür einen Grund?« Natürlich ist sie besorgt, das kann ich vollkommen verstehen.

»Mum, kann ich dir das morgen erzählen? Ich bin hundemüde und muss erstmal ins Bett.«

»Willst du noch was essen?«, fragt sie und nickt zur Küche hin, doch ich lehne ab. Mein Bett ist das Einzige, was ich jetzt will. »Geht es dir gut, Liebling?«, fragt sie vorsichtig, stellt sich mir in den Weg und legt ihre Hände an mein

Gesicht. Forschend mustert sie mich. »Du siehst nicht gut aus, Schatz, jetzt sag doch wenigstens kurz, was los ist. Wie geht es Lucas?«

Wieso muss sie ihn ansprechen? Wieso?

Ich will ihr nicht sagen, was passiert ist. Sie mag Lucas doch so sehr.

»Mum ... es ist gerade ein bisschen kompliziert zwischen Lucas und mir. Wir ... wir sind nicht mehr zusammen. Zumindest momentan nicht.« Mums Augen werden groß vor Schreck und sie runzelt die Stirn.

»Aber .... Aber wieso denn?«, haucht sie und streicht mir über die Wange. Wenn sie mich länger so ansieht, breche ich wieder in Tränen aus.

»Er ... er kam nicht damit zurecht, dass ich mich ein wenig zurückgezogen hatte. Du hast ja erlebt, wie es mir ging ... er hat gesagt, er hält das nicht aus und dass er erstmal eine Pause braucht, um damit klar zu kommen.« Jetzt erzähle ich es ihr doch, obwohl ich ja eigentlich nichts sagen wollte, aber sie kriegt mich immer wieder dazu, mich zu öffnen. Mütter eben. »Ich vermisse ihn so schrecklich, Mum«, sage ich und wundere mich selbst über meine Aussage. Das hatte ich mir bisher nicht mal selbst eingestanden.

»Ich wünsche mir, dass er wieder zurückkommt und mich ablenkt. Immer wenn ich alleine bin, muss ich an all die Sachen denken, die mir passiert sind und ich bin sicher, dass Lucas mir helfen könnte, darüber hinweg zu kommen. Aber es ist nicht da und ich muss das alles alleine machen.« Zitternd hole ich tief Luft und lasse mich von Mum in die Arme nehmen. Jetzt sind mir doch die Tränen gekommen.

»Oh Henry, das ist so schade. Aber ist noch etwas anderes? Du siehst nicht wirklich gut aus.«

»Ich hab eine Magenschleimhautentzündung und kann nicht so viel essen. Außerdem ist mir sowieso nicht danach«, gebe ich zu.

»Du musst aber essen«, sagt sie beharrlich und in ihren Augen flammt etwas auf, dass ich gerne als Rettungsinstinkt von Müttern bezeichne. »Okay, ich mache dir jetzt noch einen Tee und eine Suppe und du gehst ins Bett. Du brauchst jetzt Ruhe. Wie lange willst du denn bleiben?« Sie hat sich schon halb zur Küche umgedreht. Ratlos zucke ich mit den Schultern. Darüber habe ich mir noch keine Gedanken gemacht.

»Du bleibst einfach, solange du möchtest.«

Sie verschwindet in die Küche und ich sehe mich in dem schmalen Flur um.

Das letzte Mal, als ich hier war, war Lucas bei mir. Wir waren glücklich und trotz der Fotografen optimistisch eingestellt.

Wieso musste ich im Club allein auf die Toilette gehen?

Dieses Arschloch hat alles kaputt gemacht. Als wäre die Beziehung von Lucas und mir ein vierbeiniger Stuhl, dem er einfach ein Bein abgerissen hat. Alles kam ins Wanken und schließlich sind wir umgefallen und in Einzelteile zerbrochen.

Erneut wische ich mir über die Augen, steige die Treppe hinauf, ziehe mich aus und gehe ins Badezimmer, wo ich mich unter die Dusche stelle. Manchmal denke ich mir, wenn man krank ist oder schlechte Laune hat, dann sollte man einfach duschen, denn das Wasser spült einem die schlechte Laune oder die Krankheit vom Körper und danach geht es einem wieder viel besser. Zwar glaube ich, dass es bei mir heute nichts bringt, doch ich versuche es trotzdem.

Das ganze Badezimmer ist mit Wasserdampf verhangen, als ich meine Mum draußen höre: »Henry, bist du da drin? Ich habe dir was zu essen gemacht, willst du unten essen?«

»Ja bitte, Mum!«, rufe ich über das Rauschen der Dusche zurück und beeile mich, fertig zu werden. In einem alten Bademantel von Rob husche ich wenig später die Treppe hinunter ins gemütliche Wohnzimmer. Auf dem Tisch stehen eine dampfende Schale und eine Kanne Tee. Die Weihnachtsdekoration ist mittlerweile verschwunden und alles sieht wieder normal aus, ohne Glitzer und Flitterkram.

Mum will reden, das spüre ich, doch die ersten Bissen nehme ich schweigend zu mir, weil ich nicht weiß, was ich ihr eigentlich genau sagen soll. Ich will sie auf keinen Fall belasten. Auf der anderen Seite ist sie meine Mum und spürt auch, ohne dass ich etwas sage, dass es mir scheiße geht. Das belastet sie sicherlich noch mehr, wenn sie nicht genau weiß, was los ist.

Also entscheide ich mich nach einigen Löffeln der Suppe dazu, ihr alles zu erzählen. Es fällt mir schwer, aber ich beschreibe mein Innerstes, das Gefühl, in die Enge getrieben zu werden, sich auf niemanden einlassen zu können. Ich erzähle von meinem Zusammenbruch nach Lucas´ Besuch, dem Krankenhausaufenthalt und den Anfeindungen auf der Straße. Als ich von Elianna erzähle, die mir eine Nacht Unterschlupf gewährt hat, lächelt meine Mum gerührt.

»Oh, du hast so wundervolle Kollegen am Set, das ist toll«, seufzt sie und streichelt mir über den Kopf.

Ja, ich hätte mir für diese Situation kein besseres Arbeitsumfeld wünschen können. Dafür bin ich sehr dankbar und als ich wenig später im Bett liege, finde ich überraschend schnell Ruhe.

Zum ersten Mal seit zwei Wochen schlafe ich ruhig und friedlich.

Ob es an meinem Bett liegt, dem Wissen, dass ich zuhause bin, oder der Tatsache, dass ich mich gestern ausgesprochen habe, weiß ich nicht, aber es tut unglaublich gut. Kein Wecker klingelt mich aus dem Bett und weil es hier im Dorf natürlich auch deutlich ruhiger als in London ist, könnte ich richtig lange schlafen.

Das funktioniert aber nicht, denn ich wache um kurz vor acht von selbst auf. Im Haus ist es noch still und ich bleibe noch ein bisschen liegen, lasse den Blick schweifen und denke nach.

Was Lucas wohl gerade macht? Ich erinnere mich dunkel, dass er von einem anstehenden Casting erzählt hat, weiß aber nicht mehr genau, wann das war. Ich könnte ihn mal anrufen und fragen, ob es schon stattgefunden hat.

Nein, du bist extra hierher gekommen, um ein wenig Abstand zu bekommen.

Trotzdem würde ich gerne wissen, wie das Casting gelaufen ist. Ich weiß ja nicht mal, wofür er sich beworben hat. Alles Dinge, die ich ihn hätte fragen können, doch ich bin nicht auf ihn eingegangen. Vielleicht ist das ja auch ein Grund, weshalb er eine Pause gebraucht hat.

Aber ist es nicht auch so, dass ich mich in der letzten Zeit eher um mich selbst hätte kümmern müssen? Gut, auch das habe ich nicht wirklich getan, sonst ginge es mir jetzt nicht so. Geistesabwesend nehme ich das Handy und schalte es ein.

Keine Nachricht von Lucas. Das enttäuscht mich, obwohl ich ja eigentlich auch nicht damit gerechnet habe. Vermutlich hat er noch gar nicht mitbekommen, dass ich nicht da bin. Der Gedanke tut weh, weil ich weiß, dass er keine Ahnung hat und es ihn deswegen vielleicht auch gar nicht kümmert.

Mein Vormittag ist ruhig. Ich dusche ausgiebig, krame mich durch meinen alten Schrank und fördere einen Haufen Fotos zutage. Diese beschäftigen mich einige Stunden und ich schwelge in Gedanken an die Zeit, die auf den Bildern festgehalten ist. Auf vielen Fotos stehe ich auf der Bühne von Schulaufführungen und wenn ich mir das so ansehe, wie früh ich schon das Bedürfnis hatte in andere Rollen zu schlüpfen, dann fühle ich mich darin bestärkt, den Beruf doch nicht an den Nagel zu hängen.

Das ist es, was ich immer schon gewollt habe und ich kann jetzt nicht aufgeben. Das geht einfach nicht.

12. KAPITEL

Am Abend sitze ich mit Mum gemeinsam im Wohnzimmer und wir sehen uns einen Film im TV an. Als sie mich fragt, ob ich mich ein wenig besser fühle, kann ich diese Frage zum ersten Mal mit einem ehrlichen »Ja« beantworten.

Ja, es geht mir heute gut. Ich habe sogar zu Abend gegessen und meine Magenschmerzen werden langsam weniger. Zwar zwickt es noch immer und die Bauchdecke fühlt sich hart an, aber ich kann aufrecht sitzen und das Gefühl des „zusammengenäht seins" ist auch verschwunden. Vielleicht liegt es am Zuhause, vielleicht auch daran, dass ich hier meine Ruhe haben kann und mich niemand verurteilt. Alle freuen sich, mich zu sehen. Und das Beste: Kein Reporter steht vor der Tür.

Zwei Tage genieße ich die Zeit hier in Ruhe. Lucas scheint noch immer nicht bemerkt zu haben, dass ich nicht mehr in London bin, doch das ändert sich am Freitag.

Ich liege noch im Bett, als mein Handy summt und ich eine Nachricht von ihm bekomme. Zuerst will ich sie gar nicht öffnen und lesen. Mir ging es in den letzten Tagen so gut und ich habe Angst, jetzt wieder einen Dämpfer zu bekommen. Allerdings hat Lucas mir noch nie eine Nachricht geschrieben, die mir wirklich Angst gemacht hätte, also kann ich eigentlich unbesorgt sein. Trotzdem warte ich noch einige Minuten, bis ich sie dann tatsächlich öffne.

>>Hey, ich hab eine ganze Ladung Reporter vor meiner Tür stehen. Sie sagen, du wärst seit Tagen nicht aus deiner Wohnung gekommen. Geht es dir gut? Ist was passiert? <<

Er sorgt sich um mich. Wie süß. Mein Herz macht einen Hopser und eine Sekunde später bin ich sauer, dass er es erst jetzt bemerkt. Was, wenn ich in meiner Wohnung zusammengebrochen wäre? Dann hätte ich jetzt drei Tage dort gelegen, bevor Mr Thomas auf den Gedanken gekommen wäre, mal nachzufragen?

>>Ich bin in Twemlow Green und versuche dort ein wenig Abstand zu bekommen. Jetzt hast du die Reporter am Hals. Naja, dann weißt du ja, wie es mir die ganze Zeit über ging...<<

Uh, das klang bissiger, als beabsichtigt, doch ich hab die Nachricht schon abgeschickt und kann sie nicht mehr zurückholen. Mal sehen, wie Lucas darauf reagiert. Immerhin hatte er ja zu mir gesagt, dass er das Ganze nicht mehr aushält und ihm alles zu viel wird. Vielleicht bemerkt er jetzt, wie viel Stress *ich* im Vergleich zu ihm wirklich hatte. Immerhin standen bei ihm nur ab und zu Reporter vor der Tür und bei mir jeden Tag.

Das ist ein großer Unterschied.

Die Antwort von Lucas kommt ziemlich prompt und ich klicke sie sofort an.

>>Ich habe nie bezweifelt, dass es auch viel für dich war, aber du hattest mehr Erfahrung, als ich in diesem Bereich. Deswegen dachte ich, du steckst das besser weg. Aber ich bin erleichtert zu wissen, dass es dir gut geht. Wie lange wirst du in Twemlow Green bleiben? Wie geht es dir gesundheitlich?<<

>>Ich bleibe so lange, wie ich kann und möchte. Meinem Magen geht es langsam besser, danke der Nachfrage. Wie ist dein Casting gelaufen? Wofür war es?<<

>>ich war bei zwei Castings. Eines fürs TV, daraus wurde aber nichts. Das andere lief gut und ich hab die Hauptrolle bekommen. Es war für ein Theaterstück, das im Frühjahr in einem kleinen Theater im West-End aufgeführt wird. Ray Cooney ist der Autor und es ist eine Komödie. Hast du auch die Mail von dieser Pressesprecherin bekommen?<<

Oh eine Komödie? Das liegt Lucas bestimmt gut. Ich kann ihn mir ganz gut in sowas vorstellen. Weil ich wissen will, von welcher Mail er gesprochen hat, öffne ich mein Mailprogramm und finde eine neue Nachricht von der Pressesprecherin des Filmverleihs, der 1925 in die Kinos bringen wird.

>>Sehr geehrter Mr Seales,
In zwei Wochen, am 1. Februar 2018 starten wir die Promotour für 1925. Die Premiere findet am 28. Februar in London am Leicester Square statt. Kinostart wird dann der 1. März sein.
Für die Promotour werden Sie, Mr Thomas und Mr Payne, sowie der

Produzent Mr Sullivan einige Interviews gehen. Hierzu möchte ich Ihnen im Auftrag des Filmverleihs einige Informationen geben, an die Sie sich bitte halten:

1. Egal wie hart die Dreharbeiten waren, lassen Sie die Arbeit an diesem Film so positiv wie möglich erscheinen. Man soll wissen, dass Ihnen der Dreh unheimlich Spaß gemacht hat.

2. Wir wurden bereits von Mrs Lauren Cooper über Ihre Beziehung zu Mr Thomas informiert (herzlichen Glückwunsch dazu) und möchten Sie aber trotzdem bitten, sich in den Interviews freundschaftlich zu geben. Das Outing soll, wenn überhaupt, erst bei der Premiere auf dem roten Teppich geschehen, also geben Sie zweideutige Antworten oder gehen nicht genau auf Beziehungsfragen ein.

3. Kleiden Sie sich bei den öffentlichen Auftritten sehr klassisch, sodass man eine Verbindung zu Ihren Rollen herstellen kann. Ich bitte Sie außerdem, die Frisuren möglichst wieder an die Ihrer Rollen anzulehnen, sofern Sie keine Anschlussprojekte haben. Der Film spielt in den 20er Jahren und da sollte alles zusammen passen.

4. Setzen Sie sich bitte für die Rechte der Homosexuellen ein, nehmen Sie aber keine direkte Stellung. Der Film soll alle Menschen ansprechen und das geht nicht, wenn er als Provokation empfunden wird.

Ich freue mich, Sie bei der Pressekonferenz persönlich kennenzulernen.

Mit freundlichen Grüßen.

Alina Underwood<<

Oh, da muss ich mir ja fast schon schriftliche Unterlagen mitnehmen, um mir alles zu merken, aber gute Promo ist eben wichtig. Da werde ich mir in den nächsten Tagen einige Informationen zusammentragen müssen, damit ich weiß, was ich sagen soll.

Highway to Hell – Lauren.

»Lauren, guten Morgen.«

»Hallo Henry, wie geht es dir?«, fragt sie und ich hebe erfreut die Augenbrauen. Ist es jemals passiert, dass sie sich mit einer so ehrlichen Stimme nach meinem Zustand erkundigt hat, wenn ich sie am Telefon hatte?

»Mir geht's besser. Ich bin bei meiner Mum zuhause.«

»Also nicht in London?«, fragt sie und es klingt irgendwie so, als hätte sie einen Plan gehabt, der jetzt mit dieser Information nicht mehr hinhaut.

»Ja, ich brauchte Abstand zur Stadt und nachdem der Dreh ja jetzt endlich vorbei war, hat das ganz gut gepasst. Wieso, was ist denn?«

»Ich habe euch die Mail von Miss Underwood weitergeleitet, in der sie euch darum bittet, eure Antworten für die Promo zu beachten«, sagt sie langsam.

»Ja, ich hab die Mail gerade gesehen. Was ist damit?«

»Nun, es wäre natürlich sinnvoll, wenn du und Lucas euch gemeinsam darum kümmern würdet. Du musst deswegen nicht nach London kommen, wenn du noch bei deiner Familie bleiben willst«, sagt sie schnell und ich bin froh, dass sie mich nicht zurück in die Stadt beordert, jetzt, wo es gerade anfängt, mir ein wenig besser zu gehen.

»Und was hast du geplant?«, frage ich vorsichtig nach.

»Nun, ich würde Lucas heute Nachmittag hier ins Büro bestellen und dann können wir mit dir per Skype telefonieren und gemeinsam die Antworten für die Fragen besprechen. Was du und Lucas sagen werdet, soll natürlich zusammenpassen und sich decken.«

Typisch Lauren. Wir haben noch ewig Zeit und sie muss das alles sofort machen.

Ich nicke, denn etwas anderes bleibt mir ja sowieso nicht übrig. Wenigstens sehe ich Lucas erst mal nur auf dem Bildschirm, was zur erneuten Annäherung vielleicht gar nicht so unpraktisch ist.

»Gut, aber weißt du denn schon, was gefragt werden wird?«, will ich wissen, denn für gewöhnlich schicken die Zeitungen und Fernsehsender ihre Fragen erst kurz vorher raus. Der Filmverleih kontrolliert dann die Fragen und streicht die raus, die ihrer Meinung nach nicht passen. Das passiert allerdings normalerweise erst in der letzten Woche vor der Promo und nicht drei Wochen vorher.

»Natürlich habe ich die Fragen noch nicht, aber wir können uns zumindest schon mal um die Fragen kümmern, die zu 100% gestellt werden. Du weißt schon: »Wie würden Sie sich persönlich mit Ihrer Rolle identifizieren?« - »Haben Sie eine Lehre aus dem Film mitgenommen?« - »Wie haben Sie sich mit ihren Kollegen verstanden?« All sowas wird ja immer gestellt. Ich rufe jetzt Lucas an und melde mich bei dir, wegen der genauen Uhrzeit, ja?«

»Mach das, bis später Lauren«, sage ich und wir verabschieden uns. Kaum habe ich aufgelegt, lasse ich mich bäuchlings aufs Bett fallen und atme schnaufend aus.

Dann werde ich Lucas heute also wieder sehen. Nervosität macht sich in mir breit.

Am Nachmittag sitze ich vor Mums Tablet im Wohnzimmer, habe einige leere Blätter Papier vor mir liegen und klicke nervös den Kugelschreiber auf und zu. Bestimmt wird es zwischen Lucas und mir total krampfig werden.

»Willst du was trinken, Henry?«, fragt meine Mum aus der Küche und mustert mich. Ich schüttle den Kopf und zucke zusammen, als der Anruf endlich eingeht. Ein letztes Mal atme ich noch tief durch, dann klicke ich auf den grünen Hörer.

Ein wenig verschwommen erscheinen Lauren und Lucas auf dem Display, dann schärft sich das Bild und ich sehe sie jetzt gut.

»Hallo Henry, kannst du uns gut hören?«

Die typische erste Frage bei Skype. Ich muss lächeln und nicke: »Ja, alles gut. Hallo ihr beiden.«

»Hallo Henry«, sagt Lucas und lächelt mich kurz an. Lauren ist nicht auf viel Geplänkel aus, sondern will ihre Sache erledigt haben. Sie zieht ein Blatt Papier zu sich heran und sagt: »Ich habe hier mal die Fragen rausgesucht, die in der letzten Zeit häufig gefragt wurden, wenn Filme ihre Promo haben. Ich lese sie euch vor und ihr gebt mir bitte mal eure Antworten, unter der Berücksichtigung der vorgegebenen Punkte, die Miss Underwood genannt hat.« Sie räuspert sich und liest die erste Frage vor: »Welche Parallelen würden Sie zwischen Ihrer Rolle und sich selbst ziehen?«

Wieso wundert es mich nicht, dass sie genau diese Frage als Erstes auswählt?

Ich habe *verdammt* viel Ähnlichkeit mit George, doch das kann ich nicht sagen, also muss ich um den heißen Brei herumreden. Lucas scheint schneller eine Antwort gefunden zu haben, denn er sagt: »Ich denke, Mo und ich haben sehr viel Ehrgeiz und sind sehr zielstrebig, wenn wir etwas erreichen wollen.« Lauren nickt zufrieden und sieht mich erwartungsvoll an.

»George ist ein ziemlicher Kopfmensch und hin und hergerissen zwischen seiner Liebe zu Mo und seinem Beruf. Er denkt viel darüber nach, was er tut und wie er in den Augen anderer wirkt. Das ist etwas, womit ich mich sehr gut identifizieren kann.« Ich sehe Lucas kurz an, der verstohlen grinst und sagt: »Gut, wie du dich um die Antwort rumgemogelt hast.«

»Ja, das finde ich auch. Beide Antworten waren zufriedenstellend. Gut, nächste Frage: Zwischen Ihnen beiden soll es am Set geknistert haben, was können Sie uns dazu sagen?« Auf diese Frage war ich vorbereitet und habe schnell eine Antwort parat. Es ist eine Standartfloskel.

»Nun, wir haben uns gut verstanden und das ist auch eine wichtige Voraussetzung dafür, wenn man ein Liebespaar spielt. Ich finde, wenn eine Freundschaft entsteht, dann wirkt es auch vor der Kamera noch viel authentischer.« Lucas grinst und sieht mich mit einem warmen Ausdruck in den Augen an. Mein Herz wird weich, wie Butter in der Sonne, als ich seinen Blick erkenne und erwidern kann.

»Ja, das klingt gut. Es ist natürlich nett, wenn ihr die Gerüchte ein bisschen anheizt, damit das Outing bei der Premiere dann noch besser funktioniert. Ich schlage vor, dass ihr zum Beispiel außerhalb der Interviews nett miteinander umgeht, und euch in zweideutige Situationen manövriert. Es gibt schließlich immer eine Making-of Kamera bei den Interviews, die sowas dann einfängt«, schlägt Lauren vor und ich nicke. Nebenbei mache ich mir Notizen.

Der Fragenkatalog, den Lauren abarbeiten will, ist lang und wir brauchen fast zwei Stunden dafür. Doch irgendwann sind wir fertig.

»So, ich muss dann noch in eine weitere Sitzung. Lucas, du kannst das Tablet einfach beim Empfang abgeben, wenn du fertig bist, ja?«, sagt Lauren, als wir durch sind. Sie steht auf. »Tschüss Henry, bis bald und erhole dich noch gut.«

»Machs gut, Lauren«, sage ich und beende meine letzte Notiz, ohne wirklich mitbekommen zu haben, dass ich jetzt mit Lucas allein bin. Und das im wahrsten Sinne des Wortes, denn auch meine Mum ist still und heimlich aus der Küche verschwunden. Erst, als ich den Blick wieder auf das Display richte, sehe ich, dass Lucas der Einzige ist, der noch im Konferenzzimmer sitzt – und mich ansieht.

»Lief ganz gut, oder?«, meint er locker.

»Ja, find ich auch ...«, antworte ich und drehe den Kugelschreiber zwischen den Fingern.

»Wie geht's dir denn? Du siehst ganz gut aus.« Verlegen dreht auch er den Kugelschreiber zwischen den Fingern und ich glaube, zu sehen, dass er ein wenig rot geworden ist.

»Danke, es geht mir deutlich besser. Hier habe ich ein bisschen Ruhe. Wie sieht's bei dir in London aus?«

»Oh es geht so. Die Reporter scheinen sich jetzt auf mich zu stürzen, weil du ja nicht da bist. Naja ich versuche, so gut wie möglich damit umzugehen. Wann kommst du denn wieder zurück? Ich ...« Er unterbricht sich räuspernd und lächelt.

Was wollte er gerade sagen? Vielleicht, dass er mich vermisst?

»Ich bleibe noch ein bisschen hier. Vielleicht sogar bis zum Beginn der Promo. Schade, dass die ausgerechnet an meinem Geburtstag startet, so hätte ich noch zuhause feiern können.«

»Oh, du hast am 1. Februar Geburtstag? Dann muss ich dir noch ein Geschenk kaufen«, sagt Lucas gut gelaunt, was mich allerdings die Augenbrauen hochziehen lässt. Das ist mir hier alles zu unbefangen.

»Lucas, was wird das hier?«, frage ich ganz direkt.

»Was meinst du?«

»Du verhältst dich gerade, als ob wir ein Paar wären, das sich nur mal eben ein paar Tage nicht sieht, aber das ist nicht der Fall. Du wolltest eine Pause und gibst dich so, als wären wir noch zusammen. Ich weiß jetzt nicht so ganz, wie ich damit umgehen soll, wenn du's genau wissen willst.« Das klingt hart, das weiß ich, aber Lucas kann ja jetzt nicht so tun, als wäre nichts gewesen. Wenn er die Sache einfach aussitzen will, dann hat er sich geschnitten. Mir ist Klarheit wichtiger und ich will hier keine Spielchen spielen – nicht, wenn es sich dabei um etwas so Wichtiges, wie eine Beziehung handelt.

»Entschuldige, ich weiß selbst nicht genau, wie ich damit umgehen soll. Es tut mir leid, was ich gesagt habe. Ich dachte, wenn ich etwas lockerer bin, dann ist es leichter zwischen uns«, gibt Lucas zu und wirkt betroffen, als er den Blick senkt. »Henry, bitte entschuldige. Ich will alles wieder gut machen, wenn wir uns wieder sehen. Ich bin selbst mit der Situation nicht klargekommen. Vielleicht war es ein Schnellschuss, was ich da gemacht habe, und ich hätte besser darüber nachdenken sollen.«

Oh ja, das hättest du allerdings, Lucas.

Das sage ich ihm direkt ins Gesicht und er nickt betreten. Kurz schweigen wir uns an, dann sagt er: »Wir sehen uns dann in zwei Wochen an deinem Geburtstag, nehme ich an?«

»Ja, das denke ich auch. Ich melde mich, falls ich früher zurück sein sollte.« Obwohl ich sauer auf ihn bin, tut er mir leid, wie er da sitzt und wie ein begossener Pudel aussieht. »Lucas, bitte schau nicht so traurig. Natürlich bin ich sauer, das musst du verstehen, aber ich freue mich auch, dich wieder zu sehen. Wirklich. Ich habe auch schon die Klamotten von Silvester zusammengepackt und werde sie wegschmeißen, damit ich die Erinnerung an den Tag loswerde. Dann wird sicherlich alles besser. Du musst mir nur Zeit geben und ich gebe dir auch Zeit. Ich will dich nicht verlieren.« Lucas rührt sich lange Zeit gar nicht und ich realisiere, dass der Bildschirm eingefroren ist.

Na toll, hat er jetzt meine ganze Ansprache nicht mitbekommen?

»Lucas?«, frage ich vorsichtig und als das Display gar nicht mehr reagiert, beende ich das Programm. Kurz nachdem ich das Tablet ausgeschaltet habe, kommt eine SMS von ihm.

>>Sorry, Skype hat sich wohl aufgehängt. Was hast du gesagt?<<

>>Nichts Wichtiges. Ich freue mich drauf, dich wiederzusehen<<

>>Ich mich auch. Wir kriegen das schon hin. xx<<

Ja, ich freue mich, ihn wieder zu sehen, wenngleich ich auch nicht wirklich sicher bin, wie das Ganze dann ablaufen wird. Da wir offiziell nie zusammen waren, können wir auch nicht getrennt sein und das bedeutet, dass wir uns so gut verstehen müssen, wie wir es beim Dreh getan haben, damit niemand etwas merkt. Die Trennung darf nicht erahnbar sein.

Aber immerhin sind wir beide Schauspieler. Im Zweifel werden wir die Freundschaft und das »Sich gut verstehen« einfach spielen müssen. Obwohl ich natürlich insgeheim einfach hoffe, dass Lucas und ich bald wieder zusammenkommen.

Es würde einfach alles viel leichter machen.

13. KAPITEL

In den nächsten Tagen bereite ich mich auf die Promo vor, indem ich mir im Internet Interviews mit Kollegen ansehe. Dabei versuche ich auf die Fragen der Reporter unter den Gesichtspunkten des Filmverleihs zu antworten.

Dabei mache ich mir auch eine ganze Menge Notizen, sodass ich irgendwann doch einen ziemlichen Stapel Papier zusammengetragen habe. Fast fühle ich mich so, als würde ich ein Referat vorbereiten. Meine Mum sieht mir beim Arbeiten zu und ich glaube, in ihren Augen so etwas wie Zufriedenheit zu erkennen, weil ich abgelenkt bin.

Natürlich kann ich nicht von einem Tag auf den anderen vergessen, was mir passiert ist, und ich habe noch immer Probleme abends einzuschlafen, oder mich beim Duschen anzusehen. Allerdings wird das Gesicht des Mannes in der Nacht nicht mehr ganz so deutlich vor meinem geistigen Auge gezeigt und ich schrecke nur noch einmal pro Nacht aus dem Schlaf hoch.

Es geht also aufwärts.

Als ich eine Woche zuhause bin, erreicht mich ein Anruf von Lauren, der mich daran erinnert, was in London los ist. Fast hatte ich es vergessen oder besser gesagt, verdrängt. Aber Lauren holt mich ziemlich zügig wieder zurück in die Realität, die außerhalb meiner heilen »Twemlow Green Blase« stattfindet. Ich komme gerade von einem Spaziergang nach Hause zurück.

»Henry, hast du eine gute Verbindung?«, fragt sie ganz aufgeregt und ich drücke mir das Handy fest ans Ohr. Sie klingt total gehetzt und scheint außer Atem.

»Ja, ich verstehe dich gut, wieso?«

»Nein, das meinte ich nicht. Ich wollte wissen, wie gut die Zugverbindung von dir nach London ist«, sagt sie hastig.

»Achso, das meinst du. Naja wir haben hier einen Bahnhof und der Zug nach London fährt halbstündlich. Wieso?« Ein Auto braust an mir vorbei und ich verstehe den Anfang von Laurens nächstem Satz nicht. Der Rest allerdings kommt klar und deutlich durch und verursacht mir fast einen Herzinfarkt: »...hat den Mann gefasst. Deswegen musst du nach London kommen, um ihn zu identifizieren. Erst, wenn du deine Aussage gemacht hast, wird man ihn zu einem DNA-Test zwingen können, um die Spuren, die er hinterlassen hat, abzugleichen. Die Polizei will dich morgen auf der Wache sehen. Du musst *sofort* zurückkommen. Sie können den Mann nur 24 Stunden festhalten.«

Augenblicklich schießt mein Adrenalinpegel nach oben.

London wirkt von hier aus, wie ein altes verstaubtes Buch, das ich zugeschlagen habe und nie wieder öffnen wollte. Hier geht es mir so gut und ich weiß nicht, ob ich mich schon in der Lage fühle, zurückzukommen.

Aber wenn du jetzt nicht gehst, dann wird der Kerl wieder freigelassen!

Mein Kopf entscheidet selbstständig.

»Ich bin auf dem Weg«, sage ich ein wenig keuchend, lege auf und renne los, als meine Mum erschrocken die Treppe herunterkommt.

»Henry, was ist denn los? Ist was passiert?«, fragt sie verwirrt und sieht mich an, wie ich mit erhitztem Gesicht die Treppe hinauf hetze und meine Sachen zusammen suche.

»Die Polizei hat den Mann gefasst ...« Ich verschwinde in meinem Zimmer, werfe den Koffer aufs Bett und stopfe alles hinein, was ich in der Eile erreichen kann. Als ich ins Badezimmer gehe, um auch dort meinen Kram zusammen zu suchen, ist Mum auch nach oben gekommen und sieht mir dabei zu, wie ich wie ein aufgescheuchtes Huhn durch die Wohnung flitze.

»Henry, bist du sicher, dass du den Mann nochmal sehen möchtest?«, fragt sie vorsichtig und folgt mir zurück ins Schlafzimmer.

»Ich muss. Wenn ich den Mann nicht bis morgen Nachmittag identifiziert habe, müssen sie ihn gehen lassen und wer weiß, ob sie ihn dann nochmal kriegen.«

Ich darf das jetzt auf keinen Fall vermasseln. Der Kerl soll dafür geradestehen und ich will, dass er weiß, was er mir angetan hat, auch wenn ich glaube, dass ihm das wenig ausmachen wird. Mum scheint da einen anderen Gedankengang zu haben, denn sie verschränkt die Arme vor der Brust und sieht mich mit diesem Gesichtsausdruck an, den sie immer hat, wenn sie glaubt, dass ich etwas zu voreilig mache.

»Henry, glaubst du nicht, dass du gerade nur deswegen so übereilt los möchtest, weil du Angst hast, dass dich der Mut verliert und du es dann nicht mehr kannst?«

Das hat gesessen. Danke Mum, dass du mir genau DAS jetzt vor Augen führst.
Mitten in der Bewegung halte ich inne, um sie anzusehen.

»Vielleicht hast du recht«, gebe ich zu und widerstehe dem Drang, mich zu setzen. Nachdenken darf ich jetzt auf keinen Fall und schon gar nicht zögern. Wenn ich jetzt doch hierbleibe, nur um der Begegnung zu entgehen, dann weiß ich, dass ich es irgendwann bereuen werde.

Habe ich mir nicht selbst gesagt, dass ich mich dem Ganzen stellen muss? Immerhin habe ich schon die Klamotten entsorgt – zumindest fast. Würde ich jetzt nicht gehen, würde ich den Schritt in die falsche Richtung machen.

»Mum, ich muss gehen. Du hast vollkommen recht, wenn du sagst, dass ich Angst habe. Ich habe sogar ziemlich große Angst vor dem, was kommt. Aber der Mann kann seine gerechte Strafe nur bekommen, wenn *ich* gegen ihn aussage und das muss ich morgen.« Mum kommt auf mich zu, nimmt mir die Zahnbürste aus der Hand und umarmt mich fest: »Soll ich dich begleiten?«

»Das würdest du tun?«, frage ich. »Das musst du nicht. Ich glaube, für dich ist es sicherlich auch nicht einfach. Ich kriege das schon alleine hin ...« Nein, meine Mum soll sich das nicht antun, das will ich nicht.

»Henry, ich komme gerne mit, wenn du Unterstützung brauchst«, beharrt sie, küsst mich und streicht mir durch die Haare. »Ich bin so stolz auf dich, du hast dich in den letzten Wochen hier so gut erholt, das hätte ich nicht gedacht. Du bist stärker, als du vermutlich selbst gedacht hast. Rob wäre sehr stolz auf dich gewesen.« Ihre Augen glänzen feucht und sie schnieft kurz, bevor sie den Blick senkt. »Packe mal weiter mein Schatz, ich hab noch was für dich, das ich dir gerne mitgeben würde, wenn du schon allein gehst.« Mit zugeschnürter Kehle, weil mich die Erinnerung an meinen geliebten Stiefvater natürlich auch traurig macht, nicke ich und senke den Blick, als Mum den Raum verlässt.

Zehn Minuten später habe ich alles eingepackt, der Koffer steht im Flur und ich schlüpfe in meine Jacke. Mein Zug kommt in einer halben Stunde und wenn alles glatt läuft, dann bin ich um 20 Uhr in London. Mum packt mir noch eine Flasche Wasser und ein Sandwich ein, dann drückt sie mir ein zusammengewickeltes Seidenpapier in die Hand.

»Hier, das ist von Rob. Ich wollte ihn dir noch nicht so früh geben, weil ich dachte, die Erinnerung an alles ist noch zu frisch. Aber jetzt kann es dich vielleicht ermutigen und dich daran erinnern, dass er bei dir ist«, sagt sie und ihre Stimme zittert, als sie den Namen ihres Mannes ausspricht.

»Was ist das?«, frage ich unsicher und streiche mit dem Daumen über das knisternde Papier. Ein einfacher Streifen Klebeband hält das kleine Knäuel zusammen.

»Mach es auf«, sagt sie und lächelt.

Vorsichtig löse ich den Klebestreifen und wickele das Papier auf. Ein schwerer goldener Siegelring fällt mir in die Handfläche und ich wiege ihn andächtig in der Hand. Dunkel erinnere ich mich daran, dass Rob ihn immer getragen hatte. Das Band ist breit und auf der Oberseite ist eine große, ovale Platte auf der ein kunstvoll verziertes R eingeprägt ist. Mir verschlägt es die Sprache, weil ich nicht damit gerechnet hätte, dass ich diesen Ring bekommen würde.

»Mum, das ist ein tolles Geschenk. Danke.« Ich umarme sie fest, den Ring dabei in der Faust verborgen und gebe ihr einen Kuss. »Den werde ich ab heute tragen.« Er passt gut, fast so, als wäre er für mich gemacht worden. Sachte streiche ich mit dem Finger über den Buchstaben und muss lächeln. Bisher habe ich nichts von meinem Stiefvater besessen. Es nun zu tun, macht mich stolz und auch, wenn es kitschig klingen mag: Es gibt mir Kraft für das, was mir in London bevorsteht.

Vielleicht geht von dem Ring eine Art Schutzschild aus, der mich umgibt und alles Schlechte abschmettert. Natürlich weiß ich, dass es sowas nur in Fantasyromanen gibt, doch der Gedanke beruhigt mich und als ich endlich im Zug nach London sitze, fühle ich mich nicht mehr ganz so durcheinander.

Es wird Zeit, dass der Mann seine gerechte Strafe bekommt und ich endlich den nächsten Schritt in ein normales Leben machen kann.

Einige Stunden später bin ich zurück in London und stehe am Bahnsteig. Der nach Schmieröl riechende Wind, den die Bahn vor sich her durch den Tunnel schiebt, weht mir entgegen. Die Pendler um mich her, haben die Köpfe gesenkt und sehen auf ihre Smartphones.

Auch ich hole es aus der Tasche und schreibe Lauren, dass ich wieder in der Stadt bin. Sie antwortet sofort und teilt mir mit, dass ich morgen um 9:30 Uhr auf dem Polizeirevier in 128 Bishopsgate einfinden soll und sie auch da sein wird. Froh darüber, dass ich nicht allein dort sein muss, lächle ich und schiebe das Telefon zurück in die Tasche. Mit der Bahn fahre ich nach Hause und komme dort unerkannt an. Wenigstens etwas.

Die Nacht endet um 5:30 Uhr am nächsten Morgen. Draußen ist es noch dunkel und ich kann nicht mehr schlafen. Mir ist schlecht vor Aufregung und ich habe Angst vor der Gegenüberstellung.

Unruhig wälze ich mich im Bett hin und her, versuche Ruhe zu finden, doch es gelingt mir nicht. Also stehe ich auf, dusche ausgiebig, frühstücke ein Müsli und ziehe mich besonders sorgfältig an. Der Mann soll auf keinen Fall sehen, dass es mir in den letzten Tagen nicht gut ging. Diese Genugtuung werde ich ihm nicht geben und deswegen ziehe ich mich noch fünfmal um, bis ich mir sicher bin, dass alles zusammen passt. Dann halte ich es nicht mehr länger aus und rufe mir ein Taxi, obwohl ich weiß, dass ich vermutlich viel zu früh dran sein werde.

Als das Taxi vor dem Haus steht und ich hinaus ins Freie trete, werde ich wieder von einer ganzen Meute Reportern abgefangen.

»Henry, Ihr Vergewaltiger wurde festgenommen, wussten Sie das schon?« Ein Mann tritt mir in den Weg und hält mir ein Mikrophon unter die Nase.

»Das weiß ich und ich bin gerade auf dem Weg zur Polizei«, antworte ich ernst und sehe in die Gesichter, die mich mustern. In einigen liegt Neugier, in anderen ehrliches Interesse, doch in den meisten nur der Hunger auf Schlagzeilen.

»Werden Sie auch vor Gericht aussagen, wenn es zu einer Verhandlung kommt, Mr Seales?«

»Ich werde alles tun, damit der Mann die rechtmäßige Strafe erhält. Würden Sie mich bitte durchlassen, ich muss zu meinem Taxi.« Vorsichtig, aber bestimmt mache ich einen Schritt nach vorne und schiebe mich die Treppenstufen hinunter. Die Reporter weichen kaum merklich zurück und ich bekomme immer mehr Fragen um die Ohren gehauen.

»Lucas Thomas war in den letzten Tagen viel allein unterwegs. Hat Ihre Freundschaft nach dem Vorfall gelitten? Wie geht er damit um, was Ihnen widerfahren ist?«

»Ihr neuer Film handelt von Homosexualität. Finden Sie nicht, dass Sie langsam zu den Gerüchten Stellung nehmen sollten?«

»Man munkelt, dass der Oralverkehr gar kein Übergriff war, sondern Sie dem zugestimmt haben, was sagen Sie dazu?« Bei der letzten Frage bin ich kurz davor, stehenzubleiben, um dem Mann eine Ansage zu machen. Glaubt er wirklich, die Videoaufnahmen sprächen nicht für sich? Gerade noch kann ich mich davon abhalten, etwas zu sagen, und erreiche endlich das Taxi. Die Türe aufzubekommen, ist nicht leicht, weil ständig jemand im Weg steht, doch irgendwann habe ich es geschafft und sitze auf dem Rücksitz.

Der Fahrer sieht mich mitleidig an und erkundigt sich dann freundlich nach der Adresse.

Bishopsgate liegt zentral in London. Das Polizeirevier finde ich schnell, denn es ist ein auffälliges Gebäude mit einem verglasten, halbrunden Treppenhaus an der Frontseite.

In der Eingangshalle befinden sich mehrere Aufzüge und auf dem glatten Boden rutscht man ein wenig. Das große Schild, das zwischen den Aufzugtüren hängt, weist mir den Weg und ich fahre hinauf in den zweiten Stock.

Mit unbehaglichem Gefühl in der Magengegend trete ich dort an den Tresen heran und die Dame dahinter, hebt den Kopf.

»Hallo, mein Name ist Henry Seales, ich komme, um ... jemanden zu identifizieren. Man sagte mir, ich sollte um 9:30 Uhr hier sein.« Meine Stimme zittert ein wenig und ich versuche, sie ruhig zu halten, doch ich bin einfach nervös. Dagegen kann auch meine schicke Aufmachung nichts ausrichten. Außerdem ist es enorm unangenehm, die Tatsache auszusprechen.

»Sie sind ziemlich früh dran Mr Seales, der Mann ist noch nicht hochgebracht worden. Sie werden sich noch ein wenig gedulden müssen. Nehmen Sie doch solange in unserem Wartebereich Platz«, sagt die Dame und nickt zu einem verglasten Zimmer, in dem einige Stühle stehen. Nach einem Nicken drehe ich mich um und gehe in den Raum. Sobald ich die Tür hinter mir zugezogen habe, ist es still um mich her. Nicht einmal das Tippen der Empfangsdame auf der PC Tastatur kann ich mehr hören.

Mit einer Zeitung setze ich mich so hin, dass ich die Aufzüge im Blick halten kann – immerhin wollte Lauren ja kommen, um mich zu unterstützen.

Wie sehr wünschte ich, ich könnte die Zeit einfach vorspulen. Seufzend schlage ich die Zeitung auf und sehe ein Bild von Lucas und mir. Es ist am Set von 1925 entstanden und dabei steht: >>Der erste Film, seit Brockeback Mountain, der sich mit einer homosexuellen Beziehung befasst. Am 1.März endlich im Kino!<<

Ich erinnere mich noch gut an den Tag und mustere das Bild lange. Das war eine schöne Zeit und wir gerade frisch verliebt. Ich habe den Arm um Lucas gelegt und wir strahlen in die Kamera. Noch immer finde ich, dass ihm diese Hosenträger unglaublich gut stehen und ich wünsche mir wirklich, er würde seinen Style in diese Richtung ein wenig abwandeln. Lucas ist wie gemacht für die 20er Jahre und sieht einfach unglaublich süß aus. Mit Sicherheit wird er nach dem Start des Filmes eine ganze Horde weiblicher Fans dazu gewinnen. Man *kann* ihm einfach nicht widerstehen.

Auch mir fällt das schwer, und der Wunsch, wieder bei ihm zu sein, wird stärker, je länger ich das Foto von uns ansehe. Heute bin ich optimistisch. Ganz sicher bekomme ich ihn wieder, immerhin hat Lucas ja zugegeben, dass es ihm leidtut.

Ich klappe die Zeitung wieder zu und hebe den Blick, als ich eine rothaarige Dame im Businessoutfit zum Empfangstresen stöckeln sehe. Es ist Lauren und als die Frau hinter dem Schreibtisch auf mich zeigt, nickt sie rasch und kommt dann auf den Glaskasten zu, in dem ich sitze, wie eine Eidechse im Terrarium.

»Du meine Güte, war das schon wieder ein Verkehr hierher«, sagt sie, schließt die Tür hinter sich und küsst mich zur Begrüßung auf die Wange. Prüfend sieht sie mich an und ihr leicht genervter Gesichtsausdruck wird weicher. »Du siehst schon viel besser aus, Henry. Der Heimatausflug scheint dir wirklich gutgetan zu haben. Was macht dein Magen?«

»Geht wieder. Zumindest kann ich essen, ohne Steine im Magen zu haben«, antworte ich und lege die Zeitung weg. Lauren setzt sich auf den Platz neben mich.

»Ich bin ja so froh, dass du so schnell hier sein konntest. Nicht auszudenken, wenn wir diesen Termin verpasst hätten. Bist du nervös?« Ich nicke und mein Mund ist schlagartig trocken, als mir bewusst wird, dass ich in 30 Minuten den Mann wieder sehen werde. Lauren streicht mir über den Arm. »Henry, es wird alles gut. Der Mann wird dich nicht sehen. Man versicherte mir am Telefon, dass er hinter einer verspiegelten Scheibe sitzen wird, sodass nur du ihn sehen kannst.«

»Wie in einem dieser Verhörzimmer, die man aus dem Fernsehen kennt?«, frage ich überrascht und erleichtert zugleich. Ich glaube, das nennt sich Venezianischer Spiegel.

»Ja, genau sowas. Das ist gut, dann weiß er nicht, wann du ihn ansiehst, und kann dir keine rüde Geste oder einen spöttischen Blick zuwerfen.«

Das hört sich schon besser an und ich merke, wie sich alles in mir ein wenig entspannt. »Und hast du mit Lucas noch sprechen können?«, fragt Lauren unbekümmert und sieht mich mit ganz neutralem Gesichtsausdruck an.

»Nach unserer Interviewübung meinst du? Ja, aber nur kurz, dann hat sich Skype mal wieder aufgehängt«, antworte ich und wundere mich über ihr Interesse. »Lauren, du klingst, als würdest du hoffen, dass Lucas und ich wieder zusammen kommen. Ist dem so, oder täusche ich mich da?« Die Mundwinkel meiner Managerin zucken leicht. Sie versucht, es zu überspielen, gibt dann auf und lächelt.

»Nein, ich wünsche es mir wirklich Henry. Weißt du, ich kenne dich seit drei Jahren und noch nie habe ich dich so authentisch und innerlich ruhig erlebt, wie in der Zeit, seit du Lucas kennst. Ich weiß, dass ich anfangs nicht sehr nett war, weil ich dir eingeredet habe, dass man dich nicht vermarkten kann, wenn du dich outest, und das stimmte damals auch. Ich habe das auch geglaubt und war fest davon überzeugt, dass du keine Angebote mehr bekommst. Aber ich habe in den letzten Wochen so viele Anfragen bekommen, dass ich sicher bin, dass du auch nach deinem Outing Erfolg haben wirst. Ich habe dir damit vermutlich sehr wehgetan und du dachtest, ich sei eine geldgierige alte Schachtel, aber ich wollte dich wirklich nur schützen. Du spielst so gerne, das sehe ich und wenn ich dich ins offene Messer hätte laufen lassen und es schiefgegangen wäre, hättest du mir später womöglich Vorwürfe gemacht. Eine Vertuschung war erstmal der sicherere Weg.« Ich starre sie an und mir klappt der Mund auf.

»Lauren ... wow, ich bin gerührt. Wenn du es wissen willst, dann habe ich wirklich gedacht, dass es dir nur ums Geld geht. Aber ich freue mich sehr, dass dem nicht so ist.« Sie schüttelt leicht den Kopf und ich umarme sie kurz, woraufhin sie einen erschrockenen Laut von sich gibt, weil sie damit nicht gerechnet hat.

Wie es aussieht, habe ich Lauren mit meinem Urteil tatsächlich Unrecht getan.

14. KAPITEL

»Mr Seales, Sie können jetzt mitkommen.«

Eine Polizistin holt Lauren und mich ab. Ich gebe mir Mühe, locker zu sein, aber innerlich bin ich unglaublich aufgeregt. Mir ist schlecht, mein Herz schlägt schnell, als wir einen der langen Flure betreten und ich versuche, mich auf den wippenden Zopf der Polizistin zu konzentrieren, doch es lenkt nicht lange ab.

Hinter einer der Türen befindet sich der Mann.

Irgendwo sitzt er und wartet darauf, dass ich ihn identifiziere. Vielleicht ist er genauso aufgeregt, wie ich.

Oder er ist total cool, weil er denkt, dass ich nicht den Mumm habe, herzukommen.

Vor einer Tür bleibt die Polizistin stehen und wendet sich mir zu: »Mr Seales, wir haben den Mann in einen Verhörraum gesetzt. Er wird sie nicht sehen, also machen Sie sich keine Sorgen. Wenn Sie den Mann identifizieren können, dann können wir ihn zu einem DNA-Test zwingen und die Ergebnisse mit den Spuren des Spermas vergleichen. Das Ergebnis wird dann genug sein, um ihn vor

Gericht zu bringen. Es sieht ganz gut für Sie aus.«

Das will ich hoffen.

Ich nicke und hefte den Blick auf die Türklinke. Hinter dieser Tür sitzt er. Mir wird ganz anders und ich glaube, ich klappe gleich zusammen. Sauerstoff kommt nur noch wenig in meinen Lungen an und ich balle die Hände zu Fäusten, sodass mir die Nägel ins Fleisch schneiden. Robs Ring drückt sich gegen meine Finger. Lauren legt den Arm um meine Schulter und drückt mich leicht.

»Das wird alles. Gleich hast du es hinter dir, das schaffst du schon.« Zitternd nicke ich und konzentriere mich nur darauf, regelmäßig ein- und auszuatmen. Die Polizistin sieht mich noch ein letztes Mal vorsichtig an, dann drückt sie die Klinke herunter.

Der Raum ist ein langweiliges Büro mit grauem Teppich und grellen Deckenleuchten. Eine große Glasscheibe ist in eine Wand eingelassen und ich sehe überall hin, nur nicht durch sie hindurch. Mir fällt auf, dass eine Neonröhre an der Decke kaputt ist und auch, dass die Stühle nicht zusammenpassen.

»Los, mach einen Schritt nach vorn«, wispert Lauren und drückt mich ein wenig, sodass ich mich nun doch durch die Tür bewege. Die Polizistin steht neben dem Glasfenster und sieht mich an. Sie wartet darauf, dass ich einen Blick in den Nebenraum werfe und ich überwinde mich dazu. Je schneller ich es hinter mich bringe, desto besser.

Der Mann lümmelt auf einem Stuhl, hat die Arme vor der Brust verschränkt und starrt auf das Wasserglas, das vor ihm auf dem Tisch steht. Er bemerkt wirklich nicht, dass wir hinter der Scheibe stehen und ich mache einen Schritt darauf zu. Mein Herz klopft und mir ist ganz heiß. Alles in mir kribbelt und das Schlucken ist anstrengend. Die Erinnerung an seine Erektion in meinem Rachen ist so präsent, dass ich mir mit der Hand über den Mund streiche, um das Gefühl loszuwerden. Es klappt halbwegs.

Langsam trete ich noch näher an die Scheibe heran und sehe den Mann an. Sein Bart ist ein wenig kürzer, als er es an Silvester noch war, doch ansonsten ist er es eindeutig.

»Erkennen Sie ihn?«, fragt die Polizistin vorsichtig und sieht mich an. Mein Kopf nickt, ohne dass ich es mitbekomme. Der Mann sieht gar nicht so aus wie ein Vergewaltiger.

Aber wie sieht denn ein Vergewaltiger aus? Wie jeder normale Mensch eben, das ist ja das Gefährliche, man erkennt sie nicht sofort.

»Mr Seales, ich weiß, es ist schwer, aber ich muss von Ihnen mehr bekommen, als nur ein Nicken. Ich brauche Ihre Aussage, damit ich sie aufnehmen kann.« In der Spiegelung der Scheibe sehe ich ein blinkendes Diktiergerät auf dem Tisch hinter uns.

»Ja, das ist der Mann, der mich vergewaltigt hat, da bin ich mir ganz sicher«, sage ich so deutlich, wie möglich.

»Gut, dann werde ich jetzt einen DNA-Test beantragen und wir werden den Mann nur gegen eine Kaution wieder freilassen. Wenn er sie nicht bezahlen kann oder jemanden findet, der sie für ihn stellt, muss er hierbleiben.«

Hoffentlich bringt niemand das Geld für ihn auf.

»Können wir dann wieder gehen?«, fragt Lauren und zieht mich vorsichtig vom Fenster weg. Je länger ich den Kerl ansehe, desto wütender werde ich, weil es mir vor Augen führt, was er mir alles kaputt gemacht hat.

Meine Beziehung zu Lucas ist nicht mehr intakt. Ich selbst bin gestört und verängstigt, habe gesundheitliche Probleme und sollte vielleicht eine Therapie machen. Alles seinetwegen.

»Sie müssen noch warten, bis wir Ihre Aussage aufgenommen haben. Diese müssen Sie noch unterschreiben, dann dürfen Sie gehen. Wir müssen außerdem noch wissen, ob Sie über jeden Schritt des Verfahrens informiert werden möchten«, fragt die Polizistin und ich sehe Lauren an.

»Kann man dir und meinem Anwalt alles zuschicken? Ich will nichts mehr damit zu tun haben, außer, wenn ich nochmal eine Aussage machen soll«, bitte ich sie. Mein Magen zwickt schon wieder unangenehm und ich will mir nicht mehr zumuten, als notwendig ist. Lauren nickt: »Kein Problem. Senden Sie alles an mein Büro und ich übernehme die Sache«, sagt sie zu der Polizistin.

»Dieses Arschloch ...«, keuche ich, als wir an der Tür zum Verhörraum vorbeigehen und ich mich sehr zusammenreißen muss, nicht hinein zu stürmen. Wenn ich könnte, würde ich ihn schlagen. Lauren spürt meine Wut und bugsiert mich streng an der Tür vorbei.

»Na na Mr Seales, wir wollen hier nicht ausfällig werden«, sagt sie beruhigend, doch das trifft mich gerade am vollkommen falschen Punkt. Sie hat gut reden, sie ist ja nicht betroffen! »Komm, wir warten nochmal im Wartezimmer«, sagt Lauren bestimmt und begleitet mich dorthin.

Im Glaskasten sitzt jemand, den ich hier nicht erwartet hätte und doch habe ich mir gewünscht, dass er kommt.

»Lucas, was machst du denn hier?«, frage ich, als ich ihn erkenne. Er springt von seinem Platz auf und legt rasch die Zeitung weg. Nervös sieht er aus. Und unsicher.

»Hallo«, sagt er leise und sieht mich an. Sein Kopf ist gesenkt und er weicht meinem Blick immer wieder aus. »Lauren hat mir von deinem Termin erzählt. Ich wäre schon früher da gewesen, aber die Bahn ist ausgefallen und dann musste ich noch eine Station zu Fuß gehen und ... naja dann warst du schon weg, als ich hier angekommen bin.« Er redet schnell. Das macht er immer, wenn er aufgeregt ist. Ich könnte jetzt sauer sein, weil er sich *jetzt* um mich kümmert, obwohl ich seine Hilfe schon viel früher gebraucht hätte.

Doch gerade bin ich einfach nur froh, dass er da ist und auf mich gewartet hat. Es bedeutet mir mehr, als ich zugeben will und ihn wiederzusehen, treibt mir die Tränen in die Augen.

Vielleicht weine ich, weil ich gerührt bin.

Vielleicht auch, weil ich nicht weiß, ob das mit uns wieder etwas wird.

Vielleicht, weil ich ihn so sehr liebe und mir das jetzt in genau diesem Moment klar wird.

Laurens Hand löst sich von meinem Rücken und die Tür schließt sich. Sie ist rausgegangen und hat uns allein gelassen.

»War es so schlimm? Wie geht es dir jetzt?«, fragt Lucas vorsichtig und macht einen Schritt auf mich zu.

»Nein. Ja. Ich weiß nicht. Ich hab das irgendwie gar nicht so recht mitbekommen. Aber ich bin froh, es hinter mich gebracht zu haben. Ich fühle mich wesentlich leichter«, stammele ich und wische mir über die Augen. Die Tränen brennen auf der Haut und ich lecke mir mit der Zunge einen salzigen Tropfen aus dem Mundwinkel. »Gehst du jetzt wieder nach Hause?«, frage ich Lucas vorsichtig und er zuckt die Schultern.

»Gehst *du* denn nach Hause?«, gibt er zurück und ich wiederhole seine Geste. Beide müssen wir grinsen. »Wir können auch hierbleiben. Es gibt genug Klatschmagazine und Kaffee, das reicht den ganzen Tag«, scherzt er, um die Situation aufzulockern.

Wenn er mit mir mitkommen würde, wäre das wunderbar, denke ich und will diese Bitte aussprechen. Doch die Worte gehen unterwegs verloren und ich seufze nur.

Du fragst ihn jetzt gefälligst, ob er mitkommt.

Hör auf, dich vor ihm zurückzuziehen, Henry. Er ist hier, um dich zu unterstützen, zeig ihm, dass du das schätzt und dankbar bist!

Lucas sieht mich an und das Blau seiner Augen durchbohrt mich regelrecht. Ich sehe die unausgesprochene Frage zwischen uns in der Luft hängen.

»Wenn du magst, begleite ich dich nach Hause.« Er flüstert fast.

»Das wäre schön ...«, antworte ich leise und wische mir nochmal die Augen.

Er sieht zu der Klatschzeitung hinunter, die er gelesen hatte, und meint grinsend: »Schade, dass ich den Artikel über diesen neuen Film nicht fertig lesen kann. 1925 soll er heißen und wird sicher gut. Vielleicht können wir den ja gemeinsam im Kino ansehen, was meinst du?« Das kitzelt ein Lächeln aus mir heraus und ich zucke die Schultern.

»Das ist eine gute Idee.«

Als wir aus dem Warteraum treten, steht Lauren am Eingang, hat den Schlüssel ihres Wagens in der Hand und klimpert damit herum. Fragend sieht sie uns an. »Soll ich euch mitnehmen?«

Ich bin mir sicher, dass sie uns absichtlich allein gelassen hat, in der Hoffnung, wir würden ein paar Worte wechseln. Sie ist wirklich eine gute Managerin, weil sie genau weiß, was ich gerade brauche. Sie besorgt mir die richtigen Rollen und hat mir jetzt die Möglichkeit verschafft, mich dem tollsten Menschen meines Lebens wieder ein wenig annähern zu können.

Sie fährt direkt zu mir nach Hause und Lucas und ich sitzen nebeneinander auf der Rückbank. Zwischen uns ist noch ein Platz frei und auch, wenn ich es gerne tun würde, kann ich die Distanz nicht überwinden und zu ihm rüber rutschen. Aber wir tauschen ab und zu einen liebevollen Blick aus und Lucas lächelt mich ganz süß und schüchtern an. Er ist vorsichtig und zurückhaltend, will mich auf keinen Fall bedrängen, das spüre ich ganz deutlich. Natürlich hat er mich auch vorher nicht bedrängt, doch jetzt liegt da noch deutlich mehr Vorsicht und Rücksichtnahme in seinen Gesten und seinem Blick.

Das ist gut.

Dieses Verhalten erinnert mich stark an die Zeit, als ich mich bereits über beide Ohren in ihn verliebt hatte und er noch nichts davon wusste. Da war dieses nervöse Kribbeln zwischen uns, das vorsichtige Annähern, eine Anspannung und Anziehungskraft, die ich bis in die letzte Faser meines Körpers gespürt habe.

Lucas´ Augen huschen interessiert über meine Erscheinung und auch, wenn er versucht, es zu verbergen, bemerke ich doch, dass er mich mustert und beobachtet. Sucht er nach etwas, das sich äußerlich verändert hat?

»Was?«, frage ich und lächele ihn kurz an.

»Was?«, gibt Lucas mild zurück und blinzelt.

»Du siehst mich an, als wolltest du kontrollieren, ob ich noch vollständig bin«, sage ich leise, jedoch ohne Vorwurf. Mich stört es nicht, dass er mich ansieht. Im Gegenteil. Es ist eine Art der Kontaktaufnahme, die mir ganz guttut, zumal sie nicht körperlich wird. Genau das, was ich gerade brauche.

»Deine Haare sind wieder kurz«, stellt er nach einer kurzen Pause fest und er legt den Kopf schief, als wäre er sich nicht ganz sicher.

»Ja, Louise hat sie mir geschnitten, als meine Extentions raus waren, damit alles wieder zusammmen passt«, sage ich. »Gefällt es dir?« Sofort nickt Lucas.

»Ja, es gefällt mir sehr gut. Es sieht toll aus, weil man dein Gesicht so viel besser sehen kann. Das hat mir schon immer gefallen, weißt du?« Nein, das wusste ich noch nicht. Ich glaube, das hat er mir auch noch nie gesagt.

Wie zwei flirtende Fremde sitzen wir in Laurens Wagen und ich versuche, dabei zu verdrängen, dass sie jedes Wort unserer Unterhaltung mitbekommt.

Sicherlich freut sie sich, sobald sie bemerkt, dass es sich in die, für sie, richtige Richtung entwickelt. Sie will uns wieder zusammen sehen, das hat sie mir deutlich zu verstehen gegeben und mich macht es glücklich, dass sie eingesehen hat, dass ihr Verhalten anfangs ziemlich viel Druck aufgebaut hat.

»Wir sind da«, sagt sie plötzlich und ich sehe auf. Die Fahrt ging verdammt schnell.

Im Schritttempo rollt Lauren durch meine Straße und lugt vorsichtig nach links und rechts.

»Fotografen?«, fragt Lucas und ich sehe, dass er tief in seinen Sitz gerutscht ist und unauffällig über den Rand der Tür durchs Fensters schaut.

»Bisher nicht«, antwortet Lauren. Ihr Tonfall klingt allerdings weiterhin konzentriert.

»Weißt du eigentlich, ob Cardener aufgegeben hat, mich zu beschatten?«, frage ich vorsichtig.

»Wieso sollte Lauren das denn wissen?«, lacht Lucas.

»Stan Cardener ist mein Ex«, antwortet unsere Managerin und Lucas klappt der Mund auf.

»Was? Der ... oh ... wow ... krass.« Mehr scheint ihm dazu nicht einzufallen.

»Ja, es ist krass, ich weiß auch nicht, was mich damals geritten hat«, antwortet Lauren und sieht mich durch den Rückspiegel an. »Ich habe ihn nicht gesehen und die einstweilige Verfügung gilt ja noch immer, also muss er Abstand zu deiner Wohnung halten. Ich lasse euch am besten direkt vor der Tür aussteigen. Beeilt euch einfach, ins Haus zu kommen.« Noch im Wagen ziehe ich den Schlüssel aus der Tasche und nehme den Richtigen in die Hand, damit ich gleich nicht lange suchen muss. Lucas drückt die Tür auf und wir huschen geduckt über den Bürgersteig, die Treppe hinauf und ins Haus. Die Fotografen von heute Morgen sind verschwunden. Vielleicht sitzen sie aber auch nur in den Autos, um sich aufzuwärmen.

»Hat uns jemand gesehen?«, fragt Lucas atemlos und kichert, als er die Tür hinter sich zuknallen lässt.

»Ich glaube nicht, zumindest habe ich kein Klicken gehört.« Er grinst und sieht durch das kleine Fensterchen neben der Tür. »Oh, da haben wir uns wohl geirrt. Da stehen zwei am Fuß der Treppe. Aber sie waren zu langsam und haben uns verpasst. Das scheint ihnen böse aufzustoßen. Ach, das gefällt mir.« Lächelnd dreht er sich zu mir um und wir sehen uns an, als hätten wir gerade eine wilde Verfolgungsjagd gewonnen.

»Willst du mit nach oben kommen?«

Natürlich will Lucas und er folgt mir die Treppenstufen hinauf zur Wohnung.

»Oh, schau mal, die Sonne kommt raus.«

Gerade, als wir die Wohnung betreten, hat sich eine Wolke verzogen und mein Wohnzimmer wird von hellem Licht geflutet, das in einem langen Streifen auf den dunklen Holzboden im Wohnzimmer fällt.

Wir setzen uns nebeneinander ins Sonnenlicht, und halten unsere Gesichter in die Strahlen. Auch wenn sie noch nicht allzu kräftig sind, wärmen sie uns immerhin ein wenig. Man könnte meinen, das Wetter feiert, dass ich mich dem Mann gestellt habe und Lucas mit zu mir gekommen ist.

Auch, wenn ich ihn noch nicht berühren kann, weil ich einfach viel zu unsicher bin und nicht weiß, was passieren wird, wenn ich es tue, kann ich zum ersten Mal recht ruhig neben ihm sitzen und bin ganz stolz auf mich.

Lucas macht nicht den Eindruck, als würde ihn der aufkommende Kontakt zwischen uns stören. Sicherlich hatte er genug Zeit, um nachzudenken, und ist sich vielleicht nun im Klaren darüber, dass er mich zu nichts zwingen kann und sich mein Zustand nicht bessert, wenn er mich drängt.

Fast kommt es mir so vor, als würden wir noch einmal ganz von vorne anfangen und uns aneinander herantasten. Dieser Weg ist gut, denn ich fühle mich wohl dabei.

»Was hast du mit dem Kleidersack vor, der neben der Tür liegt?«, fragt Lucas irgendwann und hält das Gesicht noch immer in die Sonne, deren Strahlen wir durch das ganze Wohnzimmer gefolgt sind.

»Das sind die Klamotten von Silvester. Ich habe beschlossen, sie zu entsorgen. Als Therapie sozusagen.« Wie komisch das klingt, es laut auszusprechen. Die Idee kam mir selbst gut vor, als ich sie hatte, doch nun, da ich sie Lucas gesagt habe, scheint mir der Gedanke fast lächerlich. Als ob an den Klamotten ein böser Geist hängen würde oder so. Das ist doch kindisch.

Oder?

»Ich finde die Idee gut«, sagt Lucas und seufzt, als er sich auf den Rücken legt, die Hände hinter dem Kopf verschränkt und die Augen noch immer geschlossen. »Das ist, als würdest du eine alte Haut abstreifen und ein neuer Mensch werden. Aber hast du nicht daran gedacht, die Sachen vielleicht lieber zu versteigern? Ich meine, das sind hochwertige Designersachen und du bist Henry Seales. Du könntest den Erlös spenden. Ich hab gelesen, es gibt einen Verein, der sich für Missbrauchs- und Vergewaltigungsopfer einsetzt, und die können sicherlich Geld gebrauchen.« Ich stutze und sehe ihn neugierig an.

Lucas hat das gelesen?

»Du hast dich kundig gemacht?«, frage ich leise und die Ungläubigkeit ist deutlich herauszuhören.

»Natürlich. Ich wollte dich verstehen, aber leider ist es mir nicht wirklich gelungen. Das waren einfach viel zu komplexe Informationen, die ich nicht in einen Zusammenhang bringen konnte, weißt du?« Er öffnet ein Auge und sieht mich an. Ich ziehe die Knie an die Brust und sehe ihn an.

»Verstehst du jetzt, wieso es mir schwerfällt? Ich kann mich selbst nur schwer verstehen. Wie soll ich es dir dann erklären?«

Die Sonne prickelt auf der Haut und nachdem Lucas sich erkundigt hat, wie es meinem Bauch geht, stellt er mir eine Frage, die mich vollkommen überrumpelt:»Was denkst du jetzt? Über uns, meine ich.«

»Ich bin total erleichtert, dass du heute gekommen bist. Erwartet habe ich es nicht, wenn du es genau wissen willst. Wenn du mich ansiehst, dann fühle ich dieses Kribbeln in mir, das ich hatte, als wir uns am Set verliebt haben – als ich mich verliebt habe. Zum ersten Mal seit Silvester könnte ich mir vorstellen, dich in den Arm zu nehmen, aber gleichzeitig habe ich unglaublich Angst davor, dass alles wieder auf mich einbricht und ich dich wieder wegstoße, sollte ich es versuchen.« Ich mache eine kurze Pause, in der ich mich wieder der Sonne zuwende.»Du hast es nicht verdient, wie ich dich behandelt habe und es immer noch tue, aber ich kann nicht anders, weil ich mich irgendwie schützen muss. Doch deine Nähe tut mir gut und der Knoten in mir ist deutlich lockerer. Du hast heute kein einziges Mal den Eindruck gemacht, etwas von mir zu erwarten, und das nimmt den ganzen Druck von mir, so schnell wie möglich wieder zu funktionieren. Genau das, was ich jetzt brauche.« Ihn beim Sprechen anzusehen, habe ich mich nicht getraut, weil ich befürchtet habe, ihm weh zu tun, doch als ich jetzt kurz nach links sehe, blickt er mich lächelnd an.

»Danke, dass du so ehrlich bist, Henry. Das hilft mir, dich besser zu verstehen. Ich wollte dich nie unter Druck setzen – zumindest nicht bewusst, das musst du mir glauben. Aber für mich war diese Situation auch neu und beängstigend. Ich hatte Angst, dass etwas in dir unwiederbringlich zerbrochen ist und ich wollte es so schnell wie möglich wieder zusammensetzen, weil ich dachte, dass es dann schneller heilt. Dabei habe ich vergessen, dass so etwas seine Zeit braucht. Entschuldige bitte, dass ich so unsensibel war, das wollte ich nicht.« Unsere Blicke treffen sich und die Wärme der Sonne gelangt tropfenweise in mein Inneres. Mein Herz flattert und es wird alles warm.

»Liebst du mich, Henry? Ich meine, liebst du mich *noch*?«, wagt er, es langsam zu fragen und seine Augen schimmern feucht.

»Natürlich«, antworte ich leise, führe einen Finger an die Lippen, küsse ihn und lege sie vorsichtig auf Lucas´ Lippen. Eine andere Art von Kuss. Vorsichtig und achtsam und doch ist es ein Zeichen der Zuwendung. Lucas schließt die Augen und erwidert den Kuss.

Es geht aufwärts.

15. KAPITEL

Dass es langsam besser wird, spüre ich auch körperlich.

Mit jedem Tag, der vergeht, geht es mir etwas besser und kurz vor meinem Geburtstag sind die Magenschmerzen endlich vollständig verschwunden. Das ist bestimmt ein gutes Zeichen, dafür dass jetzt alles nur besser werden kann.

Am 1. Februar werde ich morgens vom Handy geweckt. Mum und Emma sind dran und gratulieren mir und so starte ich gut gelaunt in den Tag. Heute stehen die ersten Interviews an und gestern wurden mir die Zeiten dafür durchgegeben.

Um 11 Uhr sollen wir uns zur ersten Pressekonferenz im Hyatt-Hotel in der Londoner City einfinden.

Mit der Mail von Miss Underwood auf dem Handy, stehe ich vor meinem Kleiderschrank und suche mir ein Outfit aus, das den Anforderungen des Filmverleihs gerecht wird. Immerhin wollten sie ja, dass wir möglichst klassisch angezogen sind. Die Hose habe ich schnell gefunden, eine dunkelgrüne mit

Karo-Muster, dazu ein schwarzes Hemd.

Britischer geht's fast schon nicht mehr.

Nachdem ich mich ordentlich frisiert habe, packe ich meine Unterlagen in die Umhängetasche und mache mich auf den Weg. Draußen regnet es und ich bin froh, dass ich abgeholt werde. Blatt für Blatt lese ich nochmal meine Aufzeichnungen durch, damit ich später ohne Haspler durch die ersten Interviews komme.

Ein bisschen aufgeregt bin ich schon, das muss ich zugeben, denn ich habe schon lange nicht mehr bewusst vor der Presse gestanden und Fragen beantwortet. Zumindest nicht mit gegenseitigem Einverständnis.

Hoffentlich wurden im Voraus alle Fragen zu meinem Privatleben rausgenommen. Ich möchte nicht, dass es heute um mich als Person geht.

Wir sind da, um den Film zu promoten, und das ist das einzig Wichtige.

Doch bevor ich weiter darüber nachdenken kann, fällt mir ein, dass Lauren ja auch noch da ist und ich bin sicher, dass sie die letzte Instanz war, die die ganzen Fragenkataloge durchsehen durfte. Mit Sicherheit hat sie alles rausgestrichen, was die Vergewaltigung angeht.

Dieser Gedanke stimmt mich positiv und als ich mir London im Regen so ansehe, freue ich mich richtig auf den heutigen Tag.

Vor dem Hotel ist schon einiges los und der Taxifahrer muss sehr langsam an den Haupteingang heranfahren, um die Fotografen nicht zu verletzen, die sich dort tummeln und auf uns warten. Alle stehen dicht am Straßenrand und halten die Kameras im Anschlag. Regenschirme verdecken die meisten von ihnen und alle gemeinsam sehen sie aus wie eine Armee, die sich hinter ihren Schutzschildern verstecken, mit den Kameraobjektiven als Lanzen.

Durch das getönte Fenster sehe ich einen großen Mann mit Knopf im Ohr auf das Auto zukommen. Er hat einen Schirm in der Hand und öffnet mir die Wagentür.

»Guten Morgen Mr Seales«, sagt er mit tiefer Stimme, die ich kaum hören kann, weil die Fotografen so laut sind. Sie rufen ständig meinen Namen und bitten mich, in ihre Richtung zu sehen. »Kommen Sie mit, Ihr Kollege ist bereits angekommen.« Er führt mich an den Fotografen vorbei, durch das noble Foyer des Hotels und ich lächle die Geschäftsleute an, die ziemlich irritiert in der Lounge stehen und die Fotografen mustern, die den Eingang belagern.

Sicher haben sie sich ihren Aufenthalt entspannter vorgestellt.

Eine Mitarbeiterin des Hotels empfängt mich und löst den Bodyguard ab, der sofort wieder nach draußen eilt, um den nächsten Gast abzuholen.

Hier geht es zu wie auf einer Messe oder einer großen Businessparty. Alle wuseln herum und es herrscht eine nervöse Hektik. Kellner schieben Wagen mit Getränken in den großen Raum in dem später die Pressekonferenz stattfinden wird, Sicherheitsleute stehen vor dem Eingang des Raumes und sehen jeden böse an, der sich der Tür nähert und Hotelgäste bleiben neugierig stehen.

Mich bringt die Dame in einen Konferenzraum. Ein kleines Catering ist aufgebaut und als ich die Tür hinter mir zuziehe, knallt ein Tischfeuerwerk los und ich zucke erschrocken zusammen.

»Happy Birthday to you...«, fangen alle Anwesenden zu singen an. Nur Lauren, Lucas und Geoffrey erkenne ich und auch Zach steht dabei, alle anderen sind mir fremd, doch jeder strahlt mich an und ich werde ganz verlegen.

Lucas hält einen Kuchen in der Hand auf dem Wunderkerzen brennen, und kneift immer wieder nervös die Augen zusammen, wenn ein Funke ihm zu nahe kommt. Sein Gesicht leuchtet, und ich kann einfach nicht anders, als zu grinsen.

Das ist so süß. Alle applaudieren, als sie geendet haben und rufen mir Glückwünsche zu. Niemand kommt, um mich zu umarmen, vermutlich hat Lauren gesagt, sie sollen bloß vorsichtig mit mir sein.

Lucas ist der Erste, der sich umdreht, Zach den Kuchen in die Hand drückt und dann einen Schritt auf mich zu macht.

»Alles Gute«, sagt er leise und will mir die Hand geben.

Nein, das geht nicht. Er kann mir doch nicht die Hand geben. Nicht zum Geburtstag.

Ich reiße mich zusammen, sage mir, dass er mir nie etwas getan hat, und umarme ihn. Ziemlich fest, muss ich zugeben und Lucas drückt mich sanft an sich.

»Ich liebe dich«, haucht er mir leise ins Ohr und in mir kribbelt alles.

»Henry, du musst den Kuchen probieren!«, ruft Zach und unterbricht so unsere Umarmung. Vorsichtig löse ich mich von Lucas, der leise »Gut gemacht« sagt. Nachdem mir auch Lauren, Geoffrey und Zach, sowie sämtliche Hotelangestellten gratuliert haben, schneide ich den Kuchen an. »Nick hat ihn wohl besorgt«, sagt Lucas gut gelaunt und hält inne, als ich ihm den Teller reiche. Der Kuchen hat innen ein Regenbogenmuster.

»Sieht ein bisschen nach einer Pride-Torte aus«, meint Zach und mustert die Farben.

»Ja, Nick ist schwul, vielleicht hat er sich einen Spaß erlaubt«, lenkt Lucas schnell ein und der Maskenbildner zuckt nur die Schultern.

»Ach, daran ist doch nichts Verwerfliches«, sagt er nur und nimmt sich einen Teller.

»Was machst du eigentlich hier, Zach?«, erkundige ich mich und schneide das nächste Stück ab.

»Ich wurde gebucht, um dich und Lucas ein wenig im Blick zu haben, damit ihr vor der Kamera perfekt ausseht«, sagt er und nickt zur anderen Seite des Raumes hin, wo ein großer Maskenspiegel aufgebaut ist, wie mir jetzt erst auffällt.

»Hätte ich das gewusst, hätte ich mich heute Morgen nicht so sorgfältig frisiert«, meint Lucas und fährt sich durch die Haare. Zach zieht eine Schnute.

»*Du* hast dich *nicht* sorgfältig frisiert. Henry, glaub ihm kein Wort, diese Frisur ist von mir. Lucas kam hier mit Mütze an und die Haare sahen aus, wie ein geplatztes Sofakissen.«

Die beiden kabbeln sich noch eine ganze Weile wegen der Frisur, als mich eine junge Frau anspricht.

»Ich bin Alina Underwood. Freut mich sehr, Sie endlich einmal persönlich kennenzulernen.« Ihre rot geschminkten Lippen verziehen sich zu einem freundlichen Lächeln. »Sie sehen toll aus. Diese Kleiderauswahl gefällt mir wirklich gut«, sagt sie gut gelaunt und mustert mein Outfit.

»Vielen Dank«, gebe ich zurück und in dem Moment ruft mich Zach zu sich, schließlich muss ich auch noch zurechtgemacht werden.

»Du bist ein bisschen schmaler geworden, oder täusche ich mich da?«, fragt er, nachdem ich fast eine halbe Stunde im Schminkstuhl verbracht habe, und streicht mir ein letztes Mal mit einem weichen Pinsel über die Augen.

»Ja ein bisschen, aber ich bemühe mich gerade, wieder ein wenig zuzunehmen«, antworte ich und er nickt mit ernstem Blick: »Ja, das hätte ich dir jetzt auch nahegelegt.« Er nimmt eine Pinzette aus einer Tasche und zupft mir ein Härchen weg, das ihn an meiner Augenbraue wohl irritiert, dann nickt er mir zu. »Gut, du bist fertig.« Ich stehe auf und mein Blick fällt auf Lucas, der sich in der Nähe an einen Tisch gelehnt hat um auf mich zu warten.

»Wollen wir los?«, fragt er und wirkt nervös.

»Alles gut?« Ich trete etwas näher an ihn heran – gerade so weit, dass ich mich noch wohlfühle. Lucas hebt den Blick. Er ist ein wenig blass um die Nase. »Das ist meine erste Pressekonferenz. Ich bin total nervös«, gesteht er und ringt sich ein Lächeln ab.

»Das musst du nicht. Wir sitzen nebeneinander und ich kann dir aushelfen, wenn du eine Antwort nicht weißt.«

Er lächelt.

Und ich?

Ich lächle offen und ehrlich zurück.

Etwa 50 Reporter sind anwesend, dazu noch ein Dutzend Kameramänner. Einige applaudieren, als wir das Podium im Konferenzsaal betreten, und uns hinter einen langen Tisch setzen. Neugierig liegen die Blicke der Anwesenden auf uns und ich spüre Lucas´ Bein, das unter dem Tisch nervös auf und ab wippt. Mit einem kurzen Seitenblick gebe ich ihm zu verstehen, dass alles gut ist und er nicht so nervös zu sein braucht. Kaum merklich nickt er, doch sein Bein wackelt weiter.

»Willkommen zur heutigen Pressekonferenz von Wanner Wave zu unserem ersten Film des Jahres 2018; 1925«, sagt ein Sprecher und nickt Mr Sullivan, dem Produzenten, zu, damit er weitersprechen kann.

Mit ihm habe ich Backstage noch kein Wort wechseln können und ich bin gespannt, wie er wohl klingt. Er ist ein wuchtiger Kerl, der eine sehr einschüchternde Aura hat, weshalb ich überrascht bin, dass seine Stimme weich und freundlich ist. Er erklärt, wie es zur Produktion dieses Films kam, weshalb man sich für genau diese Thematik entschieden hat und dass es ihn sehr freut, mit einem so großartigen Team gearbeitet zu haben.

Während er spricht, sehe ich ihn die ganze Zeit freundlich an.

Nachdem Mr Sullivan einige Eckdaten des Films genannt hat, werden inhaltliche Fragen an Geoffrey gestellt, die er ausführlich beantwortet und danach stehen Lucas und ich auf der Liste der Reporter.

»Mr Thomas, es war Ihre erste große Rolle und dann gleich in einem solchen Film. Was hat das in Ihrem Leben verändert?«, fragt ein junger Mann in der zweiten Reihe interessiert und sieht Lucas an, der nervös lächelt.

»Nun, vielleicht fragen Sie mich das nochmal, wenn der Film im Kino ist, dann kann ich da sicherlich mehr dazu sagen. Momentan habe ich das Glück mich meist noch recht unerkannt bewegen zu können, es sei denn ich bin mit meinem Kollegen hier unterwegs«, er nickt zu mir hin. »Bisher habe ich noch ein Privatleben. Momentan bin ich ganz zufrieden mit allem. Man muss sich eben daran gewöhnen, nicht mehr vollständig anonym zu sein.«

»Mr Seales, Sie haben eben zustimmend genickt. Ihre Situation ist ja nun eine vollkommen andere. Wie gehen Sie damit um, dass die Aufmerksamkeit der Medien im Augenblick so intensiv auf Sie gerichtet ist?«

»Nun, ich denke diese Art von Aufmerksamkeit gehört natürlich zum Leben eines Schauspielers dazu und man muss lernen, damit umzugehen. Auch das ist eine wichtige Thematik in 1925. Meine Rolle muss auch mit der Aufmerksamkeit der Gesellschaft umgehen und ich muss sagen, dass sich diesbezüglich in den ganzen Jahren nicht sonderlich viel verändert hat.« Mein Blick fällt auf Lauren, die ganz hinten auf der Rückseite des Raumes steht und mir anerkennend zu nickt. Die Frage des Reporters war definitiv in eine andere Richtung ausgelegt und ich habe sie gekonnt umschifft. Jetzt darf ich nur nicht zu selbstzufrieden grinsen, damit der Reporter nicht sauer wird.

Wieder hebt sich eine Hand, dieses Mal etwas weiter hinten und die Frage ist nur schwer zu verstehen. Rasch kommt eine Mitarbeiterin mit einem

Mikrophon und nun kann sich der Reporter Gehör verschaffen.

»Was hat Sie daran gereizt, diese Rolle anzunehmen, Mr Seales? Bisher waren Sie eher für die Rolle des Womanizers bekannt. Wie kam es also dazu, dass Sie die Rolle von George spielen wollten?«

Uh diese Frage ist schon ein wenig schwerer zu beantworten.

Laurens Blick liegt auf mir und Lucas' Bein fängt wieder an zu zucken. Ich lasse mir nicht anmerken, dass mich diese Frage zögern lässt. Stattdessen hole ich tief Luft, als würde mich das Beantworten eher anöden. »Jeder Schauspieler braucht eine Herausforderung, um sein Können auszubauen, und diese Rolle war genau das, was ich gesucht habe, nachdem ich in den letzten Jahren doch immer wieder Charakter gespielt habe, die sich sehr ähnlich waren.«

Ha, gut gemacht!

Es kommen noch einige Fragen auf mich und Lucas zu, doch keine ist sonderlich schwer und wir haben keine Probleme, sie zu beantworten. Nach etwa einer halben Stunde wird die Pressekonferenz beendet, wir erheben uns und gehen zurück in den Besprechungsraum.

»Das ist gut gelaufen, findest du nicht?«, fragt Lucas, als die Tür hinter uns zugefallen ist.

»Ja, ich hatte mit deutlich schlimmeren Fragen gerechnet.«

Die erste Hürde ist geschafft und nun bin ich optimistisch, was die Einzelinterviews von Lucas und mir angeht. Schlimmer können die Fragen bestimmt nicht werden und so werde ich mich langsam wieder an das Interesse der Öffentlichkeit gewöhnen – zumal es langsam und häppchenweise auf mich zukommt.

»Das haben Sie sehr gut gemacht!«, dröhnt Mr Sullivan, als auch er wieder im

Besprechungsraum ankommt. Er streckt eine Hand aus und schüttelt erst Lucas´ und dann meine. Lucas wirkt dem Produzenten gegenüber vollkommen verunsichert und bekommt kaum ein Wort heraus. Das ist allerdings auch nicht nötig, denn Mr Sullivan scheint einer der Menschen zu sein, die sich selbst gerne reden hören. Er erzählt uns laut, wie schwer es doch war, die Firma von dem Film zu überzeugen und dass wir es allein ihm zu verdanken hätten, dass wir überhaupt Jobs haben.

Ich kenne diese Art von Männern gut genug, um einfach mitzuspielen. Also nicke ich freundlich, sehe ihn an und vermittle ihm das Gefühl vollster Aufmerksamkeit, doch in Wahrheit denke ich nur daran, dass ich heute meine ersten Interviews hinter mich gebracht habe und dass Lucas neben mir steht.

Verdammt nah neben mir, wenn ich genau sein soll.

Sein Aftershave wabert immer wieder zu mir hin und ich hole unauffällig tief Luft, um es zu genießen.

Lauren ist es schließlich, die meine Schnupperaktion und das Gerede von Mr Sullivan unterbricht, indem sie zu uns herüber kommt.

»Henry, wir wollen alle gemeinsam Mittagessen gehen. Zur Feier des Tages, sozusagen: Immerhin startet heute die Promotour und du hast Geburtstag. Wanner Wave hat uns einen Tisch hier im Restaurant reserviert.«

Alle sind dabei, nur Zach darf nicht mitkommen. Er scheint in den Augen der Filmproduktion nicht wichtig genug zu sein, um zum Essen eingeladen zu werden.

»Schade, es wäre schön gewesen, dich dabei zu haben«, meint Lucas, als wir die Eingangshalle durchqueren und die Glastür des Restaurants schon in Sichtweite ist. Zach zuckt mit den Schultern und schließt den Reißverschluss seiner Jacke, dann sagt er:»Ich habe heute Nachmittag noch einen Job in

Clapham, da hätte ich sowieso keine Zeit gehabt.« Er senkt die Stimme und beugt sich ein wenig vor. Die dunklen Augen auf Mr Sullivan gerichtet, fährt er fort: »Außerdem bin ich gar nicht scharf darauf, mir das Gequatsche von dem Typen den ganzen Nachmittag anzuhören. Viel Spaß euch und dir einen schönen Geburtstag, Henry.« Er zwinkert, klopft mir auf die Schulter und verschwindet dann, seinen Rollkoffer hinter sich herziehend, nach draußen.

»Och, können wir nicht auch noch einen Job haben?«, seufzt Lucas und sieht ihm neidisch nach.

»Das hier *ist* unser Job und da gehören Geschäftsessen auch dazu, auch wenn du das jetzt vielleicht nicht hören willst«, sage ich und deute zum Restaurant. »Los, lass uns reingehen. Immerhin bist du heute mal nicht underdressed.« Lucas zieht eine Grimasse und schiebt die Hände in die Taschen seiner dunkelbraunen Stoffhose.

»Ich musste extra nochmal shoppen gehen, weil ich nichts hatte, was den Beschreibungen der E-Mail entsprochen hat. Lilly hat mich begleitet und wir haben einen ganzen Samstag auf der Oxfordstreet und der Picadilly verbracht. Wir haben lauter Sachen gekauft, die alle irgendwie miteinander kombinierbar sind, weil Lilly mir nicht zugetraut hat, dass ich allein eine vernünftige Kombi finden kann«, seufzt Lucas und zupft an dem Kragen des hellgrauen Hemds herum, das er trägt. Der Gedanke an den Shoppingtag mit seiner Schwester scheint ihn noch immer zu stressen, denn er verzieht das Gesicht erneut. »Mit diesen Klamotten werde ich mich, glaube ich, nie anfreunden. Ich fühle mich total verkleidet.«

Tatsächlich habe ich Lucas noch nie in solchen Schnürschuhen gesehen, außer beim Dreh und sein Outfit erinnert mich sehr an das von Mo.

»Aber das Ergebnis kann sich doch sehen lassen, du siehst wirklich gut aus.«

Das Kompliment kommt gut an, denn als wir uns nun endlich auch ins

Restaurant begeben, bilde ich mir ein, dass Lucas´ Schritte ein wenig federnder geworden sind.

16. KAPITEL

Das Mittagessen ist eine recht steife Angelegenheit. Das liegt zum einen daran, dass das Restaurant ziemlich nobel ist, zum anderen, dass wir uns zwar gut kennen, doch in Anwesenheit des Produzenten etwas zurückhaltender und wortkarg sind. Schließlich weiß niemand so genau, wie Mr Sullivan drauf ist und man will ihn auf keinen Fall verärgern. Deswegen wird lediglich Smalltalk gehalten und man spricht über Nichtigkeiten.

Als das Essen endlich beendet ist, ist schon längst Nachmittag und die Truppe löst sich auf. Miss Underwood teilt uns noch die nächsten Termine für die Interviews mit, dann sind Lucas und ich mit Lauren allein in der Hotellobby.

Unsere Managerin sieht auf die Uhr und seufzt: »Du meine Güte, das hat jetzt länger gedauert, als ich beabsichtigt hatte. Ich muss nochmal ins Büro, die Fragen für die nächsten Interviews abklären. Soll ich euch beide irgendwohin mitnehmen?« Lucas und ich tauschen Blicke. Wir haben nicht wirklich überlegt, was wir machen wollen. Ob wir überhaupt gemeinsam etwas unternehmen wollen, oder nicht. Wenn es nach mir ginge, könnte ich mich jetzt auch zuhause vor den Fernseher legen, denn so vielen Leuten gegenüber zu stehen, fand ich mental doch sehr anstrengend. Unser Nachdenken scheint Lauren zu lange zu dauern.

»Okay Jungs, ich muss jetzt wirklich los. Sobald ich die genauen Infos zu den nächsten Terminen habe, lasse ich sie euch wissen, alles klar?« Wir nicken und Lauren marschiert mit klackernden Absätzen durch die Eingangshalle nach draußen.

Die Hände tief in den Taschen, wendet sich Lucas nun mir zu.

»Und was hast du jetzt noch so vor?«, fragt er. So vorsichtig geht man normalerweise nur miteinander um, wenn man sich noch nicht gut kennt, aber Interesse am Anderen hat. »Ich würde ja noch ein bisschen an die frische Luft gehen, wenn du mich fragst. Wir haben den halben Tag hier drinnen verbracht«, meint er, dem meine Antwort mit Sicherheit zu lange dauert. »Hier in der Nähe ist der Hyde Park und um diese Zeit ist dort nicht mehr allzu viel los.« Der Himmel draußen hat bereits ein stählernes Blau angenommen und es dämmert, da wird sicherlich nicht mehr viel Action im Park sein.

»Es könnte natürlich sein, dass uns einige Fotografen verfolgen, aber selbst die werden bei den Lichtverhältnissen keine guten Bilder schießen können, was meinst du, Henry?« Langsam nicke ich und schließe meinen Mantel.

»Gut, lass uns gehen.«

Ein kleines Grüppchen Reporter folgt uns tatsächlich, als wir gemeinsam das Hotel verlassen und nach rechts abbiegen. Sie halten einen diskreten Abstand und ich kann nicht verstehen, was sie sagen, weshalb ich sicher bin, dass sie auch unserem Gespräch nicht lauschen können. Trotzdem sprechen wir gedämpft miteinander.

»Weißt du, wie wir zum Hyde Park kommen?«, frage ich Lucas und sehe mich um. Ein Schild kann ich nicht entdecken. Die Straße ist von hohen Häusern gesäumt, sodass man auch nicht weit sehen kann.

»Ja, ich glaube, wir müssen nur da vorne links abbiegen, dann kommen wir direkt beim Marble Arch raus.« Er deutet mit der Hand in die besagte Richtung und bereits nach einem kurzen Fußmarsch an Bürogebäuden und einem Imbissladen vorbei, erhebt sich vor uns der wuchtige Marmorbogen, der den Eingang zum Hyde Park markiert. Ich schlage den Kragen meines Mantels hoch, als wir den weitläufigen Park betreten, wo sich Kieswege mit schmalen Pfaden abwechseln.

Im Sommer ist hier immer so einiges los, doch im Winter ist der Park abends verlassen und ruhig. Genau das, was ich nach dem ganzen Rummel heute brauche.

»So hast du dir deinen Geburtstag sicherlich nicht vorgestellt, oder?«, fragt Lucas, als der Straßenlärm nicht mehr zu hören ist und nur noch unsere Schritte auf dem Kies knirschen. In einiger Entfernung hält sich das Trüppchen Reporter auf.

»Wie meinst du das? Weil ich arbeiten musste?«, frage ich und Lucas nickt.

»Ach, das ist nicht schlimm. Ich habe in den letzten Jahren oft erst am Wochenende gefeiert, weil ich da mehr Zeit hatte. Mir ist das Feiern nicht so wichtig, wenn ich ehrlich sein soll. Ich habe mich über den Kuchen sehr gefreut und das genügt mir vollkommen.« Etwas in Lucas' Blick lässt mich misstrauisch werden. »Du hast jetzt aber kein Geschenk für mich gekauft, oder?« Fast wirkt er etwas zerknirscht. Vielleicht ist es ihm unangenehm, weil er mich nicht gefragt hat, ob ich überhaupt etwas möchte oder er vergleicht es mit dem, was er von mir bekommen hat und fühlt sich nun minderwertig.

»Doch, ich hab dir etwas Kleines gebastelt. In den letzten Wochen hatte ich genug Zeit zum Nachdenken und ich wusste nicht genau, was ich dir schenken soll.« Würde er keine Mütze tragen, dann wären seine Ohren jetzt mit Sicherheit rot.

»Hast du es dabei?«, frage ich, denn natürlich bin ich neugierig darauf, was ich wohl bekomme.

»Ja, ich hab´s den ganzen Tag über in der Jacke gehabt, weil ich nicht genau wusste, wann der richtige Moment ist, um es dir zu geben. Meinst du, jetzt wäre der richtige Moment?« Nach einem Blick zu den Reportern schüttle ich den Kopf.

»Nein, lass uns noch ein bisschen abwarten. Vielleicht geben sie bald auf, weil es zu dunkel ist und gehen. Ich will dein Geschenk unbeobachtet aufmachen.«

Also gehen wir weiter die schnurgeraden Wege entlang, in die Mitte des Parks, wo es angenehm still ist. Ich mag die Parks in der Stadt.

»Wie ist eigentlich dein letzter Drehtag so gelaufen?«, will Lucas wissen und ich erzähle ihm davon. Er hört aufmerksam zu und ich beobachte ihn dabei. Mein Mund formt die Worte von ganz allein, während mein Kopf einfach nur damit beschäftigt ist, ihn anzusehen und sich darüber zu freuen, wie wir miteinander umgehen.

Es fühlt sich genau richtig an. Heute habe ich nur noch selten an die vergangenen Wochen gedacht und meine Hoffnung, dass das endlich nachlässt, ist wieder ein Stückchen gewachsen.

»Und die Kollegen? Wie gingen die nach Silvester so mit dir um?«, will Lucas wissen.

»Sie haben alle total viel Rücksicht auf mich genommen, das war wunderbar. Niemand hat mich bedrängt und wollte wissen, wie es mir genau geht. Elianna war die größte Stütze. Sie hat mir super beigestanden, nachdem wir uns getrennt hatten. Dafür muss ich mich unbedingt bedanken, wenn wir uns wieder sehen«, sage ich leise. Das auszusprechen fällt mir schwer und Lucas sieht betreten aus.

»Elianna hat ein gutes Herz, da hast du Recht. Sie hat dir mehr geholfen, als ich ... es tut mir leid, Henry.« Lucas´ Stimme bricht und ich sehe zu ihm. Es ist viel zu dunkel, um zu erkennen, ob er weint, doch er wischt sich über die Augen, legt den Kopf in den Nacken und atmet einen Stoß warmen Atems in die kalte Nachtluft aus. »Ich war einfach überfordert und ich wusste nicht, wie und was. Vielleicht hatte ich auch Angst ... keine Ahnung wovor. Vielleicht wollte ich dich verlassen, bevor du es tust, um mich selbst zu schützen. Das war total egoistisch von mir Henry ... es tut mir so leid. Das ging gar nicht, dass ich gehe, wenn du mich am meisten brauchst. Wenn ich nur nicht so empfindlich gewesen wäre, dann hätte ich dir helfen können. Stattdessen musstest du zu Kollegen, die dich aufgefangen haben ...« Hektisch schnieft er, um sich davon abzuhalten zu schluchzen. Er will Stärke zeigen und behält auch die Kontrolle über sich, aber wenn es nach mir geht, dann muss er nicht stark sein.

»Nick und Aaron haben mir auch geholfen«, sage ich leise. Das wird Lucas nicht unbedingt ein besseres Gefühl verschaffen, aber so weiß er wenigstens, dass ich nicht allein war. »Und Cardener hat mich ins Krankenhaus gebracht, als ich auf der Straße zusammengebrochen bin.«

»Was? Und das hast du zugelassen?«

»Ich konnte nicht anders. Ich lag ja auf dem Bürgersteig quasi vor seinen Füßen und wollte dir nachlaufen, als du mich verlassen hattest.«

»Wow, das ist ja krass, dann hat der Kerl ja doch ein Herz ... unglaublich.« Diese Neuigkeit scheint Lucas ein wenig abgelenkt zu haben und er lächelt. »Aber du hältst dich trotzdem weiterhin von ihm fern, oder?«, fragt er.

»Natürlich. Wir werden wohl in diesem Leben keine Freunde mehr. Ich habe ihn aber auch schon lang nicht mehr gesehen.«

»Ich schon. Er stand bei mir eine Zeitlang vor der Tür. Aber er scheint weniger hartnäckig zu sein, habe ich den Eindruck. Vielleicht hat er eingesehen, dass er doch eine Spur zu stalkermäßig war.«

Ja, das könnte sein. Allerdings habe ich auch schon lange nichts mehr in der Zeitung gelesen, denn ich halte es für besser, wenn ich bis zur Premiere kein Interesse daran zeige, was über mich geschrieben wird. Das sorgt nur für zusätzlichen Stress, den ich unbedingt vermeiden muss.

»Henry?«, fragt Lucas leise, »sind Nick und Aaron sehr böse auf mich? Ich will nicht, dass deine Freunde schlecht über mich denken.« Es beschäftigt ihn wirklich sehr.

»Ich glaube schon, dass sie sauer sind, aber wenn du ihnen erzählst, was in dir vorging, dann bin ich sicher, dass sie Verständnis haben werden. Im Grunde mögen sie dich ja gerne.«

Wir sind nun schon fast in der Mitte des Parks angekommen und mittlerweile ist es so dunkel, dass ich keinen Fotografen mehr sehen kann. Vorsichtig strecke ich die Hand aus, um Lucas am Weitergehen zu hindern, und lausche in die Dunkelheit. Keine Schritte, keine Stimmen, die zu uns herüberwehen. Wir sind tatsächlich allein.

»Jetzt würde ich gerne mein Geschenk auspacken«, sage ich leise und wir gehen in die Nähe einer Laterne, wo wir im diffusen Licht gerade so etwas sehen können. Nervös öffnet Lucas seine Jacke, greift in die Innentasche und reicht mir ein schmales Geschenk. Es fühlt sich an, wie ein kleines Notizbuch, als ich es abtaste, und ist in dunkelblaues Papier gewickelt. Was er mir wohl gemacht hat?

»Los, mach es auf«, drängt Lucas und ich öffne die zerdrückte Schleife. Er nimmt mir das Papier ab.

Es ist tatsächlich ein Buch. Der Einband ist aus Leder und ein schmales Band ist am Umschlag befestigt, womit man es schließen kann.

»Ein Notizbuch?«, frage ich und löse das Band.

»Ja ... auch«, sagt Lucas und folgt meinen Handgriffen mit den Augen.

»Auch?«, wiederhole ich und schlage es auf. Auf der ersten Seite ist ein Foto, das Lucas von uns in Neuseeland gemacht hat. Wir liegen im Campingbus und kuscheln miteinander und unter das Bild hat Lucas »Happy Birthday Henry, ich liebe dich« geschrieben.

Mein Herz wird ganz weich, als ich das lese.

Neugierig blättere ich weiter und stelle fest, dass er unsere gemeinsame Geschichte aufgeschrieben hat. Hauptsächlich seine Gefühle zu mir und wie es ihm ging, als wir zusammengefunden haben. Zwischen den einzelnen Absätzen kleben Fotos vom Dreh oder gemeinsame Selfies von uns, an die ich mich manchmal gar nicht erinnern kann. Haben wir wirklich so viele Bilder gemacht?

»Gefällt es dir?«, fragt er und sieht mich neugierig an.

»Es ist wunderschön, danke Lucas«, antworte ich mit belegter Stimme.

»Es ist noch nicht ganz voll ...«, meint er und beißt sich auf die Unterlippe. Ich weiß genau, was er sagen will, deswegen beende ich seinen Satz: »...weil das mit uns noch nicht zu Ende ist ...«

Ich will ihn umarmen! Jetzt sofort!

Vorsichtig mache ich einen Schritt auf ihn zu.

»Es ist doch noch nicht zu Ende oder?«, hake ich nach und Lucas hebt den Blick. Er sieht mir in die Augen und schüttelt den Kopf. »Wenn du das möchtest ... ist es nicht zu Ende.«

»Ja, das möchte ich.«

Umarme ihn, Henry, es ist nicht schwer, du hast es schon tausendmal gemacht!

Mit einer Hand halte ich das Buch fest, dann mache ich einen Schritt auf ihn zu und schließe ihn in die Arme. Er tut es mir gleich, erwidert den Druck, aber nur, solange ich es tue. Ganz vorsichtig verhält er sich, will auf keinen Fall zu viel tun, um mich nicht wieder zu verschrecken. Das ist genau das richtige Maß und es fühlt sich gut an. In mir wird alles warm und mit den Fingerspitzen streiche ich ihm durch die kurzen Haare im Nacken. Lucas erschaudert unter meinem Griff und will mich fester an sich drücken, doch ich lasse ihn wieder los.

»Stop, lass uns nicht weiter gehen … ich will, dass es heute ein schöner Abend bleibt«, sage ich ganz leise und wir lösen uns voneinander.

»Das ist okay … vollkommen okay, Henry. Wir machen das so, wie du das brauchst.« Jetzt weint er doch wieder! Dieses Mal sind es aber Freudentränen und er wischt sie lächelnd beiseite. »Ich bin so froh, dass wir heute diesen Spaziergang gemacht haben«, sagt er leise.

Ja, das bin ich auch.

Wir machen kleine Schritte.

Winzig kleine Schritte, aber mir scheint zumindest, dass sie alle in die richtige Richtung führen und das macht mir Mut.

Nach der Geschenkübergabe verlassen wir den Park auf der anderen Seite und steigen dort in die U-Bahn, die uns nach Hause bringt. Lucas besteht darauf, mich bis zur Haustür zu begleiten, weil er Angst hat, mich könnte jemand abfangen und ich nehme sein Angebot sehr gerne an. Ganz bis zur Haustür schaffen wir es allerdings nicht, denn er entdeckt zwei Fotografen, die hinter einem Auto hocken und hält mich am Ärmel fest, damit ich nicht um die Ecke biegen kann.

»Wir verabschieden uns besser hier, sonst steht morgen wieder alles in der

Zeitung«, flüstert er und umarmt mich kurz. »Schlaf gut, Henry.«

»Du auch, Lucas und vielen Dank für alles.« Dann lösen wir uns voneinander, lächeln uns nochmal an und ich drehe mich um. Ich kann seinen Blick im Nacken spüren und weiß genau, dass er wartet, bis ich wirklich im Haus verschwunden bin, bevor er sich auf den Weg zurück zur U-Bahn Station macht.

Vielleicht bin ich gerade ziemlich kitschig eingestellt, aber Lucas wirkt im Augenblick für mich, wie ein Schutzengel, der mir den Rücken stärkt.

Auch, wenn dieser Schutzengel mir sehr wehgetan und mich eine Zeit lang allein gelassen hat.

Aber kann man ihm deswegen wirklich böse sein? Ich selbst könnte auch nicht genau sagen, wie ich mich an seiner Stelle verhalten hätte. Und hat Lucas nicht gezeigt, dass es ihm leidtut, in dem er bei der Polizei dabei war und auch heute mit seinem Geschenk wirklich klar gemacht hat, dass ihm etwas an mir liegt?

Ich darf auf keinen Fall nachtragend sein, denn diese Situation in der wir uns befunden haben und immer noch befinden, ist selten und außergewöhnlich. Nichts, was man im Internet nachschlagen könnte. Wir müssen beide an uns arbeiten und wie es aussieht, sind wir bereit dafür.

Weil ich nach diesem aufregenden Tag nicht sofort schlafen kann, liege ich noch lange im Bett. Ich beantworte sämtliche Geburtstagsglückwünsche und lese im Netz, dass Fans zu meinem Geburtstag Geld gesammelt und an wohltätige Zwecke gespendet haben. Irgendwann lege ich das Handy beiseite und blättere in dem Buch, das ich bekommen habe. Lucas erzählt mir unsere Geschichte in seinen Worten und es ist erfrischend, seine Perspektive zu erfahren.

Bisher habe ich ihn ja nie wirklich gefragt, wie es ihm eigentlich so ergangen ist und jetzt offenbart er es mir.

»Ich weiß noch, als ich dich zum ersten Mal gesehen habe. Mir war so schlecht, als ich zu unserem Treffen gefahren bin. Ich wusste bereits, wer du warst, und ich hatte einen solchen Respekt vor dir, dass ich mehrfach kurz davor war, einfach abzusagen. Aber meine Mum hat mich darin bestärkt, dass ich gehen soll. Und bis heute habe ich es nicht bereut. Mich hat fast der Schlag getroffen, als du mir die Hand gegeben hast und so offen und freundlich warst. Es war unglaublich.«

»In Reading habe ich dann bemerkt, dass ich in deiner Gegenwart nervös werde und du glaubst nicht, wie viel Angst ich hatte, dass ich bei unserer Liebesszene einen Ständer kriegen könnte. Gleichzeitig hatte ich immer das Gefühl, du flirtest mit mir und ich wollte mir einfach nicht eingestehen, dass du kein Interesse haben könntest. Deswegen habe ich mich ein wenig dumm gestellt und als du tatsächlich zugesagt hattest, mit mir die Sexszene zu üben, war ich im siebten Himmel. Mit ein wenig Glück konnte ich mir einreden, wir hätten sowas wie ein Date und auch, wenn wir in deinem Zimmer nur die Szene geprobt haben, hatte ich eine ganze Armee an Schmetterlingen in der Brust. Ich war so nervös und endlich konnte ich es auskosten, dich anzufassen und zu küssen. Und wenn ich doch einmal gestöhnt habe, dann hätte ich es immer mit dem Spiel erklären können. Eine wunderbare Möglichkeit, dir nahezukommen...«

Ich lese und lese und kann einfach nicht genug bekommen. Lucas scheint nicht viel darüber nachgedacht zu haben, was genau er schreibt, doch das macht es alles so unglaublich authentisch.

»Und dann, als du mich aus dem Wasser gezogen hast, war dein Spiel so unglaublich authentisch, dass ich mich wirklich sehr zusammenreißen musste. Ich hatte das Gefühl, dass du jedes Wort, das du zu mir gesagt hast, auch meintest. Es kam von Herzen und hat mich sehr berührt. Als du mich dann geküsst hast und ich deine Tränen auf den Lippen geschmeckt habe, musste ich dich einfach zurück küssen. Mir war egal, ob es jemand bemerkt hätte, aber ich wollte mir diese Chance einfach nicht entgehen lassen und wenn ich heute so daran zurückdenke, dann bin ich froh, den Mut dazu gehabt zu haben. Wer weiß, was passiert wäre, wenn ich bockig geblieben wäre – achja und das mit dem Stuhl tut mir immer noch leid. Ich hoffe, ich hab dir nicht zu sehr wehgetan.«

Lächelnd muss ich an den Stuhl denken, den er mir übergezogen hat. Ja, es hat wehgetan, aber ich habe mich ihm gegenüber auch nicht richtig verhalten und den Schlag definitiv verdient.

Wenn ich es mir genauer überlege, dann könnten wir eigentlich quitt sein.

Ich hab Lucas am Anfang wochenlang belogen und mit seinen Gefühlen gespielt, weil ich mich selbst schützen wollte, und er hat mich aus Selbstschutz verlassen. Wir haben uns gegenseitig wehgetan und sollten wirklich nochmal neu anfangen.

17. KAPITEL

Wir haben zwei Termine pro Woche, um Interviews zu geben. Außerhalb dieser Termine sehe ich Lucas nicht. Das ist momentan aber auch ganz gut so, denn er hat viel zu tun. Sein Theaterstück hat mit den Proben begonnen und er ist jeden Tag fast zehn Stunden auf der Probebühne, wie er mich per SMS wissen lässt.

Obwohl wir es langsam angehen lassen wollen, schreiben wir jeden Tag mehrfach miteinander. Jeden Morgen bekomme ich eine Nachricht von ihm, was mich super in den Tag starten lässt.

Seit der großen Pressekonferenz ist das Interesse der Öffentlichkeit an mir wieder deutlich angewachsen, allerdings in eine sehr angenehme Richtung, wie ich feststelle. So brauche ich an einem Nachmittag beim Einkaufen fast eine Stunde länger, weil gefühlt jeder Kunde des Ladens ein Foto mit mir machen möchte, und alle warten freundlich, bis sie dran sind.

Auch die Presse berichtet wieder über mich, doch dieses Mal positiv. Sie schreibt, dass ich den Mut hatte, meinen Vergewaltiger bei der Polizei zu identifizieren und ruft alle Geschädigten dafür auf, nicht länger zu schweigen, sondern ebenfalls an die Öffentlichkeit zu gehen. Auch, wenn ich das Erlebte lieber rückgängig gemacht hätte, wenn es eine gute Sache an sich hat, dann die, dass sich nun mehr Leute trauen, ihre Geschichte zu erzählen.

Mitte Februar treffe ich mich mit Lauren, die eine Anfrage für einen TV-Film und eine Werbekampagne mit mir besprechen will.

Weil ich am Nachmittag auch noch ein Interview mit einer Zeitung habe, bin ich schick angezogen, als ich das Büro von Cooperations Management betrete. Lauren erwartet mich bereits im Konferenzraum und bei ihr sitzt ein freundlich aussehender Mann mit schwarzem Haar und einem Hut. Er mustert mich interessiert, als ich mich setze. Ich nicke ihm freundlich zu, bevor ich mich vorstelle.

»Henry, das ist Mr Lancon. Er ist die Leiter der Initiative »SurvivorsUK«, einer Organisation, die darauf aufmerksam machen will, dass es auch männlich Opfer sexueller Gewalt gibt«, erklärt Lauren. Langsam nicke ich und ahne, worauf das hinauslaufen wird.

Bin ich schon bereit dazu, offen darüber zu sprechen?

Mr Lancon räuspert sich und sieht mich offen an: »Mr Seales, wir waren so frei, Ihre Managerin zu kontaktieren. Es tut mir schrecklich leid, was Ihnen widerfahren ist und ich hoffe, dass Sie diesen Angriff gut verarbeiten können. Wir, von SurvivorsUK bieten Opfern Beistand an, vermitteln Therapien und haben einige Selbsthilfegruppen gegründet, die sich wöchentlich in den verschiedenen Stadtteilen Londons treffen. Wie alle Organisationen sind auch wir auf Spenden angewiesen und-«

»Sie wollen mich bitten, für Sie Werbung zu machen?«, frage ich ihn. Er nickt

176

sofort. Das beeindruckt mich, denn offenbar ist er sehr direkt in dem, was er möchte, und redet nicht viel um den heißen Brei herum. Das schätze ich sehr.

»Sie sind ein bekanntes Gesicht und je mehr wir darauf aufmerksam machen, desto besser. In der heutigen Gesellschaft werden männliche Opfer sexueller Übergriffe noch immer nicht ernst genommen und das muss sich ändern. Auch wir müssen mit unseren Erlebnissen für voll genommen werden.« Ich sehe Mr Lancon genauer an. Er ist jung, vielleicht zwei Jahre älter, als ich und ohne den Blick von ihm zu nehmen, sage ich zu Lauren: »Würdest du uns einen Moment allein lassen, bitte?« Sie nickt, steht auf und verlässt den Raum. Als die Tür hinter ihr ins Schloss gefallen ist, frage ich ganz direkt: »Ist Ihnen das auch passiert?«

Er nickt sofort.

»Ja, deswegen habe ich diesen Verein gegründet. Ich war gerade 20, als es passiert ist und als ich meiner Mum davon erzählt habe, meinte sie, ich hätte da sicher nur etwas falsch verstanden. Niemand wollte mir glauben, oder mir zuhören, weil alle der Meinung waren, dass sowas nur Mädchen oder Frauen passiert.« Er öffnet den Knopf am Ärmel seines Hemds und zieht den Stoff zurück. Enorm viele Tattoos schmücken seine Haut, doch ich ahne, was er mir zeigen will und als ich mich ein wenig nach vorn beuge, erkenne ich, dass die Tinte auf der Haut lediglich dazu dient, die vielen feinen Narben zu verdecken, die er sich selbst zugefügt hat. »Das war mein Ventil«, sagt er schlicht und schüttelt den Stoff wieder über die zerschnittene Haut. »Hätte es damals schon eine Gruppe gegeben, der ich mich anschließen könnte, wäre das vielleicht alles anders gekommen. Es muss endlich mehr Aufmerksamkeit auf das Thema gelenkt werden. Auch, damit andere Männer wissen, dass sie nicht die einzigen Opfer sind. Sie brauchen den Mut, zu unseren Gruppen zu gehen, und dürfen sich nicht scheuen, Schwäche zu zeigen. Und deswegen bin ich hergekommen.

Ich weiß, dass bei Ihnen noch alles sehr frisch ist, deswegen möchte ich Sie auch nicht drängen. Lassen Sie sich soviel Zeit, wie Sie möchten, aber wenn Sie sich irgendwann dazu in der Lage fühlen, offen darüber zu sprechen, dann rufen Sie mich bitte an und helfen Sie uns dabei, die Gesellschaft zu verändern.«

Mr Lancon ist ein beeindruckender Mann. Er drängt mich nicht dazu, mein Gesicht sofort seiner Organisation zu verschreiben, denn er kennt meine Situation. Das macht ihn für mich unglaublich sympathisch und ich nehme die Karte gerne entgegen, die er mir am Ende unseres Gespräches reicht.

»Ich werde mich bei Ihnen melden, das verspreche ich«, sage ich und er strahlt.

»Sie wissen gar nicht, wie sehr Sie uns damit helfen würden, Mr Seales.«

Mr Lancon verlässt als glücklicher Mann die Räumlichkeiten und ich bleibe am Tisch zurück, mit dem Gefühl, diese schlimme Sache für etwas Gutes nutzen zu können.

Lange kann ich mich daran allerdings nicht erfreuen, denn Lauren ist schon wieder im Zeitstress und kommt ein wenig atemlos zurück in den Konferenzraum. Wie es aussieht, hat sie nicht damit gerechnet, dass mein Gespräch so lange dauern wird und ich bringe sie jetzt ein wenig ins Rotieren. Im Schnelldurchlauf erläutert sie mir drei Rollenangebote, die sie zugeschickt bekommen hat. Einmal einen Wissenschaftler in einem Werbespot, einen jungen, alleinerziehenden Vater und einmal eine Rolle bei »Die East Enders«, einer Daily Soap, die schon seit 20 Jahren im TV läuft. Letzteres schlage ich aus – in einer Serie möchte ich auf keinen Fall festhängen. Die anderen beiden Drehbücher kann sie gerne für mich anfordern. Vielleicht sagen mir die Rollen ja zu.

Lucas sehe ich am Nachmittag beim Interview wieder. Danach steht ein Termin im Tonstudio an. Für 1925 müssen einzelne Passagen nachsynchronisiert werden und ich werde einige Off-Texte einsprechen müssen.

Für das Interview haben sich sämtliche Jugendzeitschriften angekündigt und ich bin gespannt darauf. Noch nie habe ich für diese Art von Zeitungen ein Interview gegeben. Soweit ich informiert bin, durften Leserinnen und Leser ihre Fragen per Mail einschicken und ich bin sehr gespannt, was das für Fragen sein werden. Was interessiert die heutige Jugend?

Die Reporter treffen sich mit uns in einem Café in der Stadt. Obwohl das Café klein ist, hat Lauren einen Bodyguard gebucht, der unauffällig in der Nähe steht und uns im Auge behält.

»Ich hab jetzt nicht genau gewusst, was ich anziehen soll«, meint Lucas unsicher, als wir gemeinsam den abgesperrten Bereich betreten.

»Hierfür kannst du anziehen, was du willst. Die Vorgabe mit den Klamotten bezog sich, glaube ich, nur auf die richtig großen Interviews«, sage ich leise.

»Sehe ich sehr verschwitzt aus?«, fragt Lucas, nachdem wir uns gesetzt und einen Kaffee bestellt haben.

»Wieso solltest du?«, gebe ich zurück und mustere ihn. Seine Haare sind ein wenig durcheinander, aber das sind sie ja eigentlich immer.

»Ich hatte heute schon wieder Probe fürs Theaterstück und es war sehr schweißtreibend. Ich will nicht aussehen, als käme ich direkt vom Sport«, sagt er, nimmt sich einen Löffel aus einer Schale auf dem Tisch, dreht ihn um und mustert sein Spiegelbild darin.

»Wie war es denn?« Ich weiß noch immer nicht, worum es in dem Stück geht.

»Oh super. Meine Kollegen sind toll. Ich habe zwei Kolleginnen, die meine beiden Frauen in dem Stück spielen und beide sind wirklich sehr lustig.«

»Zwei Frauen? Du hast zwei Frauen in dem Stück?«, frage ich irritiert und glotze Lucas an.

»Ja, ich spiele einen Taxifahrer, der zwei Frauen hat und versucht beide Leben voneinander fernzuhalten. Das droht dann aber aufzufliegen und wird ziemlich lustig.« Lucas hätte mir gerne mehr davon erzählt, doch in dem Moment kommt eine kleine Gruppe auf uns zu und ich bin mir ziemlich sicher, dass es die Reporter der Magazine sind. Sie lächeln uns freundlich an, wir schütteln ihnen die Hände und sie setzen sich.

»Hallo ihr beiden, schön, dass ihr hergekommen seid«, sagt ein Mann mit großer Brille und legt seine Unterlagen auf den Tisch. Die anderen um ihn herum, sind ein wenig stiller und lassen ihn reden.

»Uns freut es auch, dass ihr ein Interview machen wollt«, strahlt Lucas und sieht die Gruppe gut gelaunt an. »Dann legt mal los, wir sind schon ganz gespannt auf eure Fragen.« Einige der jüngeren Journalisten lachen kurz auf, vermutlich um sich mit Lucas gut zu stellen. Mich mustern sie ein wenig vorsichtiger. Ob es an meinem Bekanntheitsgrad oder den Schlagzeilen lieg, weiß ich nicht. Trotzdem lächle ich der Gruppe zu. »Na dann, fangen wir an.«

Alles läuft super. Die Fragen sind frech und für Teenager genau richtig. Wir werden über unsere Schulzeit ausgefragt, äußern uns zum Thema Mobbing, Mode, schlechte Noten und Schulstreiche.

Nachdem wir uns verabschiedet haben, nehmen wir ein Taxi und lassen uns zum Tonstudio bringen. Der Bodyguard verabschiedet sich von uns und wir treten den Weg allein an. Der Verkehr ist heute zäh und ich sehe ständig auf die Uhr, weil wir ein bisschen zu spät dran sind.

Glücklicherweise befindet sich das Studio ganz in der Nähe.

Dort erwarten uns schon Geoffrey und Fionn. Es ist schön, die beiden wieder zu sehen, auch, wenn sie mich ein wenig mitleidig ansehen, als wir uns umarmen.

Natürlich haben sie die Schlagzeilen mitbekommen, scheinen aber nicht genau zu wissen, was sie dazu sagen sollen.

»Es ist schön, euch wieder zu sehen«, sagt Geoffrey glücklich und strahlt uns an. »Wir haben schon fast den finalen Schnitt fertig und ich bin wirklich gespannt, was ihr dazu sagt. Wir sind jedenfalls alle begeistert vom Ergebnis.« Er strahlt und man sieht ihm an, dass er mit seinem Werk zufrieden ist. Jetzt bin ich richtig aufgeregt und kann es kaum erwarten, die ersten kleinen Schnipsel des Filmes zu sehen.

Zusammen gehen wir in das kleine Studio, das sich versteckt in einem Hinterhaus befindet. Es gibt Kaffee und Snacks und eine bequeme Couch zum Warten, doch wir gehen direkt in den Aufnahmeraum.

Die Aufnahmekabine ist klein und es ist ein wenig stickig hier drin. Die Wände sind gut gepolstert und es ist seltsam dumpf um einen her. Jedes Geräusch wird geschluckt. Für die Aufnahmen ist das fantastisch, aber fürs Gefühl ein wenig befremdlich.

Auf einem kleinen Pult liegen die Seiten, die wir einsprechen müssen, und Geoffrey zeigt uns die entsprechenden Passagen.

»Es ist nicht sonderlich viel, was wir neu vertonen müssen, aber wir haben einige Texte geschrieben, die wir vielleicht noch in die Liebesszene einbauen wollen und natürlich die ganzen Off-Texte von George.« Geoffrey blättert die Seiten durch.

»Was sind das für Texte?«, fragt Lucas und Fionn reicht uns zwei Blätter.

»Lest euch das mal durch, damit ihr ein Gefühl bekommt«, sagt er und Geoffrey fügt hinzu: »Wir haben geplant, diese Sätze eventuell in der

Liebesszene zu nutzen. Es sollen ganz leise geflüsterte Liebesbekundungen werden, die wir dann einfach darunterlegen.«

Die kurzen Sätze sind passend und fühlen sich für George und Mo genau richtig an. Ich überfliege den Text und bin wirklich froh, dass Lucas und ich einander wieder nähergekommen sind. Es wäre wesentlich schwerer gewesen, diese Texte zu sprechen, wenn der Mann, den man liebt, nicht mehr im Herzen ist, ich ihn aber auf der Leinwand hätte sehen müssen.

Wir bekommen einige Minuten Zeit, um uns die Texte zurechtzulegen, dann dürfen wir zusammen in die Aufnahmebox. Ein Techniker gibt uns Kopfhörer und weißt uns ein. Weil ich schon einige Aufnahmen dieser Art gemacht habe, ist es für mich nichts Neues, doch Lucas hört aufmerksam zu.

»Auf dem Bildschirm seht ihr gleich einen Countdown, dann startet der Film. Außerdem sitzt Geoffrey in Sichtweite und gibt euch Handzeichen, wann ihr euren Einsatz haben werdet. Er wird euch hören können und kann per Mikrophon mit euch kommunizieren. Bleibt gerade stehen, oder bewegt euch, wie es sich für euch richtig anfühlt, aber bleibt weit genug vom Mikrophon weg, damit alles natürlich klingt. Alles klar soweit?«

Wenig später steht Lucas als Erster in der kleinen Aufnahmebox.

»Hoffentlich lassen sie mich wieder hier raus«, witzelt er und setzt sich die Kopfhörer auf. Er zwinkert mir verschmitzt durch die Glasscheibe zu und ich schlucke kurz. Dieses Zwinkern geht mir direkt ins Herz, trotzdem habe ich ein bisschen Bedenken, mich in diese Liebesszene einzufinden. Immerhin ist der Dreh schon eine Weile her. Was, wenn wir den Flow nicht mehr finden?

Damit ich ihn nicht ablenke, muss ich zusammen mit Fionn im Nebenzimmer warten. Doch dort haben wir ebenfalls einen kleinen Fernseher, sodass ich die

Szene, die es gleich zu synchronisieren gilt, schonmal sehen kann.

Das Licht wird ein bisschen gedimmt und vor uns geht der Bildschirm an.

Ein Countdown wird angezeigt, dann sind Lucas und ich auf dem Bildschirm in inniger Umarmung zu sehen. Meine Hände auf seinem Rücken, er kippt nach hinten – eine Nahaufnahme meiner Lippen, die sich über seine Brust küssen.

Hände, die sich aneinander festhalten.

Körper, die zusammenfinden.

Uns so zu sehen, ist wunderschön und ich glaube, dass es den Zuschauern nicht anders gehen wird, wenn sie im Kino sitzen. Natürlich haben die Bilder einen gewissen sexuellen Touch, aber man spürt auch die Liebe, die dort empfunden wird.

Und das, obwohl ich das ganze ohne Ton sehe. Wenn da noch Text und Musik dazukommen, wird der Kinosaal vor lauter Herzklopfen vibrieren.

Der Regieassistent sieht mich kurz von der Seite an – in seinem Blick liegt eine Frage, die ich erahnen kann.

»Mir geht es schon besser«, sage ich leise und er nickt langsam.

»Gut, ich wusste nicht, ob ich das fragen soll«, gibt er leise zu und sieht verlegen aus. Ich bin froh, dass er nicht gefragt hat und auch, dass er nicht mehr Genaueres wissen will. Wir kennen uns zwar und haben zusammen gearbeitet, aber ich will mich jetzt nicht an Silvester erinnern lassen. Nicht jetzt, wo es mir langsam besser geht und ich mich gleich auf eine Liebesszene konzentrieren muss - auch wenn ich sie nur sprechen soll.

Lucas macht seine Sache gut und ist schon nach einer halben Stunde fertig.

Weil die Texte im Off eingespielt werden und nicht synchron mit dem Bild sein müssen, ist es nicht wichtig, auf das Timing zu achten. Geoffrey wünscht sich Gefühl und Sehnsucht und das gelingt Lucas gut. Natürlich fällt es schwer, sich das passend auszumalen, wenn man ihn nur hört, aber wenn es alles abgemischt und mit Musik unterlegt wurde, dann wird diese Szene wunderschön werden.

Da bin ich sicher.

Nach Lucas bin ich dran und spreche nach der Liebesszene auch gleich die Off-Texte ein, die Georges Gedanken untermalen sollen.

Dafür brauche ich ein wenig länger, weil Geoffrey sich ein ganz bestimmtes Timing dafür ausgedacht hat. Er leitet mich an und führt mich mit Hilfe der passenden Gedanken gut durch die Szenen.

Nach drei Stunden, bin auch ich fertig und muss überrascht feststellen, dass Lucas noch da ist.

Hat er etwa die ganze Zeit hier gesessen und gewartet?

Wir verabschieden uns von Geoffrey, Fionn und der Crew des Studios und verlassen das Gebäude.

»Willst du noch mit ins Theater kommen? Ich muss um 19 Uhr nochmal dort sein, weil wir noch eine Szene machen wollen«, fragt Lucas, als wir wenig später vor einem kleinen Café an einer Hauptstraße stehen und auf ein Taxi warten. Er sieht mich interessiert an und scheint auf eine positive Antwort zu hoffen.

Ich will mich heute mit der Organisation, von Mr Lancon auseinandersetzen und ein bisschen darüber lesen, damit ich weiß, was das genau ist.

»Schade, ich hätte mich gefreut, wenn du mitkommst«, sagt er und klingt ehrlich enttäuscht.

»Tut mir leid. Ich komme ein anderes Mal mit, ist das okay?« Er zuckt mit den Schultern.

»Was machst du denn stattdessen heute Abend?« Bevor ich die Frage beantworte, sehe ich mich kurz um, um mich zu vergewissern, dass niemand in unserer Nähe zuhört, dann sage ich mit gedämpfter Stimme: »Lauren hatte heute im Büro einen Mann auf Besuch, der eine Organisation gegründet hat, die sich für männliche Vergewaltigungsopfer stark macht. Sie wünschen sich, dass ich mich für sie einsetze und darauf aufmerksam mache, sodass sie mehr Spenden bekommen.«

»Aber, die können doch nicht von dir verlangen, dass du jetzt schon damit selbst an die Öffentlichkeit gehst ... glaubst du, du bist schon ... soweit?« Er sieht mir in die Augen und ich sehe nicht weg, sondern erwidere den Blick.

»Ich werde noch nicht an die Öffentlichkeit gehen. Aber ich will mich heute ein wenig belesen und herausfinden, was genau das für eine Organisation ist. Sie bieten wohl auch Therapien und Selbsthilfegruppen an. Vielleicht kann ich da ja mitmachen ...« Lucas' Gesicht hellt sich auf und er strahlt mich an. In dem Moment räuspert sich eine Frau, die neben uns aufgetaucht ist und unterbricht uns. Sie hat den Arm um ein kleines Mädchen gelegt, das uns mit roten Wangen ansieht und so nervös scheint, dass sie kein Wort herausbringt.

»Entschuldigen Sie, wenn ich störe, aber meine Nichte Darcy ist ein großer Fan, Mr Seales. Würden Sie ein Foto mit ihr machen?«

Die Kleine ist supersüß und als ich nicke, strahlt sie übers ganze Gesicht, bewegt sich allerdings nicht von ihrer Tante weg.

»Na los, Maus, du musst schon zu Henry hingehen«, fordert die Tante und will das Kind schieben, doch sie bewegt sich nicht.

»Soll ich mich zu euch stellen? Dann gebt ihr einfach Lucas das Handy und er macht das Foto. Meinst du, das ist okay?« Ich sehe das Mädchen an und setze mein strahlendstes Lächeln auf. Das scheint ihr Mut zu machen und sie nickt schnell.

Ich gehe neben ihr in die Hocke und sie schmiegt sich schüchtern an mich, dann sehen wir Lucas an, der eine Grimasse zieht, um die Kleine zum Lachen zu bringen, und dann auf den Auslöser drückt. Die Tante bedankt sich wortreich für das Foto, dann verschwindet sie mit dem Mädchen die Straße hinunter und Lucas nimmt das Gespräch sofort wieder auf.

»Du hast dich also dazu entschieden eine Therapie bei dieser Organisation zu machen?«, fragt er ganz vorsichtig, als hätte er sich vielleicht verhört.

»Ja ich glaube, das ist eine gute Idee, aber damit werde ich wohl erst anfangen, wenn sich alles wieder in ruhigeren Bahnen bewegt.« Unsicher fahre ich mir mit der Hand durch die Haare und sehe Lucas dann wieder an, bevor ich leise weiterspreche. »Alleine schaffe ich das, glaube ich, nicht.« Die Straße ist für einen Moment fast leer und Lucas nutzt die Chance, nach meiner Hand zu greifen.

»Ich bin so froh, dass du Hilfe annimmst. Wirklich Henry.« Er drückt mein Handgelenk leicht und ich entziehe mich seinem Griff sofort wieder. Dieses komische Gefühl hat sich erneut in mir ausgebreitet und nun kenne ich es gut genug, um zu wissen, dass es der Vorbote einer Panikattacke sein kann, wenn ich mich nicht gleich beruhige. Ich zucke zurück und wische mir die Hände an der Hose ab. Meine Haut ist schweißnass geworden.

Lucas steht da, wie vom Donner gerührt. »Henry, was ...«, fängt er an und wieder ist in den Augen dieser Schmerz zu lesen.

»Das ist nicht deine Schuld«, beeile ich mich zu sagen, ohne dabei vollkommen aufgelöst zu klingen. Mein Herz schlägt schnell und das Blut rauscht mir in den Ohren und doch kriege ich den Fokus auf Lucas gehalten. »Das war nur wieder einen Moment lang alles zu ... zu eng. Entschuldige.«

Ich sehe ihm an, dass er verletzt ist und sofort tut es mir unglaublich leid und ich berühre vorsichtig seinen Handrücken. Lucas soll sich auf keinen Fall abgewiesen fühlen. Irgendwie muss ich mich ihm erklären. »Hör zu, als du gerade mein Handgelenk genommen hast, da hat sich das für mich so angefühlt.« Rasch lege ich die Finger um sein Gelenk und halte ihn fest, als wollte ich ihn mit mir ziehen.

»Aber ich hab dich doch extra ganz vorsichtig berührt«, wirft Lucas ein und mustert die Haut, die an den Stellen, an der ich sie berührt habe, ganz rot geworden ist.

»Ja ich weiß, aber bei mir spielt alles noch verrückt. Das darfst du nicht persönlich nehmen, hörst du?«

»Deine Wahrnehmung ist vollkommen gestört«, haucht Lucas ungläubig und mustert nach wie vor seine Hand. »Ich wusste das gar nicht. Gut, dass du es mir gezeigt hast ...«

»Ich wollte dich nicht verletzen ...«, sage ich schnell, um nochmals deutlich zu machen, dass meine Handlung eben keine bewusste Absicht war.

Er schüttelt den Kopf. »Nein, das hast du auch nicht. Zumindest nicht, nachdem du mir das jetzt erklärt hast. Henry, versprichst du mir bitte, dass du mir deine Gefühle erklärst? Egal, wie absurd sie klingen mögen. Ich kann dich nur verstehen, wenn ich weiß, was in dir vorgeht.« Hastig nicke ich. Natürlich verspreche ich es.

Ich will Lucas wieder haben. Vor allem nachdem wir im Park so offen zueinander waren und ich ihn endlich wieder umarmen konnte. Ich vermisse ihn in meinem Alltag noch mehr als sonst, weil ich erkannt habe, wie wichtig er mir ist.

»Ich muss los ... die Probe. Du weißt schon.« Bedauernd sieht Lucas auf die Uhr. »Willst du mich wenigstens noch bis zum Theater begleiten, dann kannst du ja von dort aus die Bahn nach Hause nehmen.«

Endlich biegt ein Taxi um die Ecke und ich hebe den Arm, um es auf uns aufmerksam zu machen. Leider tauchen in dem Augenblick einige Reporter auf, die scheinbar ganz in der Nähe gelauert haben, um uns zu beobachten. Nun, da wir Anstalten machen, zu gehen, wollen sie uns aufhalten und sind schneller bei uns, als das Taxi.

»Wie geht es Ihnen Henry?«

»Hatten Sie beide ein Date hier?«

»Was war das neulich zwischen Ihnen im Hyde Park?«

»Wollen Sie endlich dazu stehen, dass Sie ein Paar sind?«

»Oder sind Sie noch mit dieser hübschen Brünetten zusammen?«

Alle quasseln durcheinander und Lucas startet einen Versuch, die Fragen zu beantworten, doch ich packe ihn am Ärmel und ziehe ihn in das Café, vor dem wir eben gestanden haben. Die Gäste heben die Köpfe, als wir hereinplatzen und rasch die Tür hinter uns schließen.

»Ich kann nicht da raus. Nicht, wenn die da lauern, wie die Wölfe«, keuche ich und halte mir den Arm vors Gesicht. Die Blitze blenden so dermaßen, dass ich fast nichts sehen kann.

»Gut, dann nehmen wir einen anderen Weg. Entschuldigen Sie, haben Sie einen Hinterausgang?«, fragt Lucas eine der Kellnerinnen, die mit erschrockenem Gesicht hinter dem Tresen steht und auf die Fotografen starrt, die sich die Nase an der Scheibe plattdrücken. Scheinbar wagt es niemand, uns in den Laden zu folgen.

»Ja, haben wir«, sagt sie leicht überfordert und ihre Kollegin springt für sie ein. Sie wirkt ziemlich tough und scheint sich weder aus den Fotografen, noch aus uns etwas zu machen.

»Wir haben einen Hinterhof, aber das Tor ist leicht zu finden. Kommen Sie, ich bringe Sie aufs Dach, dort gibt es einen Weg zum Nachbarhaus und dann können Sie den Hinterhof dort benutzen. Er befindet sich am Ende einer schmalen Straße, die von der Hauptstraße aus nicht einsehbar ist, da sollten Sie ungesehen davonkommen.«

10. KAPITEL

Über ein Dach bin ich noch nie geflüchtet und ich komme mir ein wenig wie ein Superschurke vor, als ich hinter Lucas eine schmale Treppe hinaufsteige und dann durch eine Tür hinaus ins Freie trete.

Obwohl der Ausblick auf die Dächer Londons wirklich beeindruckend ist, bin ich froh, als wir die Leiter erreichen, die uns wieder hinunter auf festen Boden führt. Weil es geregnet hat, ist es hier oben ziemlich glatt und Lauren würde einen Herzinfarkt bekommen, wenn sie mitbekäme, was wir gerade tun.

»Oh man, ist das cool hier, ich fühle mich, wie Mary Poppins.« Lucas breitet die Arme aus und ich halte ihn rasch hinten an der Jacke fest und lasse erst los, als er die Leiter erreicht. Testweise ruckelt er an dem angerosteten Metall.

Unsicher ziehe ich die Augenbrauen hoch.

»Hm, das sieht ja aus, als wäre es von 1850 ... hoffentlich ist das stabil genug.«

»Wenn Lauren das rausfindet, legt sie uns um. Wenn wir nicht schon tot sein sollten, weil wir vom Dach gefallen sind. Oh man, das wäre eine schöne

Bescherung: Premiere eines Filmes und beide Hauptdarsteller nicht mehr am Leben«, murmelt Lucas und kichert amüsiert. Ich sage dazu lieber nichts, sondern konzentriere mich darauf, dass wir beide sicher unten ankommen. Lucas geht vor und ich folge ihm langsam. Das Gefühl, unter mir nur Mülltonnen zu haben, ist nicht sonderlich beruhigend und meine Hände greifen so fest um das Metall, dass ich fast einen Krampf bekomme.

»Gleich hast du es«, sagt Lucas, der schon unten angekommen ist. Ich atme erleichtert auf, als ich endlich wieder festen Boden unter den Füßen habe.

Wie die Dame im Café gesagt hat, sind wir in einer Sackgasse gelandet. Sie ist schmal, langgezogen und nur spärlich beleuchtet. Einige Mülltonnen stehen an einer Hauswand.

»Ich glaube, wir haben sie wirklich abgehängt, oder was denkst du?«, fragt Lucas und sieht mich erwartungsvoll an. Mittlerweile kenne ich ihn gut genug, um zu wissen, dass ihm das kleine Abenteuer gut gefallen hat. Ich hingegen bin einfach nur froh darüber, wieder vom Dach runter zu sein.

»Komm, lass uns abhauen, bevor die noch auf den Gedanken kommen, das Haus einmal von der anderen Seite zu untersuchen«, sage ich rasch und gehe mit schnellen Schritten auf den Anfang der Gasse zu.

»Willst du wirklich nicht mit ins Theater kommen?«, fragt Lucas nochmal vorsichtig, als wir an der Hauptstraße stehen und darauf warten, dass die Ampel grün wird.

»Nein, ich muss wirklich nach Hause. Aber ich bringe dich noch hin«, sage ich und Lucas zuckt die Schultern: »Na gut, wie du meinst. Ich hätte dich ja mal meinen beiden Frauen vorstellen können.« Er zwinkert mir frech zu und hüpft dann ein wenig vorneweg, als die Ampel auf Grün geschaltet hat.

Die nächste U-Bahn Station erreichen wir nach wenigen Minuten und kommen gut bis zum Bahnsteig durch. Die große Pendlerwelle rollt schon langsam an, doch es sind auch noch einige Schüler in der Bahn unterwegs. Ich wende mich rasch ab, als ich sehe, wie einige versuchen, unauffällig ein Foto mit dem Handy zu machen. Lucas hat sein Script aus der Tasche geholt, eine Seite aufgeschlagen und liest sich den Text nochmal durch.

»Oh, sind wir beschäftigt, Mr Schauspieler?«, frage ich und tippe von unten mit dem Finger gegen die Seiten. Alles wackelt und er kann nicht weiterlesen. Genervt verdreht Lucas die Augen und sieht mich an, als sei er mein Vater.

»Henry ...«

»Was denn? Du solltest deinen Text doch schon längst kennen. Man lernt nicht in den letzten Minuten vor der Probe, hat man dir das in New York nicht beigebracht?« Er zieht eine Augenbraue hoch und ich bin mir sicher, dass seine Schwestern diesen Blick auch schon mehrfach abbekommen haben.

»Mir hat man beigebracht, dass ich meinen Text so lernen soll, wie ich es mir am besten merken kann, und das geht bei mir besonders gut, wenn ich es kurz vorher nochmal durchlese.« Vielsagend klappt er das Script trotzdem zu und sagt gespielt schnippisch: »Aber wenn das den gnädigen Herren stört, kann ich es auch gerne sein lassen.«

Gott, er ist so süß, ich liebe ihn!

Wir gehen vielleicht gerade ein wenig kindisch miteinander um und verhalten uns wie Teenager, doch irgendwie ist es genau das, was ich im Augenblick brauche. Ich weiß, dass nicht alles erste Sahne ist und ich weiß auch, dass dieser Zustand nicht ewig anhalten kann. Wir verschleiern momentan alles ein bisschen und machen einen auf heile Welt. Aber genau das brauche ich. Ich muss mich ablenken und wenn es dazu ein wenig Spielerei und eine rosarote Brille benötigt, dann nutze ich das. Jedes Mittel ist mir recht, Hauptsache, ich fühle mich besser. Solange Lucas mitmacht, ist das okay so.

Das Theater, in dem er spielen wird, liegt in einer Seitenstraße des Picadilly Circus. Es ist das Harold Pinter Theater.

Ich war noch nie drin, doch von außen sieht es sehr schön aus. Die helle Hausfassade mit der großen, altmodischen Doppeltür vermittelt ein Gefühl von alter Theatertradition und ein Banner über dem Eingang weist darauf hin, dass heute Abend Hamlet aufgeführt wird.

»Ach, die bespielen das Haus noch?«, frage ich und sehe Lucas erstaunt an, der nickt.

»Ja, das ist hier wohl immer so. Sie können es sich nicht leisten, die Bühne abends leer zu lassen. Deswegen müssen wir mit den Proben auch immer recht schnell fertig sein und spielen momentan auch noch ohne Bühnenbild, dann geht der Wechsel schneller. Ich sag dir, es ist ganz schön seltsam, in der Kulisse von Hamlet zu spielen, aber Texte von Ray Cooney zu sprechen.«

Lucas geht um das Gebäude herum und ich folge ihm in eine Seitenstraße unter ein Baugerüst. Irgendwo hier muss sich der Darstellereingang befinden. Im Vergleich zur Hauptstraße ist es hier fast schon schäbig. »Ich finde ja, das hier repräsentiert das Theater ziemlich gut«, sagt Lucas und nickt zum Baugerüst hin. »Vorn am Haupteingang ist alles sauber und schick und hier, wo sich die Darsteller aufhalten, ist es schäbig und ein wenig schmuddelig.« Er drückt die Tür auf und nickt einem Mann zu, der in einem kleinen Pförtnerräumchen sitzt.

»Hallo Lucas, wen hast du denn mitgebracht?«, fragt er neugierig und mustert mich.

»Och, ich bin nur ein Freund, ich komme auch gar nicht mit rein«, sage ich schnell und grinse den Pförtner an, bevor ich mich rasch wieder nach draußen verziehe. Unschlüssig, wie ich Lucas denn nun verabschieden soll, stehe ich vor ihm, habe die Hände in den Manteltaschen und sehe ihn an. »Also, dann ...«

»Ja ...«, entgegnet Lucas und erwidert meinen Blick.

»Dann geh ich mal, oder?«

»Ja, ich denke, ich auch, sonst komme ich noch zu spät.« Der Pförtner unterbricht uns: »Es zieht, könnt ihr die Tür schließen?«

»Oh, wie es aussieht, müssen wir uns jetzt verabschieden. Danke, dass du mich hergebracht hast, Henry.«

Er zieht die Schultern hoch und ich spüre, dass er eigentlich noch etwas sagen will. Doch er scheint nicht so genau zu wissen, was. Deswegen sagt er einfach nur: »Viel Spaß bei der Recherche über diese Organisation.« Langsam nicke ich und will ihn umarmen. In mir tobt kurz ein Kampf, den ich verliere, und so kommen wir uns nicht näher.

»Schreibst du mir, wenn du sicher zuhause angekommen bist?«, frage ich stattdessen und sehe die Straße rauf und runter und sehe ihn dann bittend an. »Ich habe irgendwie kein gutes Gefühl dabei, zu wissen, dass du heute Abend hier allein unterwegs bist.« Lucas nickt: »Ja natürlich melde ich mich. Aber du meldest dich auch, wenn du da bist, ja?«

Bevor ich antworten kann, stört uns der Pförtner: »Jungs, Tür zu, es zieht!«

Die Bahn ist deutlich voller, als ich einsteige und mich auf den Weg zurück nach Hause mache. Trotzdem ist es ruhig hier drin.

Die meisten Pendler haben die Blicke gesenkt, sehen auf ihre Bücher, Zeitschriften oder Handys und lassen den Tag ausklingen. Weil so wenig Platz ist, muss ich stehen und starre auf meine Füße. Das leichte Ruckeln der Bahn lässt mich meinen Gedanken nachhängen und ich überlege gerade, wie der Artikel in den Jugendzeitschriften wohl aussehen wird, als man mich am Ärmel zupft. Irritiert hebe ich den Kopf.

Um mich herum stehen so viele Leute, dass es jeder hätte sein können, doch erst, als ich über meine Schulter blicke und mich ein junger Mann angrinst, ahne ich, dass er es war, der mich am Ärmel gezogen hat.

»Ja?«, frage ich und er hält lächelnd eine Kinozeitschrift hoch. Ein Foto von Lucas und mir ziert eine Seite und als Überschrift steht: >>Schönste Lovestory seit Brokeback Mountain – man wagt es noch einmal<<

»Ich bin so froh, dass Sie diesen Film gemacht haben«, sagt der Mann leise. »Ich habe Brokeback Mountain ge-liebt und nun kommt noch so ein Film ins Kino. Super, dass Sie die Hauptrolle übernommen haben, das wirft ein ganz anderes Licht auf den Film.« Er strahlt mich an, als sei ich der Messias persönlich und ich runzele die Stirn.

Wieso das ein anderes Licht auf den Film werfen soll, ist mir nicht ganz klar und ich sage leise: »Was meinen Sie damit?« Der Mann seufzt und blinzelt mich verliebt an.

»Ach, ich weiß auch nicht genau. Vielleicht, weil Sie bisher der Inbegriff des Frauenschwarms waren, und da kann es ja sein, dass sich viele Frauen den Film Ihretwegen ansehen.«

Verstehe ich immer noch nicht und es macht auch nicht wirklich Sinn, was er da sagt. Aber vielleicht ist er auch nur nervös und redet deswegen ein bisschen wirres Zeug.

Trotzdem lächle ich freundlich. Immerhin spricht er mich normal an und gafft nicht blöd, das tut gut.

»Wissen Sie was?«, sagt der Mann und beugt sich ein wenig näher zu mir vor, damit uns nicht der ganze Waggon zuhören kann. »Ich habe früher immer ziemlich viele Hasskommentare über Twitter und Instagram bekommen, aber seit Sie Lucas Thomas über Twitter verteidigt haben, ist das weniger geworden.«

»Oh, das war nicht von mir«, sage ich schnell. »Nick Elliot hat das Ganze angestoßen, soweit ich weiß.« Mein Gegenüber zuckt mit den Schultern.

»Das mag sein, aber Sie sind wesentlich bekannter und ich habe den Eindruck, dass die Leute empfindlicher geworden und der Community gegenüber freundlicher sind. Das ist wirklich toll für uns.« Er sieht mir dankbar lächelnd ins Gesicht und seufzt ergriffen.

»Danke, das freut mich, dass dich das glücklich macht«, sage ich leise und erkundige mich freundlicherweise danach, ob er sich den Film ansehen wird, wenn er im Kino läuft. Daraufhin sieht er mich gespielt entrüstet an.

»*Natürlich.* Ich werde alle Freunde, die ich habe, ins Kino schleppen.« Die Bahn wird langsamer und er reckt den Hals, um an mir vorbei nach draußen sehen zu können. »Oh, ich muss aussteigen. Kannst du mir noch ein Autogramm geben?« Es ist schwer in der Bahn, wenn man von anderen Fahrgästen angerempelt wird, die zur Tür drängen, doch schließlich steht mein Name auf der Seite des Magazins. »Danke Henry, ich wünsche dir einen schönen Feierabend«, sagt er Mann, winkt mir nochmal zu und lässt sich dann zusammen mit den anderen aus dem Abteil schwemmen. Kurz bevor er in den Tunnel abbiegt, dreht er sich kurz um und ich bekomme eine Kusshand zugeworfen. Er lächelt.

Es ist das ehrlichste Lächeln, das mir bisher in der Londoner U-Bahn begegnet ist.

Die Worte des Mannes geistern mir noch lange im Kopf herum, und zu wissen, dass die Twitter Aktion dazu beigetragen hat, dass manchen Menschen weniger Hass und Verachtung entgegengebracht wird, beschert mir gute Laune.

Grinsend biege ich in meine Straße ein.

»Hallo Henry.« Stan Cardener lehnt mit verschränkten Armen an einem

Mäuerchen und sieht mich an, als käme ich zu spät zu einer Verabredung.

»Hallo Mr Cardener«, sage ich gespielt entspannt und gehe schnurstracks an ihm vorbei.

»Wollen Sie sich nicht bei mir bedanken?«, fragt er und holt mich ein.

»Habe ich bereits im Krankenhaus. Und an der nächsten Laterne gilt Ihr Sicherheitsabstand, denken Sie daran.«

»Ich habe nichts über Sie geschrieben!«, sagt er laut.

»Ja und dafür bin ich Ihnen wirklich dankbar, aber Sie stehen immer noch vor meiner Tür und deswegen sehe ich keinen Grund, vor Ihnen auf die Knie zu fallen.« Langsam nervt er mich und ich will mir nicht mehr alles gefallen lassen. Das habe ich nun wirklich lange genug getan und was dabei herauskommt, haben wir ja gesehen.

»Wissen Sie, was ich glaube?«, frage ich und drehe mich zu ihm um. »Hier geht es schon lange nicht mehr um mich, sondern darum, Ihre Ex zu beschäftigen. Sie wollen Lauren aus irgendeinem Grund eins auswischen und weil ich gerade so interessant bin und sie sich für mich einsetzt, dachten Sie, es wäre gut, sich auf mich zu stürzen.« Daraufhin bleibt der Reporter stehen und ich nutze die Chance und bringe genug Abstand zwischen mich und Mr Cardener.

»Ich mache hier nur meinen Job, wissen Sie?«, blafft er mich an und ich drehe mich um. Die magische Grenze zur Haustür ist mittlerweile erreicht, und Cardener scheint sie nicht übertreten zu wollen. Als hätte jemand einen Zauberbann um das Haus gezogen, den er nicht brechen kann, bleibt er stehen.

»Ich mache lediglich meinen Job. Was kann ich dafür, wenn ….«

»Sie sind ein Stalker und haben keinen Respekt vor der Privatsphäre anderer Menschen! Ihretwegen hatte ich fast einen Magendurchbruch, das geht mir langsam an die Substanz!«, sage ich laut und blitze ihn böse an.

197

»Sie sind eine Person des öffentlichen Lebens. Das hätte Ihnen bewusst sein sollen, als Sie sich dafür entschieden haben, Filmrollen in Filmen bekannter Regisseure anzunehmen. Ohne die Presse wären Sie ganz schnell arbeitslos«, feuert er zurück und grinst, als neben ihm zwei Fotografen auftauchen, die Kameras im Anschlag.

»Sie wurden heute wieder mit Lucas Thomas zusammen gesehen. Was ist das zwischen Ihnen beiden?«, will einer der Fotografen wissen und hält mir eine Kamera ins Gesicht. Über dem Objektiv sitzt eine LED Lampe, die so hell ist, dass sie mich blendet.

»Ich hatte ein Interview gemeinsam mit Lucas. Ihnen sollte nicht entgangen sein, dass die Promo für 1925 losgeht. Und da wir den Film gemeinsam gedreht haben, werden Sie uns in der nächsten Zeit wohl häufiger miteinander sehen.« Mr Cardener taxiert mich weiterhin und sagt leise: »Und wie geht es Ihnen gesundheitlich? Psychisch?« Er will mich herausfordern. Dieses Arschloch.

»Das geht Sie überhaupt nichts an. Guten Abend meine Herren.«

Ich drehe mich um, gehe mit schnellen Schritten zu meiner Haustür und ignoriere dabei die restlichen Fragen der Fotografen. Sie verstummen erst, als die Tür hinter mir ins Schloss fällt. Ich ziehe den Briefkastenschlüssel aus der Tasche und schließe das kleine Fach im Hausflur auf. Eine ganze Menge Post fällt mir entgegen.

Wie lange war ich schon nicht mehr am Briefkasten? Neben einer Werbung, zwei Briefen von Laurens Management, vermutlich Rechnungen, sind auch mehrere Umschläge dabei, die eindeutig von Fans beschriftet wurden. Mit einer solchen Schönschrift adressiert sonst niemand seine Post. Ein Brief mit einem Logo der Hausverwaltung lässt mich stutzig werden.

Nachdem ich alles zusammengesammelt habe, gehe ich die Treppe hoch in die Wohnung, öffne unterwegs die Schreiben von Cooperations Management und sehe, dass sie mir die Rechnung für ihre Vermittlung des Sprecherjobs geschickt hat. Der andere Brief beinhaltet die aktuellen AGB´s, die ich jedes Jahr aufs Neue unterschreiben muss. Die Fanpost mache ich später auf, zuerst will ich wissen, was die Hausverwaltung von mir will.

>>Sehr geehrter Mr Seales,

in der letzten Zeit haben uns vermehrt Beschwerden der Nachbarn erreicht. Laut deren Aussagen konnten sie das Haus nicht verlassen, ohne von Reportern und Fotografen angesprochen und teilweise ungefragt fotografiert zu werden. Anscheinend haben die Medien großen Interesse an Ihrer Person. Ich bitte Sie, diese Belästigungen zu unterbinden, ansonsten muss ich Ihnen die Wohnung fristlos kündigen.

Mit freundlichen Grüßen,

Mr Gabriel<<

Mist, ich wusste, dass ich wegen der Reporter nochmal wirklich Ärger kriegen würde.

19. KAPITEL

Vielleicht sollte ich umziehen.

Eine andere Möglichkeit werde ich wohl kaum haben.

Wie soll ich denn die Reporter denn sonst dazu bringen, sich endgültig von meiner Wohnung fernzuhalten?

Meine Laune war wirklich gut, bis ich Cardener wieder gesehen und den Brief bekommen habe. Der Gedanke, dass ich mich eigentlich um diese Organisation von Mr Lancon kümmern wollte, hat keinen Platz mehr in meinem Kopf. Stattdessen schalte ich den Laptop an und suche nach Wohnungen. Vielleicht ist die Idee, umzuziehen, ja gar nicht so blöd. Niemand würde wissen, wohin ich ziehe und ich hätte wieder meine Ruhe. Zumindest eine gewisse Zeit, bis man meinen neuen Aufenthaltsort kennt.

Rein finanziell könnte ich mir ja sogar eine Wohnung in einem gehobeneren Stadtteil leisten. Wenn meine Nachbarschaft aus Prominenten bestünde, wäre vielleicht mehr Verständnis für Reporter da. Oder es gäbe womöglich sogar weniger davon. Munkelt man nicht, dass es in vielen reichen Vierteln

Sicherheitsdienste gibt?

Die noblen Gegenden in London sind Hampsted, Notting Hill und Canonbury. Die ersten beiden Ortsteile liegen am anderen Ende der Stadt und ich will eigentlich nicht so weit von Lucas wegziehen. Wenn wir wieder fest zusammen sind, wäre es schade, wenn ich so weit weg wohnen würde.

Außerdem habe ich mich hier so schön eingerichtet. Ich will das nicht alles aufgeben.

Wenn du und Lucas euch geoutet habt, könnte eine neue Wohnung aber auch das Zeichen für einen Neuanfang sein.

Die Stimme in meinem Kopf schlägt mir immer wieder neue Pro und Contra Punkte vor, was mir nicht weiterhilft, sondern mich nur noch mehr verwirrt. Zuerst schreibe ich Lauren eine Nachricht und berichte ihr von dem Schreiben der Hausverwaltung, sie sollte wissen, wenn ich mit dem Gedanken spiele, umzuziehen.

Nachdem ich im Netz einige Wohnungen herausgesucht und die Vermieter kontaktiert habe, überweise ich Lauren die 2000 £ Provision für meinen Sprecherjob und kümmere mich um die Unterlagen, die ich unterschreiben muss. Dann werfe ich mich auf die Couch und drücke den Kopf in mein Kissen.

Könnte es bitte wieder gut laufen?

Das scheint wohl zu viel verlangt zu sein. Kaum geht es mir körperlich etwas besser, dann kommt wieder der nächste Knaller.

Jetzt soll ich allen Ernstes den Reporten sagen, sie sollen es unterlassen, vor dem Haus zu stehen. Das ist geradezu lachhaft. Die werden mir einen Vogel zeigen und sich keinen Millimeter wegbewegen. Man ist das alles doof. Am liebsten würde ich, wie ein kleines Kind wütend mit dem Fuß aufstampfen und allen die Zunge rausstrecken. Die Reporter denken, sie sind hinter einer interessanten Story her, dabei machen sie mir nur das Leben schwer, weil ich ihretwegen vielleicht umziehen muss.

Kurz überlege ich, ob meine Hausmitbewohner alle überreagieren. Doch ich muss zugeben, dass ich es selbst auch nicht gut gefunden hätte, wenn man mich jeden Tag vor der Tür anspricht. Wenn es mich selbst schon nervt und ich es ja bin, den es direkt betrifft, dann geht es Außenstehenden sicherlich nicht besser.

Mein Handy summt und ich greife sofort danach. Vielleicht ist es Lauren, die schon einen Plan gefasst hat. Nein, es ist Lucas und ich bin kurz enttäuscht, seinen Namen zu lesen.

>>Bist du gut zuhause angekommen, du hast nicht geschrieben….? Ich bin jetzt zuhause. Luc<<

>>Meine Hausverwaltung droht mit fristloser Kündigung, weil die Nachbarn sich von den Reportern gestört fühlen. Sorry, ich hatte total vergessen, dass ich dir schreiben wollte. Henry<<

Das scheint Lucas ziemlich zu schocken, denn er bietet sofort an, vorbeizukommen. Doch ich lehne ab.

Wie soll er mir jetzt helfen? Ich kann nichts machen, solange ich nicht weiß, ob es für das Problem vielleicht eine Lösung gibt. Und einfach aus Vorsicht schon einen Umzug zu planen, wäre doch ziemlich übertrieben. Draußen stehen noch zwei Fotografen, als ich den Vorhang beiseiteschiebe und nach unten sehe. Sie lassen einen Mann vorbei, der die Stufen zur Haustür nach oben geht und kurz darauf höre ich, wie die Haupttür ins Schloss fällt.

Leise öffne ich meine Wohnungstür einen Spalt breit. Vielleicht kann ich so herausfinden, zu welcher Wohnung der Mann gehört und morgen mal eine

Runde durchs Haus machen. Sicherlich lassen einige mit sich reden, wenn ich ihnen die Situation erklären würde.

Mit gespitzten Ohren stehe ich an der Tür und lausche auf die Schritte, die langsam die Treppe heraufkommen.

»Nein, daran werde ich mich nicht gewöhnen und es ist auch überhaupt nicht so cool, wie du dir das jetzt vielleicht vorstellst«, sagt der Mann. Er telefoniert. Fast will ich die Tür wieder zuziehen, als das Gespräch doch noch meine Aufmerksamkeit erregt und ich wie angewurzelt stehenbleibe. »Du denkst vielleicht, dass es spannend ist und man sich irgendwie fame und wichtig vorkommt, wenn Reporter vor der Tür warten, aber das ist es nicht. Die stellen Fragen und wenn man sie nicht beantworten kann, machen sie einen blöd an. Die sind einfach unverschämt und dreist und alles nur, weil Henry Seales sich hier eine Wohnung geleistet hat.« Der letzte Satz klingt so dermaßen abwertend, dass ich beschämt den Kopf einziehe. »Und deswegen haben wir uns zusammengetan und dem Vermieter gesagt, er soll was machen. So ist das nicht aushaltbar. In diesem Haus leben auch Kinder und alte Leute, das belastet jeden hier, aber Mr Seales scheint das egal zu sein. Zumindest habe ich bisher nicht den Eindruck bekommen, dass er etwas unternimmt, um die Reporter loszuwerden. Vermutlich gefällt ihm diese Aufmerksamkeit. Die Stars sind doch alle gleich: Sie sind geil danach, dass man ihnen hinterher schmachtet und sie für unfehlbar hält und weil Mr »Ich-Bin-Ach-So-Toll« Seales ja lieber Interviews für seinen neuen Film gibt und sich auf Männertoiletten ficken lässt, hat er keine Ahnung, wie sehr unser Alltag seinetwegen eingeschränkt ist. Wenn er auszieht, dann haben wir hier endlich wieder Ruhe.«

Ohne ein Geräusch zu verursachen, klicke ich die Tür wieder zu und höre die Schritte meines Nachbarn direkt dahinter. Dass das ganze Haus scheinbar so über mich denkt, trifft mich härter, als ich zugeben will.

Man stellt mich an den Pranger und verurteilt mich für etwas, wofür ich nichts kann, zeigt mit dem Finger auf mich und alle glauben, sie wüssten es besser.

Dabei hat niemand auch nur einmal einen Tag in meinem Leben durchgemacht.

Keiner weiß, was in mir vorgeht. Anstatt sich wenigstens einmal Gedanken darüber zu machen, dass diese ganze Belagerung durch die Presse mich auch belasten könnte, horten sie sich zusammen und geben eine gemeinsame Beschwerde beim Vermieter ein.

Das hier ist nicht mehr mein Zuhause.

Die Ablehnung sickert unter der Tür hindurch, wie ein giftiges Gas und verätzt meinen Zufluchtsort – mein Nest. Das alles war einmal, aber jetzt ist es infiziert und sofort fühle ich mich hier nicht mehr wohl.

Mit Tränen in den Augen stehe ich auf, gehe mit schnellen Schritten ins Schlafzimmer und packe zwei Koffer. Hier kann und will ich nicht bleiben.

In den letzten Monaten habe ich zu oft eine Sache aussitzen wollen, weil ich der Meinung war, es würde sich dann schon von allein regeln.

Und was hab ich jetzt davon? Ich habe meinen Partner verloren, bin vergewaltigt worden und momentan auch in keiner psychisch stabilen Verfassung. Wenn ich aus der Vergangenheit eines gelernt habe, dann das: Es nützt nichts, abzuwarten.

Ich muss hier weg, und zwar noch heute.

Bis weit nach Mitternacht bin ich wach und erst, als ich auf der Straße niemanden mehr sehen kann, rufe ich mir ein Taxi. Wehmütig, aber auch mit dem Gefühl, endlich einen Abschluss gefunden zu haben, ziehe ich wenig später die Wohnungstür hinter mir zu und schleppe die Koffer die Treppe hinunter.

Das hätte ich schon viel früher machen sollen.

Der Taxifahrer packt die Koffer ein und als ich auf dem Rücksitz sitze und die Tür dumpf zufällt, dreht er sich zu mir um: »Wohin soll es gehen, Sir?«

»Ins Haymarket Hotel.«

Das Hotel kenne ich zwar nur vom Sehen und war noch nie drin, aber auf der Webseite klang es vielversprechend und preislich war es so gut, dass ich davon ausgehen kann, dass man meinen Aufenthalt dort diskret behandeln wird.

Mal sehen, wie lange ich dort bleiben muss. Meine Wohnung werde ich jedenfalls so schnell nicht mehr betreten, damit die Reporter mir nicht folgen können.

Weil ich mich telefonisch bereits angemeldet habe, ist man auf mein Kommen vorbereitet. Ein Page packt meine Koffer sofort auf einen Gepäckwagen, um ihn nach mir in den Eingangsbereich zu schieben. Hier ist das Licht gedämpft und die niedrigen Lampen, die neben den Sesseln in der Lobby stehen, machen alles sehr gemütlich.

»Guten Abend. Mein Name ist Mr Seales, ich hatte vor einigen Stunden hier angerufen und mich nach einem Zimmer erkundigt. Ihre Kollegin sagte mir, es wäre möglich, dass ich bei Ihnen unterkomme.« Der Nachtportier nickt sofort freundlich und tippt meinen Namen in den Computer ein.

»Ah, ja da haben wir Sie ja schon. Das Zimmer ist vorerst nur eine Woche gebucht, doch ich habe hier einen Vermerk, dass es eventuell länger werden könnte.« Fragend hebt er die Augenbrauen und sieht mich an.

»Ja, das kann sein. Es wird sich sicherlich im Laufe der Woche klären.« Ergeben nickt er. »Natürlich. Wir haben Ihnen das Zimmer 251 herrichten lassen. Hier ist Ihr Schlüssel und zögern Sie bitte nicht, nach dem Personal zu fragen, sollten Sie etwas benötigen.« Die Zimmerkarte ist aus Plastik und hat eine silberne Zahl aufgedruckt.

»Vielen Dank Mr-« Ich schiele auf sein Namensschild. »Mr Kemp. Ach, und noch etwas. Kann ich auf die Diskretion des Hotels zählen, dass nicht herauskommt, dass ich hier bin?« Mr Kemp nickt und sagt: »Dafür sind wir bekannt, Mr Seales.«

Mein Zimmer liegt im zweiten Stock und als der Page mit einem ordentlichen Trinkgeld in der Hand wieder verschwunden ist, ziehe ich meine Koffer in den Flur des Zimmers. Dann richte ich mich auf und sehe mich um.

Das Zimmer hat einen Schlaf- und einen Wohnbereich. Beides ist klein, aber organisiert eingerichtet. Die Vorhänge, aus einem dicken schweren Stoff, lassen sicherlich kein Tageslicht durch, sodass ich morgen vielleicht ein wenig länger schlafen kann. Durch das bodentiefe Fenster kann ich hinunter auf die Straße sehen. Tagsüber sind hier sicherlich einige Touristen unterwegs, denn das Hotel liegt an einer günstig gelegenen Route zwischen Picadilly Circus und Trafalgar Square. Jetzt rollt jedoch nur noch ein Taxi langsam auf der Straße entlang und ich sehe den Lichtern nach, bis es um die Ecke verschwunden ist.

Dass ich mal in einem Hotel wohnen, oder besser gesagt, dorthin flüchten würde, hätte ich nie gedacht. Und jetzt stehe ich hier und komme mir vor, wie ein Flüchtling.

Meine Koffer stehen mitten im Zimmer und warten darauf, ausgepackt zu werden, aber eigentlich will ich mich hier gar nicht groß einrichten. Ich will ein Zuhause haben, in dem ich mich wohlfühlen kann.

Am besten zusammen mit Lucas!

Als ich gähne, beschlägt die Fensterscheibe und ich male gedankenverloren ein L auf die matte Stelle. Er fehlt mir.

Natürlich vergesse ich, die Vorhänge zu schließen, und so wache ich wenige Stunden später durch das Tageslicht auf. Von Sonne kann zwar nicht die Rede sein, aber es ist hell genug, um mich zu wecken. Seufzend drehe ich mich auf die andere Seite und sehe, dass mein Handy leuchtet. Ich hatte den Ton ausgeschaltet, um nicht geweckt zu werden. Laurens Name steht auf dem Display.

Na Gott sei Dank war es lautlos, sonst hätte mir jetzt ACDC ins Ohr gebrüllt.

»Lauren?«, krächze ich verschlafen und stütze mich auf.

»Henry, gut dass ich dich erreiche. Hör zu, ich habe deine Mail gelesen und mich ein bisschen kundig gemacht. Das mit den Reportern ist schwer, aber nicht unmöglich. Man kann ein gerichtliches Urteil erwirken, das sie dazu zwingt, sich nicht weiter-«

»Lauren«, unterbreche ich sie rasch, bevor sie mir die ganzen Informationen um die Ohren hauen kann, die ich ja im Grunde nicht mehr benötige, denn ich habe meine Entscheidung getroffen. »Ich bin im Hotel. Ich habe gestern einen Nachbarn telefonieren gehört und daraufhin kurzerhand beschlossen, die Wohnung aufzugeben. Im Haus scheint mich sowieso niemand leiden zu können. Und bevor man mir endgültig kündigt, mache ich lieber gleich den Abflug und suche mir etwas Neues.«

Lauren klingt irritiert, als sie antwortet und ich höre, wie sie in irgendwelchen Unterlagen blättert. Sicherlich hat sie sich alles, was sie braucht, ausgedruckt und vor sich auf den Schreibtisch gelegt, um mir auch jede kleinste Kleinigkeit erläutern zu können. »Tut mir leid, wenn du dir die Arbeit umsonst gemacht hast«, sage ich rasch und ein wenig betreten. Sicherlich hat sie sich gleich heute Morgen mit einem Anwalt zusammengesetzt und das war jetzt alles umsonst.

»Weißt du, Henry, du könntest mich ruhig auch mal machen lassen, anstatt immer alles über meinen Kopf hinweg zu beschließen. *Zwei* Stunden habe ich heute Morgen mit dem Anwalt von Cooperations telefoniert und ihm deine Lage geschildert und du sagst mir nun, dass du einfach umziehen willst? Wofür mache ich mir die ganze Arbeit eigentlich? Kannst du mir das mal sagen?« Sie ist richtig sauer und ich kann es ihr nicht einmal verdenken.

»Lauren, es tut mir leid, wirklich. Wenn du magst, komme ich für die Kosten des Anwalts auf.« Doch sie lehnt ab.

»Rede keinen Blödsinn, Henry. Der ist bei uns fest angestellt und verursacht keine Zusatzkosten. Mir geht es lediglich ums Prinzip. Du willst meinen Rat, beachtest ihn aber nicht oder wartest ihn nicht einmal ab, sondern machst einfach dein eigenes Ding.« Dass ich bis vor einem halben Jahr noch alles gemacht habe, was sie mir geraten hat, sage ich ihr jetzt nicht, obwohl es mir auf der Zunge liegt.

»Was hast du jetzt vor?«, fragt sie.

»Ich ziehe um. Vielleicht in eine Gegend, in der so viele Promis wohnen, dass die Fotografen sich nicht hin trauen. Oder weißt du, ob es einen Stadtteil gibt, der von Securitys bewacht wird?« Lauren gibt ein freudloses Lachen von sich und antwortet dann: »Du kannst nach Hampsted ziehen und dort in der Anonymität der Prominenten leben, oder du suchst dir ein Haus, das groß genug ist, um dir genug Privatsphäre zu verschaffen. Du fühlst dich doch in deinem Stadtteil eigentlich ganz wohl, oder?«

»Ich soll ein Haus kaufen?«, frage ich ungläubig und versuche mich zu erinnern, was ein Haus in London momentan kostet. Sicherlich ist der Betrag sechsstellig und *das* kann ich mir garantiert nicht leisten. Obwohl ich keinen Ton gesagt habe, scheint Lauren meine Unsicherheit zu hören.

»Soll ich mich mal nach einem Makler erkundigen? Ich habe hier immerhin einige diskrete Kontakte und da ist sicherlich jemand dabei, der dir bei der Wohnungssuche helfen kann. Was hältst du davon, Henry?«

Wenn sie einen diskreten Makler finden würde, wäre das wirklich traumhaft und mir wäre eine Menge Arbeit erspart. Womöglich wäre ich noch an jemanden geraten, wie Lucas und meine neue Wohnung wäre der Presse schon bekannt, bevor ich überhaupt den Umzug geschafft hätte. Das darf auf keinen Fall passieren und deswegen stimme ich ihrem Vorschlag zu.

20. KAPITEL

Was macht man den ganzen Tag, wenn man keine Termine hat und sich aber nicht zuhause befindet?

Reduzieren Sie Stress.

Ja, da sollte ich tun. Definitiv. Obwohl ich ja jetzt lieber meine Mails dauerhaft abrufen würde, um zu sehen, ob Lauren mir vielleicht schon einen Kontakt eines Maklers hat zukommen lassen.

Nein, Henry, du entspannst dich jetzt!

Mein Gewissen ist heute ziemlich hartnäckig und ich gebe mich geschlagen. Ich schlüpfe in den weißen Hotelbademantel und gehe in den Entspannungsbereich, der sich im Keller des Hauses befindet.

Hier hat man das Licht gedimmt und alles wird sehr indirekt beleuchtet, sodass man nie geblendet wird. Der dezent betörende Duft eines Saunaaufgusses wabert durch die Gänge, leise Musik spielt im Hintergrund und ich höre keine Stimmen oder Schritte.

Bin ich womöglich hier allein? Der Gedanke verursacht eine Gänsehaut auf meinem Körper und ich sehe mich rasch um. Kameras habe ich keine hier gesehen. Vielleicht wäre es doch besser, wenn ich wieder in mein Zimmer gehe, da bin ich sicher. Immerhin war mein letzter Besuch, allein in einem gefliesten Raum, nicht sonderlich gut.

Nein, Henry du wirst jetzt nicht umdrehen, nur weil dein Kopf mal wieder durchdreht. Wenn hier niemand ist, kann dir auch nichts passieren.

Entschlossen drücke ich die Glastür zur Sauna auf. Wenn ich einmal drin bin, werde ich sicherlich auf andere Gedanken kommen.

Der Saunabereich ist klein, aber schön. Alles ist mit hellem Holz ausgekleidet und es gibt eine Dusche, in der man sich mit Eiswürfeln aus einem großen Bottich abkühlen kann. Ein Holzschild verweist auf die »Finnensauna« und ich luge neugierig durch die Glastür. Niemand sitzt auf den Bänken und das warme Licht ist so einladend, dass ich kurzerhand den Bademantel öffne und an einen Haken vor der Tür hänge. Weil ich allein bin, lege ich mir das Handtuch über den Arm und betrete die Sauna.

Die Wärme tut unglaublich gut. Der Geruch von ätherischen Ölen erfüllt die heiße Luft und ich atme langsam ein und aus. Weil ich mir nicht gleich zu viel zumuten möchte, habe ich mich auf der mittleren Bank auf meinem Handtuch auf den Rücken gelegt und die Augen geschlossen.

Die Musik zieht mich sofort in ihren Bann und es dauert nicht lange, da habe ich alles um mich herum vergessen, lasse mich in wunderschöne Welten entführen und genieße die Wärme, die von dem kleinen Heizofen ausgeht.

Alles Negative wird aus meinen Gedanken getragen, als würde die leise Musik die Seele reinigen und allen Schmutz mitnehmen. Die Sorgen, die Ängste, das Wohnungsproblem, Lucas und die Reporter, die Silvesternacht - all das scheint mich mit jedem Tropfen Schweiß, der mir über den Körper rinnt, zu verlassen.

Es war eine wunderbare Idee, hierher zu kommen und sich die Ruhe zu gönnen. Wenn ich ganz tief in mich hineinhöre, kann ich regelrecht fühlen, wie sich meine Batterien wieder aufladen. Den Wellnessbereich werde ich optimistischer verlassen, als ich ihn betreten habe.

Nachdem die Sanduhr in der Sauna abgelaufen ist, stehe ich auf und betrete barfuß die kleine Dusche, schöpfe Wasser und Eis in einen Eimer, ziehe ihn hoch und befestige das Seil, sodass er über meinem Kopf hängt. Mit zusammengekniffenen Augen ziehe ich am Rand des Eimers und das Eiswasser übergießt mich. Obwohl es total unangenehm war, fühlt sich meine Haut nur wenige Sekunden später wieder super an.

Manchmal muss man eben den Mut haben, etwas zu riskieren. Auch, wenn es im ersten Moment unangenehm erscheint, kann es durchaus sein, dass es guttut.

Nach einer kurzen Pause trete ich die nächste Runde an.

Ein kalter Luftzug streift mich, als eine Mitarbeiterin die Sauna betritt, um einen Aufguss zu machen. Zischend trifft das Wasser auf die heißen Steine und augenblicklich sitze ich im Nebel, der nach Fichtennadeln riecht. Meine Haare sind nass und hängen mir ins Gesicht, als ich der Mitarbeiterin nachsehe, die, ohne ein Wort gesprochen zu haben, die Sauna wieder verlässt. In der Tür bleibt sie jedoch stehen.

»Oh, wollen Sie auch hier rein, Mr Knightmen? Ich habe eben einen Aufguss gemacht.« Eine tiefe Männerstimme antwortet leise etwas, das ich nicht verstehen kann, dann sehe ich schemenhaft eine sportliche Gestalt, die ebenfalls die Sauna betritt.

»Hallo«, sagt der Mann und ich gebe nur ein Brummen als Antwort. Ich glaube, ich will nicht alleine mit ihm hier sitzen. Vielleicht ist es besser, wenn ich rausgehe.

Man muss es mit dem mutig sein ja nicht gleich übertreiben.

Vorsichtig stehe ich auf, wickle mir das Handtuch um die Hüfte und schiebe mich an dem Mann vorbei. Der Wasserdampf hat sich mittlerweile etwas verzogen und ich bin schon fast an der Tür, als der Mann verwundert sagt: »Mr Seales, sind Sie das?«

Ich bleibe wie angewurzelt stehen und drehe mich dann langsam um. Nach mehrmaligem Blinzeln erkenne ich ihn. Sein dunkles Haar und das freundliche Lächeln, kommen mir bekannt vor, aber ich kann mich absolut nicht erinnern, wo ich ihn schonmal gesehen habe. Mein Unterbewusstsein scheint mit ihm allerdings nichts Negatives zu verbinden, sonst wäre mein Herzschlag nicht so ruhig und entspannt.»Sie können mich nicht zuordnen, hab ich Recht?«, lacht der Mann und ich nicke.»Wir haben uns mal in der Bahn miteinander unterhalten. Ich hatte Sie darauf aufmerksam gemacht, dass Stan Cardener sehr hartnäckig ist. Erinnern Sie sich?«

Allerdings erinnere ich mich. Es ist eine gefühlte Ewigkeit her.

»Haben Sie mir nicht auch Ihre Visitenkarte gegeben?«, frage ich. Mr Knightmen nickt.

»Bisher haben Sie mich aber noch nicht angerufen.«

»Nun, ich wüsste nicht, was ich mit einem Wirtschaftsjournalisten anfangen sollte, wenn Sie es genau wissen wollen«, gebe ich zu.

»Ich bin aber auch freier Journalist und schreibe für diverse Magazine. Wenn Sie wollen, können Sie mir ihre Geschichte erzählen und ich mache eine Story daraus, die man so schnell nicht vergessen wird.«

Das klingt verlockend, aber ich bin mittlerweile so geschädigt, dass ich keinem mehr über den Weg traue. Was hätte Mr Knightmen davon, wenn er die Wahrheit über Lucas und mich wüsste und veröffentlichen dürfte?

Geld. Ganz einfach. Es geht letztendlich immer nur darum.

»Was haben Sie davon? Ich meine, was bewegt Sie dazu, mir zu helfen? Sind Sie mir etwa gefolgt, nur um mich hier in der Sauna ansprechen zu können? Sie müssen doch einen Vorteil daraus ziehen, wenn ich Ihnen sage, was los ist, oder?« Ich bin selten so direkt zu Leuten, die ich überhaupt nicht kenne, aber wir sitzen uns in einer Sauna gegenüber und tragen keinen Fetzen Stoff am Körper. Hier kann man sowieso nichts voreinander verbergen.

»Vielleicht stellen wir uns erstmal richtig vor.« Der Journalist streckt mir die Hand hin. »Ich bin Jan.«

»Henry. Jan? Sind Sie Deutscher?«

»Halb und halb«, erwidert Jan und grinst. Er wirkt sehr sympathisch, wenn er lacht, was mit Sicherheit daran liegt, dass das Lachen seine Augen erreicht. Er wischt sich den Schweiß von der Stirn und lehnt sich zurück. »Nun, ich bin freischaffender Journalist. Wenn ich der Erste wäre, der eine Story veröffentlichen würde, der alle Gerüchte, die im Moment so herumfliegen, klärt, dann wäre das ein großer Erfolg und man könnte ganz gut Geld damit verdienen.«

Na also, dann hatte ich recht, es geht ums Geld.

»Mit Geld allein kannst du mich nicht locken«, sage ich ehrlich und schüttle den Kopf. Jan nickt verstehend. Sicherlich hat er diesen Satz schon öfters gehört. Er beugt sich vor, sieht mich direkt an.

»Aber vielleicht ja mit der Information, dass ich niemanden habe, der mir vorschreibt, was genau ich zu verfassen habe. Ich verkaufe meine Artikel erst, wenn ich sie schon geschrieben habe und entweder, die Magazine nehmen sie so an, wie sie sind, oder sie lassen es bleiben. Es wird keinen Redakteur geben, der befugt ist, noch etwas daran zu verändern. Wenn wir zusammenarbeiten, dann kannst *du* allein bestimmen, was die Leute erfahren sollen und was nicht.«

Okay, *das* klingt verdammt verlockend und ich muss zugeben, dass ich Jan vertraue. Etwas ist an ihm, das mir keine Angst macht. Vielleicht die Tatsache, dass er mich in der Bahn auf Mr Cardener aufmerksam gemacht hat, ohne sich groß darum zu scheren, wer ich wirklich bin.

»Das klingt wirklich gut«, gebe ich zu und sehe auf die Uhr. »Tut mir leid, aber ich muss hier raus, sonst bin ich zu lange in dieser Hitze.« Bevor ich aufstehe, wickele ich mir mein Handtuch wieder um die Hüfte.

»Wir sehen uns dann gleich draußen!«, ruft mir Jan hinterher.

Im Vorraum der Sauna befindet sich ein Schwimmbecken und ich steige hinein, um mich abzukühlen.

Im Wasser treibend, lasse ich mir den Vorschlag durch den Kopf gehen.

Jan Knightmen könnte mir wirklich helfen. Wenn ich mich ihm öffne und ihm alles erzähle, so wie es war, dann würde der Artikel mit Sicherheit großes Aufsehen erregen. Man könnte ihn noch in der Nacht der Premiere veröffentlichen und so im Voraus schon alle weiter aufkommenden Gerüchte und Falschmeldungen widerlegen.

Ich schließe die Augen und lasse mich einen Moment auf dem Rücken treiben, blicke dann an die Decke, an der kleine Lämpchen leuchten.

So gut ich diese Idee finde, ich kann das nicht im Alleingang entscheiden. Sollte ich Jan Knightmen ein Interview geben, dann nur mit Lucas zusammen – und mit Laurens Segen. Schließlich ist es unsere gemeinsame Geschichte.

»Was hältst du von meinem Vorschlag?«, fragt Jan ganz direkt, als er wenig später neben mir schwimmt.

»Ich muss das erstmal mit meinem Management besprechen, vorher kann ich da leider überhaupt nichts dazu sagen.« Der Journalist weiß nichts von mir und Lucas, deswegen kann ich ihm natürlich auch nicht erzählen, dass sich das zwischen uns auch erst wieder zurechtruckeln muss. »Hätte ich denn eine Garantie, dass alles, was ich dir erzähle, auch wirklich unveröffentlicht bleibt, bis der Termin passt?«, will ich wissen und die Augen des Mannes neben mir glitzern siegessicher. Er weiß, dass ich schon mit dem Gedanken spiele.

»Ich verstehe dein Misstrauen. Das würde folgendermaßen ablaufen: Wir würden einen Vertrag miteinander machen. So kann ich sicher sein, dass du wirklich nur mir dieses Interview gibst und du hast die Sicherheit, dass die Informationen unter Verschluss bleiben, bis wir gemeinsam einen Termin festgesetzt haben.«

»Das klingt gut«, gebe ich zu, doch wenn Lauren jetzt bei mir wäre, würde sie mir bestimmt sagen, dass man nicht einfach mit einem dahergelaufenen Journalisten spricht und mit ihm in einem Swimmingpool Vereinbarungen trifft. Aber sie ist nicht da und außerdem schließe ich ja hier keinen Vertrag ab, sondern spiele lediglich die Möglichkeit durch.

»Was treibt dich eigentlich hierher?«, will ich von Jan wissen, denn wenn ich mich recht erinnere, stand auf seiner Visitenkarte, dass er in London arbeitet. Wieso treibt er sich dann im Hotel herum?

Er hat sich sicherlich an deine Fersen geheftet, und tut nur so, als sei er rein zufällig hier.

»Ach, ich wollte einfach mal ein wenig entspannen. Ich habe in den letzten Wochen so viel gearbeitet, dass ich einfach mal irgendwo runterkommen musste und das Hotel hier kenne ich von einer Sitzung, die ich mal hatte. Manchmal muss man sich einfach ein bisschen Ruhe gönnen.«

Wie Recht er hat.

21. KAPITEL

>>Henry Seales spurlos verschwunden!<<

>>Seit drei Tagen hat der Schauspieler seine Wohnung nicht verlassen!<<

>>Ist er krank? Seales sah in den letzten Tagen nicht sonderlich gesund aus. Experten vermuten einen Verfolgungswahn<<

Mit einem zufriedenen Grinsen im Gesicht verfolge ich die Schlagzeilen in den nächsten Tagen. Bisher musste ich das Hotel nicht verlassen, weil ich keine Termine hatte. Daher hat mich niemand auf der Straße zu Gesicht bekommen und wie es scheint, fragt sich ganz London, wo ich abgeblieben bin. Zum ersten Mal, weiß niemand, wo ich mich aufhalte, außer den Personen, die es sowieso wissen sollen.

Lauren und meine Mum. Nicht mal Lucas habe ich Bescheid gesagt.

Aber das solltest du dringend tun Henry, immerhin hast du ihn das letzte Mal auch schon nicht eingeweiht.

Weil ich noch nicht genau weiß, wie ich ihm das alles erklären soll, zögere ich ein wenig. Eine Chance bietet ich mir jedoch, als er mich kurz vor dem nächsten Pressetermin anruft.

Ich bin gerade dabei, die neuen Wohnungen und Häuser durchzusehen, die mir Lauren per Mail weitergeleitet hat, und unterbreche meine Arbeit, als ich Lucas´ Namen auf dem Display lese.

»Hey, ich bin´s«, sagt er am anderen Ende locker. »Ich wollte mich erkundigen, was du morgen beim Interview anziehst, damit wir nicht im Partnerlook auftauchen.« Gut, dass er nachfragt, ich habe nämlich nicht allzu viel Auswahl eingepackt und werde garantiert nicht wegen einer Hose oder einem Paar Schuhe zurück in die Wohnung fahren. Womöglich folgt mir dann noch jemand hierher und mein Versteck fliegt auf.

»Ich werde wohl ein schlichtes schwarzes Hemd anziehen, mehr habe ich ehrlich gesagt auch nicht eingepackt. Ich wohne momentan im Hotel«, sage ich und öffne die Schranktür, um nachzusehen, was sonst noch alles da ist.

»Im Hotel? Wieso denn das?«, fragt Lucas sofort alarmiert und ich erzähle ihm kurz die Sache mit dem Vermieter und den Nachbarn. »Oh man, das ist ja wirklich ziemlich doof. Hoffentlich findest du schnell was Neues. Es wird wirklich Zeit, dass das alles vorbei ist. Das kann nicht mehr lange so bleiben. Ich ziehe übrigens ein Hemd mit Karomuster an, das ich mit Lilly gekauft habe.«

»Karomuster? Das passt aber nicht zu den 20er Jahren, Lucas«, sage ich vorsichtig und er korrigiert sich rasch: »Naja, es ist nicht direkt ein Karomuster, eher sowas wie ein Schottenmuster, nur in dunkel.«

Das Hemd, das Lucas trägt, hat ein kaum wahrnehmbares Tartan-Muster und es passt ganz gut, wie ich erkennen kann, als er am nächsten Tag seine Jacke auszieht. Die Interviews heute werden in einer Halle stattfinden, die extra von einigen Sendern dafür angemietet wurde. Alles ist sehr offen gehalten und ich sehe, dass auch Zach wieder dabei ist.

Er hat sich seinen Maskenplatz in einer Ecke ein wenig abseits eingerichtet.

Auch Lauren ist hier irgendwo unterwegs, doch ich habe sie nur kurz im Vorbeigehen gesehen und nicht angesprochen, denn sie war am Telefon. Mehrere Kamerastative stehen am anderen Ende der Halle in einer kleinen Ecke, die mit Plakaten des Films dekoriert ist. Sie sind recht schlicht gehalten und es steht lediglich die Zahl 1925 drauf. Neben dem Eingang der Halle arbeitet bereits ein Kamerateam und filmt eine junge Frau, die mit einem ziemlichen Getue so eine Art Making-of moderiert.

Um nicht gleich aufzufallen, husche ich hinter ihr vorbei und steuere den Cateringtisch an, wo ich Lucas gesehen habe. Dabei höre ich einen Teil der Moderation.

»...es ist alles super interessant hier und gleich werden auch die Stars des Films erwartet. Henry Seales kennen ja sicherlich schon einige von euch, aber wir sind auch sehr gespannt auf Luke Thomas, der mit diesem Film sein Debüt haben wird ...« Diese Dame hier gehört definitiv zu einem Jugendmagazin, denn sie spricht aufgedreht und übertrieben gekünstelt. Da bin ich mal gespannt, was sie so für Fragen auf uns abfeuern wird.

Lucas steht an der Kaffeekanne beim Catering und sieht auf, als ich neben ihm trete.

»Hast du schon gehört, dass du einen neuen Namen hast, Luke?«, frage ich und grinse ihn an, als er die Augen verdreht.

»Ja, die kriegt einfach nicht mit, dass ich nicht so heiße. Dabei wurde sie schon mehrfach darauf hingewiesen«, seufzt er und drückt nochmal auf den Knopf der Maschine. »Magst du auch einen Kaffee?«, fragt er und will schon nach einer zweiten Tasse greifen, doch ich schüttle den Kopf.

»Nein, ich glaube, ich bleibe beim Tee, das ist für meinen Magen sicherlich besser.« Lucas schenkt ihn mir ein und reicht mir die Tasse. Als ich sie entgegennehmen, beschleicht mich das Gefühl, beobachtet zu werden.

»Lucas, werden wir gerade gefilmt?« Das Lächeln lasse ich dabei eingeschaltet und versuche meine Lippen so wenig wie möglich zu bewegen. Seine blauen Augen huschen kurz durch den Raum und er tarnt es, indem er sich mit der Hand durch die Haare fährt. Er blinzelt einmal, was ich als Ja auffasse.

»Erinnerst du dich noch an die Anweisung in der Mail?« Er nickt, stellt sich dann auf die Zehenspitzen und stützt sich auf meiner Schulter ab. Ganz leise und nah an meinem Ohr sagt er: »Du könntest jetzt grinsen, als hätte ich dir etwas Lustiges verraten. Das käme sicherlich gut an.«

Die Kamera des Jugendmagazins nimmt alles mit und folgt mir, als ich zu Zach hinübergehe, damit er sich nochmal meine Frisur ansehen kann.

»Lass mich noch kurz sehen, ob dir was vom Brownie zwischen den Zähnen hängen geblieben ist«, bittet mich Zach und ich schenke ihm mein breitestes Pferdegrinsen. Früher war mir das total unangenehm, andere in meinen Mund schauen zu lassen, die kein Zahnarzt waren, aber mittlerweile ist es mir lieber, denn vor der Kamera auf Krümel angesprochen zu werden ist nicht so cool.

Lucas sitzt bereits auf seinem Platz vor dem Filmplakat und blödelt mit der Reporterin herum, die gut gelaunt neben der Kamera sitzt.

»Sorry, es hat etwas länger gedauert«, sage ich und gebe ihr die Hand, bevor auch ich mich auf meinen Platz setze. Das rote Lämpchen der Kamera blinkt bereits und ich gebe mich so medienwirksam, wie nur möglich, was bedeutet: freundlich sein und sie alle um den Finger wickeln.

Die Journalistin legt sofort los und nimmt mein Zuspätkommen als Aufhänger für die erste Frage. »Musstest du oft auf Henry warten, Lucas? Ist er jemand, der sich am Set auch immer Zeit lässt?«

Lucas schüttelt grinsend den Kopf. »Henry und Zeit lassen? Nein, ganz gewiss nicht. Er hat es immer seehr eilig und kommt meist früher, als er beabsichtigt. Ich lasse mir wesentlich mehr Zeit ...«

»... wichtig ist doch, dass man überhaupt kommt. Also ich meine ... auftaucht ...«, falle ich dazwischen und ziehe einen Mundwinkel zu einem frechen Lächeln hoch.

»Oh, *das* könnte man jetzt auch zweideutig verstehen. Von welchem Bereich sprechen wir hier gerade?«, lacht die Journalistin und sieht zwischen uns hin und her.

»Vom Arbeiten natürlich. Ich hoffe, Sie haben jetzt nicht an etwas anderes gedacht«, sage ich rasch und tue so, als müsste ich mir ein Lächeln verkneifen. Diese Zweideutigkeit darf ruhig deutlich sein, das wollte der Filmverleih schließlich haben.

Die nächste Frage zielt auch gleich auf das Thema ab.

»Wie war es für dich, Henry, einen Mann zu lieben? Bisher hast du in den Filmen immer einen richtigen Frauenschwarm gespielt. Hat es einen Unterschied gemacht, nun einen Mann als Partner zu haben?«

Ich lege den Kopf schief und denke rasch an meine Notizen.

»Erstmal bin ich ja sowieso der Meinung, dass Liebe Liebe sein sollte, egal zwischen welchen Geschlechtern. Für mich war es als Schauspieler mal etwas Neues und ich konnte bisher unbekannte Facetten von mir zeigen. Natürlich ist es ein Unterschied, wenn man bisher nur Frauen vor der Kamera geküsst hat, plötzlich einen männlichen Spielpartner zu haben, aber Lucas und ich haben wirklich gut miteinander harmoniert und ich hatte niemals ein komisches

Gefühl dabei-«

»Was hauptsächlich an meinem umwerfenden Aussehen lag. Dadurch war es leichter, dich in mich zu verlieben, oder Henry?«, fällt mir Lucas ins Wort und grinst mich an.

»Natürlich, das wird es gewesen sein.«

Die Reporterin lacht, ein wenig zu aufgedreht, wie ich finde, und meint dann: »Es ist schön, zu sehen, dass ihr euch so gut versteht. Würdet ihr sagen, zwischen euch hat sich eine Freundschaft entwickelt?«

»Ich würde fast schon sagen, es ist mehr als Freundschaft«, sagt Lucas langsam und ich versuche, ihn nicht allzu neugierig anzusehen.

Was wird er antworten?

»Das Script hatte auf mich fast den Eindruck eines Kammerspiels gemacht. 80% der Szenen spielen sich zwischen uns beiden ab und da baut man natürlich eine besondere Verbindung auf. Ich kannte Henry vorher nur aus dem Kino und habe natürlich zu ihm aufgeschaut. Er hat mir eine Menge beigebracht und wir sind uns sehr nahegekommen – nicht nur körperlich vor der Kamera, sondern auch intellektuell. Wir haben sehr viel voneinander gelernt.«

Das Interview läuft unglaublich gut und auch das Nächste und Übernächste meistern wir ohne Probleme.

»Wie ist denn deine Probe gelaufen?«, frage ich Lucas irgendwann, als wir kurz Pause haben. Mittlerweile ist es später Nachmittag.

»Gut, wir kommen schnell voran und es ist wirklich ziemlich anstrengend, weil das Timing stimmen muss, damit der Gag überhaupt ankommt. Meist passt es, aber es ist eben nicht sicher, dass es funktioniert und da müssen wir dringend noch daran arbeiten.« Nachdenklich taucht Lucas einen Keks in seinen Kaffee und sieht zu, wie er sich vollsaugt und auseinanderfällt.

»Worum geht's in dem Stück nochmal?« Ich will nicht, dass das Gespräch abreißt, will es am Laufen halten und sehe ihn interessiert an.

»Willst du das wirklich wissen?«

»Wieso? Ist es so schlimm?«

»Nein, ich meine, ob es dich interessiert oder ob du nur nach einem Gesprächsthema suchst.«

Er hat mich ertappt.

»Gut, ich habe nach einem Thema gesucht, aber ich höre dir gerne zu. Willst du es mir nicht erzählen?« Lucas macht den Mund auf und in dem Moment kommt Alina Underwood angestöckelt und bittet uns zum letzten Interview des Tages.

Der Reporter, der nun auf dem Platz uns gegenüber sitzt, ist todlangweilig. Man merkt genau, dass er sich überhaupt nicht schlaugemacht hat und lediglich die Fragen abarbeitet, die ihm vermutlich von einem Kollegen ausgearbeitet wurden. Sowas mag ich gar nicht, denn entweder informiert man sich über sein Thema, oder man lässt es bleiben. In diesem Fall sollte man lieber einen Kollegen zum Interview schicken. Diese unmotivierte Art färbt auf Lucas und mich ab. Obwohl ich versuche, meine Antworten so kreativ wie möglich zu verfassen, bleiben sie kurz und eintönig.

Nach zehn Minuten ist das Drama vorbei und wir haben Feierabend. Lauren nimmt uns schließlich beiseite.

»Und, wie ist es gelaufen?«, fragt sie neugierig und sieht uns abwechselnd an.

»Gut, denke ich, nur der Letzte, war etwas lahm«, antwortet Lucas und gähnt, als wollte er seine Worte noch unterstreichen.

»Dann hast du dir ja deinen Feierabend verdient, Lucas. Henry, mit dir wollte ich noch kurz sprechen.« Sie legt den Arm um mich und führt mich von Lucas weg. Als wir außer Hörweite sind, meint sie: »Konntest du dir die Exposés der Wohnungen ansehen?«

»Zwei habe ich mir angesehen, die ich ganz schön fand, aber alle habe ich noch nicht durch. Die sahen aber alle gut aus.«

»Sehr gut, dann setze ich dich mit dem Makler in Verbindung. Mr Linscott ist sehr diskret und hat eine Menge guter Kunden, ihm kannst du Vertrauen.«

»Apropos Vertrauen, ich habe einen sehr vertrauenswürdigen Journalisten im Hotel kennengelernt. Ich schicke dir mal seine Kontaktdaten. Er würde gerne einen Bericht über Lucas und mich schreiben«, sage ich und Lauren reagiert genau, wie ich es erwartet habe: Sie zieht die Augenbrauen hoch und macht ein erschrockenes Gesicht.

»Du hast ihm aber noch nichts erzählt, oder?«, fragt sie hastig und ich schüttle den Kopf.

»Nein, mach dir keine Sorgen. Ich habe ihn mal in der Bahn kennengelernt. Er ist eigentlich Wirtschaftsjournalist, schreibt aber auch frei und scheint sehr energisch darauf zu achten, dass seine Berichte genau so abgedruckt werden, wie er sie verfasst hat. Er könnte die Geschichte von Lucas und mir verfassen und passend zur Premiere veröffentlichen.«

»Und wenn ihr bis dahin gar nicht zusammen seid? Momentan seid ihr doch noch in eurer Pause, oder?«, meint Lauren unsicher.

»Das weiß ich ehrlich gesagt, selbst nicht genau. Aber das kannst du ja gerne mit ihm besprechen, wenn du der Meinung bist, dass er sich dafür eignet.«

Die arme Lauren hat viel um die Ohren und ich halse ihr noch zusätzliche Arbeit auf, indem ich ihr von Jan Knightmen erzähle. Aber es musste gesagt werden, immerhin sind es bis zur Premiere nur noch etwas mehr als zwei Wochen und der Artikel muss ja auch noch geschrieben werden. Die Zeit drängt also.

Und Lucas und ich sind noch immer nicht wieder zusammen. Obwohl es sich schon wieder sehr gut zwischen uns anfühlt.

Dabei frage ich mich, ab wann man zusammen ist. Ich fühle mich bei ihm wieder wohler und wir scherzen herum, aber wir haben nicht wieder miteinander geschlafen. Ein wenig fühle ich mich schon unter Zugzwang, muss ich sagen. Ich will mich outen, weil ich sicher bin, dass ich dann ein deutlich ruhigeres Leben haben kann. Es gibt dann nichts mehr zu verbergen, aber ich kann mich schlecht outen, wenn Lucas nicht an meiner Seite ist. Nur mit ihm würde ich diesen Schritt wagen wollen. Natürlich könnte ich es einfach in einer Pressekonferenz sagen, aber wenn wir bei der Premiere als Paar auftreten, wäre es natürlich viel wirkungsvoller – und schöner für uns beide.

Nachdem sich Lauren verabschiedet hat und durch die große Feuerschutztür verschwunden ist, kommt Lucas auf mich zu. Er hat diskret Abstand zu uns gehalten und wirkt nun vorsichtig, als sei er sich nicht sicher, ob es ihm schon erlaubt ist, sich mir zu nähern.

»Was wollte sie? Ging's um mich?«

»Sie wollte nur einige Kleinigkeiten besprechen«, sage ich schnell.

»Achso, wenn es nur das ist«, meint Lucas schulterzuckend. »Ich hab schon mal deine Jacke geholt, wollen wir dann auch gehen?« Tatsächlich sind wir fast die Letzten, die noch in der Halle sind und so ganz ohne Menschen, wirkt sie ziemlich groß und kalt.

Das Studio liegt etwas außerhalb der Stadt auf dem Gelände einer großen Firma, die ihre überschüssigen Räumlichkeiten an jeden vermietet, der gerade Platz braucht und das nötige Kleingeld zusammen hat. Es ist schon dunkel und wieder richtig kalt geworden.

Fröstelnd ziehe ich den Kopf ein.

»Bringt uns jemand in die Stadt, oder wie ist das geplant?«, fragt Lucas und sieht sich nach einem Fahrer um, der vielleicht auf uns wartet. Alina Underwood kommt nun ebenfalls aus dem Gebäude. Sie ruft uns ein Taxi und fährt mit uns zusammen zurück in die Stadt.

»Ihr habt das heute wirklich gut gemacht«, sagt sie, als wir endlich im warmen Innenraum des Taxis sitzen.

»Danke«, sagt Lucas verlegen.

»Es ist total süß, dass ihr euch am Set verliebt habt«, meint sie plötzlich und mustert Lucas und mich, als ob wir einer seltenen Spezies angehören, den homo Homo sapiens vielleicht.

»Ja, das Leben spielt manchmal komische Spiele«, antworte ich und greife nach Lucas´ Hand. Er zuckt vor Überraschung zusammen und wenn ich ehrlich sein soll, bin ich nicht minder überrascht, doch er drückt meine Hand ganz sanft und eine Welle von Glück durchdringt meinen Körper.

Das ist genau richtig.

Er ist genau richtig.

Lächelnd blicke ich an Miss Underwood vorbei in den Rückspiegel des Taxis und mein Glücksgefühl friert rasch ein.

Den Mann kenne ich!

Ich schlucke.

Jetzt bloß keine Panik bekommen, ich könnte ihn auch verwechseln, schließlich war ich damals betrunken, als ich in seinem Taxi saß. Rasch wage ich noch einen Blick; doch, es ist der Taxifahrer, der mich nach der Abschlussfeier mitgenommen hat. Obwohl ich weiß, dass ich nicht alleine bin, sondern Miss Underwood und Lucas bei mir habe, fühle ich mich nicht wohl.

Beim letzten Mal habe ich mir die Nummer des Taxis nicht gemerkt, jetzt habe ich die Chance, den Mann für sein Verhalten beim Chef zu melden!

Lucas ist meine angespannte Körperhaltung aufgefallen.

»Henry, ist alles okay?«, fragt er leise. Ich ringe mit mir selbst, denn ich will nicht, dass unsere Mitfahrerin von der Sache erfährt. Kurzerhand hole ich mein Handy aus der Tasche und schreibe:

>>Das ist der Taxifahrer, der mir Sex angeboten hat, als ich nach der Abschlussfeier betrunken in seinem Wagen saß<<

Die Nachricht schicke ich ab, denn es wäre dann doch zu auffällig, wenn ich ihm das Handy einfach geben würde. Er ist zuerst irritiert, dass ich ihm schreibe, wo ich doch direkt neben ihm sitze, doch er zieht nun ebenfalls sein Telefon aus der Tasche, öffnet die SMS und ließt. Sein Kopf schnellt nach oben und mit großen Augen, starrt er auf den Hinterkopf des Fahrers. Wut glitzert in seinem sonst so freundlichen Blick, dann tippt er.

>>Bist du dir ganz sicher?<<

>>Ganz sicher. Lucas, ich will hier raus!<<

Leider sind wir noch immer auf der Schnellstraße und aussteigen ist natürlich nicht möglich.

»Wir steigen aus, sobald wir in der City sind. Ich lasse mir die Nummer des Taxis geben, lass mich einfach machen«, sagt Lucas leise zu mir und nimmt wieder meine Hand.

Mir fällt es wirklich schwer, ganz ruhig sitzen zu bleiben und ich sehe aus dem Fenster. Ich konzentriere mich auf Lucas' Daumen, der beruhigend über meinen Handrücken streicht, und hoffe einfach, dass wir schnell ankommen.

22. KAPITEL

Wir brauchen nicht lange, um in die City zu kommen, denn der Verkehr staut sich hauptsächlich stadtauswärts. Lucas bittet den Fahrer, einmal in Canonbury zu halten, und nennt ihm seine Adresse.

Als der Wagen in Lucas´ Straße zu Stehen kommt, ziehe ich sofort die Tür auf und steige aus. Ohne noch einen Blick zurückzuwerfen, stelle ich mich in der Nähe an eine Mauer und beobachte Lucas. Er klopft an die Fahrerseite und als das Fenster heruntergelassen wird, höre ich ihn zuckersüß sagen: »Sir, Sie sind wirklich großartig gefahren. Dürfte ich Ihren Namen und die Nummer Ihres Taxis bekommen, damit ich bei Ihrem Chef ein ganz besonderes Lob auf Sie aussprechen kann? Vielleicht bekommen Sie ja dann eine Gehaltserhöhung.« Begeistert nickt der Fahrer und reicht ihm einen Zettel, vermutlich seine Visitenkarte, die dieser mit einer übertriebenen Bewegung in die hintere Tasche seiner Jeans schiebt und dann zu mir geht, als hätte er gerade eine Wette gewonnen. Das Taxi rollt wieder an und verschwindet.

»Du hast einfach seine Karte bekommen?«

»Natürlich, meinem Charme kann einfach niemand widerstehen, Henry«, grinst Lucas und gibt mir die Karte. »Hier. Anrufen musst du selbst.«

»Danke, das werde ich.« Ich schiebe die Karte in die Tasche und lächle ihn dankbar an.

Dass er so viel für mich tut, nach alledem, was passiert ist, kann ich kaum fassen. Sein Geschenk an mich, die Art, wie er sich in der letzten Zeit verhalten hat – all das macht es mir unmöglich, weiter böse auf ihn zu sein, weil er eine Pause wollte.

Dazu liebe ich ihn viel zu sehr.

Außerdem hat er mir bei unserem Spaziergang im Park ja schon deutlich gemacht, wie sehr ihm alles leidtut.

Es liegt jetzt an mir, den ersten Schritt auf ihn zu zumachen und der Mut, das zu tun, wächst langsam in mir heran, wie eine kleine Knospe im Frühling.

»Sind keine Fotografen hier?«, frage ich leise und sehe die Straße hinauf.

»Doch, aber sie sind dazu übergegangen, sich in parkenden Autos zu verstecken. Bei dir haben sie ja keinen Erfolg mehr«, sagt Lucas und deutet auf die Fahrzeuge, die am Straßenrand stehen. »Wie willst du denn eigentlich was Neues finden? London ist doch vollkommen ausgelastet?«, fragt er dann, als würden wir ein unterbrochenes Gespräch weiterführen.

Ja, London ist wirklich überlaufen, aber mit Makler wird es klappen, da bin ich sicher und deswegen sage ich leise: »Ich finde schon was. Ich muss was finden. In der Wohnung kann ich nicht bleiben.«

Wenn ich bei der Beziehungsfrage nur auch so optimistisch wäre, wie bei der Wohnung. Ich könnte es mir ganz leicht machen und Lucas einfach fragen, ob wir wieder zusammen sein wollen, aber das passt jetzt gar nicht hierher. Schließlich sind wir keine Teenager mehr, die fragen »Willst du mit mir gehen?« Dabei will ich ihn so gerne zurück. Ich fühle mich mit ihm so sicher und wohl, dass ich es nicht mehr missen will und auch wenn ich genau weiß, dass uns gerade sicherlich einige Fotografen abschießen, würde ich ihn am liebsten in den Arm nehmen.

Klimpernd zieht Lucas seinen Schlüsselbund aus der Tasche und nickt zum Hauseingang hinüber.

»Willst du vielleicht noch mit raufkommen, dann kann ich dir auch in Ruhe erklären, worum es in meinem neuen Stück geht. Oder du kannst noch einen Kaffee trinken.« Er sieht mich unsicher an, überquert die Straße und bleibt vor der Tür stehen.

»Vielleicht wäre Tee besser ... mein Magen ist noch immer sehr empfindlich«, gebe ich unsicher, aber lächelnd zurück.

»Okay, dann einen Tee.« Lucas scheint unsicher zu sein, ob er mir vorangehen soll oder nicht, doch dann fasst er sich ein Herz, schließt die Tür auf und nimmt die Treppe nach oben.

Ich folge ihm und kann nur mühsam der Versuchung widerstehen, mit der Hand seinen Rücken zu streifen. Seinen Körper in Reichweite zu haben, ihn wieder riechen zu können und sich dabei auch noch im Schutz eines Hauses zu befinden, ist wunderbar und in mir kribbelt es zum ersten Mal seit Wochen wieder richtig. Es erleichtert mich ungemein, zu wissen, dass ich doch noch solche Gefühle haben kann. Schließlich habe ich immer gedacht, die Vergewaltigung hätte mir jede Empfindung genommen.

»So, da sind wir«, sagt Lucas und schließt seine Wohnung auf. Ich folge ihm nach drinnen und als ich den unvergleichlichen Geruch riechen kann, der seiner Wohnung anhaftet, fühle ich mich wieder wie Zuhause.

Da ich überhaupt nicht mehr damit gerechnet hatte, jemals wieder hier zu sein, verspüre ich eine gewisse Erleichterung. Ganz so, als hätten wir stumm vereinbart, es nochmal miteinander zu versuchen.

»Du kannst deine Jacke hier an den Haken hängen … aber du kennst dich ja aus, eigentlich muss ich dir ja nichts erklären«, sagt Lucas verlegen und zieht seine Jacke aus, dann geht er in die Küche. Nachdem auch ich meinen Mantel aufgehängt habe, bleibe ich vor dem kleinen Spiegel neben der Tür stehen und mustere mich.

Die Augenringe sind zurückgegangen und ich sehe lang nicht mehr so eingefallen aus, wie noch vor einigen Wochen. Ob Lucas das aufgefallen ist? Mein Hemd ist nicht ganz zugeknöpft und ich öffne testweise einen weiteren Knopf, sodass die oberen drei nun unverschlossen sind.

Ich will ihn endlich wieder haben.

Als ich in die Küche komme, hat Lucas den Tee bereits aufgebrüht und dreht sich zu mir um. Die Tasse in seiner Hand droht ihm herunter zu fallen, als er mich sieht, und ich mache schnell einen Schritt auf ihn zu.

»Vorsicht, es wäre schade um die Tasse«, sage ich leise, als ich direkt vor ihm stehe und nehme sie ihm bestimmt aus der Hand. Lucas ist zwischen mir und den Tresen gefangen und steht da wie erstarrt.

»Ja das wäre es …«, haucht er und sieht mir direkt in die Augen. Unser ganzer gemeinsamer Tag gleitet durch mein Gedächtnis.

Wie sehr habe ich es genossen, wieder bei ihm zu sein, zu flirten.

Es hat sich so echt angefühlt, dass ich es wieder haben will und jetzt in diesem Moment, bin ich so nah dran, Lucas zurückzugewinnen.

»Dein Herz klopft.« Behutsam legt Lucas eine Hand auf die freie Haut meiner Brust, genau auf die Stelle, wo man das Herz durch die Haut unterm Brustbein hindurch schlagen sehen kann.

Ich wusste, dass er hinsehen würde, wenn die Knöpfe offen sind.

»Ja, das könnte daran liegen, dass du da bist«, gebe ich zu und komme etwas näher, um die dunkelblauen Sprenkler in seinen Augen sehen zu können.

Die Luft zwischen uns knistert so dermaßen, dass es mich nicht wundern würde, wenn sie gleich Funken schlägt. Selbst das Atmen fällt mir schwer.

»Ich glaube, der Tee ist fertig ...«, sagt Lucas, ohne den Blick von mir abzuwenden. Ich bringe nur ein Nicken zustande, doch keiner von uns beiden macht Anstalten, die Teebeutel aus der Kanne zu nehmen. »Du siehst wieder richtig gesund aus.« Er hebt eine Hand, berührt vorsichtig meine Wange mit den Fingerspitzen und fährt sich mit der Zunge über die Unterlippe. Seine Hand auf meiner Brust zuckt und ich beuge mich nun endgültig zu ihm herunter.

Der Kuss ist vorsichtig.

Wir verschlingen einander nicht, sondern kosten uns eher vorsichtig, als würden wir eine besonders teure Praline probieren. Mein Atem geht ganz ruhig.

Lucas greift mir in die Haare und schlingt dann die Arme um meinen Hals.

Mit einer Hand greife ich hinter ihn, schiebe die Becher beiseite und hebe ihn dann auf die Arbeitsplatte. Den Kuss unterbrechen wir dabei kein einziges Mal und als er mir das Hemd über die Schultern streift, weiß ich genau, worauf das hier hinauslaufen wird.

»Lucas ... ich hab ein bisschen Angst«, gebe ich zu und schlinge die Arme um seinen Hals. Seine Hände liegen locker auf meiner Taille und er zieht mich näher an sich heran.

»Du musst keine Angst haben. Hier kann dir nichts passieren und wir tun nichts, was du nicht willst ... ich liebe dich, Henry.« Wir sehen uns an. Vorsichtig hebe ich eine Hand und streiche ihm übers Gesicht, weil ich sonst nicht sicher bin, dass er wirklich da ist.

»Ich liebe dich und ich hab dich so vermisst, weißt du das?« Er drückt seine Lippen gierig auf meine und haucht zwischendurch: »Ich auch. Ich hab dich auch so sehr vermisst ... oh Gott, du weißt gar nicht, wie sehr.«

Vorsichtig lösen wir den Kuss und umarmen uns. Mein Herz flattert und stolpert. Zärtlich streichen Lucas´ Finger durch die Haare im Nacken und er malt ein Zeichen auf meine Haut.

Eine liegende Acht.

»Unendlich?«, frage ich, die Stimme gedämpft, durch seine Schulter.

»Liebend gern. Auch, wenn es kitschig ist.«

Liebend gern.

Diese Worte lassen bei mir alle Dämme brechen und ich schmiege mich so fest an ihn, als wollte ich mit ihm verwachsen.

Heute Nacht will ich nicht im Hotel schlafen. Ich will hier bei ihm bleiben und die ganze Nacht wach liegen. Auch wenn er schlafen sollte, ist mir das vollkommen egal. Wir haben so viel nachzuholen und gerade fühle ich mich fast wieder so wie früher. Vorsichtig hebe ich ihn von der Tischplatte in meine Arme und trage ihn durch die Wohnung in sein Schlafzimmer.

Gemeinsam sinken wir in die weichen Bettlaken und die Daunendecke um uns türmt sich auf, wie eine Wolke am Sommerhimmel. Lucas sieht mich ununterbrochen an und strahlt. Sanft tanzen seine Finger über meine Schultern und die Brust und ich bekomme eine Gänsehaut.

»Darf ich dich nochmal küssen?«, frage ich heiser.

»Immer, Babe ...«

Seine Lippen sind weich und sanft auf meinen und es ist so erleichternd, dass sie noch immer so perfekt zusammen passen und sich auch so gut an die Bewegung erinnern. Ich hatte wirklich Angst, es könnte sich anders anfühlen, Lucas zu küssen - aber es ist noch immer alles beim Alten.

Meine Hände tasten sich unter das Hemd und ich schiebe es vorsichtig nach oben. Sein Bauch hebt und senkt sich mit jedem Atemzug und ich streiche mit dem Zeigefinger über den schmalen Streifen aus dunklen Haaren, der sich vom

Bauchnabel nach unten zieht. Weiter, als an den Bund der Boxershorts gehe ich allerdings nicht. Ich will mich auf keinen Fall überschätzen.

»Henry ...«, keucht Lucas und setzt sich schwer atmend auf.

»Was ist?«

»Mir ist heiß.« Fahrig zieht er sich das Hemd aus und wirft es in eine Ecke.

Lucas, du bist wunderschön!

Wie erstarrt sitze ich vor ihm und strecke eine Hand nach ihm aus. Er folgt meiner Bewegung und unsere Fingerspitzen berühren sich. Wie klein seine Hand ist. Unsere Finger verflechten sich miteinander und mit sanftem Druck, schubst er mich um.

»Fühlst du dich noch wohl, Henry?«

»Vielleicht könntest du dich neben mich legen, dann bin ich nicht so eingesperrt.« Natürlich tut er das und zieht mich in seinen Arm. Hier fühle ich mich geborgen und kuschele mich gegen seine Brust.

Ich fühle seinen Herzschlag ganz nah an meinem Ohr. Kraftvoll und ruhig klopft es in seinem Brustkorb. Es wird erst schneller, als ich meine Handfläche auf die Stelle lege.

»Ich habe dich so vermisst.«

»Ich dich auch, Lucas. Und ich hatte solche Angst, dass wir es nicht mehr schaffen könnten. Ich wusste nicht, ob du zurückkommst und ob ich dich überhaupt noch anfassen kann.« Eine Träne tropft auf Lucas´ Brust und er streicht mir tröstend über die Wange.

»Henry, wir hatten eine verdammt schwere Zeit und wenn ich könnte, dann würde ich alles anders machen. Ich habe es dir so unglaublich schwer gemacht. Du bist ein wunderbarer Mann und verdienst nur das Beste.«

»Du bist das Beste«, schluchze ich und küsse ihn schnell.

Er soll nicht weiterreden, sonst bringt er mich nur noch mehr zum Weinen, das darf nicht sein.

Seufzend streiche ich mit der Hand über Lucas´ Bauch und als mein Blick nach unten huscht, sehe ich mit leichter Scham, dass ihn die plötzlich vorhandene Nähe nicht kalt gelassen hat. Meine Hand hält inne, der Gedanke, ob ich ihn nicht vielleicht doch anfassen könnte, beschleicht mich. Bevor ich allerdings zu einem Entschluss gekommen bin, greift Lucas sacht meine Finger und küsst sie.

»Du musst nichts tun.«

»Aber ich sehe doch, dass du-«

»Du musst nichts tun.« Mit weichem Blick in den Augen sieht er mich an und streicht vorsichtig durch meine Haare. »Ich bin sicher, dass du noch lange nicht dazu in der Lage sein wirst, mich anzufassen – bitte überschätze dich nicht.« Ich bekomme einen Kuss auf die Nasenspitze, dann fügt Lucas grinsend hinzu, »Und wenn ich die ganze Nacht mit einem Ständer neben dir liegen muss, dann werde ich das schon aushalten.« Er scheint kurz nachzudenken und fragt dann: »Denkst du nicht, dass das alles nachlassen wird, sobald die Premiere gelaufen ist?«

»Sobald der Film draußen ist, wirst du nicht »nur« mein Partner, sondern auch ein bekannter Schauspieler sein. Die Leute werden mehr über dich als Menschen erfahren wollen und ich bin sicher, dass da noch einiges auf uns zukommt. Also nein, es wird sicherlich nicht nachlassen.«

Meine Worte muss Lucas erstmal verarbeiten und wir schweigen eine ganze Weile. Es ist so still, dass ich schon fast den Verdacht habe, er könnte eingeschlafen sein. Vorsichtig hebe ich den Kopf von seinem Arm, um zu sehen, ob meine Vermutung stimmt, doch seine Augen sind geöffnet und er scheint darüber nachzudenken, was ich gesagt habe.

»Meinst du, die stehen dann weiterhin vor der Haustür? Hoffentlich wird es nicht so schlimm, wie bei dir, sonst bekomme ich auch noch Probleme mit den

Nachbarn.«

»Ich kann mir ja eine Wohnung suchen, die groß genug für uns beide ist, dann kannst du im Notfall einfach zu mir ziehen.«

Was ich da eben gesagt habe, ist verdammt mutig, wir sind noch nicht geoutet und haben gerade wieder zusammengefunden.

Jetzt bloß nichts überstürzen.

Natürlich spricht deswegen trotzdem nichts dagegen, eine größere Wohnung zu suchen.

23. KAPITEL

Mitten in der Nacht werde ich geweckt.

Orientierungslos sehe ich mich um, doch es ist zu dunkel, um wirklich viel zu erkennen. Lucas liegt dicht neben mir. Er zuckt im Schlaf und winselt leise meinen Namen.

Blinzelnd versuche ich, mich an die Dunkelheit zu gewöhnen, und tatsächlich erkenne ich bald die Umrisse der Möbel im Zimmer. Lucas liegt auf dem Rücken und windet sich hin und her. Als ich mich nähere, erkenne ich, dass seine Augen hinter den geschlossenen Lidern zucken und seine Hand ballt sich zur Faust.

»Nein ... bitte nicht ... lass ihn los ...«, presst er hervor und beginnt haltlos zu zittern. Sein Shirt fühlt sich feucht an, als ich es anfasse. Er ist vollkommen nass geschwitzt.

»Lucas, aufwachen«, sage ich laut und rüttele ihn ziemlich grob.

»Nein ... loslassen ... nimm ihn mir nicht weg.« Ein bebendes Schluchzen, wie ich es noch nie von ihm gehört habe, verlässt ihn und es geht mir durch Mark und Bein. Der Traum muss schrecklich sein.

»Lucas!«, sage ich nun recht laut und eindringlich und er sitzt mit einem Mal aufrecht im Bett, sodass er mir dabei fast eine Kopfnuss verpasst. Er scheint mich zu erkennen und fällt mir schluchzend um den Hals.

Hoffentlich kriege ich jetzt keine Panikattacke, weil er sich so fest an mich klammert. Das darf jetzt auf keinen Fall passieren.

Beherrsche dich jetzt, Henry!

Doch ich spüre jetzt schon, wie sich in mir etwas anstaut. Der Herzschlag wird schneller und ein Druck droht meine Brust zusammenzudrücken. Jetzt darf ich nicht zu schnell reagieren, damit Lucas sich nicht sofort abgewiesen fühlt, deswegen hebe ich meine Hände und greife ihn vorsichtig an den Oberarmen und schiebe ihn sanft aber bestimmt von mir. Lucas wischt sich die Augen und zieht die Nase hoch, sieht mich betreten an und weicht dann meinem Blick aus.

Ohne, dass ich ihn dazu aufgefordert habe, sagt er leise: »Ich hab geträumt, dass ich dich in der Klokabine gefunden habe ... an Silvester ... da waren drei Männer und ...« Er kann nicht weitersprechen, wofür ich dankbar bin, denn ich glaube zu wissen, was er erzählen möchte und ich will es eigentlich nicht hören, sonst macht es alles vielleicht nur noch schlimmer. Er zieht sich die Knie an die Brust, umklammert sie mit den Armen und wippt vor und zurück. Stetig laufen ihm neue Tränen über die Wangen, doch er wischt sie energisch weg.

Etwas hilflos sitze ich daneben und habe keine Ahnung, was ich tun kann, um ihn zu beruhigen. Dass Lucas von meiner Vergewaltigung geträumt hat, zeigt, wie nah ihm das Ganze doch auch zu gehen scheint und dass es ihn mehr beschäftigt, als ich gedacht hatte. Er wirkt richtig panisch und erzählt leise weiter: »Ich wollte dir helfen und dann haben die Männer mich festgehalten und ich musste dabei zusehen. Du hast ganz schlimm geblutet, vor Schmerzen geschrien und dich irgendwann nicht mehr bewegt. Ich stand einfach daneben.«

Ihn schüttelt es regelrecht und er würgt, als er diese Worte ausspricht, dann vergräbt er das Gesicht wieder in den Armen.

»Lucas, es war nur ein Traum«, sage ich tröstend und räuspere mich, um den Kloß im Hals loszuwerden.

»Aber ich hab dir nicht geholfen und das hätte ich an Silvester tun sollen – da war es nämlich Wirklichkeit. Ständig muss ich daran denken, dass ich einfach hätte mitgehen können. Ich bin so ein schlechter Freund ... hab nicht mitbekommen, dass du in Gefahr bist und dann habe ich dich auch noch allein gelassen, als du mich am meisten gebraucht hättest. Ich habe dich überhaupt nicht verdient.«

Damit hat er nicht Unrecht und doch kann ich ihm gar nicht mehr richtig böse sein. Er kam mit der Situation einfach genauso wenig klar, wie ich und dass er Schluss gemacht hat, war seine Art, damit umzugehen.

»Lucas, es ist, wie es ist – wir können nichts mehr daran ändern. Es ist passiert. Lass uns das Beste daraus machen. Zusammen.« Woher ich in dem Moment die Stärke nehme, kann ich selbst nicht wirklich sagen und es überrascht mich, dass ich sowas gesagt habe. Auch Lucas scheint sich nicht sicher zu sein und blinzelt mich an. Noch immer ist sein Gesicht tränennass.

»Zusammen? Das heißt, du bist mir nicht mehr böse?«

Rasch schüttle ich den Kopf. »Natürlich hast du mir unheimlich wehgetan, aber ich will nochmal neu mit dir anfangen, denn ich vermisse dich und verzeihen ist da doch ein guter Anfang, denkst du nicht?«

»Unbedingt«, schluchzt Lucas und fällt mir mit solcher Wucht um den Hals, dass wir nach hinten auf die Matratze kippen.

Ich will Lucas zeigen, dass ich ihn liebe und ich wirklich bereit für einen Neuanfang bin. Seine Tränen schmecken salzig, als ich sie auf der Zunge schmecke und ich küsse vorsichtig jede einzelne von seiner Haut. Jede davon fließt direkt auf meine Seele, versiegelt die Risse, die dort entstanden sind, und heilt mich mit einer brennenden Hitze.

Meine Lippen zittern, Lucas bebt und doch sind wir zusammen und das ist das einzig Wichtige.

Meine Hände umschließen sein Gesicht und ich drücke ihm meine Lippen immer wieder auf. Atemlos erwidert er den Kuss und weint noch immer. Auch mir ist zum Heulen zumute, doch es ist okay so und im Augenblick würde ich es nicht anders wollen.

Lucas scheint Angst zu haben, die Augen zu schließen, und so liegen wir Arm in Arm im Bett, er streichelt mir durch die Haare und wir sehen uns die ganze Zeit an.

Das Licht verändert sich von dunklem Blau, zu Rosa und schließlich durchflutet ein kaltes Grau das Zimmer, nur vereinzelt kommen Sonnenstrahlen hervor und kündigen den Morgen an. Irgendwann in den frühen Morgenstunden muss ich doch eingenickt sein, denn ich wache erst auf, als Lucas aus dem Bett krabbelt. Er gähnt, streckt sich und öffnet die Schranktür.

»Hm ... wohin gehst du?«, frage ich mit müder Stimme und er dreht sich schnell um.

»Ich muss heute um neun im Theater sein. Wir proben doch«, sagt er entschuldigend und lächelt mich an. Gott, er ist so süß, wie er da so unschuldig steht, nur in Boxershorts, die Klamotten als unordentliches Knäuel auf dem Arm.

»Ich will nicht, dass du jetzt gehst«, schmolle ich und robbe näher an ihn heran.

»Komm doch einfach mit. Unserem Regisseur macht es sicherlich nichts aus, wenn du im Zuschauerraum sitzt.«

Gut, wenn er meint.

Lucas´ Haus verfügt über einen Hinterausgang, den ich nutze, um unerkannt an den Reportern vorbeizukommen. Noch immer liegen die vor dem Haus auf der Lauer und hoffen darauf, eine Info zu bekommen, wo ich mich aufhalten könnte.

Unerkannt gelange ich zurück ins Hotel, wo ich einige Unterlagen hole, die ich dann mit ins Theater nehmen möchte.

Das Theater, in dem Lucas´ Probe stattfindet, ist klein und heimelig und ich habe es mir in der letzten Reihe der samtbezogenen Sitze bequem gemacht. Mein Laptop ist per Verlängerungskabel an einer Steckdose angeschlossen und ich habe sogar das Wlan-Passwort bekommen. Natürlich sind alle Mitarbeiter hier total aufgeregt, weil ich hier sitze und bei den Proben zusehe, doch Lucas hat ihnen mehr als einmal deutlich klar gemacht, dass sie sich bloß nicht zu sehr beeindrucken lassen sollen. Ich kann jedoch verstehen, dass das einigen schwerfällt, schließlich bin ich nicht unbekannt. Trotzdem sollte man mich einfach normal behandeln.

Wie Lucas selbst, sind auch die Kollegen noch recht jung und ich kenne sie nicht. Das muss zwar nicht heißen, dass sie keinen Erfolg haben, doch meist kennt man sich untereinander und das bedeutet in dem Fall, dass die Truppe auf der Bühne ihren Abschluss noch nicht lange in der Tasche haben kann, sonst wären wir uns an einem Set vielleicht schon begegnet.

Lucas ist in seinem Element und die Rolle verlangt ihm körperlich einiges ab.

Soweit ich mit halbem Ohr verstanden habe, handelt es in dem Stück von einem Taxifahrer, der seinen flexiblen Job nutzt, um zwei Frauen gleichzeitig zu haben, die – natürlich – nichts voneinander wissen. Durch einen Unfall, der zwei Polizisten auf den Plan ruft, droht alles aufzufliegen und der Taxifahrer gibt alles, um an allen Orten gleichzeitig zu sein, damit ihm niemand auf die Schliche kommt. Es folgen eine Reihe an Missverständnissen und Verwechslungen, die zum Schreien komisch sind. Das Stück bringt mich zum Lachen, wenn ich ab und zu meine Arbeit unterbreche, um dem Treiben auf der Bühne zuzusehen.

Meine Aufgabe besteht heute daraus, mir die Häuser anzusehen, die der Makler mir geschickt hat. Zwei gefallen mir sehr gut. Sie verfügen über vier Zimmer und befinden sich in Canonbury. Alles sind kleine, freistehende Häuser, sodass man keine direkten Nachbarn hat, was sicherlich von Vorteil sein kann. Mit Mr Linscott, dem Makler, vereinbare ich für morgen einen Termin und hoffe, dass mir eines der beiden Objekte zusagen wird. Je schneller ich umziehen kann, desto besser.

Ob ich mir das Haus leisten kann, werde ich mit meiner Bank besprechen müssen. Vielleicht muss ich einen Kredit aufnehmen, denn 800.000 Pfund habe ich nicht auf der hohen Kante.

Als Lucas Mittagspause hat, stehen wir draußen vor der Stagedoor. Die Kollegen machen sich auf zu einem nahegelegenen Imbiss. Lucas bleibt jedoch neben mir stehen und sieht mich fragend an.

»Du hast vorhin viele Unterlagen gewälzt. Waren das die Wohnungen? Hast du was gefunden?« Hunger scheint er keinen zu haben.

»Ja, aber das muss ich mir morgen erstmal angucken und dann mit der Bank besprechen.«

»Ist die neue Bleibe wenigstens in der Nähe oder ziehst du ans andere Ende der Stadt?«, will Lucas vorsichtig wissen und in seinem Blick liegt Argwohn.

»Sie liegt in Canonbury«, versichere ich ihm und seine Laune hellt sich auf. London ist einfach zu groß und wenn man zu weit voneinander entfernt lebt, kann das manche Verabredungen schon erschweren, wenn man eineinhalb Stunden fahren muss, um einander zu sehen.

»Puh, na dann bin ich ja erleichtert. Wollen wir etwas zu essen holen?«, fragt Lucas und nickt zu den Kollegen hin, die um eine Ecke biegen.

Ich will gerade zusagen, als eine Gruppe junger Leute auf uns zukommt. Sie wirken alle recht nervös. Das sind Fans, das ist an ihrer Körpersprache leicht zu erkennen. Sie kichern und unterhalten sich flüsternd. Sie sprechen Lucas schüchtern an und er steht bereitwillig für ein Foto zur Verfügung. Ich halte mich im Hintergrund, will nicht auffallen und tippe mit gesenktem Kopf auf meinem Handy herum. Je weniger ich angesprochen werde, desto besser. Momentan ist mir nicht nach Fotos und Autogrammen.

Mein Plan gelingt sehr gut, doch als mein Telefon plötzlich lautstark »Highway to Hell« durch die schmale Straße brüllt, drehen sich trotzdem alle Köpfe nach mir um.

»Sorry«, entschuldige ich mich rasch und wende mich ab. »Lauren, was gibt's?«

»Henry, ich versuche, dich schon den ganzen Vormittag zu erreichen, hast du dein Telefon ausgeschaltet?«, fragt Lauren und klingt genervt. Vermutlich hat sie mich alle fünf Minuten versucht zu erreichen.

»Ich bin mit Lucas im Theater bei seinen Proben und scheine da keinen Empfang zu haben. Sorry.«

»Ich habe deinen Journalisten kennengelernt. Er war sogar hier im Büro und wir haben ausführlich miteinander gesprochen. Ich muss zugeben, dass ich ihn sehr sympathisch und vertrauenswürdig finde und deswegen haben wir mit unserem Anwalt gleich einen Vertrag aufgesetzt, den Mr Knightmen unterschrieben hat. Wenn du und Lucas ihm ein Interview geben wollt, dann müsst ihr den Vertrag ebenfalls unterzeichnen und wir könnten loslegen.«

Wow, das ging schnell. Gut, dass ich Lauren habe, die sich um sowas kümmert. Mir wäre das, glaube ich, in Kombination mit der neuen Wohnung, momentan alles zu viel geworden.

»Danke, dass du das gemacht hast, Lauren«, sage ich und sie gibt einen abwinkenden Laut von sich.

»Dafür bezahlst du mich doch, Henry«, sagt sie und lächelt, das kann ich deutlich hören.

»Hör zu, ich hab Lucas noch nichts von diesem Journalisten erzählt. Das sollte ich erst noch machen, bevor wir dann den Vertrag unterschreiben.«

»Gut, dann sieh zu, dass das bald erledigt ist, ja? Immerhin muss der Artikel ja auch noch geschrieben werden und bis zur Premiere ist es nicht mehr wirklich lang. Die Zeit rennt gerade ein bisschen. Apropos Premiere: Ich habe heute noch eine Mail von der Firma bekommen, die die Organisation übernimmt. Du und Lucas habt am 13. Februar einen Termin zum Fitting für die Anzüge. Die müssen sicherlich noch geändert werden und damit das zeitnah geschehen kann, braucht man euch einmal in dem Geschäft zur Anprobe. Da wird auch eine Making-of Kamera dabei sein. Gebt euch aber, wie ihr seid. Die Kameramänner haben eine Schweigepflicht unterschrieben und da ihr euch ja outen wollt, ist es super, wenn man euch auf der DVD im Bonusmaterial auch als Paar kennenlernt. Ich werde das Lucas auch noch mitteilen. Die restlichen Termine gebe ich dir nächste Woche durch, wenn ich selbst Genaueres weiß, ja?«

Ich sollte mir vielleicht mal einen Terminkalender anschaffen, sonst verliere ich in den nächsten zwei Wochen noch den Überblick. Tatsächlich sind es nur noch knapp 16 Tage bis zur Premiere und es ist noch ziemlich viel zu tun.

Während ich mit Lauren gesprochen habe, bin ich ein wenig die Straße hinunter gegangen und als ich nach dem Telefonat wieder um die Ecke biege, sind die Fans immer noch da. Alle fangen auf einmal an zu quatschen. Jeder versucht, irgendwie meine Aufmerksamkeit zu bekommen, einige drängeln sich vor, andere protestieren dagegen. Zum Glück bin ich solche Aufläufe schon gewohnt und weiß, dass bei der geringen Anzahl an Menschen keine Gefahr droht, auch wenn ich gerade eigentlich lieber nicht fotografiert werden möchte. Lucas´ Kolleginnen und Kollegen kommen gerade vom Imbiss zurück und bleiben ein wenig eingeschüchtert stehen, als sie die Menschen an der Stagedoor sehen. Leicht panisch schauen sie die vielen Smartphones an.

»Henry, kannst du ein Foto mit uns machen?«

»Wie geht es dir Henry? Bist du wieder gesund?«

»Wann ist denn die Premiere?«

»Wir freuen uns total auf den Film!«

»Henry, kannst du mir das unterschreiben?«

Alle wollen gleichzeitig etwas von mir und ich pose mit jedem für ein Selfie. Dabei nutze ich die Ablenkung der Fans, um einige Schritte vorwärtszukommen, und arbeite mich so langsam über den Bürgersteig. Jemand fragt uns, ob wir gemeinsam für ein Foto posieren wollen.

»Seid ihr ein Paar?«, fragt das Mädchen, bevor es das Handy hochhält.

»Sehen wir denn aus, wie eines?«, fragt Lucas zurück und zwinkert. Mehr sagt er dazu nicht und ich muss grinsen, denn das wird sicher wieder neue Spekulationen geben, da bin ich sicher.

Und zum ersten Mal amüsiert mich das.

»Wir gehen dann schon mal vor«, sagt Lucas´ Kollegin und gemeinsam mit den anderen schieben sie sich durch die Fans hindurch und verschwinden schnell im Inneren des Theaters.

»Wir müssen jetzt auch los, Lucas muss arbeiten und ich habe auch einen Termin«, sage ich freundlich aber bestimmt und wir arbeiten uns nun doch ziemlich zügig durch die Leute hindurch, um den Kollegen zu folgen. Manche ziehen mich noch ab und zu am Ärmel, damit ich noch ein wenig bleibe, doch ich kann nicht den ganzen Tag hier stehen.

»Das wird wieder für Gesprächsstoff sorgen«, sagt Lucas ein wenig atemlos, als wir außer Hörweite der Fans sind und auch der Abstand zu den Kollegen groß genug ist, sodass sie uns nicht hören können.

»Ja, mit Sicherheit«, sage ich und sehe zu ihm hinunter. »Aber die Premiere ist ja auch bald und es hieß doch, wir sollten die Gerüchte bis dahin ein wenig schüren.«

»Hast du eigentlich so mitbekommen, was in der letzten Zeit berichtet wurde?«, will Lucas neugierig wissen und ich schüttle schnell den Kopf.

»Nein, ich habe mir vorgenommen, mich nicht mehr damit zu beschäftigen, was man über mich schreibt, weil es mich zu sehr belastet.«

»Schade, vor einigen Tagen gab es eine kleine Meldung, die dich mit Sicherheit gefreut hätte.«

Na jetzt bin ich aber gespannt.

Fragend hebe ich eine Augenbraue und Lucas meint: »Ich hab den Artikel in meiner Garderobe deponiert.«

Wir gehen am Pförtner vorbei und durch die große, schwere Tür ins Innere des Theaters. Obwohl das Harold Pinter Theater wirklich klein ist, verfügt es über verwirrende Flure und viele Räume, sodass man sich auch hier schnell verirren kann, wenn man sich nicht auskennt. Lucas kennt den Weg allerdings schon gut und führt mich durch einen schlecht beleuchteten Flur in seine Garderobe. Sein Name steht sogar schon außen an der Tür.

»Komm rein. Es ist nicht groß, aber es reicht aus.«

Die Garderobe ist wirklich winzig und ich wage einfach mal zu behaupten, dass die von George in 1925 größer war. Ein winziges Sofa steht in einer Ecke, es gibt einen Stuhl, einen Schminktisch und einen Spind, in dem Lucas seine Privatsachen verstauen kann. Durch das geriffelte Glas eines schmalen Fensters fällt etwas Tageslicht herein, aber wohlfühlen kann man sich hier nicht.

»Irgendwo hier muss es sein«, murmelt Lucas und kramt in einer Kiste herum, die im obersten Fach des Metallschrankes steht. »Ich habe einige der Zeitungsausschnitte aufbewahrt, weil ich dachte, man könnte sie vielleicht mal brauchen«, erklärt er mir und drückt mir schließlich eine halbe Seite des Daily Mirror in die Hand.

Ein unscharfes Foto zeigt mich, wie ich Stan Cardener auf dem Bürgersteig gegenüber stehe. Unsere Körperhaltung spricht für sich und jeder, der einen Menschen ein bisschen lesen kann, erkennt, dass wir uns ziemlich hitzig angehen.

>>Seales streitet sich mit Reporter auf offener Straße!

Dass ein besonders aufdringlicher Reporter der Sun eine einstweilige Verfügung erhalten hat, sich Henry Seales´ Haustür nicht mehr als 80 Meter zu nähern, sollte bekannt sein. Nun haben sich der Star und der Reporter wohl trotzdem in die Haare gekriegt. Einem Fotografen zufolge soll Seales gegen Stan Cardener heftige Anschuldigungen erhoben haben, wonach seine gesundheitlichen Probleme auf die ständige Anwesenheit des Reporters zurückzuführen sind. Wie unsere Redaktion herausfand, hat die Sun sich nun entschieden, ihren Mitarbeiter bis auf weiteres in einen anderen Bereich zu versetzen. »Uns war nicht bewusst, wie sehr wir Mr Seales mit unserer Recherche schaden und hoffen, er erfreut sich bald wieder bester Gesundheit«, so ein Sprecher der Sun heute Nachmittag<<

Ungläubig hebe ich den Kopf und starre Lucas an, der verstohlen grinst.

»Deswegen ist Cardener weg ...«

»Hätten wir das mal eher gewusst, dann hättest du viel früher eine Krankheit erfinden können, um ihn loszuwerden.« Ich nicke langsam.

Die Sun hat wirklich eingelenkt? Das sieht dieser Zeitung eigentlich nicht ähnlich. Normalerweise beißen die sich doch an einem Thema fest, bis es von vorne bis hinten durchgekaut ist. Lucas nimmt mir den Artikel wieder aus der Hand, faltet ihn zusammen und legt ihn zurück in die Schachtel, dann mustert er mich fragend.

»Ich kann dem Frieden nicht trauen«, gebe ich leise zu.

»Ach, denk doch mal positiv, vielleicht hatten die einfach Angst, dass du sie womöglich noch auf Schmerzensgeld verklagst oder so.«

Ja, vielleicht ist das der Grund.

Aber Stan Cardener hat mittlerweile auch schon so viele andere Reporter auf mich aufmerksam gemacht, dass er sich die Arbeit wirklich sparen kann. Die anderen werden schon noch an mir kleben und ihm vielleicht die Informationen liefern, die seine Zeitung gerne haben möchte. Sollte ich also tatsächlich unter dem Druck zusammenbrechen, was die Sun ja befürchtet, könnte sie jegliche Schuld von sich weisen, da sie Cardener ja von der Front abgezogen haben.

»Da ist bestimmt Geld geflossen«, murmele ich vor mich hin und male mir eine wilde Verschwörungstheorie aus.

»Ich glaube, das ist alles weniger kompliziert, als du es dir gerade denkst. Die haben einfach Schiss gekriegt und aufgegeben«, freut sich Lucas und schießt den Spind wieder ab. »Komm, lass uns zurückgehen, damit ich mir noch etwas zu essen holen kann, sonst schaffe ich das nicht mehr und die Proben fangen noch ohne mich an.« Er greift nach meiner Hand, doch ich bewege mich nicht vom Fleck.

»Lucas«, sage ich leise und starre noch immer auf die verschlossene Tür des Spinds.

»Hm, was denn?«

»Wieso hast du diese Artikel ausgeschnitten?«

Unsicher zuckt er mit den Schultern und nickt zur Tür hin. »Komm, ich muss wirklich nochmal los.«

»Jetzt lenke bitte nicht vom Thema ab, Lucas. Wieso?«, frage ich, bleibe stehen und halte seine Hand fest, sodass er nicht wegkommt.

»Ich wollte wissen, was du machst und wie es dir geht«, gibt er schließlich leise zu. »Natürlich wusste ich, dass ich den Artikeln keinen Glauben schenken darf, weil sowieso nur Blödsinn drinsteht, doch ich habe immer gehofft, dass Bilder dabei sind und an denen hätte ich ja gesehen, wie es dir geht. Anders war es mir ja nicht möglich, dich im Auge zu behalten. Ohje ich klinge, wie der schlimmste Stalker.«

Er hat mich im Auge behalten. Die ganze Zeit über. Das ist so rührend.

»Also warst du quasi mein Schutzengel?«, frage ich leise und ziehe ihn in meine Arme. Ganz vorsichtig halte ich ihn fest und lege eine Hand an seine Wange.

»Es tut mir leid.«

»Sag das nicht nochmal, ich weiß es und ich glaube dir«, sage ich leise und wir küssen uns zum ersten Mal gleichzeitig. In mir zieht sich alles zusammen vor Aufregung und Glück, mein Puls beschleunigt sich, aber auf eine positive Art und Weise und ich seufze, als ich Lucas´ Zunge spüre, die sanft meine Unterlippe berührt.

Ich glaube, mein Herz hat gerade endlich wieder nach Hause gefunden.

24. KAPITEL

Lucas probt noch bis zum späten Nachmittag und ist dann so fertig, dass er erstmal nach Hause muss. Mittlerweile ist es draußen schon wieder dunkel und lausig kalt geworden.

»Was machst du noch, Henry?«, will er wissen und sieht mich interessiert an.

»Ich werde jetzt noch Nick besuchen, der wohnt ja hier in der Gegend. Ich hab ihn schon eine Weile nicht mehr gesehen«, erkläre ich und wir setzen uns in Bewegung, um zur nächsten Tube Station zu gehen, die nicht weit entfernt ist.

»Ich glaube, du hast meine Kollegen heute mit deiner Anwesenheit ganz schön beeindruckt«, meint Lucas und sieht mich fast schon stolz von der Seite her an. Ich schüttle den Kopf und schnaube abfällig.

»Ach Lucas, jetzt übertreibst du aber. Womit soll ich sie denn beeindruckt haben?« Wir biegen auf eine Hauptstraße ein und Lucas sieht mich dabei ständig an, sodass ich Angst habe, er könnte versehentlich gegen eine Laterne laufen. Mehrfach öffnet er den Mund, um etwas zu sagen, scheint von seinen

Worten jedoch nicht überzeugt zu sein und schließt ihn immer wieder. Schließlich sagt er fast schon ungläubig: »Dir ist überhaupt nicht klar, wie du auf andere Leute wirkst, oder?«

»Scheinbar nicht. Wie wirke ich denn?«

»Du wirkst unglaublich sympathisch, selbstbewusst und du hast diese Ausstrahlung, die man spürt, wenn du einen Raum betrittst. Wenn du was sagst, dann hört man dir gerne zu und ob man es will oder nicht, man sieht zu dir auf.«

»Siehst du auch zu mir auf?«, frage ich vorsichtig, denn ich will das nicht. Er soll mir auf derselben Augenhöhe begegnen, sich mir auf keinen Fall unterlegen fühlen. Lucas zuckt mit den Schultern und schiebt sich die Hände in die Jackentaschen, dann gibt er zu: »Naja, am Anfang hab ich das schon. Ich meine, als ich dich zum ersten Mal getroffen habe, da war ich eine halbe Stunde zu früh vor Ort, weil ich auf keinen Fall zu spät sein wollte, und dann komme ich in dieses Büro und du sitzt da. Das war der absolute Hammer. Du hast eine enorme Ausstrahlung und musst dich nicht einmal anstrengen. Ich glaube, das ist es, was die Leute so an dir fasziniert.«

»Das beantwortet meine Frage aber nicht«, sage ich leise und muss schmunzeln, weil er beim Sprechen regelrecht außer Atem gekommen ist.

»Ich hab zu dir aufgeschaut. Zumindest in den ersten Wochen und dann habe ich erkannt, dass du auch nur ein Mensch bist und mich in dich verliebt.« Das muss also dann die Zeit in Reading gewesen sein, denn ich erinnere mich, dass Lucas im Hotel angefangen hat, sich mir gegenüber offen und freundschaftlich zu verhalten.

»Ich bin froh, dass sich deine Sichtweise geändert hat. Man sollte in einer Beziehung nicht übereinander stehen«, sage ich.

Mittlerweile haben wir einen Eingang zur U-Bahn Station erreicht und bleiben ein wenig abseits stehen, um von dem Strom an Pendlern nicht die Treppe hinunter geschoben zu werden.

»Kannst du Nick einen lieben Gruß von mir sagen?«, fragt Lucas. »Ich hoffe, dass er mir die Sache nicht allzu lange nachträgt.« Nick kann ganz schön zickig sein, aber ich bin mir sicher, dass er Lucas noch immer sehr gern hat. Trotzdem verspreche ich, den Gruß auszurichten, und wir verabschieden uns voneinander mit einer kurzen Umarmung.

Wie immer komme ich ziemlich außer Atem oben in Nicks Wohnung an und wie immer steht er grinsend in der Tür und wartet auf mich.

»Du solltest ein bisschen mehr Ausdauer trainieren. Wusstest du, dass es im Fitnessstudio ein Gerät gibt, mit dem man das Treppensteigen üben kann? Das wäre doch was für dich, oder?« Lächelnd schüttle ich den Kopf, weil dieser Kommentar einfach so typisch für Nick ist und mir außerdem die Puste ausgegangen ist, um etwas sagen zu können. Gleichzeitig erinnere ich mich daran, dass ich dringend mal wieder zum Sport müsste. »Komm rein, Mr Atemlos. Ich geb´ dir was zu trinken. Wieso bist du so nass?«

»Regen«, gebe ich schnaufend zurück und schlüpfe aus meinem Mantel.

»Willst du Zitrone in dein Wasser? Ich hab noch welche vom Kochen über. Wie läuft´s denn bei dir?«, fragt Nick und mustert mich neugierig, als ich am Küchentisch sitze. Er trägt heute einen Pullover, der wunderbar zum schmuddeligen Wetter draußen passt, weil er ein wenig zu groß ist und sehr weich aussieht.

»Mir geht's besser. Ich habe mir bei meiner Mum eine Auszeit genommen und mich jetzt auch wieder mit Lucas versöhnt. Allerdings muss ich jetzt aus meiner Wohnung raus, weil sich die Nachbarn von den Reportern gestört fühlen.«

»Ihr habt euch versöhnt?«, fragt Nick und klingt vorsichtig. Dass ich umziehen muss, scheint er vollkommen überhört zu haben. »Ich habe es mir fast gedacht. Aber ich wäre ein wenig vorsichtig. Nicht, dass er nochmal so eine Nummer abzieht. Bist du sicher, dass das nicht nochmal passiert?« Ich hätte mir etwas mehr Freude gewünscht. Stattdessen sieht mein Kumpel eher kritisch aus.

»Ich bin noch etwas zögerlich, aber es fühlt sich gut an und ich bin sicher, dass das zwischen uns beiden wieder wird«, erkläre ich und nehme das Wasser entgegen.

»Er hat dir richtig wehgetan, Henry. Das darfst du nicht vergessen.«

»Das ist mir natürlich klar, aber ich kann Lucas auch nicht ewig vorhalten, dass ich mir von ihm ein anderes Verhalten gewünscht hätte.« Dass Nick meine Freude erstmal mit Vorsicht genießt, zeigt, wie ernst ihm die Sache ist und dass ihm unsere Freundschaft viel bedeutet. Als ich ihm von den letzten Tagen berichte und ihm erzähle, was mir Lucas zum Geburtstag geschenkt hat, wird Nick wieder weicher, ja fast schon gerührt.

»Das ist wirklich nett von ihm. Aber wie gesagt, sei noch etwas vorsichtig, obwohl ich weiß, dass er dir guttut. Tatsächlich habe ich mir schon gedacht, dass zwischen euch wieder etwas ist, als ich die ersten Interviewfetzen gesehen habe: Ihr seht da wirklich so unglaublich cute aus, dass man fast dahinschmelzen möchte. Allein, wie Lucas dich ansieht ... hast du das Interview schon gesehen?« Hastig zieht er sein Handy hervor und öffnet Youtube.

»Nein, ich habe keines gesehen. Allerdings haben wir auch schon einige gegeben, sodass ich gar nicht mehr genau weiß, was in welchem besprochen wurde, wenn ich ehrlich sein soll.«

Zehn Minuten später habe ich einen Zusammenschnitt aus allen Interviews gesehen. Sie wurden von Fans gemacht und sobald ein romantischer oder vermeintlich romantischer Moment kommt, läuft alles in Zeitlupe ab oder wird wiederholt.

»Da haben sich die Fans schon ziemlich auf euch eingeschossen, ich finde das ja wirklich gut. Bis zu eurem Outing ist es ja nicht mehr allzu lang. Oh, ich bin so gespannt wie die Leute auf euch reagieren.«

Ja, das bin ich auch und wenn ich ehrlich sein soll, dann habe ich noch gar nicht wirklich auf dem Schirm, dass es nicht mehr allzu lang dauert, bis Lucas und ich wirklich offen als Paar auftreten.

»Was ist eigentlich aus dem Kerl geworden?« Nick meint den Vergewaltiger und ich bin ihm sehr dankbar dafür, dass er das Wort nicht ausgesprochen hat, so klingt es nicht so dramatisch.

»Den habe ich bei der Polizei identifizieren können und gegen ihn läuft jetzt ein Verfahren. Sie wollten seine DNA mit der vergleichen, die man bei mir gefunden hat und dann wird er angeklagt. Genaueres weiß ich allerdings nicht.«

»Wirst du nicht informiert?«, fragt Nick vorsichtig. »Ich meine, das betrifft dich doch.«

»Ich werde erst informiert, wenn man wirklich was Wichtiges von mir wissen muss. Ich will nicht jede Woche aufs Neue daran erinnert werden, wenn ich ein Schreiben von der Staatsanwaltschaft bekomme. Sie sollen einfach machen und ich komme erst dazu, wenn es wirklich vor den Richter geht. Aber das ist auch gut so, denn ich habe momentan wirklich noch genug zu tun, auch ohne diese Gerichtssache.«

»Wie geht Lucas damit um?«, fragt Nick und ich erzähle ihm von der vergangenen Nacht. Die Geschichte erregt Mitleid bei meinem guten Freund und er blinzelt schnell, um seine glasigen Augen loszuwerden. »Ich bin wirklich froh, dass ihr wieder zusammengefunden habt.« Mit einem Mal hellt sich sein Gesicht auf und ich ahne, dass er gleich eine Bitte an mich richtet, was er auch prompt tut. »Sag mal, darf ich zur Premiere kommen? Würdest du mich auf die Gästeliste kriegen? Ich muss einfach live dabei sein, wenn ihr beide auf dem roten Teppich auftaucht.«

Natürlich muss er das und ich kann es ihm nicht einmal verdenken, schließlich hat er das ganze Drama um Lucas und mich von Anfang an mitbekommen und da steht es ihm irgendwie zu, sich das Finale anzusehen.

Noch am selben Abend schreibe ich Miss Underwood eine Mail. Sie teilt mir mit, dass ich drei Gäste mitbringen darf und ich ihr lediglich die kompletten Namen mitteilen muss. Ich entscheide mich dafür, meine Mum, Emma und Nick mitzunehmen. Die drei Menschen, die ich bei meinem Outing auf jeden Fall dabei haben möchte.

Im Hotel muss ich noch eine unangenehme Aufgabe erledigen, die ich in den letzten Tagen ein wenig verdrängt habe.

Den Taxifahrer melden.

Es ist das letzte Stückchen, das ich bearbeiten sollte, um wieder einen freien Kopf zu haben – wenn man von dem geplanten Interview mit Jan Knightmen und der Anfrage von Mr Lancon absieht. Wenn ich mir morgen neue Wohnungen und Häuser ansehe, dann sollte ich den Kopf frei haben. Ginge das, wenn ich diese Karte noch hier herumliegen hätte? Nein. Also greife ich zum Telefon und danach ist mein Herz um einiges leichter. Die Zentrale zeigte sich sehr erschüttert und versprach zumindest, die Sache zu prüfen.

Am nächsten Nachmittag bin ich auf dem Weg zu einem Haus, das ich mir mit dem Makler, Mr Linscott, ansehen möchte. Nick hatte mir angeboten, mich zu begleiten und ich bin froh, dass er mitkommt, denn vier Augen sehen mehr als zwei. Lucas hat wieder Proben, weshalb er nicht kann.

Das kleine Häuschen liegt ebenfalls in Canonbury und ich treffe mich mit Nick direkt bei der Adresse. Es ist einiges los in der Bahn, denn es ist Samstag und viele kommen extra zum Einkaufen in die Stadt. Deswegen herrscht ordentliches Gedrängel in der U-Bahn und man muss aufpassen, nicht auf die Einkaufstüten der anderen Fahrgäste zu treten. Die Frage nach einem Selfie und einem Autogramm kommt auf der kurzen Fahrt sechs Mal auf, ansonsten werde ich in Ruhe gelassen, allerdings spüre ich konstant einen neugierigen Blick auf mir.

In Canonbury steige ich aus und gehe zu Fuß zur Canonbury Park S. Das Haus mit der Nummer 53 ist ein Doppelhaus und die rechte Seite steht zum Verkauf. Sie scheint schon eine ganze Weile leer zu stehen, denn die Hecke vor der Tür ist schon ziemlich außer Form gewachsen und sollte dringend wieder geschnitten werden. Außerdem liegen in dem kleinen Vorgarten allerlei lose Äste und Laub vom Herbst herum.

Bereits von Weitem sehe ich, dass Nick schon da ist. Er steht am Fuß der Treppe und unterhält sich mit einem Mann mit hoher Stirn, der sehr aufrecht da steht und so aussieht, wie ein Balletttänzer. Das muss mein Makler sein.

»Ah, Mr Seales«, sagt Mr Linscott laut und strahlt mich an. Wir schütteln uns die Hand. »Haben Sie gut hergefunden?«

»Ja, ich wohne hier in der Gegend und kenne mich hier aus«, antworte ich und wende mich dem Haus zu. »Wie lange steht es denn schon leer?«

»Etwa ein Jahr. Es wurde zum Verkauf angeboten, aber der Preis war bisher zu hoch, außerdem haben sich viele Interessenten an der Lage gestört«, erklärt Mr Linscott und zieht einen Schlüssel aus der Innentasche seiner Jacke.

»Weshalb? Ist die Lage so schlecht?«, fragt Nick und der Makler lächelt ihn an. »Nun, es ist in einer sehr schmalen Straße und die Einkaufsmöglichkeiten sind ein wenig entfernt. Wenn man allerdings seine Ruhe haben will, ist diese

Gegend hier super, denn die Straße ist sehr schmal und daher ist der Verkehr hier relativ wenig. Wollen wir reingehen?«

Wir folgen Mr Linscott die schmale Treppe hinauf und durch die dunkelgrüne Haustür. Der Flur ist eng und ein wenig dunkel. Eine Treppe führt in die erste Etage hinauf, doch wir sehen uns zuerst das Erdgeschoss an. Die Küche hat ein Fenster zur Straße hin und grenzt offen an ein Wohnzimmer im hinteren Hausteil an. Hier gibt es zwei große Fenster und einen schönen Kamin.

»Man sollte natürlich neu streichen, doch ansonsten ist hier alles in Ordnung«, erklärt Mr Linscott, geht an eines der Fenster und schiebt es auf. Es geht problemlos. »Hier haben Sie eine kleine Terrasse und einen Garten. Die Nachbarn, ein älteres Ehepaar, sind sehr friedliche Zeitgenossen, mit denen dürften Sie keinerlei Probleme haben.«

Der Garten ist wirklich schön, wenn auch etwas verwildert. Mit ein bisschen Arbeit könnte man jedoch eine schöne Ruheoase schaffen. »Direkt hinter dem Garten fließt ein kleiner Fluss vorbei. Wenn Sie ein wenig lauschen, können Sie es hören.«

Wir schweigen und spitzen die Ohren und tatsächlich ist das leise Rauschen eines kleinen Baches zu hören. Im Sommer ist das sicherlich angenehm, wenn man im Garten sitzt.

»Also ich finde es sehr schön hier«, meint Nick und lächelt Mr Linscott freundlich an. »Zeigen Sie uns noch den Rest des Hauses?«

In der ersten Etage gibt es drei Zimmer. Ein Schlafzimmer, ein Badezimmer und eines, das als Büro oder zweites Schlafzimmer nutzbar wäre. Das Häuschen gefällt mir wirklich gut und ich überlege im Kopf bereits, wo ich welche Möbel aufstellen würde. Das ist ein gutes Zeichen.

»Was ist das denn hier?«, erkundigt sich Nick und deutet auf eine Klappe in der Flurdecke. »Haben Sie hier einen Schatz versteckt, Mr Linscott?« Der

Makler kichert und greift nach einer Metallstange mit einem Haken an der Spitze und öffnet so die Klappe. Mithilfe einer ausziehbaren Leiter, klettern wir hinauf ins Dachgeschoss. Es ist niedrig hier oben und weil wir drei alle über 1,80m groß sind, müssen wir uns ein wenig ducken.

»Nun, als zusätzliches Zimmer ist das nicht zu gebrauchen, dafür ist die Decke zu niedrig. Aber Sie können es als Lagerraum nutzen.«

»Oder als Zimmer für Lucas, der passt hier problemlos rein. Groß ist er ja nicht«, witzelt Nick und ich verdrehe die Augen. »Das ist sein Boyfriend, wissen Sie«, teilt er Mr Linscott mit, der verstehend lächelt und sagt: »Achso, ich ging davon aus, dass Sie beide zusammen hier einziehen wollen und Lucas vielleicht ein Hund ist.«

»Oh nein, Nick ist nur ein guter Freund von mir«, sage ich schnell und Nick fügt hinzu: »Ich bin Single – also momentan.«

Oh, jetzt wird mir klar, wieso Nick so freundlich ist.

Er flirtet mit meinem Makler!

Irgendwie ist das unglaublich amüsant und ich beobachte die beiden eine Weile. Sie flirten sehr subtil, reißen Witze und grinsen sich ab und zu verstohlen an. Nachdem wir uns noch den Garten und die Terrasse angesehen haben, beenden wir die Führung.

»So, das war's auch schon. Was meinen Sie, Mr Seales?«, fragt Mr Linscott und schließt die Tür wieder ab.

»Es gefällt mir sehr gut, ich würde mir aber das andere Objekt in Ihrem Portfolio auch gerne noch ansehen«, sage ich und so verlängert sich unser Termin. Weil Nick und ich mit der Bahn hergekommen sind, nimmt uns Mr Linscott in seinem Auto mit zum nächsten Haus. Sein Wagen ist ein Mini Cooper und es ist verdammt eng da drin. Damit Nick noch ein wenig weiter flirten kann, überlasse ich ihm den Beifahrersitz und quetsche ich mich auf die

Rückbank.

»Ich hoffe, ihr habt keine Platzangst«, scherzt der Makler und wir düsen in der kleinen Blechdose einmal quer durch das Stadtviertel, bis wir im Nachbarstadtteil Kingsland in einer weitaus nobleren Gegend ankommen.

Obwohl das Auto klein ist, müssen wir relativ lang nach einem Parkplatz suchen und ich bin froh, als wir endlich aussteigen können, denn Nick raspelt so dermaßen viel Süßholz, dass es mir bald aus den Ohren rauskommt.

»So, da sind wir; 31 Stamford Road. Von der Grundfläche ist das sehr ähnlich zu dem vorherigen Objekt, es hat allerdings keinen Dachboden, dafür aber einen kleinen Keller«, erklärt Mr Linscott und schließt die Haustür auf.

»Och, ein Keller ist auch gut, schau mal, der hat sogar ein Fenster und du könntest noch ein Zimmer unten reinmachen«, sagt Nick begeistert und lehnt sich über das Geländer der Treppe, um nach unten zu schaue. Das Kellergeschoss sieht aus, wie Lucas´ alte Wohnung. Ich sehe hinüber zum Nachbarhaus, wo gerade ein Mann aus dem Haus getreten ist und mich und Nick skeptisch mustert.

»Hallo«, sagt Nick gut gelaunt und winkt ziemlich übertrieben, was den Mann anzuwidern scheint. Er hebt die Augenbrauen, mustert Nicks extravagantes Outfit, das heute aus einer dunklen Hose und einer gelben Jacke mit Regenbogen in Glitzeroptik besteht und sagt halblaut: »Sie können gleich wieder gehen, sowas brauchen wir hier nicht.« Dann verschwindet er im Haus.

»Oh, homophobe Nachbarn, eigentlich müssen wir uns das Haus gar nicht ansehen, wenn ich ehrlich sein soll«, sage ich zu Mr Linscott.

»Ach komm Henry, jetzt ist Mr Linscott extra hergefahren«, schleimt Nick und folgt dem Objekt seiner Begierde ins Haus.

Ich gebe mich geschlagen und wir sehen uns das Haus an. Es ist tatsächlich ganz schön, hat ebenfalls einen Garten, der sogar weitaus gepflegter ist, als der andere. Würde ich es lediglich an der Optik bewerten, dann gefiele mir dieses Haus besser, allerdings ziehe ich ja um, weil ich mich freier bewegen will. Das geht mit einem Nachbarn dieser Art nicht. Deswegen scheidet dieses Haus aus. Es wird also das erste Haus werden.

»Lassen Sie sich ruhig Zeit, ich kann das Objekt eine Woche für Sie zurückhalten«, sagt der Makler, nachdem ich ihm meine Entscheidung mitgeteilt habe. »Prima, dann verbleiben wir so.« Nick, der hinter dem Makler steht, zieht eine Schnute, vermutlich weil es schon vorbei ist.

Vielleicht gebe ich ihm einfach die Kontaktdaten, dann kann er ihm schreiben. Ich habe jedoch vergessen, mit welcher Zielstrebigkeit Nick durchs Leben geht und bevor ich den Gedanken zu Ende gedacht habe, sagt mein Kumpel: »Mr Linscott, dürfte ich Ihre Nummer haben? Vielleicht suche ich ja auch eine neue Wohnung und da ist es doch gut, wenn man schon einen Makler kennt, dem man vertraut, meinen Sie nicht auch?«

Oh man Nick.

25. KAPITEL

Lucas ist das ganze Wochenende mit Proben beschäftigt, sodass wir uns nicht sehen. Ich bekomme aber jeden Morgen eine Nachricht von ihm, was mich sehr freut. Den Sonntag verbringe ich im Hotel und informiere mich im Internet über die Organisation von Mr Lancon. Er wartet noch immer auf eine Antwort von mir. Ohne genügend Recherche kann ich jedoch nicht zusagen. Wenn ich schon mein Gesicht hergebe, muss ich auch wissen, welchen Standpunkt ich damit vertrete.

Erst am Montagmorgen bin ich wieder in der City unterwegs und habe einen Termin bei meiner Bank. Dieser läuft zum Glück wirklich gut und man bewilligt mir den Kredit. Ob das daran liegt, dass meine Unterlagen aussagekräftig genug sind, oder man darauf spekuliert, dass ich aufgrund meines Namens und Status schon nicht pleite gehen werde, weiß ich nicht. Banker sind undurchsichtige Gestalten und ich kann nur hoffen, dass er es ernst meint und mich nicht ins offene Messer laufen lässt.

Lucas sehe ich erst am Dienstag beim Fitting für die Premierenanzüge wieder. Man bringt uns in die City, wo ein Designerladen den ganzen Nachmittag extra für uns geschlossen hat, um sich genügend Zeit für die Anprobe nehmen zu können.

Bereits im Auto ist eine Kamera dabei, die Lucas erst mal etwas erschreckt, doch er gewöhnt sich schnell daran, gefilmt zu werden. Zumal der Kameramann sich sehr unauffällig verhält. Man vergisst beinahe, dass er da ist.

»Mr Seales, Mr Thomas, Willkommen bei Andersons´, darf ich Ihnen die Jacken abnehmen? Wollen Sie ein Glas Champagner?« Kaum haben wir den Laden betreten, wuseln drei adrette Damen herbei. Zwei nehmen uns die Mäntel ab und die Dritte reicht uns jeweils ein schmales Glas Champagner, in dem sogar eine winzige Erdbeere schwimmt. Aus reiner Höflichkeit nippe ich einmal an dem Glas, stelle es dann aber auf einem Beistelltischchen ab und warte darauf, dass jedem von uns eine Beraterin zugeteilt wird.

Alle Modelle, die sie für mich bereits im Vorfeld ausgesucht haben, sind in dunklen Farben gehalten, haben einen schmalen Schnitt und wie es aussieht, verleihen sie unendlich lange Beine. Die Dame, die mir zur Seite steht, erklärt mir ausführlich, aus welchen Wollsorten die Stoffe gewebt sind, woher sie kommen und aus welcher Kollektion man die Anzüge ausgewählt hat.

Lucas ist in der Zeit damit beschäftigt, den Erklärungen seiner Beraterin überhaupt folgen zu können. Wie er selbst bereits festgestellt hat, macht er sich wenig aus eleganter Mode, weshalb ihm Begriffe, wie »Peak-Lapel« oder »single breasted« vollkommen fremd sind.

Das Fragezeichen über seinem Kopf wird immer größer.

Der erste Anzug, den ich anziehe, sitzt wie angegossen und ist sehr schick.

Das dunkle Grau sieht elegant aus.

Prüfend drehe ich mich vor dem Spiegel und betrachte mich von allen Seiten.

Die Beraterin zupft am Saum des Jacketts, damit es keine Falten wirft und sagt: »Es ist genau lang genug, um nicht zu knicken, wenn Sie sich setzen, so vermeidet man Falten, wenn Sie aus dem Auto steigen.« Testweise setze ich mich auf einen kleinen Hocker, um ihre Aussage zu überprüfen.

»Sagen Sie, wie viele Anzüge werde ich denn eigentlich brauchen? Wurden Sie darüber informiert?«

»Uns wurde eine Mail geschickt, dass Sie insgesamt sechs Anzüge aussuchen sollen.«

Sechs. Sechs Premieren. Das ist einiges. Und ich habe keine Ahnung, in welchen Ländern diese stattfinden werden.

»Vier Premieren werden es sein und die beiden anderen Anzügen sind wohl als Reserve gedacht«, erklärt die Dame weiter und mein Stresspegel sinkt wieder ein bisschen. Vier klingt schon weniger dramatisch.

»Henry, was sagst du zu dem Anzug? Ich bin unsicher.« Lucas ist hinter mir aufgetaucht. Der Anzug, den er trägt, ist dunkelblau und sportlich. Das passt sehr gut zu ihm, wie ich finde.

»Was ist denn mit dem nicht okay? Er steht dir gut.« Ich weiß natürlich, dass er sich selbst im Anzug überhaupt nicht kennt, und sich mit Sicherheit verkleidet vorkommt, aber er wird sich daran gewöhnen müssen. Schicke Klamotten sind bei Premieren so etwas wie unsere Arbeitskleidung und gehören einfach dazu. Der Stoff ist ganz glatt als ich mit dem Finger darüber streiche.

Lucas sieht mich hilflos an.

»Mir gefällt dieses Glitzer an den Ärmeln nicht.«

»Oh, das kann man abtrennen, das sollte überhaupt kein Problem darstellen,

Mr Thomas«, sagt seine Beraterin schnell.

»Wo ist denn hier Glitzer?«, frage ich und suche den Anzug mit den Augen ab.

»Hier«, sagt Lucas und deutet auf ein schmales Band, das in den Saum des Ärmels eingelassen ist. Man sieht es nur, wenn er den Arm hebt, und ich kann nicht anders, als zu lachen.

»Och Lucas, ist das dein Ernst? Der Anzug sieht hervorragend aus und dieses kleine Stückchen nimmt man kaum wahr.«

Verlegen senkt er den Blick und streicht mit dem Daumen über den Saum.

»Wenn man es abtrennen könnte, würde mir der Anzug schon gefallen«, gibt er dann zu und ich wende mich an die Verkäuferin: »Sie würden den Saum ändern können?«

»Natürlich, das ist kein Problem, das wird kaum ein Aufwand sein«, versichert die Dame und lächelt Lucas an. Das scheint ihn überzeugt zu haben und er stimmt dem Anzug zu.

Als ich mich wieder der Kleiderstange zuwende, um das nächste Modell auszusuchen, sehe ich durch den Spiegel, wie eine weitere Kollegin diskret einige Modelle auf Lucas´ Seite austauscht. Vermutlich war dort überall Glitzer dabei.

Die ganze Anprobe dauert mindestens drei Stunden, denn nachdem ich mich endlich für die sechs Modelle entschieden habe, ist noch lange kein Ende in Sicht. Um sicherzugehen, dass wirklich alles passt, werden die Beinlängen nochmal abgesteckt und ich muss noch einige Hemden und Schuhe in Kombination anprobieren.

»Muss ich für jedes Outfit ein anderes Paar Schuhe haben?«, höre ich Lucas fragen und muss verstohlen grinsen. Es ist irgendwie total süß, dass ihm noch nicht wirklich klar zu sein scheint, wie viel Aufwand hinter einer solchen Premiere steckt.

»Aber Mr Thomas, man soll doch bei jeder Premiere von Ihrem Outfit überrascht sein«, versucht die Beraterin ihm das zu erklären, woraufhin Lucas nur ein: »Achso, meinen Sie?«, entgegnet.

»In jedem Falle. Die Presse möchte doch auch etwas zu fotografieren haben.« Seine Beraterin lächelt freundlich und Lucas nickt verstehend.

»Puh, das war ja ein ganz schöner Marathon«, seufzt er, als wir den Laden verlassen haben und wieder im Auto sitzen. Die Kameramänner, die uns begleitet haben, sind nicht mehr dabei und wir können uns somit in Ruhe unterhalten.

»Nun, dann sei froh, dass wir nur vier Premieren haben. Wenn dein Neuseeland-Film rauskommt, wirst du mit Sicherheit zehn machen müssen. Danach kommt dir das hier wie ein Kinderspiel vor«, sage ich und Lucas macht große Augen. Ihm ist die ganze Tragweite noch lange nicht bewusst, aber ich bin sicher, dass er mit der Zeit reinwachsen wird.

Da es schon auf den Valentinstag zugeht, passieren wir einige Geschäfte die mit Geschenken werben, mit denen man seinen Liebsten an dem Tag eine Freude machen kann. Ich sehe durch die Scheibe nach draußen und bemerke Lucas´ Blick im Nacken.

»Wie wollen wir denn den 14. Februar gestalten?«, fragt er unsicher und sieht mich an. Ich ahne, dass er nicht genau weiß, was wir mit dem Tag anfangen sollen. Erstens haben wir gerade erst wieder zusammengefunden und ich wäre nicht sicher, ob ein Valentinsgeschenk dann nicht zu viel Druck machen würde, außerdem haben wir beide viel zu tun. Wir überlegen eine Weile hin und her und entscheiden uns schließlich, den Tag einfach ausfallen zu lassen.

Lucas hat damit kein Problem, denn seine Proben sind in vollem Gange und er ist abends immer vollkommen k.o.

So verbringe ich den Valentinstag im Theater und sehe ihm bei den Proben zu – es ist eine andere Art des Zusammenseins, lockerer und nicht so verspannt, ohne viele Erwartungen. Doch ich brauche auch keinen Kitsch an diesem Tag und freue mich einfach nur, dass wir zusammen sein können.

In den Sesseln des Zuschauerraumes sitzt es sich gut und ich denke an dem Nachmittag viel nach.

Mr Lancon habe ich noch immer nicht Bescheid gegeben und mich auch noch nicht bei Mr Linscott bezüglich des Hauskaufs gemeldet. Allerdings ist die Besichtigung ja nicht lange her und ich muss mich erst mit dem Gedanken anfreunden, Hausbesitzer zu werden. Vielleicht sollte ich einfach kurzen Prozess machen und es hinter mich bringen. Nicht immer alles zerdenken. Ich ziehe das Handy aus der Tasche und gehe hinaus vor die Tür, weil dort der Empfang besser ist und bevor Lucas´ Probe zu Ende ist, habe ich den Hauskauf zumindest per Telefon bestätigt.

Es fühlt sich gut an, mal etwas nicht ewig im Kopf hin und her gewälzt zu haben.

Weil die Reporter noch immer nicht wissen, wo ich mich aufhalte, und ich deswegen im Hotel noch recht sicher bin, wagen Lucas und ich es, bei mir den Abend zu verbringen. Ich will nicht, dass alles kitschig wird, aber ein schönes Abendessen werden wir uns trotzdem gönnen. So ganz tatenlos will ich den Valentinstag nun doch nicht verstreichen lassen.

Dazu müssen wir allerdings erstmal ungesehen im Hotel ankommen, was schon beim Verlassen des Theaters schwierig wird, denn an der Hintertür stehen einige Fans. Diese warten zwar nicht auf Lucas, sondern auf Andrew Scott, der momentan jeden Abend hier auf der Bühne steht, doch natürlich lassen sie sich die Chance nicht entgehen und sprechen uns ebenfalls an.

»Hey, wisst ihr, ob Andrew schon da ist?«, erkundigt sich eine und lächelt uns freundlich an.

»Nein, ich habe ihn noch nicht gesehen«, antwortet Lucas und sieht auf die Uhr. »Aber normalerweise müsste er jetzt gleich da sein. Das Stück geht ja in zwei Stunden los.« Die Fans bedanken sich höflich und das ist genau das, was ich an den Theaterfans gerne mag. Ihre zurückhaltende Art. Sie halten Abstand zu einem und fotografieren auch erst, wenn man es gestattet.

Ohne Filmfans zu verprellen, aber hier ist deutlich mehr Respekt vorhanden.

Mir gefällt das sehr gut und ich genieße es, mich einfach unbefangen mit den Fans unterhalten zu können.

»Spielst du auch hier, Henry?«, fragt mich eine junge Frau freundlich und ich schüttle den Kopf: »Oh nein, ich habe nur Lucas begleitet.«

»Wieso hast du ihn begleitet?«, fragt sofort eine andere interessiert und ich antworte lächelnd: »Er ist ein guter Freund von mir. Du begleitest doch deine Freundin sicherlich auch ab und zu irgendwo hin, oder?« Diese Antwort scheint sie in Verlegenheit gebracht zu haben und sie wird ein wenig rot.

»Naja, ich dachte nur, weil über euch ja doch so einige Gerüchte in Umlauf sind. Da hätte es ja auch sein können, dass ihr als Paar hier seid.« Diesen Satz scheint Lucas gehört zu haben, denn er taucht plötzlich neben mir auf, legt mir den Arm um die Schulter und gibt mir einen Kuss auf die Wange.

»Natürlich sind wir als Paar hier. Wir wohnen auch schon zusammen und werden im Sommer heiraten, nicht wahr, Liebling?« Er wuschelt mir durch die Haare und die Fans lachen verlegen, als ich mich amüsiert wegducke. Angriff ist manchmal die beste Verteidigung und ich bin mir sicher, dass jetzt noch mehr

Verwirrung herrscht. »So, wir müssen jetzt aber los. Immerhin ist heute Valentinstag und Henry und ich wollen noch ein bisschen gemeinsame Zeit haben«, sagt Lucas entspannt, schultert seinen Rucksack und spaziert an den Fans vorbei.

»Ihr habt's gehört«, sage ich entschuldigend zu ihnen und lächle sie nochmals an, bevor ich ihm folge. »Wir müssen los.«

»'Im Sommer heiraten' Oh Lucas, das war gemein«, sage ich, als wir um die Ecke gebogen und außer Hörweite sind.

»Wieso?« Er kichert und hüpft beschwingt vor mir her. »Sie lesen die Gerüchte und jetzt streuen sie neues Material dazu. Lange dauert es nicht mehr, bis die Bombe platzt, da kann man doch alles ein wenig steigern. Meinst du nicht?«

Wo er Recht hat, hat er Recht, aber leichtsinnig sollten wir deswegen trotzdem nicht werden. Aus diesem Grund bitte ich ihn zwei Parallelstraßen vom Hotel entfernt darum, mir Vorsprung zu geben und dann möglichst unauffällig das Hotel zu betreten.

»Wenn jemand den Eingang beobachtet, dann wird ihm das nicht entgehen, auch wenn ein bisschen Zeitabstand zwischen uns ist«, wirft er ein.

»Es weiß aber noch niemand, dass ich im Hotel wohne, deswegen wird auch keiner den Eingang gezielt beobachten. Aber sicherheitshalber ...« Lucas seufzt, nickt dann aber und zieht sich die Kapuze seines Pullovers über den Kopf.

»Ich gehe noch eine Runde um den Block und komme dann nach. Bis gleich.«

Wie gerne würde ich ihm über die Wange streichen, doch wir sind noch immer auf offener Straße, das ist mir zu viel Risiko.

Wobei, auf der anderen Seite, weiß doch jetzt sowieso niemand mehr so wirklich, was zwischen uns ist.

»Pass auf dich auf, ja?«, sage ich leise und berühre seine Schulter mit der

Hand. Er nickt, dann dreht er sich um und geht die Straße hinunter in die entgegengesetzte Richtung. Das Licht der Hauptstraße blendet mich und ich sehe seiner Silhouette einen Moment nach. Zügig gehe ich zum Hotel und nutze den Trubel am Eingang, als ein neuer Gast ankommt, um im Schutz der Kofferträger in die Eingangshalle zu gelangen.

In meinem Zimmer wähle ich die Nummer des Zimmerservice.

»Room Service, was kann ich für Sie tun?«

»Hallo, Henry Seales hier. Haben Sie heute so etwas, wie ein Valentinstagsmenü für zwei?«

»Ja, das haben wir, es besteht aus ...«, fängt die Dame an, doch ich unterbreche sie rasch: »Würden Sie mir eines aufs Zimmer bringen? So in etwa zwanzig Minuten? Und sagen Sie mir nicht, was es ist, ich will mich überraschen lassen.«

»Selbstverständlich, Mr Seales.«

Lucas wird sicherlich gleich da sein und bestimmt hat er mit einem Abendessen nicht gerechnet. Schließlich hatten wir ausgemacht, den Valentinstag nicht groß zu feiern. Trotzdem will ich ihn überraschen und mustere mich im Spiegel. Vielleicht ist das Shirt, das ich heute gewählt habe, etwas zu schlicht, überlege ich und zupfe am Saum herum. Testweise halte ich mir ein hellblaues Seidenhemd vor die Brust. Es hat kaum Muster, das würde Lucas gefallen, immerhin meinte er mal, dass meine gemusterten Hemden komisch aussähen.

Heute Abend soll er sehen, dass ich ihm gefallen will und dass er mir wichtig ist. Ich will ihm zeigen, dass ich ihn liebe, auch wenn mir körperliche Nähe noch immer schwerfällt.

Als das Essen kommt, bin ich frisch rasiert, habe mir die Haare gemacht und mich umgezogen. Der Zimmerservice bringt das Essen auf einem kleinen Rollwagen und ich staune über das schön dekorierte Tablett.

»Wo wollen Sie gerne essen, Mr Seales?«, fragt der junge Mann und ich deute zu dem kleinen Tischchen. Vorsichtig drapiert der Kellner die abgedeckten Teller und stellt zwei Kerzen auf. Die Flammen spiegeln sich in den silbernen Wärmehauben und es sieht wunderschön aus. »Soll ich den Wein schon mal einschenken?«, fragt er, doch ich schüttle den Kopf.

»Nein, danke, das mache ich dann gleich selbst.« Also landet der Wein in einem Kühlgefäß und ein ordentliches Trinkgeld in der Hand des Kellners.

»Guten Appetit. Wenn Sie fertig sind, klingeln Sie einfach und wir holen die Teller wieder ab«, sagt er noch, bevor er aus dem Zimmer verschwindet.

Gut, das Essen ist da und ich bin bereit.

Nur Lucas fehlt.

Eigentlich sollte er längst da sein.

Ob er aufgehalten wurde?

Ein Reporter könnte ihm begegnet sein und vielleicht ist Lucas noch dabei, ihn abzuschütteln.

Oder er hat jemanden getroffen, den er kennt.

Oder ihm ist etwas passiert.

Mittlerweile ist es dunkel draußen und abseits vom hell erleuchteten Picadilly Circus, der sich in der Nähe befindet, gibt es durchaus Gassen, die weniger schön und friedlich sind. Unruhig gehe ich im Zimmer auf und ab und sehe ständig aufs Handy, doch die Minuten vergehen und ich bekomme auch keine Nachricht oder einen Anruf von ihm. Eine leichte Panik steigt in mir auf. Immerhin könnte er jemandem begegnet sein, der ihn erkannt hat und homophob ist, oder so. Urplötzlich taucht das Bild eines blutenden Lucas, den man zusammengeschlagen hat, vor meinem geistigen Auge auf und ganz automatisch greife ich nach meinem Mantel.

Ich muss ihn suchen!

26. KAPITEL

Eilig verschließe ich die Knöpfe und ziehe die Tür des Zimmers auf. Hoffentlich finde ich ihn. Mehrfach drücke ich auf den Knopf des Aufzuges und die Türen öffnen sich überraschend schnell.

»Henry, willst du nochmal weg?« Lucas steht im Aufzug und mir fällt ein Stein vom Herzen.

»Wo kommst du denn her?«, frage ich vollkommen perplex und starre ihn an. Meine Augen suchen seine Klamotten ab, versuchen Schmutzflecken oder einen anderen Hinweis darauf zu finden, wieso er sich verspätet haben könnte.

»Wieso kommst du erst jetzt? Ich hab mir Sorgen gemacht ... du hast gesagt, du kommst in zehn Minuten.« Ich klinge, wie ein Controlfreak. Aber ich habe wirklich mit dem Schlimmsten gerechnet.

»Tut mir leid, ich wollte nicht, dass du dir Sorgen machst, aber ich musste noch was besorgen«, erklärt er und zieht eine einzelne Rose hinter dem Rücken hervor. Noch immer vollkommen überfordert von der Tatsache, dass ihm gar nichts passiert ist und ich mich umsonst verrückt gemacht habe, realisiere ich

272

die Blume erst gar nicht. »Freust du dich nicht? Ich weiß, wir wollten den Valentinstag eher klein halten, aber als ich unterwegs war, hab ich mir gedacht, dass ich dir wenigstens eine Blume kaufen könnte«, erklärt Lucas und sieht mich mit einem Hundeblick an, der alle Sorgen in mir verpuffen lässt.

»Du bist wirklich süß. Und ich hab schon gedacht, dir sei etwas passiert«, seufze ich und umarme meinen Freund.

»Tut mir leid, ich wollte nicht, dass du dir Sorgen machst, Henry«, nuschelt Lucas in meinen Mantel und drückt mich ebenfalls an sich. So stehen wir in dem verlassenen Hotelflur, bis er sich vorsichtig von mir löst und schnuppert. »Wonach riecht es denn hier?« Jetzt ist es an mir, zuzugeben, dass auch ich mich nicht an unsere Abmachung gehalten habe.

»Ich habe uns etwas zu essen bestellt, weil ich den Tag auch nicht einfach so vorbeigehen lassen wollte.«

»Du bist so süß«, lacht Lucas, stellt sich auf die Zehenspitzen und haucht mir einen zarten Kuss auf die Lippen. Ob es heute am Valentinstag liegt, dass ich so viel Nähe zulassen kann? Mir ist warm ums Herz und ich freue mich, dass Lucas da ist. Dass ich mir Sorgen gemacht hatte, habe ich schon fast wieder vergessen.

»Komm, sonst wird das Essen noch kalt.«

»Oh, sogar mit Kerzen. Wenn ich das gewusst hätte, dann hätte ich mich beeilt oder mir keine Rose ausgesucht. Es war nämlich gar nicht mehr so leicht, um diese Uhrzeit noch eine zu finden«, sagt Lucas und setzt sich mir gegenüber an den Tisch.

»Du hättest mir auch eine Plastikblume kaufen können«, meine ich und hebe neugierig die silberne Haube vom Teller.

»Oh nein, das kommt gar nicht in Frage, wir haben schon genug Müll in der

Welt, da kaufe ich keine Plastikblume«, antwortet Lucas beharrlich und greift zu Messer und Gabel.

Das Essen ist wunderbar und wir lassen uns Zeit, jeden Gang zu genießen.

Nachdem wir fertig sind, stelle ich die Teller zusammen, damit der Zimmerservice alles wieder abholen kann.

»Das war total süß von dir, dass du doch etwas geplant hast«, sagt Lucas und legt den Arm um mich.

»Das war spontan und nicht geplant, aber mir hat es auch gefallen. Und ich bin froh, dass du wirklich nur eine Blume gekauft hast und dir nichts passiert ist.« Vorsichtig streiche ich ihm über den Kopf und sehe ihn an.

»Weißt du, dass ich wirklich froh bin, den Valentinstag mit dir zu verbringen? Das hab ich mir so gewünscht und ich es ist gut, dass wir vorher noch die Kurve gekriegt haben.« Unmerklich ist Lucas näher an mich heran gerutscht und legt die andere Hand in meinen Nacken, sodass ich nicht mehr wegsehen kann. Das hatte ich jedoch überhaupt nicht vor. »Weißt du, woran ich denken musste, als wir die Anzüge gemeinsam anprobiert haben?« Seine Finger kraulen mir über die Haut, sodass sich mir alle Härchen im Nacken aufstellen.

»Nein, woran denn?«

Lucas grinst, fast so, als sei ihm der Gedanke selbst ein wenig peinlich, dann sagt er: »Ich kam mir vor, als würden wir Hochzeitsanzüge aussuchen.«

Das ist jetzt nicht sein Ernst.

Mir rutscht das Herz in die Hose. Er wird doch wohl jetzt nicht schon an so etwas, wie eine Hochzeit denken, oder?

Ich meine, es ist nicht so, als würde ich mir nicht vorstellen können, ihn eines Tages zu heiraten, aber nach allem, was in den letzten Wochen und Monaten so passiert ist, ist eine Hochzeit das Letzte, woran ich denke. Ich kann nur hoffen, dass er mir jetzt nicht überstürzt einen Antrag macht, oder sowas.

Lucas hat meinen Blick richtig gedeutet und sagt schnell: »Keine Angst, ich mache dir jetzt hier keinen Antrag. Aber was soll ich sagen? Das war eben die Wahrheit und der Gedanke hat mir gefallen.«

»Nun, ein Zuhause könnte ich dir schon bieten«, antworte ich und grinse. Lucas reißt die Augen auf. »Du hast etwas gefunden? Oh, ich hatte ja vollkommen vergessen, dich nach der Besichtigung zu fragen. Wie war es denn?«

»Schön. Das Haus ist gut geschnitten und es gibt sogar einen kleinen Garten auf der Rückseite und einen Dachboden, den man ausbauen kann. Nick meinte, das wäre von der Deckenhöhe her genau für dich gemacht. Ich konnte nämlich nicht stehen.«

»Ach, Nick war dabei?«

»Das war er«, seufze ich und ergänze, »und er hat ein Auge auf den Makler geworfen. Du hättest die beiden sehen sollen, es war unglaublich, wie die geflirtet haben. Naja, vielleicht kommen sie ja zusammen, dann lernst du den Makler auch mal kennen.« Mein Freund nickt und sieht hinunter auf die dunkle Straße, dann drückt er mir einen Kuss auf die Lippen und flüstert: »Ich würde auch gerne mal wieder mit dir flirten.«

»So? Würdest du das?«, gebe ich zurück und ziehe ihn etwas näher an mich heran. Meine Antennen reagieren höchst empfindlich auf Lucas´ Anwesenheit. Es ist keine Anziehung auf die sexuelle Art und Weise, denn bis da wieder alles im Lot sein wird, wird es sicherlich dauern. Aber im Augenblick will ich ihm so nahe sein, wie schon lange nicht mehr. »Küss mich, Lucas«, flüstere ich ihm zu und lächelnd kommt er meiner Aufforderung nach.

»Ich dachte schon, du würdest mich heute gar nicht fragen.« Seine Lippen treffen verlangend auf meine und ich erwidere den Kuss vorsichtig. Lucas ist wesentlich leidenschaftlicher, als ich, doch ich öffne die Lippen, als er vorsichtig mit seiner Zunge dagegen stupst. Es ist lange her, dass wir uns so geküsst haben und es ist gut, dass es sich nicht anders anfühlt, wie früher. Noch immer ist zwischen uns eine Art vertrauter Nähe und ich fühle mich in Lucas´ Anwesenheit immer mehr, wie der Alte. Er drängt mich nach hinten und ich stoße gegen die Wand.

»Lucas ...«, keuche ich und schiebe ihn mit aller Kraft von mir weg.

»Was ist? Bin ich dir zu nahe gekommen?«, fragt er verwirrt und hebt abwehrend die Arme, während er einen Schritt zurückmacht.

»Ja ... aber nur kurz ... lass uns einfach von der Wand weggehen, okay?«

»Natürlich.« Er nickt hastig, ist noch immer etwas außer Atem vom Küssen.

»Sag mir einfach, was du willst.«

»Dich ... ich will dich ...«

»Gut, dann wir uns ja schon einig«, lächelt er, legt eine Hand an meine Wange und küsst mich nochmal, doch jetzt sanfter. »Ich hab keine Ahnung, wie weit ich gehen kann ...« Wir liegen auf dem Bett und er öffnet mir langsam einen Knopf nach dem anderen. Dabei berührt er immer wieder meine blanke Haut und ich zucke unter der Berührung zusammen. Ich will ihn unbedingt wieder spüren und ihm nah sein, seine warme Haut an meiner haben und fühlen, wie sein Atem mich trifft.

Gott, ich hab ihn vermisst.

Gleichzeitig habe ich unglaubliche Angst, es könnte wieder eine Panikattacke kommen und den ganzen schönen Abend kaputt machen. Es kommt mir fast so vor, als hätte ich eine Tür in meinem Geist nicht ganz geschlossen und das rote Augenpaar der Panik blitzt immer wieder durch den Türspalt zu mir herüber.

Mich voll auf Lucas zu konzentrieren scheint unmöglich zu sein.

»Baby, wo sind deine Gedanken?« Lucas unterbricht seine Tätigkeit, bleibt auf meinem Schoß sitzen und sieht mich fragend an. »Du denkst an Silvester, oder?«

Schnell schüttle ich den Kopf. »Nein, ich habe Angst, eine Panikattacke zu bekommen, weil ich nicht weiß, wie weit ich gehen kann«, gebe ich zu und beiße mir mit hängendem Kopf auf die Lippe. »Tut mir leid Lucas, ich würde mich so gerne darauf einlassen.«

Zu meiner Erleichterung lächelt mein Freund mild und steht auf.

»Ich habe eine Idee. Vielleicht klappt es ja, dass du dich damit ganz vorsichtig rantasten kannst.« Lucas durchsucht die Taschen seiner Jacke und zieht ein kleines Tütchen hervor. »Das habe ich letztes Mal besorgt, weil ich dachte, dass uns das vielleicht ein wenig weiterhelfen könnte.« Das Tütchen fliegt durch den Raum und ich fange es geistesgegenwärtig auf. »Ich war im Sexshop«, grinst Lucas.

Liebeswürfel. In Pink?

»Naja, ich dachte, wenn dann schon richtig kitschig, oder?« Er setzt sich wieder zu mir und ich drehe die Würfel in den Fingern. Auf Zweien stehen Dinge wie: Küssen, Kitzeln, Saugen, Lecken, Massieren, Liebkosen, Pusten, Streicheln, Necken, Knabbern, Berühren, Zunge.

Auf den anderen beiden gibt es die entsprechenden Körperteile.

Das könnte wirklich eine gute Idee sein, denn so können wir uns spielerisch einander annähern und ich bin vorgewarnt. Dann kann ich genießen.

Dass er sich solche Gedanken gemacht hat, rührt mich.

»Das ist wundervoll, Lucas.«

»Also willst du es versuchen?«, fragt er und nimmt mir die Würfel ab. »Wir können ja mit der sanften Variante der Würfel anfangen«, schlägt er vor und nimmt die Anweisungswürfel in die Hand. Seine Augen huschen über die Beschreibungen und er schürzt die Lippen: »Hm, ich kann mich nicht entscheiden. Wollen wir nicht doch lieber alle Würfel nehmen?« Er springt auf und holt ein kleines Tablett, auf dem zwei Tassen bereitstehen. Das legt er zwischen uns auf die Bettdecke und ich fange an. Mit einem klappernden Geräusch kullern die vier Würfel auf dem Tablett herum und bleiben schließlich bei »saugen, necken, Oberschenkel, Handgelenke« liegen.

»Oh, ich habe ja noch meine Hose an«, stellt Lucas zwinkernd fest, zieht vielsagend die Augenbrauen hoch und schürzt die Lippen. »Wie dumm von mir.« Absichtlich zieht er sie langsam aus und schließlich sitzt er nur noch in Unterwäsche vor mir. »So, ich bin bereit«, sagt er grinsend und setzt sich in den Schneidersitz direkt vor mich. »Womit willst du anfangen?«

Gute Frage, Lucas. Ich bin selbst gerade etwas überfordert.

Ich schiele nochmal auf die Würfel.

»Darf ich sie so ordnen, wie ich es mag?«, frage ich und schiebe die pinken Würfel hin und her.

»Klar«, antwortet Lucas und verfolgt mein Tun.

Saugen – Handgelenke

Necken – Oberschenkel

Ja, das könnte mir so gefallen.

»Gib mir deine Hand«, bitte ich Lucas und er streckt mir den Arm entgegen. Vorsichtig nehme ich seine Finger, drehe die Hand und drücke meine Lippen sachte auf die dünne Haut. Sofort schließt Lucas die Augen und zuckt zusammen, als ich spielerisch ansauge und wieder loslasse. Wenn sich seine Finger krümmen, berührt er meinen Hals und das verursacht auch bei mir einen angenehmen Schauer.

»Hm, das ist schön«, seufzt er.

Die Würfel sind super und wir nähern uns langsam an. Genau, wie er sich das gedacht hat. Er lässt mir Zeit, vertraut mir vollkommen, denn er liegt ruhig da, atmet gleichmäßig und seine Muskulatur spannt sich unter meinen Händen an.

Seine Knie sind zusammengedrückt und ich lasse die Finger spielerisch über Lucas´ Oberschenkelaußenseite tanzen und sehe erfreut, dass sich eine Gänsehaut bildet.

»Gefällt dir das?«, frage ich vorsichtig und er nickt, dann öffnet er die Beine, damit ich an die Innenseite herankomme. Mein Blick huscht über die Beule, die sich deutlich unter dem dunklen Stoff abzeichnet. Er reagiert total auf mich und das ist wunderschön. Doch ich traue mich einfach nicht, ihn an dieser Stelle zu berühren.

Wenn ich ehrlich bin, traue ich mich nicht einmal, wirklich hinzusehen – zumindest nicht für lange.

Meine Hände finden ihren Weg über die weiche Haut und als ich mich vorbeuge, kann ich Lucas riechen. Es ist dieser unvergleichliche Geruch und ich bin gottfroh, dass er mich nicht einmal ansatzweise an Silvester erinnert. Das wäre sonst ein großes Problem.

»Henry, was machst du da?«, fragt Lucas und hebt den Kopf. Ertappt starre ich ihn an.

»Ich … ich habe getestet, ob ich dich noch riechen kann«, gestehe ich und muss mich sehr davon abhalten kein »klingt komisch, ich weiß«, hinterher zu schieben. Lucas ist ein Engel, das wusste ich schon immer, aber sein nächster Satz beweist wieder einmal, dass ich Recht habe.

»Und, kannst du mich noch riechen?«

»Hm, ich hoffe ...«, raune ich ihm zu und halte inne.

»Komm, trau dich, ich werde dich gewiss nicht auslachen«, fordert Lucas mich auf, streckt die Hand aus und streicht mir über den Kopf.

»Okay, ich versuche es.« Nervös beiße ich mir auf die Lippe und rutsche zwischen seine Beine auf den Bauch. Es braucht wirklich Mut, lange hinzusehen, und ich muss mir deutlich sagen, dass diese Erektion, die jetzt unter dem dunklen Stoff der Unterwäsche verborgen ist, mir nichts Böses will. Sie wird mir nicht wehtun und sie wird sich nicht unerlaubt Zugang verschaffen. Mit diesem Gedanken im Kopf fasse ich mir ein Herz und neige den Kopf. Meine Nase streift die Eichel und ich atme zitternd tief ein.

Sofort erkenne ich den Geruch wieder. Das ist Lucas, das ist sein Körper, den ich liebe und kenne und dem ich vertraut habe – und dringend wieder vertrauen sollte. Aus diesem Grund nehme ich noch einen weiteren Atemzug und drücke die Nase dieses Mal etwas fester gegen den weichen Stoff. Mein Freund wimmert und hebt das Becken leicht, zwar nur ein wenig, doch ich zucke trotzdem zurück.

»Tut mir leid, Henry ...«, keucht Lucas und streckt mir die Hand entgegen. »Bitte, geh jetzt nicht weg, ich will diese Distanz nicht mehr. Bleib bei mir ... ich werde mich auch nicht mehr bewegen, wirklich.« Er bettelt fast und hebt den Kopf, um mich ansehen zu können. »Und, kannst du mich denn noch riechen?« Seine Stimme klingt unsicher, als hätte er Angst vor der Antwort.

»Ja, ich glaube schon und ich habe auch keine Angst hiervor gehabt.« Vorsichtig lege ich meine flache Hand auf seine Erektion und streiche darüber. »Und ich will auch keine Angst davor haben, denn du hast mir ja nie etwas getan.«

Im nächsten Moment sitzt Lucas aufrecht im Bett. Seine Lippen pressen sich dankbar auf meine und er hält mein Gesicht vorsichtig in den Händen.

»Das bedeutet mir unglaublich viel, weißt du das?« Er löst sich von mir und presst seine Stirn gegen meine. Tränen glitzern in seinen Augen, aber er lächelt. »Ich bin so froh, dass du mir wieder nahe sein kannst. Ich liebe dich, Henry.«

»Ich liebe dich auch, Lucas.« Vorsichtig küsse ich ihn und umschlinge ihn mit den Armen, zum ersten Mal will ich ihn nah bei mir haben und seinen Körper an meinem fühlen.

»Bist du überfordert, oder soll ich mal würfeln?«, fragt Lucas leise und streichelt mir über die Wange.

»Du darfst würfeln«, sage ich mit einem Lächeln und lasse ihn wieder los.

27. KAPITEL

Es wird in der Nacht spät und ich hätte am nächsten Tag gerne länger geschlafen, wenn nicht das Handy vibriert und mich geweckt hätte. Der nervige Ton reißt mich aus dem Tiefschlaf und ich taste nach dem Telefon. Weil es neben dem Bett auf dem Fußboden liegt, lehne ich mich nur über den Rand um aufs Display blicken zu können.

>>Brunch bei mir? Um 11? Nick<<

Zu müde, um viel zu tippen, antworte ich mich einem schlichten >>Ja<< und drehe mich dann wieder um. Lucas´ Arm tastet nach mir und er zieht mich näher an sich heran.

»Komm her, mir wird kalt«, nuschelt er und schmiegt sich an mich.

Wir waren gestern lange wach und haben mit den Würfeln gespielt, wodurch mein Bauch nun einige Knutschflecke aufweist. Ich betrachte die dunkelroten Flecken und streiche fast schon ein wenig stolz über die Male. Sie sind der

Beweis dafür, dass ich es gewagt habe, Berührung zuzulassen.

Und wenn man es genau nimmt, tue ich es noch immer, denn schließlich liegt Lucas dicht neben mir. Er drängt mich zu nichts und ich weiß genau, auch wenn er es nicht ausgesprochen hat, dass er mich niemals zum Sex zwingen würde. Er wird abwarten, bis ich mich wieder sicher dabei fühle. Das zu wissen, nimmt mir einen immensen Druck.

»Von wem war die Nachricht?«, fragt Lucas und gähnt, dann öffnet er ein Auge und sieht mich an.

»Von Nick, er hat zum Brunch eingeladen. Um 11«, antworte ich träge und gähne ebenfalls.

»Bis dahin ist ja noch Zeit«, meint Lucas und macht die Augen wieder zu.

Wir dösen bis 10, dann machen wir uns fertig und verlassen das Hotel durch verschiedene Ausgänge. An einer Straßenecke treffen wir uns wieder und gehen gemeinsam ins West-End.

»Puh, sind diese Treppen anstrengend«, keucht Lucas, der hinter mir geht, und dabei sind wir erst im zweiten Stock. Er fällt immer weiter zurück, sodass ich mit deutlichem Vorsprung oben ankomme. Meine Kondition hat sich entweder verbessert, oder die von Lucas ist deutlich schlechter.

Wie immer steht Nick in der Tür, dieses Mal in einer knallgelben Küchenschürze auf der steht: ´Mir egal, ihr esst das jetzt so´

»Henry, komm rein«, sagt er etwas gehetzt und dreht sich um, sobald ich einen Fuß in die Wohnung gesetzt habe. »Ich muss nach dem Bacon sehen«, fügt er rasch hinzu und huscht in die Küche. Der Geruch von Toast, Speck, Rührei und Kaffee erfüllt die bunte Wohnung und im Wohnzimmer höre ich Geschirr klappern. Wie es aussieht, hat Nick geplant, dort zu essen. Vielleicht hat er noch andere Leute eingeladen und in der kleinen Küche ist zu wenig

Platz. »Wir essen im Wohnzimmer!«, ruft Nick überflüssigerweise und ich gehe in den Raum mit dem bunten Sofa und dem Kronkorkentisch. Auf besagter Couch sitzt Aaron und zu meiner Überraschung auch Mr Linscott.

Was macht der denn hier?

»Hallo Henry«, sagen beide gleichzeitig und grinsen mich an.

»Wow, du siehst ja wieder richtig gut aus«, lobt Aaron und umarmt mich freudig.

»Danke, es geht mir auch viel besser.«

»Nun, schlechter hätte es ja auch kaum noch werden können, oder?«, grummelt Aaron und erstarrt, als Lucas im Wohnzimmer auftaucht. Er atmet noch schwer von den Treppen und lächelt schüchtern. »Was will er denn hier?«, fragt er und Lucas schrumpft unter dem vorwurfsvollen Blick von Aaron regelrecht zusammen. Bevor ich etwas sagen kann, taucht Nick mit der Bratpfanne in der Hand neben Lucas auf und für einen kurzen Moment befürchte ich, er könnte ihm eben diese über den Kopf ziehen. Vermutlich ist ihm dabei auch egal, dass sich Bacon und Rührei darin befinden.

»Was willst du hier?«, fragt er und wiederholt damit Aarons Frage.

»Ich dachte, dass die Einladung auch für mich gilt«, gibt Lucas zu und sieht hilfesuchend zu mir.

»Nick, wir haben uns wieder versöhnt. Es tut ihm leid, das habe ich dir doch gesagt.« Das zieht bei meinen Freunden allerdings nicht, denn sowohl Aaron, als auch Nick heben lediglich das Kinn und sehen Lucas mit steinernen Mienen an.

»Na und? Er hat dich allein gelassen und wir mussten zusehen, dass du nicht vollkommen durchdrehst. Ich weiß nicht, ob ich jetzt mit ihm frühstücken will.« Mit einem lauten Knall setzt Nick die Bratpfanne auf dem Tisch ab.

Vielleicht stellt er sich gerade vor, der Tisch wäre Lucas.

»Ich kann auch wieder gehen«, bietet Lucas leise an und senkt betreten den Kopf. Mr Linscott, der einzige hier, der keine Ahnung hat, worum es eigentlich geht, sieht zwischen uns hin und her und sagt dann: »Also ich weiß ja nicht genau, was passiert ist, aber wenn ihr mich fragt, dann sieht er danach aus, als würde er seine Tat bereuen.« Aaron zuckt die Schultern. »Weißt du, Sam; das mag sein, aber du hast Henry nicht erlebt. Wenn du gesehen hättest, wie es ihm ging, würdest du das nicht sagen.«

»Genau«, bestätigt Nick, zieht sich die Schürze aus und ballt sie zusammen. »Aber gut, meinetwegen soll er bleiben. Aber erwarte nicht, dass wir hier auf heile Welt machen, Lucas.«

Ich sehe meinen Freund an. Er hat den Kopf gesenkt und geht um den Tisch herum, um sich auf die am weitesten entfernte Ecke des Sofas zu setzen. »Wollt ihr was trinken?«, fragt Nick, sieht dabei aber nur mich an.

»Ich hätte gern ein Wasser.«

»Ich auch«, sagt Lucas leise und setzt rasch ein »bitte« dahinter. Nick steht wieder auf und geht nochmal in die Küche.

»Wer will Bacon?« Aaron greift zu einer Zange und verteilt den Speck auf die Teller. Ich nehme die Teller für Lucas und mich entgegen und verteile dann Toast an die anderen. In der Küche klappert es, dann kommt Nick zurück und reicht mir ein Glas Wasser. Lucas´ Glas ist mit Eiswürfeln gefüllt – nur mit Eiswürfeln.

»Sieht aus, als müsstest du ein bisschen warten, bis du trinken kannst«, sagt er knallhart und setzt sich.

»Nick, musste das wirklich sein?«, frage ich und sehe im Augenwinkel, wie Lucas sich auf die Lippe beißt und die Eiswürfel anstarrt. Er sieht aus, als hätte man ihm ins Gesicht geschlagen und scheint den Tränen nahe. Ohne Worte reiche ich ihm mein Glas und er schüttelt den Kopf. Vermutlich glaubt er, die

Eiswürfel verdient zu haben.

»Weißt du, Henry musste auch warten und hat sich mit Sicherheit genauso kalt gefühlt, wie dein Glas mit Eiswürfeln. Vielleicht kannst du dich jetzt besser einfühlen und denkst darüber nach, wie du beim nächsten Mal mit einem Problem umgehst, anstatt einfach wegzulaufen.«

Wow, ich wusste gar nicht, dass Nick so fies sein kann.

»Nick, das ist doch nun wirklich nicht nötig«, sage ich, doch Nick zuckt nur die Schultern. Einen Moment herrscht Schweigen und niemand weiß so genau, was er sagen soll. Ich nehme Lucas´ Hand und drücke sie aufmunternd, doch er erwidert die Geste nicht.

Mr Linscott gelingt es in den nächsten Minuten, eine ganz gute Laune zu verbreiten und Aaron, Nick und er unterhalten sich angeregt miteinander. Ich höre mit halbem Ohr zu, denn meine Aufmerksamkeit gilt Lucas, der geknickt neben mir sitzt und mutlos das Essen auf seinem Teller hin und her schiebt. Er wagt es nicht, sich am Gespräch zu beteiligen und nach etwa einer halben Stunde steht er auf.

»Ich muss los, ich hab noch Probe«, sagt er leise.

»Was? Das hast du gar nicht gesagt«, sage ich verwundert und sehe zu ihm auf. Lucas zuckt die Schultern. »Hab ich vergessen.«

»Viel Spaß bei der Probe«, sagt Sam gut gelaunt. Nick und Aaron brummen nur etwas. Ich springe auf und folge Lucas aus dem Zimmer.

Draußen im Flur zieht er seine Jacke an und ich greife nach seinem Arm.

»Lucas, du hast keine Probe. Du willst nur weg. Komm, wir reden nochmal mit Aaron und Nick, die werden dich verstehen, wenn sie deinen Standpunkt erstmal gehört haben.«

»Das glaube ich nicht. Die haben doch ziemlich böse reagiert. Ich kann hier nicht bleiben. Außerdem habe ich wirklich Probe, die ist aber erst um 12:30 Uhr.« Er nimmt mir die Jacke aus der Hand, um hineinzuschlüpfen.

»Lucas bitte, komm wieder rein, willst du so lange ums Theater laufen, bis du reinkannst? Jetzt bleib doch bitte hier.«

»Nein! Das Eisglas hat eigentlich alles gesagt, was Nick über mich denkt. Tut mir leid Henry, aber ich kann hier nicht sitzen und gemütlich essen.« Lucas gibt mir einen kurzen Kuss auf den Mund, zieht dann die Haustür auf und poltert die Treppe hinunter.

Er tut mir wirklich leid und ich nehme mir vor, nochmal mit Nick zu sprechen. Er hat Lucas jetzt gezeigt, was er von seiner Aktion hält, und das sollte es nun aber auch gewesen sein.

»Ist er jetzt wirklich gegangen?«, fragt Nick ungläubig, als ich nachdenklich zurück ins Wohnzimmer komme.

»Ja, ich glaube, das war ihm jetzt doch zu viel.« Ich lasse mich wieder auf meinen Platz fallen und sehe Nick direkt in die Augen.

Ich hätte schon früher etwas sagen sollen.

»Musste das mit den Eiswürfeln wirklich sein? Das war ziemlich fies.« Er nickt und sein Blick sagt mir, dass er diese Aktion überhaupt nicht bereut. Ich kenne Nick schon so lange und ich hätte ihm nicht zugetraut, dass er so sein könnte.

»Henry, ich weiß, dass du das als viel zu hart empfindest, aber du hast dich selbst nicht gesehen. Aaron und ich schon. Schlimmer hättest du nicht aussehen können und Lucas war mit Schuld an deiner Situation. Auch, wenn er sich entschuldigt hat, kann er nicht erwarten, dass wir ihn hier mit offenen Armen aufnehmen und so tun, als sei nichts gewesen. Ich verspreche, das nächste Mal nett zu ihm zu sein, aber heute musste er einfach zu spüren bekommen, was ich von seiner Handlung halte.« Aaron nickt und pflichtet ihm so bei. Mr Linscott sieht unsicher zwischen uns hin und her und sagt gar nichts.

Das ist auch gut so, denn er kennt sich hier nicht aus. Er sollte sich raushalten.

»Jetzt schau nicht so, Henry. Er hat einen Denkzettel verdient.«

»Lucas hatte richtig Angst, dass ihr sauer auf ihn seid. Das hat er mir an meinem Geburtstag gesagt. Es geht ihm sehr nah, was ihr von ihm denkt. Mit Sicherheit hat es ihn eine ganze Menge Mut gekostet, herzukommen und dann sowas. Ihm ging es in der letzten Zeit auch nicht wirklich gut. Glaubt ihr, das alles hat ihn nicht mitgenommen?«, verteidige ich Lucas und Aaron beugt sich vor. In seinem Blick liegt Ehrlichkeit und er sagt: »Henry, auch wenn Lucas das vielleicht nie wieder tun wird, aber er musste zu spüren bekommen, wie es dir ging. Das bedeutet ja nicht, dass wir ihn deswegen nicht mehr mögen.«

Ja, das mag sein. Trotzdem ist es kindisch und es fällt mir äußerst schwer, jetzt einfach hier zu sitzen und gemütlich zu frühstücken. Immerhin hat Lucas keine Probe. Er hat das lediglich als Ausrede genutzt, um die Wohnung verlassen zu können und jetzt spaziert er alleine durch London und hat diese Aktion im Kopf. Nein, ich kann nicht hierbleiben.

»Sorry, aber ich muss sehen, wohin er gegangen ist. Seid nicht böse, wenn ich abhaue«, sage ich und stehe auf. Für einen kurzen Moment glaube ich, Nick grinsen zu sehen, und Aaron hat amüsiert die Augen verdreht.

»Hau schon ab. Du kannst ja sowieso nicht ohne ihn. Sag ihm, wir verzeihen ihm und beim nächsten Mal ist er herzlich willkommen.«

Mr Linscott ruft mir noch: »Ich habe dir den Vertrag schon geschickt!«, nach und ich verlasse die Wohnung so schnell wie möglich.

Mindestens genauso schnell, wie Lucas poltere ich die Treppe hinunter und stürze aus der Haustür hinaus auf die Straße. Ich bin ziemlich sicher, dass es ihn zum Theater gezogen hat, denn da kommt er problemlos rein und hat seine Ruhe. Deswegen schlage ich den Weg dorthin ein.

Ich nehme die Abkürzung durch China Town und über den Leicester Square, wo gerade wieder alles für eine Premiere vorbereitet wird.

Mit großem Bogen gehe ich an dem Kino vorbei, vor dem ein roter Teppich liegt, den gerade einige Mitarbeiter mit Staubsaugern auf Hochglanz bringen. Reporter sehe ich keine, doch Grüppchen von Fans stehen auf dem ganzen Platz herum und behalten den Bereich im Blick, damit sie auch ja niemanden verpassen. Zügig aber nicht allzu schnell, damit es nicht auffällt, passiere ich ein Grüppchen. Keiner reagiert, doch noch in Hörweite, sagt jemand: »Das war doch Henry Seales, oder?«

»Wer?«

»Der Typ da in der dunklen Jacke.«

»Ach Blödsinn. Der ist doch immer ganz ordentlich angezogen, so würde der nicht aus dem Haus gehen, das war nur jemand, der ihm ähnlich sieht«, sagt eine andere Stimme.

»Geh doch hin und frag ihn, wenn du glaubst, er wäre es«, fordert ein Mädchen und sofort höre ich schnelle Schritte hinter mir und man tippt mir auf die Schulter.

»Entschuldigen Sie ...« Ich bleibe stehen und setze mein ausdruckslosestes Gesicht auf. Hinter mir steht ein junger Mann und grinst. »Meine Freunde und ich«, er deutet in die Richtung der Gruppe, »wir sind uns uneinig, ob Sie vielleicht Henry Seales sind?«

Ich runzle die Stirn, als könnte ich nicht nachvollziehen, wieso man auf den Gedanken kommen könnte.

»Also sind Sie es nicht?« Ich schüttle den Kopf und breite die Arme aus: »Sehe ich aus, wie ein gutverdienender Schauspieler?« Der junge Mann lächelt schüchtern und schüttelt dann den Kopf.

»Nein, eigentlich nicht. Entschuldigen Sie, die Belästigung.«

Mal abgesehen davon, dass diese Aussage nicht unbedingt für meine heutige

Optik spricht, bin ich sehr froh darüber, so schnell weggekommen zu sein. So komme ich wenige Minuten später in der schmalen Straße an, in der das Theater liegt.

Baustellenlärm vermischt sich mit dem Brummen eines Lieferwagens, der ein Lokal nebenan mit neuen Getränken versorgt, als ich am Theater ankomme. Nachdem ich die schwere Stagedoor aufgezogen habe, erstirbt der Lärm um mich her und ich stehe wieder dem Pförtner gegenüber.

»Du willst sicher zu Lucas«, sagt der Pförtner freundlich und lächelt mich an. Er hat mich sofort wiedererkannt.

»Ja genau zu dem will ich. Wo ist er denn?«

»Er kam vorhin hier an, aber wo genau er jetzt im Haus ist, weiß ich leider nicht. Aber du kennst dich hier ja ein bisschen aus. «

Ich drücke die erste Feuerschutztür auf und gehe einen langen Flur entlang, der zu den ganzen Technik- und Regieräumen führt. Zu meiner Linken gibt es eine Tür auf der »Bühne rechts« steht und ich ziehe sie auf. Sofort umfängt mich die Schwärze des Backstagebereichs. Hinter der Bühne ist alles dunkel und weil ich mich hier nicht auskenne, taste ich mich wie ein Blinder vorsichtig an großen Kulissenteilen vorbei.

Alles ist still, nur meine Schritte schaben über den glatten Boden.

Hinter einer Ecke leuchtet das Notausgangsschild und ich erkenne einen schmalen Durchgang, der auf die Bühne führt. Zwischen den hohen Seitenwänden, die den Zuschauern die Sicht nehmen, luge ich hindurch und sehe Lucas, der vorn am Rand der Bühne sitzt, die Beine baumeln lässt und geradeaus starrt.

Die roten Sitzpolster des Publikums sind leer und in diffuses Licht getaucht. Leise gehe ich auf die Bühne und obwohl mich niemand sieht, schießt das Adrenalin durch meine Adern, wie es nur passiert, wenn man auf einer Bühne steht.

Ich sollte mal wieder am Theater spielen.

»Lucas«, sage ich leise und mild, weil ich ihn nicht erschrecken will. Es klappt nicht, denn er zuckt zusammen und fällt beinahe von der Bühne. Glücklicherweise ist diese nicht sonderlich hoch und er kann sich nicht ernsthaft verletzen. »Pass auf, tu dir nichts«, sage ich lächelnd und gehe auf ihn zu.

»Nick und Aaron wäre es doch egal, wenn mir was passieren würde. Ich hätte nie gedacht, dass die beiden so fies sein können. Können die sich nicht denken, dass ich das, was ich getan habe, nicht schon genug bereue? Nein, man muss es mir auch noch reinwürgen. Ich weiß, dass ich mich nicht richtig verhalten habe und dann sowas ...« Er dreht sich zu mir um und blickt mich fast schon trotzig an, als wollte er, dass ich Nick und Aaron in Schutz nehmen.

Langsam gehe ich bis an den Rand der Bühne und setze mich neben ihn an die Kante. Die Hände stütze ich rechts und links auf und sehe ihn an.

»Weißt du, Nick und Aaron haben mich wirklich aufgefangen und ich wüsste nicht, was ich ohne sie gemacht hätte.« Beleidigt schiebt Lucas die Unterlippe vor und eine kleine Falte bildet sich auf seiner Stirn. Das will er gerade gar nicht hören. »Das ist natürlich kein Grund, sich dir gegenüber so zu verhalten. Das Eis im Glas fand ich auch heftig. Wenn sie dir einfach so die Meinung gesagt hätten, hätte ich das okay gefunden, denn ich finde, jeder, der involviert ist, sollte sich äußern dürfen. Aber das war nicht richtig und das habe ich ihnen auch gesagt.«

»Haben sie es eingesehen?«, fragt Lucas mürrisch und schnaubt, als ich die Schultern zucke.

»Sie haben zumindest versprochen, sich dir gegenüber beim nächsten Mal wieder normal zu verhalten. Ich glaube einfach, dass sie ihre Meinung loswerden mussten, um zu verhindern, dass du nochmal-«

»-dich nochmal verlasse? Glauben die denn, ich bin so doof, denselben Fehler zweimal zu machen? Oh ganz gewiss nicht.« Sein Lachen klingt spöttisch und er schüttelt den Kopf. Seine Worte entfachen ein Glücksgefühl in meinem Inneren, das mich zum Lächeln bringt.

»Es ist schön, dass du das sagst«, sage ich leise und streiche ihm über die Wange. »Ich liebe dich, Lucas und es tut mir leid, was dir heute passiert ist. Ich wünschte, ich könnte es rückgängig machen.« Lucas schmiegt sich in meine Handfläche und zuckt zu meiner Überraschung mit den Schultern. »Vielleicht war es wirklich ganz gut, dass ich das erleben musste. Manchmal braucht man einen Denkzettel und ich hab definitiv einen verdient.«

20. KAPITEL

Heute will ich ihn nicht alleine lassen und bleibe deswegen im Theater, als die Proben anfangen. Ich sitze ganz hinten, damit ich niemanden auf der Bühne ablenke und checke meine Mails. Lauren hat mir geschrieben und mir einen Termin für den nächsten Tag mitgeteilt.

Jan Knightmen hat sich ein Zeitfenster freischaufeln können, um mit Lucas und mir das Interview führen zu können.

Wir werden genau eine Stunde Zeit haben, um dem Journalisten unsere Geschichte zu erzählen, und ich hoffe, dass wir das Wichtigste in dieser Zeit hinbekommen.

Lucas ist bei der Probe heute nicht ganz bei der Sache. Erst, als der Regisseur ihn fragt, was um alles in der Welt denn mit ihm los sei, reißt er sich am Riemen und arbeitet konzentriert weiter, sodass die Probe deutlich flüssiger läuft.

Am Handy vertreibe ich mir die Zeit und surfe ein bisschen im Netz. Aus reinem Interesse, ob das Interview von den Teeniezeitschriften vielleicht schon erschienen ist, gebe ich eine davon in die Suchmaschine ein und finde die Homepage ziemlich schnell.

Ach du meine Güte, ist das ein Durcheinander.

Die Schriftarten sind bunt und schrill, durcheinander gewürfelt und ich weiß eigentlich gar nicht, wo ich zuerst hinsehen soll. Jeder Buchstabe schreit um Aufmerksamkeit und es sind graffitiartige Zeichnungen abgebildet, die alles nur noch wirrer erscheinen lassen.

Vielleicht bin ich zu alt für sowas.

Nachdem ich das Suchfeld endlich gefunden habe, gebe ich meinen Namen ein und sehe dem kleinen Kreis zu, der sich langsam dreht, bis die Ergebnisse ausgespuckt werden.

>>Henry Seales und Lucas Thomas – Eure Fragen an die Stars!<<

Mit einem Grinsen im Gesicht öffne ich das Interview und fange an zu lesen. Ich bin ja wirklich gespannt, was man so aus unseren Antworten gemacht hat.

>>In weniger als zwei Wochen kommt ein neuer Liebesfilm in die Kinos. 1925 erzählt die tragische, aber romantische Liebesgeschichte zweier junger Männer im London der wilden Zwanziger. Henry Seales, spielt die Rolle des Schauspielers George. Lucas Thomas werden wir hier zum ersten Mal auf der großen Leinwand sehen: Er verkörpert Henrys Geliebten; Mo.

Wir, von TEEN NOW! haben die beiden Stars des Films vorab getroffen und Ihnen die Fragen gestellt, die ihr uns per What´s App oder Mail zugeschickt habt. <<

Es folgt ein sehr süßes Interview von uns und ich muss grinsen, als ich unsere Antworten schwarz auf weiß lesen kann.

Unter dem Interview ist ein Foto von uns abgedruckt, wie wir Arm in Arm im Café auf der Couch sitzen und in die Kamera lächeln. Lucas hat sich an mich angelehnt und ich bin sicher, dass man hier wieder einiges hineininterpretieren wird.

Das Interview an sich hat mir gut gefallen, auch, wenn sie nicht alle Fragen abgedruckt haben, die man uns gestellt hat. Doch wenn ich mich recht erinnere, dann waren die Reporter von verschiedenen Magazinen. Es kann also durchaus sein, dass die anderen Fragen in den nächsten Tagen online oder in den Zeitungen an den Kiosken auftauchen. Zeitschriften für Jugendliche gibt es ja schließlich zu Genüge.

»Was grinst du denn so?«, fragt Lucas und lässt sich neben mir auf einen freien Platz fallen. Er ist nassgeschwitzt, lächelt aber und ich vermute, dass die Probe ihn vom Gedanken an die Eiswürfel abgelenkt hat. Ich halte mein Handy hoch, auf dem das Foto von uns beiden noch immer zu sehen ist.

»Ich hab unser Interview gefunden.«

»Oh, lass sehen!«, sagt Lucas begeistert und will sich das Handy schnappen, doch ich schiebe es rasch in die Tasche. »Willst du etwa, dass ich dir hier in den Schritt greife?«, hakt Lucas nach und schürzt die Lippen.

»Nein, du sollst dich auf deine Probe konzentrieren. Den Artikel kriegst du erst zu lesen, wenn du Feierabend hast. Wie heißt es so schön; erst die Arbeit, dann das Vergnügen.«

Lucas mustert mich einen Moment, dann nickt er leicht, drückt mir einen Kuss auf die Wange und sagt: »Ich find's toll, dass du heute dabei bist.«

Und schon ist er wieder zur Bühne gehuscht.

Seine Laune ist wirklich besser und das tut unglaublich gut. Wie schade es gewesen wäre, wenn er den ganzen Tag gegrübelt hätte. Natürlich war Nick nicht sonderlich nett zu ihm und ich bin mir sicher, dass die beiden auch nochmal ein ernstes Wörtchen miteinander reden werden, doch er sollte sich jetzt auf seine Probe konzentrieren. Diese läuft weiter sehr gut und gegen 17:00 Uhr müssen sie die Bühne räumen, damit der Umbau für das abendlich geplante Stück losgehen kann.

Weil Lucas noch schnell etwas besprechen muss, warte ich beim Pförtner, dann holt er mich ab und wir treten gemeinsam hinaus auf die Straße.

Auch heute stehen Fans da und ich will mich gerade an ihnen vorbei schieben, weil sie sicherlich wieder auf Andrew Scott warten, als mich jemand anspricht.

»Hallo Henry, würdest du mir ein Autogramm geben?« Ein junges Mädchen steht da und strahlt mich an. Zu meiner Überraschung hält sie mir eine Ausgabe einer Jugendzeitschrift hin. Die Seite eines Posters ist aufgeklappt und ich erkenne ein Bild, das ich vor zwei Jahren bei einem Fotoshooting gemacht habe. Obwohl ich mich frage, woher das Mädchen weiß, dass ich heute hier bin, bin ich geschmeichelt, auf dem Poster unterschreiben zu können. Noch nie hab ich ein Poster signiert. Irgendwie ging ich davon aus, Poster wären mittlerweile out. »Meine Schwester hat dich letztens hier gesehen. Sie ist ein Fan von Andrew und hat hier auf ihn gewartet und als sie dich gesehen hat, hat sie mir davon erzählt«, berichtet sie mir und sieht mich mit strahlenden Augen an. Wenn ich ihr Alter schätzen müsste, würde ich sagen, sie ist etwa 13 Jahre alt und dass ich heute ihr absolutes Tageshighlight bin, ist nicht zu übersehen. Sie nimmt das Magazin entgegen und presst es glücklich an sich.

Diese gute Laune färbt auch auf mich ab, und als wir uns endlich auf den Weg zum Hotel machen, bin ich guter Dinge.

29. KAPITEL

Lucas ist vollkommen platt von der Probe und winkt sich auf halbem Weg zum Hotel ein Taxi heran. »Ich muss nach Hause und erstmal duschen«, teilt er mir mit, bevor er einsteigt.

»Soll ich mitkommen? Geht es dir gut?«, will ich wissen, denn ich möchte nicht, dass er sich nochmal vom Gedanken an Nick so runterziehen lässt.

»Mir geht's gut, die Probe hat mich gut abgelenkt«, sagt er und lächelt. »Sehen wir uns morgen?«

Ich habe ihm noch gar nicht von unserem Interviewtermin erzählt!

Ups, das hätte ich vielleicht mal machen sollen.

Das hab ich total vergessen.

Rasch halte ich ihn am Arm fest und ziehe ihn aus dem Taxi, ich will das auf keinen Fall besprechen, wenn uns der Fahrer dabei zuhören kann.

»Hey, was machst du?«, lacht Lucas und sieht mich ratlos an, als ich mich zum Fahrerfenster beuge und sage: »Entschuldigen Sie, aber wir brauchen doch kein Taxi.« Kopfschüttelnd legt der Fahrer den Gang ein und fährt die schmale

Straße entlang davon.

»Was sollte das denn?«, hakt Lucas erneut nach und ich nicke in die Richtung des nächsten Parks. »Wollen wir noch eine Runde drehen? Ich muss dir noch was sagen.«

Ich wende mich ab, doch Lucas bleibt stehen. In seinem Blick liegt Misstrauen: »Hast du mir irgendwas Schlimmes zu sagen?«, fragt er nach und legt den Kopf schief. Einen Moment starren wir uns an, dann bemerke ich, dass die Art und Weise, wie ich das eben gesagt habe, eher bedrohlich klang.

»Es ist nichts Schlimmes, keine Angst, wir haben nur morgen einen gemeinsamen Termin, den wir vorher besprechen sollten.«

»Einen Termin? Was denn für einen Termin?«, fragt Lucas und wirkt erleichtert.

»Komm mit, ich erkläre es dir.«

Also überqueren wir die Straße und bald erstreckt sich vor uns der Park.

Ich erzähle Lucas von der Begegnung mit Jan Knightmen in der Bahn, dass ich ihn im Hotel wieder getroffen habe und dass er mir ein Angebot gemacht hat.

Lucas ist eine ganze Weile ziemlich skeptisch, was ich vollkommen verstehen kann. Vermutlich hat er einen Stan Cardener 2.0 im Kopf und hält nicht viel von einem Interview.

Als ich ihm jedoch erkläre, dass ich Mr Knightmen vertraue, allein aus dem Grund, dass er kein Journalist der Klatschpresse ist, sondern frei arbeitet, scheint er sich ein wenig zu öffnen. Die Hände tief in den Jackentaschen vergraben, sieht er mich von der Seite her an.

»Und der würde ein Interview mit uns machen wollen? Wofür genau?«

»Nun, geplant wäre, eine Art Enthüllungsinterview. Es soll am Tag nach dem Outing erscheinen und so verhindern wir, dass noch mehr Blödsinn über uns erfunden und gedruckt wird. Wir stellen unsere Geschichte von Anfang an richtig und können auch von den schlechten Erfahrungen sprechen, die wir gemacht haben. Ich hoffe, so vielleicht eine Hetzjagd zu verhindern«, sage ich ruhig und Lucas nickt langsam.

»Und du vertraust ihm?«

»Ja. Und Lauren auch. Ich bin sicher, dass das eine gute Sache wird. Jan hat niemanden, der ihm vorschreibt, was genau er schreiben soll und er ist auf unserer Seite. Ich glaube ein ehrlicheres Interview werden wir so schnell nicht wieder machen können.«

»Gut, dann machen wir das. Wir erzählen ihm alles, oder?«, fragt er und ich nicke. »Wir können ja immer noch Passagen rausnehmen, die uns nicht passen sollten. Jan hat einen Vertrag von Lauren bekommen und wie ich sie kenne, ist der ziemlich hart, sodass er mit niemandem über das sprechen darf, was wir gesagt haben.«

Wir schlendern durch den Park und betreten den Trafalgar Square durch eine Seitenstraße. Hier herrscht das übliche Chaos, weil sich die Autos an der großen Kreuzung stauen. Niemand hat einen Blick für Lord Nelson übrig, der einsam auf seiner Statue steht und auf die Autos herunterblickt, die sich zu seinen Füßen gegenseitig blockieren.

Der Himmel wird dunkel und grauer und ich bin sicher, dass es demnächst regnen wird. Wir lassen die National Gallery hinter uns und sind bald in einer ruhigeren Straße. Lucas zieht sich die Mütze über den Kopf und bibbert ein wenig.

»Ich glaube, ich nehme die nächste Bahn. Wenn ich jetzt ein Taxi rufe, dann zahle ich mich dumm und dusselig«, meint er mit einem Blick auf die Rücklichter der stehenden Autos.

»Das ist sicherlich eine gute Entscheidung.«

Er sieht niedlich aus mit der Mütze und den zerzausten Haaren.

»Soll ich dir was sagen?«, frage ich. »Ich bin froh, dass wir bald offen zusammen sein können. So langsam habe ich dieses Versteckspiel satt. Und ich bin dir unglaublich dankbar, dass du den ganzen Zirkus mitmachst.«

Lucas seufzt und nickt langsam.

»Ich bin auch froh, wenn es vorbei ist. Das ist sehr anstrengend.« Ihm scheint ein Gedanke zu kommen, denn er strahlt und starrt ins Nichts. Vermutlich hat bei ihm gerade das Kopfkino eingesetzt. »Ich meine, stell dir nur mal vor, wenn wir uns küssen können, wann wir wollen. Ich könnte dich jetzt hier in den Arm nehmen, ohne dass es ein Drama gäbe. Wenn man uns gemeinsam sehen würde, würde es nicht sonderlich viel Aufsehen erregen – zumindest nicht mehr, als es das sowieso schon tut.«

Ja, das wäre wirklich toll und ich *hoffe*, dass die Öffentlichkeit gut reagiert.

Nachdem Lucas die Tube genommen hat, gehe ich zu Fuß zum Hotel zurück.

Es tut gut, nach der Kälte draußen in die angenehme Wärme der Hotellobby treten zu können, und meine Fingerspitzen kribbeln, als sie sich wieder aufwärmen.

»Mr Seales, ich habe hier einige Unterlagen, die für Sie abgegeben wurden«, sagt die Rezeptionistin lächelnd und nimmt drei dicke, große Briefumschläge aus einem Regal hinter sich.

»Vielen Dank« sage ich freundlich und nehme die Unterlagen entgegen.

Auf dem Weg zum Aufzug sehe ich die Adressen durch und erkenne, dass eine von Mr Linscott ist. Offensichtlich handelt es sich dabei um den Kaufvertrag des Hauses. Die anderen beiden Umschläge sind deutlich schwerer und ich vermute, dass das die Drehbücher sind, die Lauren für mich angefordert hat.

Im Hotelzimmer springe ich unter die Dusche und als sich der Wasserdampf verzogen hat, verbringe ich einige Momente vor dem großen Spiegel. Aufmerksam betrachte ich mich von oben bis unten, drehe mich um die eigene Achse und begutachte die Veränderung, die mein Körper in den letzten Wochen gemacht hat.

Darf ich optimistisch sein und behaupten, dass sich alles momentan zu bessern scheint?

Oder lieber nicht?

Man sollte sich ja nicht zu früh freuen.

Nachdenklich schlüpfe ich in den weißen Hotelbademantel, stelle mich etwas näher an den Spiegel und sehe mir in die Augen. Ohne es wirklich zu merken, nickt mir mein Spiegelbild leicht zu und sagt: »Alles wird gut, Henry.«

Der Termin mit Jan ist am nächsten Nachmittag und ich bin zeitig beim Management.

Den Kaufvertrag habe ich auch schon unterschrieben und mitgebracht. Die Sekretärin ist so nett, mir eine Briefmarke zu schenken, sodass ich den Vertrag gleich wegschicken kann. Ich habe also heute tatsächlich ein Haus gekauft.

Irgendwie komme ich mir jetzt alt vor.

Bevor ich weiter darüber nachdenken kann, tauchen Lucas und Jan auf. Sie scheinen sich bereits im Aufzug getroffen und einander vorgestellt zu haben und verstehen sich gut, denn sie unterhalten sich fröhlich miteinander.

»Henry, wusstest du, dass Jan zusammen mit Stan Cardener studiert hat? Hat er mir gerade erzählt«, berichtet Lucas begeistert und ich nicke. Jan hatte mir diese Information ja bereits am Telefon gesagt.

Für das Interview dürfen wir einen kleinen Konferenzraum nutzen. Jan legt sich Papier und Stift bereit, schaltet ein Diktiergerät ein und platziert es vor uns

301

auf dem Tisch.

Er lässt uns erstmal alles erzählen. Lediglich, wenn ihm etwas nicht ganz klar ist, fragt er nach. Was wir heute veranstalten, ist also weniger ein Interview, als ein Monolog, den der Journalist mit den passenden Fragen in die richtige Richtung lenkt.

»Glaubt ihr, das Outing wirkt sich positiv auf den Umgang mit anderen homosexuellen Menschen aus?«, will Jan nach einer Weile interessiert wissen.

»Das hoffe ich. Wenn andere Menschen durch den Film Hoffnung schöpfen und dadurch offener mit der eigenen Sexualität umgehen können, dann haben wir viel erreicht. Ich will ehrlich gesagt, gar nicht so genau wissen, wie viele Georges und Mos es in unserer Gesellschaft gibt. Man sollte sich nicht für das verstecken müssen, was man ist und wenn die Menschen uns gegenüber offener werden, müssen weniger Leute unter Mobbing und Diskriminierung leiden«, sagt Lucas, nachdem er von der Twitter Attacke berichtet hat und Jan nickt verstehend.

Nachdem Jan zweimal eine neue Kassette einlegen musste, ist unsere Zeit um. Sie verging wie im Flug und ich habe es sehr genossen, gedanklich nochmal zurückzureisen. Jan packt das Gerät wieder in seine Tasche und schließt die Schnallen. Er sieht auf und lächelt freundlich.

»Das war wirklich viel Material. Eure Geschichte ist unglaublich. Ich werde das Material jetzt mal sichten und sollte ich noch Fragen haben, dann rufe ich nochmal an«, sagt er und steht auf. Lucas und ich erheben uns ebenfalls und wir schütteln uns die Hand. »Ich werde eine Nachtschicht einlegen und bis morgen den Artikel geschrieben haben. Mrs Cooper wird ihn per Mail bekommen, dann könnt ihr zumindest den ersten Entwurf mal gegenlesen.«

Obwohl ich ihn noch nicht lange kenne, glaube ich, während des Interviews, Mitgefühl in seinem Blick gelesen zu haben. Bisher kannte er unsere

Geschichte nur teilweise durch die Presse oder einige wenige Aussagen meinerseits. Jetzt weiß er alles, kennt die Bedenken und die Ängste, die uns beschäftigen. Vielleicht hat er deswegen beim Händeschütteln ein wenig fester zugedrückt, als normal üblich.

Er steht auf unserer Seite, das ist schön und ich fühle mich gut bei dem, was wir tun.

Endlich wehren wir uns.

Ein bisschen fühlt es sich an, wie das Messerschleifen vor einer großen Schlacht.

Kaum ist Jan weg, muss sich auch Lucas auf den Weg machen. Für dieses Interview hat er extra seine Probe unterbrochen und sollte schleunigst wieder zurück ins Theater.

Ich habe mir bereits einen Plan für den restlichen Tag vorgenommen und lasse mich zu einem Baumarkt fahren.

Mit zusammengefalteten Umzugskartons unter dem Arm betrete ich am frühen Abend meine Straße. Es ist seltsam, wieder in der Wohnung zu sein, zumal ich ja eigentlich nicht mehr hierher zurückkommen wollte. Fast komme ich mir ein wenig fremd vor.

Reporter sind weit und breit keine zu sehen und selbst wenn - ich bin bald hier weg, dann können sie erstmal nach mir suchen.

Grinsend, weil mich der Gedanke amüsiert, schließe ich die Haustür auf, balanciere die Kartons in den Hausflur und lehne sie dort gegen die Wand, weil ich noch meine Post holen will. Das ist dringend nötig, denn der Briefkasten quillt fast über und spuckt eine ganze Menge Briefe und Zeitungen auf den Fliesenboden, als ich die Klappe aufschließe. Weil ich keine Werbeprospekte in die Wohnung tragen möchte, gehe ich in die Hocke und sortiere sämtliche

Werbung und kostenlose Zeitungen aus.

»Das bleibt aber nicht hier liegen!«, keift ein älterer Mann, der gerade den Kopf aus seiner Wohnungstür streckt und missbilligend auf den Altpapierstapel blickt. »Das melde ich der Hausverwaltung, dann bekommen Sie eine Verwarnung!«

»Machen Sie sich keine Mühe, ich ziehe sowieso aus. Außerdem räume ich das gleich noch weg«, entgegne ich gleichgültig, klemme mir die Post und die Kartons unter den Arm und betrete die erste Stufe nach oben.

»Sind Sie Seales?«, fragt der Mann plötzlich misstrauisch.

»Ja.«

»Ach, dann waren die Reporter Ihretwegen da«, meint er, als sei ihm das gerade erst aufgefallen.

»Richtig.«

Man, was will der denn?

Mit fragend angehobenen Augenbrauen sehe ich ihn an und warte darauf, ob noch etwas kommt.

»Hmpf«, macht der Mann, scheint nachzudenken und mustert mich nun mit unverhohlenem Interesse. Dann sagt er: »Meine Enkelin ist ein großer Fan von Ihnen, wissen Sie ... sie wünscht sich sehnlichst ein Autogramm ...«

Das kann jetzt nicht sein Ernst sein! Erst pampt er mich an und jetzt macht er eine Anspielung darauf, dass er vielleicht ein Autogramm oder sowas von mir möchte?

Ich stelle mich taub und gehe die Treppe nach oben.

Dem gebe ich gewiss *kein* Autogramm, da hätte er sich sein Verhalten mal vorher überlegen müssen. Er scheint noch lange im Flur zu stehen, denn ich kann kein Klicken der Wohnungstür hören und so nutze ich den Augenblick, um die meinige schwungvoll zuzuknallen.

Ich klappe die Kartons auf, stelle sie mitten im Wohnzimmer auf den Teppich und sehe mich um.

Wo fange ich an? Was packe ich zuerst ein?

Das Regal neben der Couch scheint mir ein guter Anfang zu sein und ich nutze die Chance, die Bücher zu sortieren. So arbeite ich mich durch mein Wohnzimmer und stapele die vollen Kartons in einer Ecke auf. Das beschäftigt mich den ganzen Abend und bald sind zwei Regale leer und ich sitze vor dem dritten auf dem Fußboden.

Schließlich stehen zwei Müllsäcke im Flur und ein ganzer Stapel Kartons in der Wohnung. Die Regale sind leer und auch einige Klamotten habe ich gepackt. Mein Plan ist, alle Habseligkeiten zu verpacken, bevor das Umzugsunternehmen anrückt. Ich will nicht, dass jemand in meinen persönlichen Sachen herumschnüffelt.

Es tut gut, die alten Sachen loszuwerden und nachdem ich auch die Zeitungen weggeworfen habe, mache ich mich auf den Weg zurück zum Hotel.

Seltsamerweise verspüre ich keinerlei Wehmut, als ich am Ende der Straße noch einmal zurück zum Haus sehe. Wie es aussieht, habe ich gedanklich schon gänzlich mit der Wohnung abgeschlossen, dabei ging ich davon aus, dass ich noch eine ganze Weile daran hängen würde. Allerdings gefällt mir das neue Haus auch sehr gut und die Aussicht, dort keine direkten Nachbarn zu haben, denen man im Flur über den Weg laufen kann, ist wunderbar.

Ich werde Besuch empfangen können, ohne dass es jemanden stört, und gegen Fotografen kann ich auch anders vorgehen. Schließlich bin ich dann Hausbesitzer.

Es kann jetzt nur noch besser werden.

30. KAPITEL

>>10 Uhr Ankunft Hotel<<

>>10:10-10:45 Make-up Henry + Lucas<<

>>11:00 Uhr Interviewstart für BBC1 Henry + Lucas<<

>>11:15 Uhr Interview BBC2 Henry + Lucas /Laura + Aaron<<

>>11:30 Uhr Interview BBC Entertainment Aaron + Lucas / Henry + Laura<<

>>11:45 Uhr Interview Starwatch Henry + Laura /Lucas + Aaron<<

>>12:00 Uhr Interview Entertainment Weekly Lucas + Geoffrey <<

>>12:15 Uhr Interview New Cinema Henry + Geoffrey<<

>> Pause 12:30 – 13:30<<

>>Diverse Einspieler 13:30 – 18:00 Henry + Lucas<<

»Das wird ja ein richtiger Marathon«, seufzt Lucas und fährt mit dem Finger die Liste entlang, die ausgedruckt auf seinen Knien liegt. Wir sitzen im Auto eines Fahrers, der uns abgeholt hat und uns zum Hotel bringen wird, wo die Interviews stattfinden.

Noch elf Tage bis zur Premiere und so langsam steigt das Pensum an.

Der heutige Tag ist voll geplant mit TV Interviews, Drehs für kleine Berichte und Einspieler. Außer uns werden noch Laura, meine Spielfrau, Aaron und Geoffrey vor Ort sein. Es ist gut, zu wissen, dass es langsam in die Endphase geht. Das Ziel ist bald zum Greifen nah.

Für andere Produktionen hatte ich bereits einige Promotions hinter mir und ein Interview nach dem anderen zu geben, ist mir daher nicht neu. Lucas hingegen, hat das noch nie gemacht und ihm ist der Stress jetzt schon ein wenig ins Gesicht geschrieben. Dabei haben wir noch gar nicht angefangen.

»Ich hab einige Outfits dabei, weil ich nicht sicher war, was ich anziehen soll. Die haben doch sicherlich jemanden für die Klamotten da, oder?« Er blickt von unserem Stundenplan auf und sieht mich an. In seinem Blick liegt leichte Panik und er tippt mit dem Fuß gegen eine Tasche, die im Fußraum des Autos liegt. Sonderlich groß ist sie nicht, was darauf schließen lässt, dass er die Klamotten ziemlich klein gefaltet haben muss, um sie überhaupt rein zu kriegen. Oder er hat zu wenig Auswahl dabei.

Hoffentlich ist ein Stylist vor Ort, sonst haben wir ein Problem – bzw. Lucas.

»Ausgerechnet heute ist die Promo *und* Aaron und ich haben gemeinsam ein Interview«, seufzt Lucas und sieht mich mit einem leidenden Gesichtsausdruck an. »In zwei Tagen hat mein Stück Premiere und ich kann bei den finalen Proben nur ganz wenig mit dabei sein, weil ich hier beschäftigt bin, und Aaron ist bestimmt immer noch sauer - das ist wirklich alles ziemlich doof geplant.«

»Könnt ihr die Proben nicht auf den Abend legen, wenn du hier fertig bist?«, schlage ich vor, doch Lucas schüttelt den Kopf. »Wie denn? Da spielt ja Hamlet und die Bühne ist belegt.«

Achja.

»Lucas, mach dir keine Gedanken. Du bist gut und das Stück ist die letzten Male super gelaufen. Ihr habt doch am Premierentag auch noch eine finale Probe und ich bin sicher, dass das ausreicht. Wenn du jetzt zweimal fehlst, macht das nichts mehr aus. Das ist lediglich Kopfsache und ich hab dich auf der Bühne gesehen. Du bist perfekt. Und was Aaron angeht, der ist nicht nachtragend. «

»Meinst du wirklich?«, fragt Lucas unsicher und ich nicke mehrmals, um ihn zu bestätigen. So ganz zu beruhigen scheint ihn das zwar nicht, aber er wirkt weit weniger hibbelig, zumal man uns, als wir ankommen, gleich eine Stylistin vorstellt. »Das ist Miss Chalder und man sagte mir, dass ihr sie schon kennt ...«, sagt uns die Dame des Hotels, doch wir lassen sie nicht aussprechen.

»Elianna!«, rufe ich erfreut und umarme sie. Es ist schön, sie wieder zu sehen. Sie strahlt mich an und mustert mich mit demselben, prüfenden Blick, den auch Aaron bei unserem Wiedersehen aufgesetzt hat, dann fällt ihr Blick auf Lucas. Eine winzige Falte bildet sich auf ihrer Stirn, doch bevor sie etwas sagen kann, fällt Lucas ihr um den Hals.

»Es tut mir so leid. Ich hätte für ihn da sein sollen, dass weiß ich jetzt und ich hab ein furchtbar schlechtes Gewissen deswegen. Tausend Dank, dass du auf Henry aufgepasst hast, du weißt gar nicht, wie dankbar ich dir dafür bin ...«, stammelt er und drückt sie fest. Vermutlich hätte Elianna in diesem Zustand gar nichts sagen können, selbst wenn sie gewollt hätte, denn Luft holen kann sie nicht. Erst, als Lucas seinen Griff um sie wieder lockert, schnappt sie nach Luft.

»Oh man Lucas, das wäre auch etwas weniger brutal gegangen, oder?«, fragt sie, lächelt ihn aber an.

»Bist du mir nicht böse?« Er will ihr die gute Laune nicht glauben. Vermutlich hat Nick mit seinem Eiswürfelglas einen bleibenden Eindruck hinterlassen.

»Das Wichtigste ist doch, dass ihr wieder zusammengefunden habt, oder?«, sagt sie strahlend und deutet zu der Tasche hin, die Lucas auf den Boden fallen gelassen hat. »Zeig mal, was du alles dabei hast. Henry, du kannst so lange zu Zach gehen.«

Erst jetzt bemerke ich, dass Zach mit einem breiten Grinsen im Gesicht vor seinem Schminkplatz steht und demonstrativ eine Puderdose auf und zu klappt, als würde er schon ewig dort stehen und auf uns warten.

»Lucas scheint etwas sentimental zu sein heute, was?«, meint er und zieht den Stuhl zurück, sodass ich mich setzen kann.

»Ach ich glaube, der will sich einfach nur bei jedem bedanken, der in der Zeit der Trennung auf mich aufgepasst hat«, sage ich sorglos und als mein Maskenbildner mich anglotzt, als hätte ich gerade einen Regenbogen gepupst, fällt mir auf, dass er ja gar nichts weiß. »Ähm, Lucas und ich sind zusammen.« Ich gestikuliere etwas ungelenk zu dem Paravent hin, hinter dem sich Lucas gerade umzieht. Zach sagt nichts, sondern sucht mit der Zunge zwischen den Zähnen nach einem Kamm, der in einer Tasche liegt. Als er ihn gefunden hat, deutet er damit auf mich, wie mit einem Schwert.

»Wie kommt es, dass ich das nicht mitbekommen habe? Ich bin Maskenbildner, verdammt. Es ist mein *Job*, den Leuten ihre Stimmung an der Nasenspitze anzusehen. Wieso ist mir das bei euch nicht gelungen?«

Wie er so aussieht, könnte man glauben, er verliere gerade den Glauben in seine Fähigkeiten – die Zweifel kann ich ihm aber mit einem einfachen Satz nehmen.

»Wir haben uns erst gegen Ende der Dreharbeiten verliebt.«

»Achsoo«, meint er langgezogen und setzt dann fast schon trotzig hinterher: »Gerade da hätte es mir ja auffallen müssen, wenn sich euer Verhalten zueinander geändert hätte. Meine Güte, ich bin ein Versager.« Schwungvoll zieht er einen Frisierumhang hervor, legt ihn mir um und zieht ihn fest. »Ich schneide dir die Kontur nach, die ist ein bisschen unsauber«, sagt er und ich nicke lediglich. Er darf machen, was er will, ich habe keinen Anschluss.

Mit Haarwachs und einer großen Bürste macht sich der Maskenbildner nach dem Haarschnitt über meine Locken her und schiebt sie in die Richtung in der sie, seiner Meinung nach, am besten aussehen. Nachdem ich ein letztes Mal die Berührung des weichen Pinsels im Gesicht genießen darf, bin ich fertig und tausche den Platz mit Lucas. Zach begrüßt ihn mit den Worten: »Oh hello, Loverboy«, was Lucas ziemlich verwirrt und ich lausche noch eine Weile der Unterhaltung der beiden. Zach versucht dabei, Lucas ein schlechtes Gewissen zu machen, weil man ihn nicht eingeweiht hat und der gibt sein Bestes, sich so höflich wie möglich rauszureden.

Gerade zupft Elianna die letzten Fussel von meiner Hose, als eine Frau den Kopf in die Umkleide steckt: »Hallo, wie weit seid ihr? Die ersten Interviewpartner sind schon da.«

Das war dann wohl der Startschuss für den heutigen Marathon. In Begleitung der Dame gehen Lucas und ich zusammen zu der großen Bilderwand, die den Hintergrund darstellen wird. Kamera und Licht stehen schon und eine Dame erhebt sich von ihrem Stuhl, als wir auf sie zukommen. »Hallo, ich bin Camille«, sagt die blonde Frau schüchtern aber freundlich und setzt sich uns gegenüber.

»Hallo, ich bin Henry.«

»Lucas, freut mich sehr.«

Sie blickt in eine Kamera, die sich links von uns befindet und setzt ein fernsehtaugliches Lächeln auf, dann sagt sie gut gelaunt: »Hallo, hier ist BBC1 und ich habe heute Mr Henry Seales und Mr Lucas Thomas zu Gast. Danke, dass ihr euch Zeit genommen habt.«

Zu wissen, dass die Kamera alles aufzeichnet, macht es leicht, freundlich und zuvorkommend zu sein und ich nicke ihr zu.

Tatsächlich sind Interviews mit der BBC immer sehr angenehm, denn meist werden diese dann in recht seriösen Berichten verwendet, sodass man nicht das Gefühl hat, verramscht zu werden. Hinter vielen Fragen steckt wirklich ein Gedanke und mir macht es Spaß alles so ernst wie möglich zu beantworten.

Die kitschigen Klischeefragen kommen mit Sicherheit heute auch noch.

Bis zum Interview mit Starwatch sind die Fragen wirklich gut, doch als wir in neue Gruppen zusammengewürfelt werden, sitze ich zusammen mit Laura einem sehr neugierigen Mann gegenüber, der eine nervige Art hat, die Fragen zu stellen. Er spricht so dermaßen schnell, dass ich ihm nur mit Mühe folgen kann und manche Fragen sind so ungeschickt blöd formuliert, dass es mir sehr schwerfällt, den Sinn dahinter zu entschlüsseln. So werden uns Fragen gestellt wie: »Laura, was halten Sie davon, wenn ihr Filmmann einen anderen Mann küsst?« oder »Haben Sie schon mal darüber nachgedacht, dass sich dieser Film negativ auf die heutige Jugend auswirken könnte?«

»Was würden Sie sagen, wenn Ihr Sohn homosexuell würde?«

»Laura, was gefällt Ihnen an Henry besonders gut?«

Während meine Kollegin mit einem charmanten Lächeln Charakterzüge von mir aufzählt, die sie von mir gar nicht kennen *kann*, weil wir uns überhaupt nicht nahe stehen, frage ich mich, ob das hier so etwas wie eine versteckte Kamera ist. Es ist einfach zu absurd, um wahr zu sein. Laura wählt ihre Antworten ausschweifend, sodass sie den größten Teil der Zeit für sich beansprucht. Das ist wunderbar, denn so muss ich kaum etwas sagen und als die Kamera nach zehn Minuten ausgeschaltet wird, atme ich dankbar aus. Der Reporter schüttelt mir nochmal die Hand, wobei er mir eher einen toten Fisch anstatt einer Hand zu reichen scheint, dann habe ich 15 Minuten Pause.

Der Tag ist voll. Zwei weitere Magazine haben sich spontan angemeldet und wurden im Zeitplan dazwischen gequetscht und je länger alles dauert, desto schwerer fällt es mir, die sich ständig wiederholenden Fragen mit neuen, nie dagewesenen Sätzen zu beantworten. Mein Kopf ist Matsch und als gegen 20 Uhr endlich alles vorbei ist, kann ich nicht anders, als erleichtert zu seufzen.

Auch Lucas ist platt. Er sitzt in dem großen Konferenzraum, den wir als Aufenthalt nutzen konnten, hat den Kopf auf die Tischplatte gelegt und scheint fast einzuschlafen.

»Na, ist ganz schön anstrengend, oder?«, fragt Aaron, setzt sich neben ihn und stellt eine Tasse Kaffee vor Lucas´ Nase.

»Ist die für mich?«, fragt Lucas verdutzt und schnuppert den Kaffeeduft.

»Ja, sieh es als Friedensangebot.«

Na also, ich wusste doch, dass Aaron nicht nachtragend ist.

»Danke Aaron«, nuschelt mein Freund und kippt fünf Würfelzucker in die Tasse. »Ist Nick noch böse?«, wagt er zu fragen, und ich greife nach seiner Hand; einmal um ihn zu beruhigen, aber auch, um ihn davon abzuhalten noch mehr Zucker in den Kaffee zu kippen.

»Nein, er musste nur mal seinen Frust loswerden«, versichert Aaron und lächelt mild. Mein Freund schluckt. Der anstrengende Tag und diese Neuigkeit scheinen ihn beinahe in Tränen ausbrechen zu lassen und ich drücke seine Hand tröstend.

»Gut, dann bin ich ja erleichtert«, sagt er dankbar und deutet mit dem Finger auf Aaron. »Aber das Eiswasser war gemein.«

»Das war eben eiskalte Berechnung«, antwortet unser Kollege und lacht, dann steht er auf. »Ich muss nach Hause, ich hab den Kindern versprochen, sie ins Bett zu bringen, und ich bin schon echt spät dran. Wir sehen uns spätestens bei der Premiere.« Er zwinkert, klopft mir auf die Schulter und verlässt den

Raum.

Nachdem Lucas seinen Kaffee im Stehen ausgetrunken hat, suchen auch wir unsere Taschen und wollen gerade gehen als mich eine der Putzfrauen, die gerade den Konferenzraum aufräumen, schüchtern anspricht:»Mr Seales? Wir sollen Sie eigentlich nicht belästigen, aber, würden Sie mit uns ein Foto machen?« Sie lächelt so bittend, dass ich natürlich einwillige und das kleine Grüppchen positioniert sich rasch um uns herum. Alle lachen gut gelaunt in die Kamera und als das Bild geschossen ist, reiche ich jeder die Hand und bedanke mich, für ihre Arbeit. Unter dem freudigen Winken der Damen verlassen wir gemeinsam den Konferenzraum und in dem Augenblick vibriert mein Handy. Zum Glück habe ich den Ton ausgeschaltet, denn es ist Lauren.

»Hallo Lauren. Wir sind gerade fertig geworden, falls du das wissen wolltest«, sage ich gut gelaunt ins Telefon.

»Oh, das ging ja dann schneller, als ich dachte. Als man mich informierte, dass nun noch zwei Interviews dazu kommen, dachte ich, vor 22 Uhr seid ihr nicht raus«, sagt sie und klingt erleichtert. »Habt ihr noch etwas Energie? Mr Knightmen hat mir den Artikel geschickt und bittet mich bis morgen früh um Rückmeldung. Ihr solltet ihn euch also durchlesen. Und das möglichst heute noch.« Sie klingt wirklich, als täte es ihr leid und ich kann mir ein Seufzen nicht verkneifen.

»Na gut, aber sonderlich gut konzentrieren kann ich mich nicht mehr. Hast du denn schon deine Anmerkungen rein gesetzt?«

»Ja, aber in ein separates Dokument. Ihr sollt frei entscheiden können, was ihr gerne raus nehmen wollt und Mr Knightmen wird dann unsere Wünsche berücksichtigen.«

»Gut, dann leite mir die Mail weiter und wir sehen uns das heute Abend noch an«, sage ich und fange Lucas´ Blick auf. Er weiß, dass Lauren dran ist, macht eine abweisende Handbewegung und fährt sich mit dem Finger über die Kehle.

Ich versuche, ihm stumm zu bedeuten, dass wir darum nicht herumkommen werden, woraufhin Lucas sich theatralisch, aber vollkommen stumm, eine Wand hinuntersinken lässt.

Mühsam verkneife ich mir ein Lachen, weil es einfach zu lustig aussieht, wie er da liegt wie eine Marionette, die man etwas unordentlich zusammengepackt hat.

Nachdem ich mich von Lauren verabschiedet habe, lege ich auf und knie kichernd neben Lucas auf den Boden.

»Wir müssen unseren Artikel gegenlesen. Heute noch.«

»Ich will heut nichts mehr machen. Mein Kopf kann nicht mehr«, nuschelt Lucas und legt sich seine Tasche aufs Gesicht. Ein bisschen erinnert er mich an einen kleinen, bockigen Jungen.

»Och komm schon, ich hab´s Lauren versprochen.«

»Nein, ich will nach Hause in die Badewanne.«

»Du hast keine Badewanne, Lucas.«

»Aber du. Im Hotel«, nuschelt er, hebt die Tasche an und blinzelt mich an.

»Ich hab schon verstanden, du willst mitkommen.«

»Ja komm schon, ich hab dich heute den ganzen Tag nicht gesehen.«

»Na hör mal, ich hab die ganze Zeit neben dir gesessen ...«

»... und mit hübschen Reporterinnen geflirtet«, motzt Lucas und setzt sich hin. »Ich finde, ich habe ein Anrecht darauf, mit meinem Freund gemeinsam den Abend in der Badewanne zu verbringen.«

Ich kann nicht nein sagen, es geht nicht. Lucas weiß das genau! Und ich will es auch nicht.

Wir lassen uns von zwei verschiedenen Taxen ins Hotel bringen, doch als wir dort ankommen, steht eine Gruppe Fans davor.

Mist, woher wissen die denn Bescheid?

»Könnten Sie mich eventuell zum Hintereingang bringen?«, frage ich den Taxifahrer schnell, der gerade noch rechtzeitig einen Schlenker fährt und die nächste Seitengasse nimmt. Natürlich ist den Fans das seltsame Verhalten des Wagens aufgefallen und ein kleines Grüppchen splittet sich ab, um so schnell wie möglich um das Gebäude herum zu laufen. Immer wieder sehe ich in den Rückspiegel, doch mein Taxi ist schneller und als es anhält, springe ich sofort heraus.

»Henry!«, rufen einige, doch sie sind noch zu weit entfernt. Diesen Vorteil nutze ich aus und husche durch die große Tür ins Gebäude.

Schnell bin ich im hinteren Teil der Lobby bei den Aufzügen und suche hinter einer Topfpflanze Schutz, bis der Lift da ist.

»Henry, warte!«, ruft Lucas halblaut und kommt durch die Lobby geflitzt. Offenbar ist auch er gerade erst angekommen. Vollkommen außer Atem schiebt er sich nach mir in den Lift und hält mir die Seite einer Zeitung hin. »Das hat mir ein Fan gegeben«, schnauft er und drückt mir das Papier in die Hand. »Krass, was man heutzutage mit Photoshop machen kann, oder?« Das Bild zeigt uns. Wir stehen scheinbar mitten auf der Straße in London und küssen uns. Es sieht aus, wie ein von Paparazzi geschossenes Bild und wenn ich nicht sicher wäre, dass ich einen solchen Pullover nicht besitze, würde ich das Foto für echt halten.

»Wow, das ist ja unglaublich«, staune ich und versuche einen Hinweis darauf zu finden, dass das Bild bearbeitet ist. Doch ich finde keinen optischen Fehler, der mir das verrät.

Noch während ich das Bild anstarre und mir ausmale, dass es bald vielleicht wirklich solche Fotos von uns geben könnte, stellt sich Lucas auf die

Zehenspitzen und knabbert an meinem Ohrläppchen. Sofort durchzuckt mich eine Welle der Aufregung und ich spüre seine Nähe intensiver als zuvor.

»Wollen wir in die Badewanne? Bitte, Henry«, schnurrt er. Seine Hand findet ihren Weg in meinen Nacken und er krault mich langsam, sodass ich unwillkürlich die Augen schließe.

Es ist so angenehm.

»Komm Baby ... ich bin sicher, in deinem Hotelzimmer gibt es eine schöne, große Badewanne, in die wir beide hineinpassen. Ich bin müde und will mich entspannen. Mit dir.«

Natürlich kann ich ihm keinen Wunsch abschlagen und das weiß er ganz genau und so stehen wir zehn Minuten später in dem kleinen Badezimmer. Die Fußbodenheizung ist eingeschaltet, hat den Raum angenehm aufgewärmt und das Wasser läuft rauschend in die Wanne. Ich habe Lucas dazu überredet, dass wir den Artikel von Jan in der Wanne lesen und lade die Datei gerade auf dem Handy herunter. Mein Freund steht nur noch mit einem Handtuch um die Hüfte da und gießt eine halbe Flasche Schaumbad ins Wasser. Sofort bilden sich weiche Schaumblasenwolken, die angenehm auf der Haut kitzeln, als ich mich wenig später hinter ihm in die Wanne sinken lasse.

Das Handy habe ich auf dem Rand bereitgelegt.

»Komm, ich lese den Artikel, dann kannst du nebenbei entspannen«, schlage ich vor und schiebe den Schaum mit einer Hand ein wenig hin und her. Lucas lehnt sich gegen meine Brust und lächelt mich an.

»Tu, was du nicht lassen kannst«, sagt er leise und setzt mir eine Schaumkrone auf den Kopf.

Er scheint ja wirklich sehr viel Lust darauf zu haben, sich jetzt mit dem Artikel auseinanderzusetzen.

31. KAPITEL

»...und wenn man nun einen Schritt zurückmacht und sich diese Geschichte ansieht, dann kann man nur eines sagen: Liebe ist etwas, das man als Geschenk betrachten sollte. Henry und Lucas haben das getan und sich für den mutigen Schritt des Outings entschieden. Und dafür, endlich auch öffentlich glücklich zu sein.«

Reglos sitzen wir in der Wanne und ich lege das Handy bedächtig beiseite. Lucas atmet ganz ruhig und hat den Kopf an meine Brust gelehnt, scheint in Gedanken versunken und sagt erst etwas, als ich ihm sanft mit der Hand über die Schulter streiche.

»Das war wunderschön. Du solltest Hörbücher lesen. Es ist toll, deiner Stimme zuzuhören.«

»Und, wie fandest du den Inhalt?«, frage ich mild lächelnd und lege das Kinn auf seiner Schulter ab.

»Also ich hatte nichts daran auszusetzen. Wenn es nach mir geht, kann das genau so veröffentlicht werden. Das hat er wirklich perfekt formuliert. Vor meinem inneren Auge ist regelrecht ein Film abgelaufen.«

»Ja, das finde ich auch. Ich schreibe später eine Mail, dass von unserer Seite her alles okay ist.« Lucas zittert leicht in meinen Armen und ich lasse etwas warmes Wasser nach. Der Schaum ist fast weg und das Wasser verzerrt meine Sicht auf seinen Körper. Die Oberfläche wird unruhig, als ich mit der Handfläche das Wasser bewege. Ab und zu streife ich seine Haut. Unschuldig und vorsichtig berühren meine Finger ihn an der Brust und am Bauch. Das Wasser macht alles empfindlich und Lucas zuckt zusammen, als ich seinen Penis streife.

Auch ich erstarre kurz. Dann erinnere ich mich aber an unser Würfelspiel und daran, dass ich ihm schon wesentlich näher war, als gerade.

»Henry ... kannst du mich bitte anfassen?«, wimmert Lucas und ich bemerke erst jetzt, dass ich die Hand um ihn geschlossen habe. Für ihn muss das die reinste Folter sein und ich fixiere meine Gedanken.

Um sowohl mich selbst, als auch ihn abzulenken, senke ich den Kopf und drücke die Lippen auf die Haut hinter seinem linken Ohr, gleichzeitig fange ich an, die Faust zu bewegen. Und er schmiegt sich ganz an mich. Seine Haut trifft auf meine und Lucas´ Hand legt sich an meine Wange.

»Das ist schön, Henry«, keucht er zitternd und bekommt den Satz nur äußerst mühsam zustande. Meine Hand arbeitet von ganz allein und ich konzentriere mich darauf, den kleinen Punkt hinter seinem Ohr mit der Zunge zu reizen und immer neue Reaktionen aus ihm herauszukitzeln. Keuchend biegt Lucas den Rücken durch und drückt sich an mich. Er will in meine Hand stoßen, doch das lasse ich nicht zu, sondern lasse ihn sofort los.

»Bitte Lucas ... lass mich das Tempo bestimmen ...«, raune ich und er nickt ergeben.

Was soll er auch anderes tun? Ich kann mich nicht erinnern, dass er jemals so hart war, wie gerade. Lucas ist wie eine geladene Pistole.

Und ich bin der Einzige, der zu wissen scheint, wie man sie richtig bedient.

Fast bin ich ein bisschen stolz, dass ich noch immer weiß, welche Knöpfe ich drücken muss und ihn leise stöhnen zu hören lässt mir jedes Mal einen Schauer die Wirbelsäule herunter kriechen. Ich kann ihn anfassen, ich kann ihn hören und ich bekomme keine Panik.

Nicht mehr.

»Ich liebe dich«, keuche ich dankbar und bewege die Hand schneller.

»Ich liebe dich auch ... oh verdammt ... ich liebe dich, Henry«, bringt Lucas atemlos hervor und krallt sich in meinen Arm. Er zuckt in meiner Hand und ich bilde mir ein, die Flüssigkeit unter der Haut zu spüren, kurz bevor er kommt. Mit einem Arm umschlinge ich seinen Oberkörper und halte ihn über Wasser, weil er sich fallen lässt und unterzugehen droht.

Das Wasser schwappt gegen den Rand der Wanne und ich wiege meinen Freund hin und her, bis sich das wilde Wummern in seiner Brust wieder beruhigt hat und auch sein Atem langsamer geht.

Von der Seite erhasche ich einen Blick auf seine Lider, die immer wieder aufflattern und sich dann schließen. Er ist vollkommen fertig und ich muss lächeln.

»Das wirkte fast so, als hättest du dich seit dem letzten Mal nicht mehr selbst angefasst«, sage ich. Unablässig streiche ich ihm dabei die nassen Haare aus der Stirn und sehe, dass er lächelt. »Nein«, entfährt es mir und ich starre ihn an. »Du hast nicht mehr ...?«

»Nein, hab ich nicht. Ich weiß nicht wieso. Irgendwie wollte ich die ganze Zeit darauf warten, dass du es tust ... seltsam, ich weiß.«

»Du warst ja richtig enthaltsam«, staune ich und er nickt, ohne dabei die Augen zu öffnen.

Lucas lächelt müde. »Trägst du mich ins Bett?«, fragt er und kuschelt sich in meine Arme. Wie kann er nur so schnell von sexy zu niedlich wechseln? Unglaublich.

Vorsichtig schiebe ich ihn von mir, stehe auf und trockne mich rasch ab. Unfallfrei ziehe ich ihn aus der Wanne, wickele ihn in ein weißes, flauschiges Handtuch und trage ihn ins Schlafzimmer.

Wohlig seufzend streckt er sich im Bett aus und blinzelt mich müde an.

»Ich bin vollkommen fertig. Das war so ein anstrengender Tag.«

»Ja, besonders die letzten Minuten waren wirklich hart für dich«, sage ich und grinse, als mir der Wortwitz auffällt.

»Nein, hart für dich.« Lucas zwinkert mir zu und macht einen Kussmund. Ich erwidere die Geste und verschwinde nochmal im Bad, wo ich die Lüftung einschalte, bevor ich den Stöpsel der Wanne ziehe.

»Henry?«, kommt es aus dem Schlafzimmer. »Kommst du mit zur Premiere? Ich will dich so gerne dabei haben.«

»Natürlich, ich habe mitgespielt, falls du dich erinnerst. Ich war der komische Typ, mit dem du am Set ständig sprechen musstest«, antworte ich und grinse in mich hinein.

»Ich meine doch die Theaterpremiere, du Dummkopf«, lacht Lucas.

»Ich weiß doch, welche du meintest«, antworte ich, lasse das Handtuch fallen und schlüpfe in eine Boxershorts. Lucas hat lediglich das Handtuch aus dem Bett geworfen und ist nackt unter die Decke gekrabbelt. »Ich würde gerne zur Premiere kommen. Wird es einen großen Empfang geben, oder wie ist das geplant?«

»Ich glaube, bei uns wird es eher klein. Zwar meinte jemand, dass schon ein bisschen Presse da sein wird, aber das wird sich lediglich auf Theaterkritiker beschränken. Wenn es dich aber beruhigt, dann komm einfach durch den

Hintereingang rein, dann sieht man dich nicht und du kannst trotzdem dabei sein. Mich würde es wirklich freuen«, sagt er, als ich ins Bett komme, und setzt schnell hinterher: »Außerdem hab ich dich schon auf die Gästeliste setzen lassen.«

Es ist süß von Lucas, dass er grundsätzlich erst einmal davon ausgeht, dass ich mitkomme, wenn auch noch nicht als offizieller Begleiter. Doch mittlerweile ist es ja absehbar und in naher Zukunft können wir Termine gemeinsam wahrnehmen. Lucas zieht mich in seinen Arm und krault mir den Kopf, während ich mir ausmale, wie schön es sein wird, bei zukünftigen Premieren und Partys an seiner Seite aufzutauchen.

»Oh, Sie haben Ihren Partner mitgebracht?«, wird man fragen und ich werde mit Stolz sagen können: »Ja, er hatte heute Zeit mich zu begleiten und es macht mich sehr glücklich, ihn an meiner Seite zu wissen.« Niemand wird uns fragend ansehen oder heimlich ein Foto schießen, denn es wird kein Geheimnis mehr sein, dass Henry Seales und Lucas Thomas ein Paar sind. Und wenn 1925 wirklich der Erfolg wird, den wir uns alle versprechen, dann ändert sich hoffentlich auch in der Gesellschaft der Blickwinkel auf Paare, wie uns.

Mit diesem Gedanken im Kopf driftete ich in den Schlaf, spüre Lucas′ weiche Lippen, die ab und zu meine Stirn streifen, seine Finger auf meiner Kopfhaut und ich bin wieder guter Dinge.

Ich weiß, dass in wenigen Tagen ein vollkommen neues Leben für uns beginnt.

32. KAPITEL

Am Tag der Premiere stehe ich um 19:00 Uhr am Hintereingang des Harold Pinter Theaters und warte auf Lucas.

Obwohl sich die Stagedoor genau auf der Rückseite des Gebäudes befindet, höre ich den Trubel vom Haupteingang bis hierher. Wider der Erwartung ist doch einiges an Presse aufgetaucht. Ich vermute, weil Lucas in den letzten Monaten sehr präsent in den Zeitungen war. Vielleicht hofft man auch, mich hier anzutreffen.

Immer wieder sehe ich mich verstohlen um. Wenn Fans auf die Idee kommen, vor der Stagedoor auf die Darsteller zu warten, will ich dort nicht erwischt werden. Deswegen bin ich auf der Hut und erleichtert, als die Tür sich endlich öffnet und Lucas den Kopf herausstreckt. Der Pförtner hätte mich sicher schon reingelassen, aber aufgrund der Premiere, ist es ihm heute nicht gestattet und Lucas muss mich abholen kommen.

»Hey, da bist du ja«, sagt er atemlos und zieht die Tür noch etwas weiter auf, sodass ich eintreten kann.

»Ich warte schon eine Weile. Du siehst nervös aus.« Lucas trägt bereits sein Kostüm: eine einfache Jeans, ein T-Shirt und eine braune Lederjacke, sowie einen Verband um den Kopf.

»Das bin ich auch ... ich habe gerade den Fehler gemacht und durchs Fenster zum Haupteingang hinuntergesehen. Es ist schon einiges los, was?«

Ach Lucas. Er sollte doch wissen, dass man sich nicht kurz vor Beginn der Vorstellung das Publikum ansieht, weil man dann nur noch nervöser wird. »Ich habe dir deine Karte schon von der Theaterkasse geholt«, sagt er und reicht mir das schmale Stück Papier.

>>Run for your wife – Comedy by Ray Cooney – Opening Night 19 February 2018<<

»Danke. Dann gehe ich mal ins Foyer und du machst dich nicht verrückt. Das wird schon alles klappen, da bin ich sicher«, sage ich aufmunternd und nehme seine Hand. Er nickt und sieht irgendwie niedlich aus, mit dem Verband um den Kopf.

»Komm, ich bringe dich noch zum Foyer«, sagt er und wir betreten wieder die langen Flure des kleinen Theaters. Lucas führt mich durch den noch leeren Theatersaal und öffnet dann eine Tür, die ins Foyer führt.

Das Summen der geladenen Gäste erfüllt bereits den Raum, das Klingen von Sektgläsern vermischt sich mit den Unterhaltungen und es wird darüber diskutiert, wie das Stück wohl sein wird.

»Machs gut. Viel Spaß auf der Bühne. Hals und Beinbruch.«

»Danke«, lächelt Lucas und gibt mir rasch noch einen Kuss, dann schiebt er mich ins Foyer und ehe ich mich nochmal nach ihm umdrehen kann, ist die Tür wieder zu und ich stehe ein bisschen da, wie bestellt und nicht abgeholt.

»Wollen Sie einen Drink, Sir?«, fragt mich eine Kellnerin und hält mir mit einem fragenden Blick ein Tablett voller Sektgläser unter die Nase.

»Sehr gern, vielen Dank.« Mit dem Glas in der einen Hand und dem Mantel über dem linken Arm, stelle ich mich an der Schlange zur Garderobe an, gebe meinen Mantel ab und vertreibe mir dann die restliche Zeit damit, die anderen Gäste zu beobachten.

Lange müssen wir nicht warten, denn bereits nach einer Viertelstunde öffnen sich die Türen und wir dürfen den Theatersaal betreten.

Kaum sitzen alle, geht das Licht aus und zu Frank Sinatras´ »Love and Marriage« öffnet sich der rote Vorhang und gibt den Blick auf ein Wohnzimmer frei. Jeweils eine Hälfte ist in anderen Farben und einem anderen Stil gestaltet. In beiden »Räumen« steht eine Frau am Bügelbrett und synchron erledigen sie ihre Arbeit. Ab und zu sehen sie auf die Uhr, dann greifen beide zum Telefon und rufen die Polizei, um das Verschwinden ihres Mannes zu melden. Wie sich herausstellt, sprechen sie vom selben Mann und als Lucas mit einer Kopfverletzung bei Ehefrau Nummer 1 auftaucht und bemerkt, dass er eigentlich, laut Zeitplan, bei Ehefrau Nummer 2 sein sollte, geht das Chaos los.

Lucas ist gut drauf und flitzt wie ein Duracell Häschen über die Bühne. Sein Timing passt jedes Mal perfekt und das Publikum biegt sich vor Lachen, während es ihm dabei zusieht, wie er alles in seiner Macht stehende tut, um zu verhindern, dass die Polizei sein Doppelleben aufdeckt.

Als das Stück vorbei ist, tun mir die Wangen weh vor Lachen und ich bin sicher, morgen Bauchmuskelkater zu haben. Das Publikum gibt tosenden Beifall und Standing Ovations und es dauert fast 20 Minuten, bis der Applaus vorbei ist. Lucas sind der Stolz und die Erleichterung ins Gesicht geschrieben, als er zusammen mit seinen Kollegen auf der Bühne steht und ins Publikum strahlt.

Er sucht meinen Blick, findet ihn und sein Lächeln wird noch breiter.

Seine Leistung heute war wirklich gut und ich bin richtig stolz auf ihn, weshalb ich nochmal extra laut durch die Finger pfeife.

Nachdem ich mich durch die munter schwatzende Menge bis zur Garderobe durchgekämpft habe, lasse ich mir meinen Mantel wieder geben und verlasse das Gebäude. Auf der gegenüberliegenden Straßenseite befindet sich das Theatercafé, in dem es einen kleinen Empfang geben wird. Als Lucas´ Gast darf ich dabei sein und husche unauffällig über die Straße.

Einige Reporter stehen vor dem Haupteingang und ein Mann scheint mich zu erkennen.

»Mr Seales!«, ruft er laut und einige Fotografen drehen sich in meine Richtung, doch alle behindern sich gegenseitig und ich bin schneller am Theatercafé angekommen, als sie. Vor der Tür steht ein Aufpasser, der mich einlässt, als ich ihm meinen Namen nenne. Die Reporter, die mich eben mit einer Kamera aufs Korn genommen haben, müssen leider draußen bleiben, denn es ist eine geschlossene Gesellschaft.

Darüber bin ich ziemlich froh.

Leider hat das Café sehr große Fenster und so ist es natürlich ein leichtes, einfach das ganze Treiben von außen zu beobachten. Zu gerne hätte ich Lucas meine Freude über den Erfolg der Premiere gezeigt, doch ich kann ihn nicht so fest umarmen, weil die Reporter draußen stehen. Ihm ist das zum Glück aufgefallen und so verhalten wir uns lediglich wie zwei gute Freunde, trinken gemeinsam einen Cocktail und unterhalten uns.

Trotzdem ist der Abend sehr schön und ich genieße es, mal wieder unter Theaterleuten zu sein. Es ist etwas anderes, als beim Film. Am Set hat man oft auch Menschen im Team, die den Job einfach machen, weil es gerade nichts

Besseres gibt oder weil man eben so reingerutscht ist.

Theater hingegen ist Leidenschaft.

Niemand, der das Theater nicht liebt, würde freiwillig abends, an Wochenenden und Feiertagen arbeiten und deswegen sind hier alle mit Herzblut dabei. Das spürt man deutlich, wenn man den Gesprächen folgt. Es ist bereits nach Mitternacht, als ich mich von Lucas verabschiede. Dafür haben wir uns in den hinteren Teil der Bar zurückgezogen und er sieht mir dabei zu, wie ich meinen Mantel anziehe.

»Schläfst du heute zuhause?«, frage ich und er nickt.

»Ja, ich werde morgen mit Sicherheit einen Kater haben und den ganzen Tag im Bett verbringen, das will ich dir nicht zumuten.« Er grinst und deutet auf das Bier in seiner Hand.

»Okay, aber wenn du glaubst, zuhause nicht mehr anzukommen, dann komm bitte trotzdem ins Hotel, ja? Es ist ja nicht weit von hier.«

Er verspricht es mir und erst dann kann ich beruhigt die kleine Party verlassen. Lucas bleibt noch. Er hat sich das Feiern heute wirklich verdient.

Draußen ist es kalt und ich ziehe den Kopf zwischen die Schultern, als ich das warme Café verlasse, um zu Fuß zum Hotel zu gehen.

„Guten Abend, Henry. Hattest du Spaß auf der Premiere?" Stan Cardener lehnt unter einem Fenster, hat die Arme vor der Brust verschränkt und mustert mich neugierig.

„Schade, ich hatte gehofft, ich wäre Sie los", sage ich ernst und gehe an ihm vorbei. Er stößt sich von der Wand ab und geht neben mir her.

„Du warst lange nicht mehr in deiner Wohnung. Hattest du genug von den Fotografen oder bist du zu Lucas gezogen?", fragt er offensiv und filmt mich mit dem Handy. Rasch drehe ich den Kopf weg und versuche, seinen Arm wegzuschieben. „Meine Kollegen haben dich gar nicht mehr gesehen und auch sonst machst du dich gerade echt rar und dann erscheinst du ausgerechnet bei der Premiere des Mannes, mit dem man dir eine Affäre andichtet. Findest du das nicht merkwürdig?"

„Würden Sie bitte das Telefon nicht in mein Gesicht halten?", bitte ich ihn und halte nach einem Taxi Ausschau. Es ist im Grunde sinnlos, damit zu fahren, denn das Hotel befindet sich nur zwei Minuten zu Fuß vom Theater entfernt. Aber ich werde Stan Cardener sicherlich nicht in mein neues Zuhause locken. Soweit kommt´s noch.

Und wenn ich dafür mit dem Taxi erstmal in die Gegenrichtung fahren muss, ist es mir das allemal wert.

„Was sagst du eigentlich zu den neuesten Gerüchten?", fragt der Reporter neugierig und rückt mir so nah auf die Pelle, dass ich einen Schritt auf die Straße mache, um nicht von ihm berührt zu werden. Dass er eine Gegenfrage von mir erwartet, ist mir klar, aber den Gefallen werde ich ihm nicht tun, auch, wenn ich gerne wissen will, welches Gerücht er meint. „Es heißt, dass man den Typen gar nicht anklagen kann, weil die DNA Proben nicht ausreichen und er wieder auf freiem Fuß gesetzt wird. Kann es vielleicht sein, dass das alles nur inszeniert war?"

Die DNA Proben reichen nicht aus?

Mir wird ganz heiß, als er das sagt. Wenn die Polizei den Mann von Silvester wirklich wieder freilassen muss, dann ... Ich will mir das gar nicht vorstellen. Womöglich will er sich dann noch an mir rächen, weil ich ihn angezeigt habe. Sobald ich im Hotel bin, muss ich Lauren anrufen und nachfragen, ob sie eine Information bezüglich der Ermittlungen hat. Äußerlich lasse ich mir nichts anmerken, gehe nur weiter geradeaus, und versuche ein Taxi zu bekommen.

„Wie geht eigentlich Lucas damit um? Findet er es nicht eklig, wenn ein anderer Kerl an dir dran war?" Die Hand in meiner Tasche ballt sich zur Faust und ich muss mich sehr beherrschen, Stan Gardener nicht vor den nächsten Bus zu stoßen, der wenige Meter entfernt an einer Haltestelle steht.

Kurzerhand renne ich los, springe hinein und sage zum Fahrer: „Könnten Sie die Tür bitte schließen?" Zischend gleitet die Tür zu und Stan Cardener ist ausgesperrt. Der Bus setzt sich in Bewegung und ich lasse mich mit klopfendem Herzen auf einen Platz sinken.

Irgendwie war es klar, dass ich den Mann nochmal wiedersehe, aber ich hatte nicht heute damit gerechnet. Schwer atmend ziehe ich das Handy aus der Tasche und schreibe Lauren eine E-Mail, in der ich mich nach dem Verlauf der Ermittlungen erkundige und sie darum bitte, mich auf den aktuellen Stand zu bringen.

Nachdem ich zwei Stationen gefahren bin, steige ich am Trafalgar Square aus, der sich zum Glück nicht weit vom Hotel entfernt befindet, und gehe den restlichen Weg zu Fuß. Ich bin allein auf dem weitläufigen Platz vor der National Gallery, passiere die mächtigen Löwenstatuen und sehe mich immer wieder um. Doch mir folgt niemand. Es ist mitten in der Nacht und ich komme ungesehen zum Hotel.

Der nächste Morgen beginnt für mich mit einem Anruf, den ich sehnlichst erwarte. Stan Cardeners Aussage hat mich verunsichert und ich habe noch gestern versucht, online die Richtigkeit zu überprüfen, doch natürlich ist mir auch klar, dass die Polizei nichts darüber ins Netz stellen würde. Entweder hat Cardener Informanten oder er hat geblufft.

Glücklicherweise bin ich schon wach und sitze im Speisesaal des Hotels beim Frühstück, als ich das Telefonat entgegennehme. Dabei werfe ich den Herrschaften am Nebentisch einen entschuldigenden Blick zu, die beim Klingelton »Highway to Hell« heftig zusammengezuckt sind.

»Guten Morgen Lauren, gut, dass du anrufst«, sage ich und lasse sie gar nicht zu Wort kommen. »Ich habe gestern wieder Stan Cardener getroffen. Er erzählte mir, dass die DNA Proben des Mannes nicht ausreichen, um ihn anzuklagen, stimmt das?« Nervös die Antwort abwartend drücke ich mir das Telefon ans Ohr und versuche, mein Herzklopfen zu ignorieren, das immer schneller wird.

Was, wenn Lauren mir das bestätigt?

»Wie kommt er denn auf einen solchen Blödsinn? Das stimmt natürlich nicht, mach dir da keine Gedanken, Henry.« Erleichtert atme ich aus. Er hat wirklich nur gebluft und versucht, mich zum Reden zu kriegen. »Henry, weshalb ich außerdem anrufe; du hast doch heute sicherlich nichts vor, oder?«, fragt sie und ich weiß genau, dass das eine rhetorische Frage ist. Egal, was ich heute geplant habe, ich habe es jetzt abzusagen, weil ich einen Termin wahrnehmen muss.

»Nein, habe ich nicht. Weshalb fragst du?«

»Ich habe die Planung für die Premiere bekommen, also den kompletten Ablauf von Anfang bis Ende und den würde ich sehr gerne mit dir und Lucas durchgehen. Ihr müsst wissen, was wo sein wird, damit ihr auf dem roten Teppich nicht vollkommen planlos seid. Vor allem bei Lucas hab ich da meine Bedenken, weil er sowas in der Größenordnung ja noch nie mitgemacht hat. Nicht, dass er uns noch in die falsche Richtung läuft.« Sie klingt ernsthaft besorgt und ich kann sie verstehen. So ein roter Teppich kann lang sein und wenn man nicht weiß, wie man sich zu verhalten hat, dann wird das peinlich. Schließlich ist man die ganze Zeit im Fokus aller Anwesenden – zumal wir beide, als Hauptdarsteller, sowieso mit die Wichtigsten auf dem roten Teppich sein werden.

Ich erinnere mich an meine erste Premiere, die etwas größer war. Damals hatte ich schon kleinere Premieren hinter mich gebracht und war davon ausgegangen, geübt zu sein.

Und dann stieg ich aus dem Wagen.

Für einen Moment hatte ich das Gefühl, blind geworden zu sein, weil alle Fotografen mit Blitz fotografiert hatten. Damit hatte ich nicht gerechnet und mich wie ein verschrecktes Reh über den unendlichen roten Teppich bewegt. Dazu kamen noch Reporter, die mich kurz interviewen wollten, und ich war ziemlich überfordert, als ich endlich im Kino ankam.

So wird es Lucas auch gehen, wenn er sich nicht damit auseinandersetzt, was auf ihn zukommt.

»Würdest du dann heute um 13 Uhr ins Büro kommen? Ich rufe Lucas auch gleich an und bestelle ihn her, damit wir alles besprechen können«, sagt Lauren und ich sage zu. Nachdem ich aufgelegt und mich gerade wieder erleichtert meinem Spiegelei gewidmet habe, fällt mir ein, dass Lucas sicherlich lange wach war. Ob Lauren ihn überhaupt erreicht?

Highway to Hell – Lauren.

Wieder zucken meine Nachbarn am Nebentisch zusammen.

»Lauren, was gibt's?«

»Ich kann Lucas nicht erreichen. Er hatte ja gestern seine Premiere, ich denke, es ist vielleicht etwas spät geworden. Würdest du bei ihm vorbeifahren? Der Termin ist wirklich *wirklich* wichtig.«

»Ja, ich mache mich gleich auf den Weg«, sage ich und beruhige damit meine Managerin. Unter den verurteilenden Blicken des Ehepaars am Nachbartisch, beende ich das Telefonat, schiebe das Handy zurück in die Tasche und nehme meinen Toast in die Hand. »Entschuldigen Sie die Störung«, sage ich freundlich und verlasse den Speisesaal.

Als ich wenig später vor Lucas´ Haus stehe, bin ich erleichtert, keine Reporter zu sehen, und ich gehe entspannt auf die Tür zu, wo ich zweimal auf die Klingel drücke.

Nichts tut sich.

Ich klingle nochmal und dann krächzt Lucas in die Gegensprechanlage.

»Ja?«

»Hey, ich bin´s. Ich soll dich abholen«, sage ich möglichst gut gelaunt, weil ich nicht will, dass Lucas grummelig ist und er lässt mich rein.

Zerzaust und mit ganz kleinen Augen, steht er in der Wohnungstür. Seine Fahne kann ich schon von weitem riechen.

»Wieso holst du mich ab? Und wofür?«, fragt er, gähnt mir seinen Alkoholatem ins Gesicht und ich mache einen großen Bogen um ihn.

»Weil Lauren dich nicht erreichen konnte und wir einen Termin mit ihr haben, um die Premiere zu besprechen; den Anlauf auf dem roten Teppich und alles«, sage ich ruhig und Lucas kratzt sich am Kopf. Er sieht aus, wie ein verwirrter Professor.

»Seit wann haben wir den Termin? Ich hab den gar nicht auf dem Schirm gehabt«, nuschelt er und schließt die Wohnungstür vorsichtig, vermutlich sind ihm alle Geräusche zu laut.

»Nun, sie hat mir den Termin vorhin erst durchgegeben«, sage ich und gehe den Flur entlang in sein Schlafzimmer.

»Kannst du bitte auf Zehenspitzen laufen?«, bittet mich Lucas mit jammernder Stimme. »Deine Schuhe sind so laut auf dem Holzboden, das geht mir direkt in den Kopf.«

Ich tue ihm den Gefallen und schleiche ins Schlafzimmer, wo ich die Vorhänge aufziehe und das Fenster öffne. Die kalte Luft strömt in den Raum und Lucas huscht blitzschnell zurück in sein Bett.

»Ist das kalt«, stellt er fest und zieht sich die Decke über den Kopf. Ich ignoriere diese Aussage und wende mich stattdessen seinem Kleiderschrank zu. »Was willst du heute anziehen?«

»Machen wir Fotos?«

»Nein.«

»Dann ist es mir egal. Was möglichst Bequemes bitte«, kommt es dumpf unter der Decke hervor. Ich durchsuche Lucas´ Kleiderschrank und ziehe eine schwarze Jeans und einen roten Pullover mit Adidas Aufdruck heraus. Beides hänge ich im Badezimmer über die Heizung, dann schnappe ich ihn, mitsamt der Bettdecke. Er ist eingewickelt, wie ein Paket und ich trage ihn ebenfalls ins Bad. Lucas protestiert, dass er müde sei und einen Kater habe, doch ich habe kein Mitleid mit ihm.

»Wer feiern kann, der kann auch arbeiten, mein Schatz«, sage ich, stelle ihn im Badezimmer auf die Füße und tippe ihm auf die Nasenspitze. »Ich löse dir eine Kopfschmerztablette in der Küche auf, dann geht´s dir sicherlich bald besser.«

»Du bist schlimmer als meine Mum«, stellt Lucas grummelnd fest, als ich das Badezimmer verlasse und die Tür hinter mir schließe.

»Na, irgendwer muss ja auf dich aufpassen«, antworte ich gelassen.

Die Tablette sprudelt schon nicht mehr, als Lucas endlich aus dem Badezimmer kommt. Doch die Dusche scheint ihm gutgetan zu haben, denn er sieht wesentlich frischer aus und kann sogar die Augen wieder öffnen. Abgesehen von dem leicht schlurfenden Gang, deutet nichts mehr auf die vergangene Nacht hin.

»Wie lange warst du denn auf der Feier?«, frage ich, als er das Glas an die

Lippen setzt und anfängt zu trinken. Er hält fünf Finger in die Luft. »Oh, das ist lang.«

»Ja, ich habe sogar eine der ersten Bahnen nach Hause nehmen können. Zum Schluss waren nur noch Selma, Calvin und ich da.« Calvin hat einen der Polizisten gespielt, soweit ich mich erinnere.

»Was machen wir bei Lauren?«, will Lucas erneut wissen, als wir endlich fertig angezogen im Flur stehen.

»Den Ablauf der Premiere besprechen. Wir treffen sie in einer Dreiviertelstunde im Büro des Managements«, antworte ich und Lucas nickt nur. Langsam folgt er mir die Treppe hinunter und hält sich dabei am Geländer fest, wie ein Kind, das gerade erst das Treppenlaufen gelernt hat.

»Heute waren gar keine Reporter hier auf der Lauer.« Ich öffne die Haustür und sofort höre ich das Klicken von Kameras.

»Ich hab dir doch mal gesagt, dass die sich in den parkenden Autos verstecken«, sagt Lucas leise und folgt mir hinaus. Da man uns sowieso schon fotografiert hat, macht es auch keinen Sinn mehr, jetzt nochmal zurück ins Haus zu flüchten, also gehen wir einfach an den Fotografen vorbei.

»Guten Morgen! Wie geht es euch? Henry, Lucas, geht ihr gemeinsam Frühstücken?«

»Lucas, wie war die Premiere?«

»Henry, warst du dabei, um ihn zu unterstützen? Oder als Freund?«

»Was habt ihr heute so vor?«

Natürlich beantworten wir die Fragen nicht. Ich halte den Kopf gesenkt, die Hände in den Taschen und gehe mit schnellen Schritten geradeaus. Lucas folgt mir dicht auf den Fersen, doch die Reporter lassen sich so schnell nicht abschütteln.

Im Gegenteil.

Sie begleiten uns bis zur Bahnstation.

Erst, als wir die Drehkreuze passiert haben, bleiben sie zurück und sehen uns nach, wie wir auf der Rolltreppe nach unten fahren.

»Die waren ziemlich hartnäckig«, seufzt Lucas und lehnt sich gegen mich. »Oh man, ich bin nicht dafür gemacht, mit einem Kater so schnell zu gehen. Mir dreht sich alles.« Besorgt sehe ich ihn an: Er wird mir doch wohl nicht hier auf der Rolltreppe umkippen?

Doch Lucas hält sich wacker und wir kommen heil beim Cooperations Management an. Zwar wurden in der Bahn wieder mehrfach »unauffällig« Fotos von uns gemacht, doch mir ist das mittlerweile egal.

Wir haben noch acht Tage bis zum Outing – jetzt können sie uns gerne fotografieren. Das heizt die Gerüchteküche und die Spannung wenigstens weiter an.

Acht Tage – dann hat das endlich alles ein Ende.

33. KAPITEL

Lauren zieht missbilligend die Augenbrauen hoch, als wir uns in ihrem Büro an den Tisch setzen. Glücklicherweise sagt sie nichts zu Lucas´ Zustand. Stattdessen lässt sie ihm ein Glas Wasser samt Magnesiumtablette kommen und legt dann ohne große Umschweife los.

Sie spricht in vollkommen normaler Lautstärke, doch mein Freund zuckt trotzdem zusammen und scheint sich nur mit Mühe davon abhalten zu können, sich die Hände auf die Ohren zu drücken.

»Ich habe hier den Plan des roten Teppichs ausgedruckt«, sagt sie und legt ein Blatt Papier zwischen uns auf den Schreibtisch. In einer simplen Skizze ist der ganze Aufbau dargestellt.

»Also; der Ablauf ist folgender: Ihr kommt in getrennten Wagen an. Lucas wird zuerst aussteigen.« Sie deutet auf ein Kreuz, ganz am Anfang des roten Teppichs. »Hier ist eine Absperrung für Fans, dort könnt ihr Autogramme geben und Selfies machen, oder was auch immer die Fans haben wollen. Nach zehn Metern kommt dann der nächste Bereich: Da sind die Fotografen. Sie werden euch jeweils einzeln vor dem Filmplakat fotografieren. Gebt ihnen mindestens zwei Minuten Zeit. Wenn Lucas beim Fotografieren ist, kommst du an, Henry, und wenn ihr wollt, könnt ihr euch dann als Paar knipsen lassen.« Bei diesen Worten zieht es vor Aufregung in meinem Magen.

Ich stelle mir vor, wie ich aussteige, zu Lucas gehe und ihn einfach küsse.

Oder wäre das zu viel?

Wäre es wirkungsvoller, wenn ich einfach seine Hand nehmen würde? Wobei ein Kuss mit Sicherheit für ordentlich Furore sorgen wird. Vielleicht nimmt man das Händchenhalten nicht ernst genug und das Outing kommt womöglich gar nicht an! Oh Gott, dann wäre das alles umsonst gewesen!

»Henry? Hörst du noch zu?«, fragt Lauren und klopft mit dem Kugelschreiber energisch auf die Glasplatte des Schreibtisches.

»Ja, natürlich«, sage ich rasch.

Ich kann mir später auch noch ausdenken, was genau wir auf dem roten Teppich veranstalten wollen.

»Ihr geht dann also gemeinsam bis hier in diesen Bereich. Dort warten einige Journalisten und ihr habt pro Journalist maximal zwei Minuten Zeit. Aber macht euch keine Gedanken, es wird Leute vor Ort geben, die euch weiterschieben, wenn ihr zu lange braucht.«

Oh ja, diese Leute kenne ich. Sie scheinen eine Stoppuhr im Kopf zu haben und bugsieren einen immer ziemlich streng über den roten Teppich. Manchmal kommt man sich dabei vor, wie ein kleines Kind.

»Und nach den Journalisten gibt es einen Bereich, der nochmal für Fotografen reserviert ist.«

Jetzt meldet sich Lucas zu Wort: »Wieso zweimal Fotografen?«

»Weil die einen von der Yellow Press sind und die anderen zu hochwertigen Magazinen gehören«, sagt Lauren und als Lucas fragend mit den Schultern zuckt, weil das für ihn keine ausreichende Antwort war, sagt sie: »Die Fotografen im zweiten Bereich zahlen mehr Geld dafür, dass die dort stehen dürfen. Sie haben mehr Platz und eine schönere Perspektive auf euch.«

Es geht ums Geld. Wie immer.

»Gibt es schon einen aktuelleren Zeitplan, wann wir abgeholt werden?«, will ich wissen. Meist beansprucht eine solche Premiere den ganzen Tag, obwohl sie erst am Abend stattfindet. Die ganzen Vorbereitungen dauern allerdings meist ewig. Lauren wirft einen Blick auf ihren Computerbildschirm und sagt dann: »Miss Underwood hat mir noch keine detaillierten Angaben gemacht, aber ihrer aktuellen Mail zufolge sieht der Plan momentan so aus:

13:30 Ankunft im Stylingraum

14:00 - 16:00 finale Anprobe samt Haare und Make up /Styling

17:45 Abholung Henry und Lucas

18:30 Ankunft Lucas

18:32 Ankunft Henry

18:35 - 19:15 Roter Teppich, Interview, Fotos

19:30 Empfangsdrink im Kino Foyer

20:00 Einlass in den Kinosaal

Aber ich denke, dass man da sicherlich noch einige Kleinigkeiten ändern wird. Nach der Premiere in London, werdet ihr dann auch die Premieren in Spanien am 2. März, Deutschland am 3. März, Frankreich am 5. März, Polen 7. März und Italien 8. März machen. Die in New York wird dann zum Schluss stattfinden und ihr seid dann am 10. März mit allem fertig.«

Also doch sechs Premieren, nicht vier, wie ursprünglich geplant.

»Macht Zach das Styling wieder?«, will ich wissen und Lauren zuckt die Schultern.

»Ich habe keine Ahnung. Hättest du ihn gerne?«

»Ja, wenn er Zeit hat, wäre mir das sehr recht. Bei ihm fühle ich mich am wohlsten. Außerdem hat er den Film ja auch gemacht.«

Lauren bittet Miss Underwood kurzum per E-Mail, meinen Lieblingsmaskenbildner zu buchen, während es neben mir verdächtig still geworden ist.

Mit einem Seitenblick zu Lucas stelle fest, dass er es tatsächlich fertiggebracht hat, im Sitzen einzuschlafen.

Bevor Lauren das bemerkt, stupse ich ihn an. Er zuckt zusammen, grinst verlegen und setzt sich etwas aufrechter hin.

»Gut, sonst noch was?«, will Lauren wissen und sieht uns an.

»Also von unserer Seite aus gibt es keine Fragen«, sage ich und Lucas bestätigt mich mit einem Kopfschütteln und einem langsamen Blinzeln.

»Gut, dann ist unser Termin ja beendet. Super, das ging schnell.« Sie steht auf, um uns zu verabschieden, dabei sieht sie Lucas an und sagt: »Du machst aber keine Party mehr, bis zur Premiere, ja?«

»Ja«, antwortet Lucas leise und gibt ihr nur die Hand. Dass er ihr mit seiner Fahne zu nahe kommen will, kann ich nachvollziehen. Mich küsst sie auf die Wange, dann können wir gehen.

Die Sonne kommt raus, als wir das Gebäude verlassen und Lucas zieht sich rasch eine Sonnenbrille aus der Tasche.

»Au, mein Kopf«, jammert er und gibt ein leidendes Seufzen von sich.

»Komm, wir gehen zu mir, dann kannst du dich ein bisschen hinlegen. Was hältst du davon?«, frage ich und er nickt lediglich, dann nehmen wir uns ein Taxi und Lucas schläft auf der Fahrt erneut ein.

Im Hotel schlurft er in mein Zimmer und fällt aufs Bett, wie ein nasser Sack.

»Kann ich dir was Gutes tun?«, frage ich und streiche ihm über die Haare.

»Ja, bitte nicht anfassen, mir tut der Kopf weh«, jammert Lucas und ich ziehe rasch die Hand zurück.

»Willst du was trinken?«

Wieder Kopfschütteln.

»Soll ich dich in Ruhe lassen?«

Nicken.

Den ganzen Nachmittag sitze ich am Computer und bin auf der Suche nach einem Umzugsunternehmen. Es gibt einige davon in London und ich muss mir eine Menge Bewertungen und Preislisten durchlesen, bis ich sicher bin, wirklich eine gute und seriöse Firma gefunden zu haben. Danach erledige ich endlich den Anruf, den ich schon seit langer Zeit vor mir herschiebe.

»Lancon, SurvivorsUK, was kann ich für Sie tun?«, meldet sich Mr Lancon bereits nach dem ersten Klingeln.

»Hallo, Henry Seales hier. Tut mir wirklich leid, dass ich mich erst jetzt bei Ihnen melde, aber ich hatte einiges zu tun in der letzten Zeit«, sage ich freundlich, doch Mr Lancon scheint das nicht schlimm zu finden.

»Oh, das ist kein Problem. Ich freue mich, dass Sie sich melden. Haben Sie sich entschieden, ob Sie uns helfen wollen?«

»Ich würde Sie gerne unterstützen und vielleicht könnten wir für Anfang März einen Termin vereinbaren, um die Details zu besprechen. Ich könnte mir jetzt nicht vorstellen, groß in Interviews über die Sache zu sprechen, aber vielleicht findet sich ein anderer Weg, wie ich Ihnen nützlich sein kann.« Ich will ehrlich sein, denn er soll wissen, was er von mir bekommen wird.

»Mit Sicherheit. Wir haben in drei Wochen ein Fotoshooting für eine Plakatkampagne geplant und dafür wären Sie natürlich das perfekte Gesicht. Wenn Sie sich irgendwann soweit in der Lage fühlen, darüber zu sprechen, dann können Sie ja immer noch als Botschafter für uns auftreten«, erklärt mir Mr Lancon. Er klingt gut gelaunt und ich scheine ihm mit meiner Zusage eine richtige Freude gemacht zu haben. »Ich lasse Ihnen über Cooperations Management einen Termin zukommen und freue mich wirklich sehr, dass Sie sich bereiterklärt haben, uns zu helfen.«

Das klingt gut.

Nachdem ich das Telefonat beendet habe, gehe ich zurück ins Schlafzimmer. Ich will Lucas erzählen, dass ich Mr Lancon treffen und mich für Vergewaltigungsopfer einsetzen möchte. Doch er hat sich in meine Bettdecke gewickelt und schnarcht. Ich habe ihn noch nie verkatert erlebt und irgendwie amüsiert mich dieser Anblick, weshalb ich eine Weile in der Tür stehenbleibe und ihm beim Schlafen zusehe.

Bald kann ich das jeden Tag machen. Das wird wundervoll und ich freue mich schon richtig darauf.

Im Kopf gehe ich die ganze Liste durch, die ich abzuarbeiten hatte, und stelle fest, dass ich alles erledigt habe. Das Interview ist gemacht, das Haus ist gekauft und Mr Lancon informiert.

Das Einzige, was jetzt noch ansteht, ist die Premiere und ich bin in gespannter Vorfreude auf den Tag.

Lächelnd setze ich mich zu Lucas aufs Bett, streiche ihm durch die Haare und drücke ihm einen Kuss auf die Schläfe.

»Ich hab dich lieb«, sage ich leise, rund rümpfe die Nase, als ich seine Fahne riechen kann. »Auch, wenn du gerade stinkst, als wärst du in ein Bierfass gefallen«, füge ich leise lächelnd hinzu.

Ich fühle mich unheimlich befreit, jetzt, wo ich nur noch diesen einen Termin im Kalender stehen habe.

In den Tagen bis zur Premiere spielt Lucas abends Theater und ich treffe mich ab und zu mit Nick. Diesem tut sein Angriff auf meinen Freund mittlerweile richtig leid und er verspricht mir, sich bei ihm zu entschuldigen, sobald sie sich wieder sehen.

»Ich glaube, ich war wirklich zu hart zu ihm«, sagt er mir an einem Nachmittag, als wir in meiner Wohnung sitzen und neue Kartons zusammenpacken. Noch immer habe ich keinen fixen Termin für den Umzug, doch darum kümmere ich mich erst, wenn die Premiere gelaufen ist. Vorher habe ich keinen Kopf für sowas. Lediglich das Packen versuche ich, so gut wie möglich zu erledigen und mit Nicks Hilfe, macht es sogar Spaß.

»Oh, hier ist noch ein Bericht über dich in der Zeitung«, sagt Nick und hält eine Seite hoch, mit der er eigentlich gerade einen meiner Teller einwickeln wollte.

»Och Nick, muss das jetzt sein? Ich hab keine Lust, noch weiteren Blödsinn über mich zu lesen«, seufze ich und nehme mir den nächsten Teller. Doch Nick hat bereits angefangen zu lesen und sagt: »Nein, nein, das ist überhaupt kein Blödsinn. Hör mal: >>Henry Seales ist eine Persönlichkeit, über die man mehr erfahren will. Seine freundliche und beeindruckende Ausstrahlung macht neugierig und doch äußert er sich nie groß zu seinem Privatleben. Er hält sich bedeckt, doch das tut dem Interesse an seiner Person keinerlei Abbruch. Die Fans liegen dem Star zu Füßen und im Internet teilt sich die Masse in zwei Lager auf. Die eine Hälfte glaubt fest daran, dass Henry Seales und Lucas Thomas ein Liebespaar sind, nehmen die beiden in Schutz und hoffen darauf, dass sie endlich offen zusammen sein dürfen. Das andere Lager wiederum bestreitet vehement, ihr Idol könnte homosexuell sein. Beide Lager haben jedoch eines gemeinsam: Sie wollen, dass ihr Idol glücklich ist, und akzeptieren die Entscheidungen, die er trifft. Bereits seit Wochen sind die verfügbaren Tickets für die Premiere von 1925 restlos vergriffen und wer sich zu den Glücklichen zählen kann, eines der Tickets ergattert haben zu können, darf am 28. Februar vielleicht hautnah Zeuge davon sein, ob Henry Seales mit Begleitung auftaucht, oder nicht. Doch ganz egal, wie er sich entscheiden wird, was er preisgibt und was nicht, auf die Unterstützung seiner Fanbase kann sich der Schauspieler in jedem Fall verlassen.<< Das ist kein Blödsinn, wie ich finde«, sagt Nick und strahlt mich an. »Ich bin so gespannt auf die Premiere, das wird der Knaller.« Er wickelt die Zeitung um einen Teller und legt diesen dann gut gelaunt in einen Karton.

Am Abend hole ich Lucas vom Theater ab und wir gehen essen.

Die Kellner überschlagen sich fast vor Freude, als wir den Laden betreten. Wir haben nicht reserviert und man gibt sich eine Menge Mühe, uns einen Platz zu besorgen. Mir ist das ein bisschen peinlich, weil wir den ganzen Ablauf der Mitarbeiter durcheinanderbringen. Lucas ist das egal, er hat nach der Vorstellung einen Bärenhunger und freut sich, dass wir einen Tisch bekommen.

»Ist es möglich, uns nicht direkt an ein Fenster zu setzen?«, frage ich leise und der Oberkellner nickt rasch. Wenig später sitzen wir hinter einem Raumteiler aus Pflanzen in einer Ecke. Der Platz gefällt mir nicht wirklich, weil wir so abgeschottet sind. Doch ich tröste mich mit dem Gedanken, dass wir in naher Zukunft so oft am Fenster sitzen können, wie wir wollen, weil unsere Beziehung kein Geheimnis mehr sein wird.

»Was hast du heute so gemacht?«, fragt er, nachdem die Vorspeise eingetroffen ist.

»Ich habe zusammen mit Nick weiter meine Wohnung zusammengepackt und die Küche ist jetzt auch schon leer«, erzähle ich. Lucas hebt die Augenbrauen, als ich Nick erwähne und ich sage schnell: »Es tut ihm übrigens leid, dass er dich so behandelt hat und er will sich bei der nächsten Gelegenheit bei dir entschuldigen.« Lucas nickt. »Das wäre sehr schön. Weißt du, was auch schön ist? Dass vorhin Fans an der Stagedoor auf mich gewartet haben. Das ist noch nie vorgefallen, es ist ein komisches Gefühl. Als ich früher Theater gespielt habe, konnte man danach im Sweater und mit Make-up Resten im Gesicht das Haus verlassen, aber jetzt muss ich ja regelrecht darauf aufpassen, wie ich aussehe.«

»Willkommen in meiner Welt«, sage ich grinsend und Lucas bläst anerkennend die Backen auf.

»Ganz ehrlich; ich hätte nie gedacht, dass das so anstrengend ist«, gibt er zu.

»Und ich verspreche dir, dass das nicht besser werden wird. Aber man gewöhnt sich daran.«

»Ich sollte wohl nochmal mit Lilly einkaufen gehen«, murmelt Lucas und sieht mich an, als müsste er eine Aufgabe erledigen, die ihm so ganz und gar nicht recht ist.

»Also wenn du willst, dann gehen wir zwei gemeinsam. Nach der Premiere können wir das ja tun, ohne, dass das Ganze zum Spießrutenlauf wird.« Es macht mich so dermaßen glücklich, zu wissen, was wir bald alles werden machen können, dass ich am liebsten alle umarmt hätte.

»Stimmt, wir können ja shoppen gehen. Oh, dann macht es sicherlich auch mehr Spaß. Lilly findet beim Einkaufen immer mehr Dinge für sich selbst, obwohl sie als meine Beraterin dabei ist.«

»Ob das bei mir anders wird, kann ich dir nicht versprechen«, sage ich schnell, denn auch ich bin jemand, der sich sehr gerne in den Untiefen eines Shops verliert und dann häufiger mehr einkauft, als er eigentlich wollte.

Aber darum geht es in dem Fall ja nicht. Ich werde zusammen mit meinem Freund einkaufen gehen können und es wird kein Drama sein, wenn uns jemand dabei sieht oder fotografiert. Die Welt weiß dann Bescheid und diese Freiheit zu haben, fühlt sich schon in Gedanken wunderbar an.

Da will ich gar nicht wissen, wie es dann in echt ist.

34. KAPITEL

>>Henry Seales heimlich auf Lucas Thomas´ Premiere! Ist das noch Freundschaft?<<

>>Sie wirkten, wie ein Pärchen - Seales und Thomas beim romantischen Dinner in Soho gesichtet<<

>>Wann löst sich endlich das Geheimnis um die beiden?<<

Die Zeitungen in den nächsten Tagen titeln sehr amüsant und ich muss zugeben, dass ich mittlerweile wieder öfters auf die Schlagzeilen schiele und es mir sogar Spaß macht, die Vermutungen der Presse zu lesen.

Wer hätte das vor einem halben Jahr gedacht.

Zwei Tage vor der offiziellen Premiere haben wir unseren letzten Interviewtermin.

Ich bin wirklich froh darüber, denn langsam fühle ich mich, wie eine ausgepresste Orange und habe kaum noch Material, mit dem ich einen Reporter oder Moderator überraschen könnte. Entsprechend schwer ist die Aufgabe, die uns Lauren per Mail mitgeteilt hat.

»Denkt euch eine lustige Geschichte für die Talkshow aus«, liest Lucas vor, und sieht mich hilfesuchend an. »Was meint sie damit? Eine wahre Geschichte?«

»Nicht unbedingt, man kann auch eine ein wenig ausschmücken, das kann sowieso niemand gegenchecken. Aber die Leute hören gerne, dass wir beim Arbeiten unglaublich viel Spaß hatten, denn so wirken wir sympathischer und nahbarer und man sieht sich den Film vielleicht eher an«, erkläre ich und krame in meinem Oberstübchen nach einer passenden Story.

Viel Zeit, eine zu finden, haben wir nicht, denn die Einladung zur Show kam so spontan, dass wir bereits im Auto sitzen und auf dem Weg ins Filmstudio sind. Dort wird das Ganze heute aufgezeichnet und dann einen Tag vor der Premiere ausgestrahlt.

Das Studiogelände ist groß, durch die hohen Kastengebäude ist allerdings kaum zu überblicken, wie weitläufig es eigentlich ist.

Der Wagen passiert einen Pförtner und schlängelt sich dann zwischen den Gebäuden hindurch, die zur Orientierung mit großen Zahlen und Buchstaben gekennzeichnet sind.

»Wie wäre es, wenn wir die Story mit dem Stuhl noch ein bisschen aufbauschen?«, schlägt Lucas vor und dreht sich zu mir. »Weißt du, als ich ihn dir übergezogen habe, weil ...«

»... du dachtest, es wäre der aus leichtem Kunststoff?«, schlage ich vor und er runzelt die Stirn.

»Hä? Ne, weil wir doch davor...«

»Ich weiß, was davor war, aber man könnte ja behaupten, du hättest den Stuhl verwechselt und mir deswegen versehentlich mit dem echten Stuhl eins übergezogen«, sage ich schnell und werfe dem Fahrer einen Blick zu. Wir sitzen dieses Mal nicht in einem Taxi mit Trennscheibe, sondern in einem kleinen VW Bus und der Mann, der den Wagen steuert, bekommt jedes Wort mit.

Es muss ja jetzt nicht sein, dass der auf den letzten Metern noch Bescheid weiß und die Info für viel Geld an die Presse verkauft.

»Ja, das könnte man machen«, überlegt Lucas und holt tief Luft, als der Wagen vor einem Gebäude hält. In Laurens Mail stand, dass wir uns bei einem Pförtner melden sollen, der uns dann zur Besprechung und der Probe bringt. Tatsächlich holt uns am Empfang eine Dame mit Headset ab. Sie hat einen festen Händedruck und einen Stechschritt, als gäbe es kein Morgen mehr. Lucas und ich haben Mühe, hinterherzukommen.

Sie führt uns durch lange Flure, die mit einem abgetragenen Teppich ausgelegt sind, dessen Farbe schon seit 2005 nicht mehr aktuell ist.

»Das hier wird heute Abend eure Garderobe sein, hier daneben ist die Maske und ich bring euch jetzt am besten direkt zur Probe. Die läuft schon, aber ihr seid sowieso die letzten Gäste, daher habt ihr nichts verpasst.«

Der Moderator ist ein hibbeliges, aber routiniertes Kerlchen und heißt Graham. Er macht den Job schon lange und ich sehe seine Sendung gerne. Bei ihm gibt es meist etwas zu lachen und ich habe mir immer vorgestellt, dass man sich in seiner Gegenwart sehr wohlfühlt.

»Henry, Lucas, wie schön, dass es doch noch geklappt hat«, sagt er überschwänglich und schüttelt uns nacheinander die Hand. »Euer Management war sich ja lange nicht sicher, ob der Termin heute wirklich noch zu realisieren ist. Ihr seid ziemlich im Premierenstress, oder?« Der Blick, den er uns zuwirft, ist

347

mitleidig und ich nicke schnell.

»Ja, wir sind in den letzten Zügen, deswegen konnten wir auch wirklich erst sehr knapp hier ankommen.« Wir setzen uns auf die Couch und das Licht wird eingerichtet. Währenddessen erkundigt sich der Moderator, was wir denn für eine Geschichte auf Lager haben, die wir gerne zum besten geben würden.

Lucas erzählt von der Stuhl-Geschichte und man ist begeistert davon. »Das kann man genau so benutzen, die Leute werden es lieben, da bin ich sicher.« Er klatscht in die Hände und giggelt amüsiert, dann zieht er seine Karten zu Rate und wirft noch einen Blick darauf: »Hört zu, wir haben uns noch eine kleine Fragerunde ausgedacht, die ich mit euch gerne proben würde, dann spielen wir das Spiel heute Abend. Das wird super.«

»Ein Spiel, wie auf einer Hochzeit? Ist das nicht ein bisschen übertrieben?«, fragt Lucas, als wir wenig später in unserer Garderobe sitzen. Eine Stylistin bringt uns Klamotten vorbei, die man irgendwie noch organisiert hat und die vom Stil in etwa den 20er Jahren entsprechen. Die Zuschauer sollen ja verstehen, dass wir zu dem Film gehören. Wir probieren alles nacheinander an und geben die Sachen dann wieder zum Bügeln ab. Erst, als die Tür wieder hinter der Stylistin zugefallen ist, führen wir das Gespräch fort.

»Im Fernsehen ist nichts zu übertrieben, so darfst du nicht denken. Außerdem macht es sicherlich Spaß.« Das Spiel, das uns vorgeschlagen wurde, wird häufig auf Hochzeiten gespielt. Braut und Bräutigam sitzen mit dem Rücken zueinander und müssen schätzen, welche Behauptungen eher auf ihn oder eher auf sie zutreffen.

»Aber es ist ein *Hochzeitsspiel*. Denkst du nicht, dass das ein bisschen zu sehr auf das Outing hindeutet?« Lucas beißt sich unsicher auf die Lippe und ich muss lächeln, als ich ihn so sehe. Langsam nehme ich ihn in die Arme und gebe ihm einen Kuss.

»Machst du dir Sorgen? Bisher warst du doch immer sehr locker, was das alles anging. Hast du die Sache mit der Presse nicht immer als Spiel gesehen? Was lässt dich jetzt daran zweifeln?«

Lucas hebt den Blick und lächelt, wobei er fast schon ein wenig verlegen aussieht.

»Nein, das nicht, aber ich hab irgendwie das Gefühl, dass man damit einen enormen Druck aufbaut. Zumindest fühlt es sich gerade so an. Weißt du, wenn wir jetzt nicht zusammen wären, dann würde ich mir dabei irgendwie blöd vorkommen. Denk doch mal, ich hätte eine Freundin und unsere Beziehung wäre nur ein unbegründetes Gerücht. Was würde das denn für einen Eindruck machen?«

»Du hast aber keine Freundin und das ist Showbusiness. Sieh es doch einfach als Spaß und sei froh, dass man uns nicht absichtlich verkuppelt hat. Es gibt genug Schauspieler, die in der Promozeit ein Paar spielen, nur um die Leute glauben zu lassen, sie hätten sich am Set verliebt. Sie müssen ihre echten Partner in der Zeit verstecken. Das finde ich viel schlimmer, als wenn einem etwas angedichtet wird. Wir haben zumindest das Glück, keine Partner zu haben, die wir ´betrügen´ meinst du nicht?« Während ich spreche, streiche ich ihm über die Wange und scheine ihn tatsächlich überzeugt zu haben, denn Lucas nickt und sagt: »Dass du das mal sagen würdest, hättest du vermutlich auch nie gedacht, oder?« Er lächelt. »Gut, dann lass uns heute Abend einfach Spaß haben.«

In den kommenden eineinhalb Stunden werden wir umgezogen, geschminkt, frisiert und kommen gerade noch dazu, uns beim Catering zu bedienen, als die Aufzeichnung auch schon losgeht und wir in den Backstagebereich gebeten werden.

»Bist du nervös?«, frage ich Lucas leise. Er geht neben mir auf und ab und horcht aufmerksam auf die Geräusche, die durch Vorhang zu hören sind, den man hinter den Kulissen angebracht hat, um den Backstagebereich vor neugierigen Blicken zu schützen.

»Ein bisschen schon, aber ich freue mich auch. Das ist meine erste Aufzeichnung.« Er zupft an seinen Hosenträgern herum und ich fühle mich unwillkürlich an unser erstes Treffen zurückerinnert. Da war er genauso nervös, wie jetzt, doch in den letzten Monaten hat er so viel gelernt, dass er sich im Grunde keine Sorgen machen muss. Lucas weiß jetzt, wie man sich vor Kameras gibt, er ist unbefangen und locker und ich bin mir sicher, dass er die Talkshow problemlos meistern wird.

»Lucas, Henry, kommt ihr bitte mit? Ihr seid gleich dran«, teilt uns die Aufnahmeleiterin mit und führt uns zu der Stelle, an der wir durch den Vorhang auf die Bühne kommen werden.

Auf einem kleinen Monitor, der ein flackerndes schwarzweißes Bild überträgt, sehen wir den Moderator Graham, der uns anmoderiert.

»Und jetzt kommen wir zu zwei jungen Männern, die sich erst recht kurzfristig hier eingefunden haben. Sie starten in zwei Tagen mit ihrem neuen Kinofilm und ich bin mir sicher, ihr werdet ihn lieben. Willkommen Henry Seales und Lucas Thomas!«

Unter tosendem Applaus treten wir nacheinander durch den Vorhang und werden von Graham freundlich lächelnd empfangen. Er führt uns zu dem Sofa, wo wir die anderen Gäste, ein Model und zwei Musiker, begrüßen und Platz nehmen. Immer wieder werfe ich einen Blick ins Publikum. Mädchen kreischen und winken, doch die Lichter des Studios blenden und ich erkenne lediglich die ersten zwei Reihen, also lächle ich auf gut Glück in einige Richtungen.

Graham wendet sich zuerst an Lucas: »Ist das deine erste Show, Lucas?«

»Ja, ich war bis eben wirklich aufgeregt, aber ich habe ja einen guten Kollegen dabei, bei dem ich mir einiges abgucken kann«, antwortet Lucas und ich schüttle abwinkend den Kopf.

»Lucas hat ein gutes Grundgespür, da muss ich ihm nicht viel zeigen.« Graham nickt verstehend und schielt auf seine Karten, die er in der Hand hält und räuspert sich: »Ihr habt euch am Set wohl gut verstanden, vor allem, wenn man die aktuellen Schlagzeilen so liest. Ist das alles wirklich so eine heile Welt, oder gab es auch mal Knatsch zwischen euch beiden? Henry, erzähl´ doch mal: Lucas war schließlich noch nie wirklich beim Film. Gab es Situationen, in denen du dir einen Kollegen mit mehr Erfahrung gewünscht hättest?« Das ist die Anspielung auf den Stuhl, denn so wurde es ausgemacht, doch ich kann jetzt nicht sofort diese Story erzählen, also hole ich ein wenig aus und sehe Lucas dabei an, um ihm zu zeigen, dass er mich auch unterbrechen darf, wenn er das möchte.

»Also grundsätzlich muss ich ja sagen, dass es kein Drama ist, wenn man vom Theater kommt. Natürlich macht es einen Unterschied, ob man auf einer Bühne, oder vor einer Kamera steht, aber Lucas hat sehr schnell dazugelernt und war immer offen für Tipps und Ratschläge.«

»Und ich kam mir anfangs trotzdem total doof vor, als hätte mich jemand in einer fremden Welt ausgesetzt«, wirft Lucas ein und zieht eine Grimasse, die sehr niedlich aussieht und ich grinsen muss. Das Publikum gibt einen gerührten Laut von sich.

»Naja, bis auf die eine Szene mit dem Stuhl, ist wirklich alles gut gelaufen.«

»Stuhl? Das musst du genauer erklären, Henry.« Graham legt die Karten beiseite und beugt sich ein wenig vor, als könnte er es kaum erwarten, die Geschichte zu hören, dann wendet er sich ans Publikum: »Ihr wollt es doch auch wissen, oder?«

Natürlich will es das Publikum und alle applaudieren wild.

»Es war ein Drehtag an dem wir einen Streit zwischen George und Mo drehen, das sind die Rollen, die wir in 1925 spielen. In der Szene wirft Mo – das ist Lucas´ Rolle - mit einem Stuhl nach mir. Das ist an sich nichts Schlimmes, aber wir hatten einen echten und einen künstlichen Stuhl, der aus Weichschaum gefertigt war. Lucas war allerdings dann so in der Rolle drin, dass er den falschen Stuhl erwischt hat. Die Szene ging mir also echt nah. Es war sehr schmerzhaft, bis man den Stuhl ausgetauscht hat.«

Das ist natürlich nicht ganz richtig, aber alle sind amüsiert und Lucas spielt wunderbar mit, indem er das Gesicht in den Händen verbirgt und aussieht, als würde er sich dafür schämen.

Graham kichert amüsiert und schüttelt den Kopf, dann legt er Lucas die Hand auf die Schulter und sagt: »Diese Geschichte wirst du dir wohl noch lange anhören müssen, Lucas.« Er wendet sich ans Publikum und sagt: »Wir haben uns ein kleines Spiel ausgedacht, um zu sehen, wie gut ihr euch denn während der Dreharbeiten kennengelernt habt. Ich habe euch hier zwei Schilder, die man drehen kann.« Er reicht uns die Schilder und ich drehe sie testweise. In Blau steht Lucas´ Name auf der einen, in Grün meiner auf der anderen Seite.

Wir sollen immer den jeweiligen Namen anzeigen und wie sich herausstellt, sind die Fragen weniger auf eine Beziehung, als auf die Zusammenarbeit miteinander angelegt. Fragen wie: »Wer hatte mehr Outtakes?«, »Wer ist nervöser vor einem Drehtag?« Oder »Wer ist die größere Drama-Queen?« Sind tatsächlich ganz human und ich bin erleichtert, als das Spiel vorbei ist. Zwar wurde im Voraus sicherlich von Lauren abgeklärt, welche Fragen gestellt werden dürfen, aber man kann ja nie sicher sein, auf was für Ideen die Macher spontan noch kommen.

Obwohl der Auftritt recht kurz war, sind wir beide ziemlich platt, als wir mit dem Wagen zurück in die City gebracht werden.

»Sie können uns am Hotel rauslassen«, sage ich und der Fahrer stoppt den Wagen direkt am Eingang. Ungesehen huschen wir ins Gebäude und ich bin wieder einmal froh darüber, dass die Premiere bald stattfindet. Das ewige Versteckspiel wird langsam aber sicher wirklich anstrengend, denn leider hat man vor einigen Tagen herausgefunden, dass ich im Hotel lebe. Da wir heute recht spät dort ankommen und niemand mehr auf der Straße ist, sieht uns keiner, aber tagsüber ist es für Lucas seitdem fast unmöglich, mich zu besuchen.

Im Grunde sind alle Orte, die uns in irgendeiner Form verbinden, jetzt aufgedeckt. Das Harold Pinter Theater wird beobachtet, die Hotellobby ausgespäht, vor Lucas' Wohnung steht immer ein Grüppchen Reporter, angeführt von Stan Cardener. Auch meine alte Wohnung wird noch beobachtet.

Der einzige Ort, den noch niemand kennt, liegt in Soho in einem mehrstöckigen Haus und ist die Wohnung von Nick.

So kommt es, dass wir uns ab und zu zu einem Nachmittagsbrunch bei ihm treffen, bevor Lucas ins Theater muss. Davon war Lucas anfangs überhaupt nicht begeistert, doch nachdem sich Nick sofort entschuldigt hat, als sie sich wiedergesehen haben, war es okay. Das muss man meinem Kumpel wirklich zugutehalten. Wenn für ihn eine Sache erledigt ist, dann ist sie erledigt und er reitet nicht mehr darauf herum, oder erwähnt sie im Nachhinein mehrfach. Das trägt unglaublich zur Entspannung bei und wir genießen die Zeit zu dritt.

Beziehungsweise zu viert, denn ab und an ist auch mein Makler, Mr Linscott, dabei. Er und Nick scheinen in den Anfängen einer Beziehung zu stecken und ich muss zugeben, dass sie ziemlich süß zusammen sind. Fast schon ein bisschen nervig, weil sie so dermaßen zweideutige Aussagen machen, dass ich manchmal gern das Zimmer verlassen würde.

An einem Nachmittag sitzen wir bei Nick in der Küche und essen Gemüsesticks mit Dip. Nick hält seinem Freund eine Karotte hin und der nuckelt so ausgiebig und lasziv daran dass ich beschämt wegsehen muss.

Das ist schon sehr eindeutig.

Lucas fängt meinen Blick auf und hebt lediglich eine Augenbraue, dann prusten wir beide los vor Lachen, was Sam und Nick daran erinnert, dass sie nicht alleine sind.

»Habt ihr schon miteinander geschlafen?«, fragt Lucas direkt und nimmt demonstrativ ebenfalls ein Stück Karotte in den Mund.

»W-wieso fragst du?«, stottert Nick. Unglaublich, dass ich diesen schlagfertigen Mann einmal unsicher erlebe.

»Naja, so, wie ihr hier sexuelle Andeutungen macht, habt ihr es entweder erst vor Kurzem getan, oder es steht noch aus und ihr könnt es kaum erwarten«, erklärt Lucas seinen Gedankengang und macht dabei ein Gesicht, als sei er ein Privatdetektiv, der gerade einen besonders kniffligen Fall gelöst hat. Nick und Sam starren Lucas an, dann sagt Sam zögernd: »Wir ... haben noch nicht ...«

»Ha, wusste ich es doch«, jubelt Lucas und beißt von der Karotte ab, dass es knackt. Wir zucken alle zusammen. Die Komödie, die er momentan spielt, scheint ein bisschen auf sein privates Ich abgefärbt zu haben, doch mir gefällt das ganz gut, wenn ich ehrlich bin. Sam und Nick, noch immer ein wenig rot um die Ohren grinsen sich verlegen an und Nick sagt: »Wir wollten uns damit ein wenig Zeit lassen.«

Oh. Also, wenn Nick sich bei etwas Zeit lassen will, dann muss es ihm sehr wichtig sein.

Ich erinnere mich an einige One-Night-Stands, die ich kennengelernt habe, allen voran, der Kerl in Strumpfhosen. Da hatte er keine Zeit, zu warten.

Es ist toll, dass Nick jemanden gefunden hat und ich gönne es ihm. Nach Lucas´ Kommentar bleiben die sexuellen Witze allerdings aus und wir unterhalten uns ganz normal über die kommenden Tage.

»Ich bin schon so gespannt auf die Premiere, das glaubt ihr gar nicht. Gestern habe ich meinen Followern bei Instagram erzählt, dass ich hingehen werde und die verlangen alle, dass ich einen Livestream mache. Das kommt sicherlich gut an. Darf man auf dem roten Teppich denn filmen?«, fragt Nick.

Ich zucke die Schultern. »Da werden sowieso überall Kameras sein, die filmen, da wird man es dir schlecht verbieten können, oder?«

»Wunderbar«, sagt Nick und grinst. »Wie sieht denn euer Tagesplan für die Premiere aus?«

»Frag nicht«, seufzt Lucas und lässt den Kopf auf meine Schulter sinken, als würde die Last der Aufgaben ihn erdrücken. »Wir sind den *ganzen* Tag verplant mit Styling, Anproben und sowas. Wenn ich ehrlich bin, dann will ich einfach nur, dass es vorbei ist. Allein der Gedanke an den Tag stresst mich schon.«

»Geht vorher noch zum Wellness«, meint Sam und legt den Kopf schief. »Ich habe einige Kunden gehabt, die Schauspieler sind, die machen alle davor noch eine Kosmetikbehandlung, damit die Haut auch gut aussieht und sie entspannt sind.«

Kosmetik? Ich mustere Lucas und er erwidert meinen Blick.

Bis wir im Wellnessbereich des Hotels ankommen, dauert es eine Weile. Wieder stehen Fans vor der Tür und ich bin froh, dass Lucas und ich zu Fuß zum Hotel gekommen sind. So können wir schneller wieder verschwinden.

»Warte, lass uns erst mal nachsehen, wie viele da sind«, meint Lucas und hält mich davon ab, um die Ecke zu gucken.

»Und wie stellst du dir das vor? Soll ich einen Handspiegel zücken, wie

Hermine in Harry Potter und die Kammer des Schreckens?«, frage ich scherzhaft und Lucas schüttelt den Kopf.

»Natürlich nicht, aber dort stehen Autos und wenn wir da in die Spiegelung schauen, sehen wir sicherlich auch was.« Also versuchen wir, in den Fenstern der Autos etwas zu sehen, doch es ist schwer. Schließlich ist mir das Ganze zu dumm.

»Komm, lass uns doch den Hintereingang benutzen, das ist einfacher«, schlage ich vor und ziehe ihn um das Gebäude herum. Die Mitarbeiter kennen mich schon gut und so wundert sich niemand, dass ich einfach durch den Dienstboteneingang spaziere.

Als wir an der Rezeption auftauchen, ist dumpf ein Kreischen vor der Tür zu hören, was zwei Bodyguards dazu veranlasst, sofort zum Haupteingang zu gehen, um nach dem Rechten zu sehen.

»Okay, jetzt ist es wirklich offiziell, dass du hier wohnst. Man hat dich gesehen«, sagt Lucas mit einem Blick in die Richtung. »Willst du mal nach einem Termin im Wellnessbereich fragen und ich gehe raus und beschäftige sie ein bisschen?«, schlägt er vor und ich zucke mit den Schultern.

»Wie du magst, aber verquatsche dich nicht.«

»Blödsinn. Wir sind doch nur Kollegen«, sagt er und fügt schnell »nicht wahr, Baby?« hinzu. Bei den Worten wird mir ganz warm. Ich liebe es, wenn er mir diesen Kosenamen gibt, denn die Art und Weise, wie er das Wort sagt, klingt ganz locker und normal, doch es bereitet mir Gänsehaut. Mit Sicherheit ist es seine raue Stimme, die dem Wort diese ganz spezielle Färbung verleiht.

Und ich liebe sie.

»Was kann ich für Sie tun, Sir?«, fragt mich die Dame an der Rezeption und reißt mich aus meinen Lucas-Tagträumen.

»Ich wollte mich erkundigen, ob es heute noch zwei Termine für eine Kosmetikbehandlung gibt?«, sage ich rasch und sie sieht im PC nach. »Ich kann Ihnen heute um 20 Uhr etwas anbieten«, meint sie und blickt mich erwartungsvoll an.

Mist, da steht Lucas schon auf der Bühne. Das wird nichts.

»Wann wäre denn der nächste freie Termin? Heute ist das leider zu der Uhrzeit nicht möglich.«

»Sie können Morgen am Vormittag einen Termin wahrnehmen.«

Ob Lucas damit einverstanden ist, am Premierentag *noch* einen zusätzlichen Termin zu haben, weiß ich nicht, doch ich lasse mir die Termine einfach mal belegen. Vielleicht tut es ja auch ganz gut, wenn man an einem stressigen Tag am Morgen noch ein wenig entspannen kann. Die Dame schreibt mir den Termin auf eine kleine Karte, ich stecke sie ein, und sehe auf.

Lucas ist in der Zwischenzeit in einer Traube aus Mädchen verschwunden und die Hotelbodyguards behalten ihn wachsam im Auge. Einige Mädchen bemerken, dass ich zu ihnen herübersehe und winken mich mit bittendem Blick heran.

»Wollen Sie *auch* noch raus?«, fragt ein Bodyguard besorgt, als ich auf ihn zukomme und ich nicke. »Ja, das ist Teil meines Berufes.«

»Sollen wir mit rauskommen, Sir?«, bietet einer der beiden Schränke an.

»Wieso sind Sie bei ihm nicht schon mit rausgekommen?«, frage ich zurück und runzele die Stirn.

»Ist der Junge denn bekannt?«, fragt der andere Bodyguard und ich nicke.

»Das werden Sie bald wissen. Wieso gibt er wohl Autogramme?«

»Ich dachte, das wäre vielleicht nur ein Youtuber, oder so«, murmelt der erste Schrank und mustert Lucas nochmal ein bisschen intensiver, als wollte er sich einprägen, wie er aussieht, falls er ihn doch irgendwann mal im Fernsehen

sehen sollte.

Wenn der wüsste. Er wird sich noch umschauen, wenn er Lucas übermorgen in den Zeitungen sieht.

35. KAPITEL

Heute ist der große Tag!

Heute ist die Premiere.

Heute ist das Outing.

Und mir ist schlecht.

Ich war gestern extra früh im Bett und konnte trotzdem nicht schlafen. Unruhig habe ich mich hin und her gewälzt, weil mein Kopf keine Ruhe geben wollte. Ständig sind neue Szenarien vor meinem inneren Auge aufgetaucht und haben mich beschäftigt. Es ist nicht so, dass ich Angst vor dem roten Teppich hätte – dazu habe ich das schon viel zu oft gemacht.

Nein, ich habe Angst davor, wie die Leute reagieren könnten.

Zwar habe ich die halbe Nacht damit verbracht, online die positiven Reaktionen auf Lucas und mich nachzulesen, trotzdem denke ich immer, dass vielleicht ein homophober Kerl am roten Teppich stehen könnte und uns anpöbelt.

Vielleicht bewirft man uns mit etwas.

Oder ruft üble Schimpfwörter.

Daher ist es kein Wunder, dass ich überhaupt nicht ausgeruht bin, als Lucas an meiner Tür klopft. Er hat die Nacht in seiner Wohnung verbracht, weil er der Meinung war, dass ihn das Hotel nur noch nervöser machen würde.

Wir wollen gemeinsam frühstücken, bevor wir unsern Wellnesstermin wahrnehmen.

Im Bademantel öffne ich die Tür und Lucas steht vor mir. In Kapuzenpulli und Basecap. Wenn ich nicht wüsste, dass das Licht im Flur einwandfrei funktioniert, hätte man glauben können, einige Lampen wären kaputt, denn sein Gesicht ist aschfahl und er hat Augenringe.

»Baby? Was ist los?«, frage ich sofort besorgt, greife ihn an den Schultern und ziehe ihn ins Zimmer. Er folgt mir, ausdruckslos, wie eine Puppe und starrt mich ziemlich hilflos an.

»Heut ist die Premiere«, krächzt er und ich spüre unter meinen Händen, dass er zittert. »Es waren heute Morgen schon wieder so viele Leute vor meiner Tür. Mir ist schlecht. Ich bin so nervös«, gesteht er und sieht hilfesuchend zu mir auf. »Kannst du da was machen?«, piepst er und ich schüttle mild lächelnd den Kopf.

»Mir geht´s genau so.« Mit einer Hand streichle ich ihm über die Wange und er schmiegt sich in meine Handfläche.

»Vielleicht hilft es ja, wenn ich einfach die Augen zumache und blind über den roten Teppich laufe, dann muss ich niemanden ansehen.«

»Wir könnten auch einfach den roten Teppich umgehen und durch die Hintertür«, schlage ich vor und Lucas reißt die Augen auf.

»Das *ginge*?«

»Natürlich nicht, wir spielen die Hauptrollen. Da werden wir heute Abend durch müssen. Komm, lass uns was essen.«

Man hat bereits ein ausgiebiges Frühstück aufs Zimmer gebracht und weil die Angestellten wissen, dass heute ein großer Tag für uns ist, hat man extra zwei vierblättrige Kleeblätter als Deko auf die Teller gelegt. Doch Lucas und ich sitzen vor den Tellern, als hätten wir unsere Henkersmahlzeit vor uns. Ab und zu nehme ich einen Bissen, aber es fühlt sich an, als würde ich auf einem Radiergummi herumkauen. Ich lasse es bleiben.

Meinem Freund geht es nicht anders und so verbringen wir das Frühstück damit, vor unseren Tellern zu sitzen und uns darüber zu unterhalten, dass das alles bestimmt lecker wäre, wenn wir heute nicht Premiere hätten.

»Eigentlich mag ich Rührei, weißt du?«, seufzt Lucas und pikt mit der Gabel in die gelbe Masse.

»Ich auch. Aber heute ...«

»... geht nichts«, beendet Lucas meinen Satz und muss lächeln, als ich ihn ansehe. »Weißt du, wovor ich am meisten Angst habe?«, fragt er mich und ich schüttle den Kopf. »Davor, dass man uns nicht für voll nimmt. Was, wenn ich deine Hand nehme und man denkt, wir tun das nur, weil wir im Film ein Paar spielen? Was, wenn das Outing bei den Leuten nicht *ankommt*? Ich will das endlich hinter mir haben und ich hab einfach Schiss, dass die Zuschauer es nicht kapieren und denken, es sei nur ein Spiel.« Ich stehe auf und gehe neben seinem Stuhl in die Hocke. Mit den Ellbogen stütze ich mich auf seine Knie und sehe zu ihm hoch. Obwohl ich innerlich genauso unruhig bin, wie er, habe ich aufmunternde Worte für ihn übrig.

»Ich bin mir sicher, dass wir eine Reaktion bekommen werden. Und wenn nicht, dann machen wir es ganz eindeutig.«

»Ja? Wie denn?«, fragt Lucas und sieht mich vollkommen ratlos an.

»Wir küssen uns einfach. So.« Vorsichtig ziehe ich ihn zu mir hinunter und drücke meine Lippen auf seine. Er bebt, als ich ihn berühre, erwidert den Kuss allerdings und fährt mit den Fingern durch meine Haare.

»Ich hoffe, dass sie es dann verstehen. Ich hoffe es wirklich«, seufzt er. Als wir uns voneinander lösen, lehnt er seine Stirn an meine und sieht mir in die Augen. »Mir wäre es lieber, wenn wir gemeinsam im Auto fahren könnten. Ich will nicht allein aussteigen müssen.«

Ja, das wäre mir allerdings auch lieber, wenn ich ehrlich bin. Wenn wir uns schon outen, dann sollten wir auch als Paar vor Ort ankommen.

Im Wellnessbereich erwartet man uns bereits, und zwei Damen führen uns in einen kleinen Raum. Hier stehen zwei Liegen, die mit weichen Frotteebezügen ausgestattet sind und im Hintergrund läuft leise Musik. Das Licht ist gedimmt und es riecht nach ätherischen Ölen.

»Bitte machen Sie schon mal die Oberkörper frei, wir sind in wenigen Augenblicken zurück.« Mit diesen Worten verlassen die beiden Damen den Raum.

»Willst du eine bestimmte Liege haben?«, frage ich Lucas, der den Kopf schüttelt.

»Ich habe nicht vor, bei einer der beiden Damen zu landen, also ist es mir egal.«

Als die Behandlung beginnt, entspanne ich mich zum ersten Mal. Vielleicht schlafe ich auch kurz ein, ich weiß es nicht genau. Aber ich vergesse zumindest für eine Stunde, dass heute ein großer Tag ist.

Das funktioniert leider nur solange, wie wir im Wellnessbereich sind.

Eine Stunde später, fühle ich mich zwar frisch und porentief sauber, doch die Nervosität kommt auch wieder hoch.

Es ist jetzt 12:45 Uhr.

»Lucas, man wird uns gleich abholen. Hast du alles dabei?«, frage ich das Nervenbündel, das von meinem Freund noch übrig geblieben ist. Wir stehen im Flur und warten auf den Aufzug.

Lucas zuckt zusammen, als hätte ich ihn angeschrien und sieht mich verängstigt an. Sein Gesicht ist noch etwas gerötet von der Behandlung, doch er schafft es trotzdem darunter bleich auszusehen.

Auch seine Augenringe sind noch da.

»Musste ich denn was mitnehmen?«, fragt er. »Lauren hat doch gesagt, dass die Klamotten alle vor Ort sein werden. Bekommen wir auch Socken gestellt? Ohje, ich glaube, ich hab keine schwarzen Socken. Was mache ich jetzt?« In seinem Blick liegt wieder Panik, doch die kann ich ihm dieses Mal leicht nehmen.

»Lucas, mach dir darüber keine Sorgen. Ich bin sicher, dass das Stylingteam für uns sogar Unterwäsche bereitgestellt hat, sollte sich unsere eigene irgendwie unter dem Anzug abzeichnen. Die haben mit Sicherheit auch eine Auswahl an Socken dabei. Und wenn nicht, dann schickt man einen Assistenten los, der dir welche kauft.«

»Gut, also brauche ich nur mich selbst und mein Handy ...«

»Und mich.«

»Und dich. Ja, dich brauche ich am meisten.«

Wir stehen noch im Lift und Lucas umarmt mich ganz fest. »Ich liebe dich Henry und bin so dermaßen froh, wenn das hier alles vorbei ist, das kannst du mir glauben«, haucht er, bevor er mich küsst. Liebevoll erwidere ich den Kuss und muss zwangsläufig daran denken, dass wir bei der nächsten Fahrt in diesem Aufzug für jeden sichtbar ein Paar sein dürfen. Mein Herz macht einen nervösen Hopser und ich drücke ihn noch ein wenig fester an mich.

Wie in Trance verlassen wir das Hotel.

Die Fans, die an der Tür stehen und auf uns warten, realisiere ich nur am Rande. Ich glaube, ich schreibe das ein oder andere Autogramm und lasse mich fotografieren, doch als wir endlich im Wagen sitzen, bin ich mir schon gar nicht mehr so sicher.

Die Wagentür schlägt dumpf zu und ich taste mit der Hand blind nach Lucas' Fingern. Sie sind eiskalt und er hält mich rasch fest.

Wir sehen einander nicht an, sondern blicken aus den getönten Scheiben nach draußen. Unablässig streichelt er meine Hand und ich seine. Die Nervosität im Wagen ist beinahe greifbar und ich habe das Gefühl, dass der Tag sich ziehen wird, wie ein besonders langer Kaugummi.

Es wird gut. Alles wird gut.

Das ist der Tag der Premiere.

Der Tag, auf den ich ewig hingefiebert habe.

Lucas ist bei mir und wir schaffen das gemeinsam.

Der Wagen bringt uns ins Stadtzentrum.

London scheint heute regelrecht zu vibrieren, denke ich. Das könnte ich mir natürlich auch nur einbilden, weil heute die Premiere ist, doch es sind auffallend viele Menschen unterwegs.

Lucas' Hand habe ich noch immer fest in meiner und sehe immer wieder zu ihm hin. Er starrt aus dem Fenster und zuckt plötzlich zusammen.

»Henry, da ist ein Plakat von uns! Wow, ist das das finale Filmplakat? Das ist wunderschön, schau mal!« Er dreht sich auf dem Sitz um, und verfolgt das große Plakat. Ich habe es auch gesehen und muss zugeben, dass es super aussieht. Bisher gab es als Werbung lediglich ein schwarzes Plakat mit der Zahl 1925 und unseren Namen darauf. Doch in der Nacht scheint man die endgültigen Plakate aufgehängt zu haben.

Es zeigt einen nächtlichen Straßenzug im West-End. Eine einzige Laterne beleuchtet zwei Gestalten, die von einander abgewandt stehen, sich aber an den Händen halten. Es ist eine Szene aus dem Film, die man genutzt hat. Die 1925 steht in großen Lettern in der Mitte und ein heller Aufkleber verkündet: »In Theaters 1st March 2018«

Wow, das ist total unwirklich und das, obwohl wir immer wussten, dass der Film ins Kino kommt. Jetzt ist es tatsächlich soweit.

Mir kommt es fast so vor, als sei es erst gestern gewesen, als wir angefangen haben zu drehen. Und nun sind wir schon auf dem Weg zur Premiere.

»Wahnsinn, wie schnell die Zeit vergeht ... ich weiß noch, wie ich mich für die Rolle beworben habe«, haucht Lucas, eine Hand an der Fensterscheibe und blickt noch immer in die Richtung des Plakates. Dann, mit einem tiefen Luftholen, dreht er sich wieder um. »Mir ist immer noch schlecht, Henry.«

»Das vergeht, wenn wir mit den Anproben beschäftigt sind, da bin ich sicher.«

Für die finalen Fittings wurden Räumlichkeiten in der Nähe von Covent Garden angemietet. Das Auto hält in einer schmalen, unauffälligen Straße und wir steigen aus. Lauren hat uns die Adresse mitgeteilt und als ich testweise gegen die blau gestrichene Haustür drücke, öffnet sie sich.

»Wir sind richtig. Komm mit.« Mit Lucas im Schlepptau geht es eine Treppe hinauf, bis in den dritten Stock. Aus der bereits geöffneten Tür können wir schon geschäftiges Treiben hören.

Die Räume sind mit hellem Holzfußboden ausgelegt, weiß gestrichen und durch die beiden großen Fenster fällt die Sonne in den Raum.

»Oh, da sind sie ja!« Alina Underwood kommt auf uns zu und ich frage mich gerade, wie sie in den hohen Haken laufen kann, als sie ins Straucheln gerät und mir in die Arme fällt.

»Huch, nicht so stürmisch«, sage ich grinsend und halte sie an den Oberarmen fest, bis ich sicher bin, dass sie sich selbst wieder gerade halten kann.

»Tut mir leid, vielleicht sollte ich doch lieber die Schuhe mit den 10cm Absätzen nehmen«, überlegt sie und blickt hinunter auf die dunkelblauen High Heels.

»Wenn Sie diesen Abend ohne gebrochene Knöchel erleben möchten, dann wäre das sicherlich eine gute Idee.« Verlegen lächelt sie mich an, streicht sich dann die Haare aus dem Gesicht und wird wieder geschäftsmäßig.

»Also hier drüben haben wir nochmal die Anprobe. Für euch ist alles da, macht euch keine Gedanken.« Sie deutet auf einen Bereich des Raumes, der aussieht, als hätte man den kompletten Inhalt eines Herrenausstatters dort aufgebaut. Sogar ein weicher Teppich wurde ausgelegt. Vermutlich, um in die Ledersohlen der Schuhe keine Kratzer zu machen.

»Wow ... ich denke, wir hatten die Anprobe schon hinter uns«, murmelt Lucas und seine Augen huschen über die Massen an Schuhkartons, die Regale voller Krawatten und Fliegen und einer großen Kiste an Accessoires. Eine Dame kommt auf uns zu, gefolgt von einem jungen Mann. Beide sind akkurat gekleidet und lächeln.

»Hallo, wir sind Tamar und Francis und heute für die letzte Anprobe zuständig«, sagt sie und schüttelt uns die Hand. »Wer möchte zuerst?«

»Ich würde gerne, wenn es dir nichts ausmacht, Henry«, sagt Lucas leise und natürlich lasse ich ihm den Vortritt.

Miss Underwood führt mich weiter durch den Raum. Vor den Fenstern wurde ein Catering aufgebaut und dort steht eine schlanke, dunkelhaarige Gestalt, die sich gerade eine Colaflasche öffnet.

»Zach, schön dich zu sehen«, sage ich und umarme den Maskenbildner. Dabei muss ich aufpassen, mir an den spitzen Nieten, die dekorativ in den Schultern seiner Jacke stecken, nicht die Augen auszustechen.

»Hey! Danke für die Buchung, ich freue mich, bis zum Schluss dabei sein zu dürfen.« Sein Blick huscht zu meinen Haaren und er greift prüfend hinein. »Oh, die sind lang geworden«, stellt er fest.

»Du hast sie doch erst vor kurzem geschnitten«, werfe ich ein, doch er schüttelt den Kopf.

»Die *Kontur* hab ich geschnitten, der Rest ist mittlerweile so lang, dass man da nichts mehr frisieren kann, da muss ich heute wohl nochmal ran.«

Zach hat sich am Fenster eingerichtet, wo er genug Tageslicht zum Arbeiten bekommt. Auf seinem Tisch liegt alles bereit, was er zum Schneiden braucht und nach und nach fallen die Haare auf den Boden und meine Frisur bekommt wieder Form. Durch den Spiegel betrachte ich Lucas, der sich nochmal durch eine kleine Auswahl Anzüge probiert und dann auch eine Menge Krawatten austesten muss. Obwohl er versucht, ruhig zu bleiben, sehe ich, dass sich seine Finger immer wieder nervös am Saum des Sakkos zu schaffen machen.

Der arme Kerl ist so nervös, dass er fast in die Luft geht und kaum still stehen kann.

Da wird Zach beim Haareschneiden ja gleich seinen Spaß haben, bei dem Hampelmann.

»So, du bist fertig. Hier hast du ein Handtuch, das Badezimmer ist dort drüben«, sagt er und deutet auf eine schmale Tür am Ende des Raumes. Etwas verwirrt sehe ich Zach an und nehme das Handtuch entgegen.

»Was soll ich damit?«

»Wir haben dort eine Dusche und alles, was du brauchst, um die Schnitthaare wieder loszuwerden.«

Ich komme mir ein bisschen vor, wie im Hotel, als ich wenig später im Bademantel wieder in den Fittingraum trete.

»Oh Henry, bist du beim Wellness oder was hast du vor?«, fragt Aaron und kommt grinsend auf mich zu. Wie es aussieht, wurden auch die anderen Kollegen hierher bestellt und ich stehe nun, lediglich in einem Bademantel inmitten der Schauspielkollegen. Julie, Laura und Timothy sind zusammen mit Aaron angekommen und lassen sich bei Zack aufhübschen, weshalb ich sie erstmal nur mit einem Winken begrüße und mich dann einkleiden lasse.

Wie ich vermutet hatte, hat das Stylingteam Unterwäsche dabei und ich bekomme ein hübsches Paar, hellgrauer Pants. Sie sind recht eng, doch Tamar versichert mir, dass sich so nichts unter der Anzughose abzeichnen wird. Meine Wahl für den finalen Anzug ist schnell getroffen und ich habe auch das Glück, dass nichts mehr gekürzt oder korrigiert werden muss. Bei den Schuhen probieren wir sicherheitshalber noch einige andere aus und nachdem ich mindestens zehn Krawatten getestet habe, entscheiden wir uns dazu, dass ich ohne Krawatte gehe.

»Der Anzug wirkt am besten, wenn du eine Hand in der Hosentasche hast«, erklärt mir Tamar und ich teste die Pose vor dem Spiegel. »Und stell dich nicht zu breitbeinig hin, sonst wirft es Falten im Schritt.«

»Okay, ich hoffe, ich kann es mir merken«, antworte ich lächelnd und schlüpfe nochmal aus dem Sakko. Hier drin ist es warm und wir haben noch etwa eine Stunde Zeit, bis wir uns auf den Weg machen müssen.

Zack föhnt mir noch die nassen Haare und endlich bin ich fertig.

Die lockere Atmosphäre hier drin hat mich ruhiger gemacht, wenngleich sich noch eine gewisse Restanspannung befindet. Deswegen sehe ich mir die aufgetischten Snacks an, die angeboten werden. Mit einem Teller in der Hand beuge ich mich über Sandwiches, als Lukas neben mir auftaucht.

»Geht es dir besser?«, frage ich und mustere ihn prüfend. Ganz so blass ist er nicht mehr, doch ich habe den Verdacht, dass das eher Zachs handwerklicher Leistung zuzuschreiben ist.

»Wie lange noch?«, fragt er und ich ziehe das Handy aus der Tasche.

»Eine Stunde.«

»Ohje, das halte ich nicht aus. Was soll ich so lange nur tun?«, jammert Lucas und macht Anstalten, seinen Kopf gegen mich zu lehnen, doch ich schiebe ihn rasch zurück. Seine Haare sind frisch frisiert und ich trage bereits das Hemd von heute Abend.

»Lass dich doch erstmal fertig anziehen, du hast noch keine Schuhe an und dann isst du etwas. Du wirst sehen, dass das alles ganz schnell vorbei geht.«

Lucas, schaut überrascht auf seine Füße, als wären ihm die fehlenden Schuhe noch gar nicht aufgefallen, nickt etwas halbherzig und seufzt.

Man könnte meinen, es ginge für ihn aufs Schafott.

»Lucas, mach dich nicht verrückt, wir sind alle dabei, es kann überhaupt nichts passieren«, sagt Aaron gut gelaunt und legt den Arm um ihn, drückt ihn an sich und sagt dann leise: »Die Leute werden ausrasten, wenn sie dich und Henry gemeinsam sehen und du hast mehr Fans da draußen, als du es dir jetzt vielleicht gerade vorstellen kannst. Viele sind sicherlich nur gekommen, um dich zu sehen. Das sind Fans deiner ersten Stunde und ich bin sicher, dass es sie unglaublich glücklich macht, wenn du ihnen heute das erste Autogramm gibst. Genieße die Aufmerksamkeit, dann ist es wirklich eine tolle Veranstaltung.«

»Aaron hat recht Lucas. Es gibt keinen Grund, sich verrückt zu machen«, pflichte ich ihm bei und Lucas sieht mich an.

»Du warst heute Morgen auch nervös.«

»Ja, aber jetzt ist es vorbei und ich freue mich auf den roten Teppich. Das wird toll, das verspreche ich dir.« Er beißt sich auf die Lippe und seufzt.

»Wenn ich nur nicht allein ankommen müsste ...«

»Wenn du magst, fahren wir zusammen«, schlage ich sofort vor, denn auch ich bin nicht scharf darauf, meinem Freund erst auf dem roten Teppich zu begegnen. Auch wenn Lauren das eigentlich anders geplant hatte.

»Das würdest du tun?«

»Natürlich. Liebend gern sogar.« Ich nehme seine Hand und führe ihn zu dem Kleiderständer, auf dem seine Schuhe stehen. »Zieh dich an und wir essen noch was. Komm schon. Es wird alles gut.«

»Kannst du mich kurz küssen?«, fragt Lucas leise und ich nicke. Wir haben nur noch eine Stunde, bis es sowieso die ganze Welt weiß und die Leute hier im Raum wissen, dass sie verschwiegen sein müssen.

»Wir schaffen das. Ich liebe dich.«

Und wir küssen uns.

36. KAPITEL

Die restliche Zeit vergeht wie im Flug.

Geoffrey taucht noch auf, gefolgt von Lee. Auch Mr Sullivan ist angekommen und eine Menge anderer Leute, die ich nicht kenne, doch die scheinbar wichtig genug sind, um hier heute dabei zu sein.

Mit einem Glas Champagner in der einen Hand schüttle ich eine Hand nach der anderen und bin etwas überrascht, als auch Lauren auftaucht.

»Ich wollte noch sehen, ob bei euch alles okay ist«, sagt sie und küsst mich auf die Wange. »Wo ist Lucas?«, fragt sie und sieht sich um.

»Dort am Buffet. Er ist so nervös, dass er keinen Bissen runterbringt, aber ich glaube, er lenkt sich damit ab, das Essen anzusehen«, sage ich und nicke grinsend zu meinem Freund hin, der mit einem unbenutzten Teller in der Hand da steht und die Auslagen mustert.

»Ich sehe mal nach ihm«, sagt Lauren, geht zu ihm hinüber und ich beobachte, wie sie ihn in den Arm nimmt und fest an sich drückt. Er scheint erleichtert zu sein, sie zu sehen.

Irgendwie hat sie es geschafft, Lucas aufzubauen, denn er wirkt wesentlich ruhiger, als er wenig später zu mir zurückkommt.

»Lauren ist toll. Sie hat mir irgendwelche Tropfen gegeben, damit ich mich etwas beruhige, und sie wirken tatsächlich«, erzählt er mir. Ich fange Laurens Blick auf, die grinsend den Kopf schüttelt und ich vermute, dass sie ihm lediglich Wasser verabreicht hat.

Egal, der Placeboeffekt wirkt auf jeden Fall.

Bald ist es 18:15 Uhr und Miss Underwood kommt in den Raum, um uns alle zu erlösen.

»Ladys und Gentlemen, Ihre Wagen stehen unten bereit«, sagt sie laut und alle stellen ihre Gläser ab.

Aufbruchstimmung macht sich breit und in mir zieht sich vor Aufregung alles zusammen. Mit wird warm und meine Hände sind etwas schwitzig.

Gleich geht es los.

Gleich sitzen wir im Auto und dann ist alles vorbei.

Ich freue mich unglaublich auf den Moment.

Und doch bin ich total hibbelig.

Weil Lucas und ich als eine der letzten ankommen sollen, lassen wir den Kollegen, Producern und allen anderen wichtigen Leuten natürlich den Vortritt.

Während alle nach unten gehen, hilft man uns in die Sakkos, Zach wirft einen letzten Blick auf Haare, Make-up und Zähne und dann geht es auch für uns die Treppe hinunter.

Diese scheint unendlich zu sein und bis wir auf der Straße ankommen, ist sicherlich schon wieder eine halbe Stunde vergangen. Dabei sind es gerade mal wenige Minuten gewesen.

»Wir sagen die Wahrheit, ja? Egal, was man uns fragt, wir erzählen einfach, wie wir uns verliebt haben, okay?«, fragt Lucas, als wir endlich im Wagen sitzen. Dieses Mal ist der Platz zwischen uns nicht frei. Wir sitzen direkt nebeneinander – die Finger miteinander verflochten.

»Ja, wir sagen allen die Wahrheit und wenn ich dich auf dem roten Teppich küssen will, dann werde ich das tun.«

»Tu das, ich freue mich schon drauf«, lächelt Lucas und sieht aus dem Fenster. Wir passieren den Trafalgar Square und biegen dann an der National Gallery rechts ab. Dahinter wurde eine Straße gesperrt und an den Absperrungen stehen Fans, die jubeln und winken – dabei wissen sie gar nicht, wer im Auto sitzt.

Mein Mund ist ganz trocken, ich nehme schnell noch einen Schluck Wasser aus einer bereitgelegten Flasche und hole tief Luft, um die nun doch wieder aufkommende Nervosität in den Griff zu bekommen.

Der Lärmpegel, den ich im Auto schon hören kann, macht es jedoch nicht besser. Wenn ich den Hals recke, kann ich sogar schon die Absperrungen sehen, hinter denen die Fans stehen. Auf der großen Leinwand wird das Treiben auf dem roten Teppich übertragen. Stars und Sternchen flanieren bereits in schönen Roben vor den Fotografen.

Alles wuselt und brummt, wie in einem geschäftigen Bienenstock.

Der Wagen hält.

In wenigen Sekunden wird man uns die Tür öffnen. Ich drehe den Kopf zu Lucas. Ich kann kaum atmen. Mein Körper kribbelt überall und auch er sieht unglaublich nervös aus.

»Das wird der schönste Tag unseres Lebens«, sagt er leise und fast etwas zweifelnd und ich nicke.

»Das wird er.«

Wir richten rasch unsere Haare und Outfits, dann strecke ich Lucas die Hand entgegen.

»Zusammen?«

»Zusammen«, sagt er, dann steigen wir aus.

Ohrenbetäubender Lärm empfängt mich, als ich aussteige und mich aufrichte. Ich musste Lucas´ Hand loslassen, weil ich sonst nicht aus dem Wagen gekommen wäre, doch als er hinter mir ausgestiegen ist, greife ich sofort wieder danach.

Als wäre das ein Zeichen gewesen, als hätte jemand die Lautstärke hochgedreht, kreischen alle Fans am roten Teppich los. Ich sehe Mädchen, die in Tränen ausbrechen, Pride Flaggen, die durch die Luft geschwungen werden und Smartphones, die sich auf uns richten.

Wie oft mein Name gerufen wird, weiß ich nicht, doch ich gehe einfach irgendwo hin, um einige Autogrammwünsche zu erfüllen. Arme strecken sich mir entgegen, strahlende, begeisterte Gesichter sehen mich an, Poster, T-Shirts, Fotos werden mir entgegengehalten.

»Seid ihr zusammen?«, kreischt ein Mädchen, als ich meinen Namen auf ein Poster schreibe und ich nicke strahlend. »OH MEIN GOTT«, ruft sie und fällt in Ohnmacht. Rasch mache ich einen Schritt zurück, damit die Sicherheitsleute, sie hinter der Absperrung hervorziehen können.

Das war wohl zu viel für die Gute.

So gut es geht, versuche ich mich an den Zeitplan zu halten, doch die Fans sind so unglaublich einnehmend, dass ich kaum vorwärtskomme. Erst, als eine Mitarbeiterin mich von der Absperrung wegzieht, komme ich weiter. Auch Lucas hat sie eingesammelt und führt uns vor die große Fotoleinwand, auf der das Filmplakat abgebildet ist. Weil Lucas zurückgehalten wird, nehme ich an, dass man erstmal Bilder von mir allein machen möchte.

»Henry! Hierher!«

»Schau in *meine* Richtung, Henry!«

»Henry, lächeln!«

»Henry!«

Alle rufen durcheinander und ich erinnere mich an die Pose, die ich vorhin noch von Tamar empfohlen bekommen habe. Mit der linken Hand in der Hosentasche stehe ich da und sehe in das Meer aus Blitzlichtern. Es ist unmöglich, auszumachen, wie viele Fotografen es wirklich sind.

Im Grunde bin ich fast blind.

Jemand berührt meine Hand und als ich nach links sehe, steht Lucas da.

Er grinst. Die Nervosität ist wie weggeblasen.

Er sieht so unglaublich gut aus.

»Na, auch hier?«, fragt er so laut, dass ich ihn gerade so hören kann.

»Ja, ich dachte ich schau mir das Treiben mal an«, entgegne ich und nehme seine Hand. Als sich unsere Finger miteinander verflechten, bricht ein Blitzlichtgewitter über uns los, doch ich bekomme davon nichts mehr mit.

Ich sehe Lucas an und kriege das Grinsen einfach nicht mehr aus meinem Gesicht. Dass alle Mitarbeiter der Veranstaltung mit leicht geöffneten Mündern am Rand des roten Teppichs stehen, bemerke ich gar nicht.

»Küss mich«, sage ich zu Lucas.

Er kommt der Aufforderung sofort nach, stellt sich auf die Zehenspitzen und gibt mir einen sanften Kuss auf den Mund.

Lang ist er nicht, doch ich bin sicher, dass davon in den zwei Sekunden trotzdem tausende Fotos gemacht wurden. Leute rufen uns etwas zu, teilweise sind es Fragen von Reportern, doch ich kann absolut nichts verstehen.

Grinsend zwinkere ich ihm zu und sage: »Ich muss dann weiter. Ich warte dann bei den Journalisten auf dich.« Dann mache ich mich davon, um ihm seine Zeit mit den Fotografen zu geben.

Die erste Reporterin, mit der ich es zu tun bekomme, ist noch sichtlich überrumpelt, aber sie strahlt mich an.

»Sie und Lucas Thomas haben sich gerade auf dem roten Teppich geküsst. War das ein Statement?«, will sie wissen und hält mir das Mikrophon hin.

»Nun, wir waren beide der Meinung, dass es heute der geeignete Moment ist, um sich offen als Paar zu erkennen zu geben. Wir wollen den Menschen nicht länger etwas vormachen und unser Glück soll man ruhig sehen.«

»Sind Sie also schon lange zusammen?«

»Seit Mitte der Dreharbeiten würde ich sagen.«

»Also haben Sie sich am Set verliebt? Das ist ja fast besser als jedes Klischee.«

Sie lacht aufgedreht und ich grinse ebenfalls.

»Glauben Sie mir, ich hätte mir diese Geschichte selbst auch nie geglaubt. Aber sie ist wahr und ich bin unheimlich glücklich darüber, dass alles so gekommen ist.«

Sie sieht mich an, als könnte sie nicht glauben, was sie da hört und sagt ehrlich: »Ich wünsche Ihnen alles Gute, Henry.«

So arbeite ich mich durch die Journalisten.

Nach und nach werde ich von Lucas eingeholt, der sich charmant und niedlich in meine Interviews einmischt. Die Reporter scheinen es zu lieben und jeder versucht, sich aus dem Stegreif noch rasch neue Fragen auszudenken.

»Sind Sie froh, dass die Geheimniskrämerei jetzt vorbei ist?«, will ein Reporter wissen und Lucas und ich nicken synchron.

»Sie glauben gar nicht, wie *anstrengend* es war, auf der Straße ständig die Finger bei sich zu behalten. Ich meine, sehen Sie sich Henry doch mal an«,

Lucas macht eine Bewegung, als wolle er mich präsentieren. »Wer kann sich da schon zurückhalten?« In dem Moment kommt Aaron vorbei und drückt mir einen Kuss auf die Wange. »Sehen Sie ihm geht's genauso«, lacht Lucas und legt den Arm um mich.

Die Stimmung ist ausgelassen und gut.

Die Nervosität fällt von mir ab und ich fühle mich mit jeder Minute wohler auf dem roten Teppich. Lucas und ich gehen Hand in Hand die letzten Meter und bleiben nochmal vor den Fotografen am Schluss stehen.

Wieder setzen wir uns dem Blitzlichtgewitter aus und ich fühle mich unglaublich befreit.

Erst jetzt, wo ich offen ich selbst sein kann, wird mir bewusst, wie schwer ich mich in den letzten Jahren getan habe.

Zu lange habe ich in einem Kokon gelebt und heute durfte ich als neuer Mensch schlüpfen.

Die Ketten sind abgeworfen und ich kann gehen, wohin ich möchte. Lucas werde ich an meiner Seite haben und wie es aussieht, auch die breite Öffentlichkeit.

Ich taste nach Lucas' Hand. Noch nie war ich so glücklich.

So frei.

So stark.

Lucas strahlt mich mit Tränen in den Augen an.

Wir haben durchgehalten und für unser Glück gekämpft.

Dieser Weg hat uns zum Guten verändert.

Und es hat sich ausgezahlt.

ENDE

Dir hat das Buch gefallen?

Dann würde ich mich über Deine Rezension bei Amazon oder
Books on Demand sehr freuen

Wenn Du mehr zu mir und meinen zukünftigen Projekten erfahren
möchtest, findest Du mich hier:
Instagram: @l.c.pfeifer

Danksagung

Diese Reihe ist abgeschlossen und ich muss zugeben, dass ich ziemlich geplättet bin, dass es wirklich zu Ende ist. Ein großes Danke geht an Dich! Du hast diese Reihe zusammen mit Henry und Lucas durchlebt und dafür bin ich Dir sehr dankbar.

Ohne Leser ist ein Buch einfach nichts. Danke, dass Du Henry und Lucas bei ihrer Reise begleitet hast. Wenn ich Dich begeistern konnte, würde ich mich sehr über eine Rezension/Bewertung bei Amazon freuen.

Diese Reihe wird für mich immer etwas Besonderes bleiben und ich hoffe sehr, dass ich Dir die Realität bei Film und Fernsehen näherbringen konnte. Hierzu muss ich sagen, dass das, was in der Geschichte am Set passiert, zu 100% authentisch ist. Denn hauptberuflich stehe auch ich am Set.

Falls Du ab heute keinen Film mehr neutral ansehen kannst, tut es mir leid :-)

Ohne die Hilfe von einigen Personen wäre 1925 nicht zu dem geworden, was es heute ist.

Ein großes Dankeschön geht an meinen Mann, der sich die

Covergestaltung vorgenommen hat, Danke an meine Lektorinnen, die beide Franziska heißen, Danke auch an die ganze Community der #Schreibmaschinen auf Instagram für die Tipps, den Support, Danke an meine fleißigen Testleser.

Und natürlich muss ich mich auch bei den Wattys bedanken. Hättet ihr diese Geschichte nicht so geliebt, gäbe es dieses Buch heute nicht!

Danke an Henry, dass du so bist, wie du bist und diese Achterbahnfahrt mitgemacht hast.

Vielen Dank!

Lisa